作家散文
典藏

余华 著

余华散文

作家出版社

图书在版编目（CIP）数据

余华散文 / 余华著 . --北京：作家出版社，2023.4
（2024.5 重印）
（作家散文典藏）
ISBN 978 - 7 - 5212 - 1623 - 3

Ⅰ.①余… Ⅱ.①余… Ⅲ.①散文集 - 中国 - 当代
Ⅳ.①I267

中国版本图书馆 CIP 数据核字（2022）第 212434 号

余华散文

丛书策划：路英勇　张亚丽	
出版统筹：启　天　省登宇	
作　者：余　华	
策划编辑：钱　英	
责任编辑：杨新月	
封面摄影：莫　言	
装帧设计：TT Studio　孙惟静	
出版发行：作家出版社有限公司	

社　　址：北京农展馆南里 10 号　　邮　编：100125
电话传真：86 - 10 - 65067186（发行中心及邮购部）
　　　　　86 - 10 - 65004079（总编室）
E - mail: zuojia@zuojia. net. cn
http: // www.zuojiachubanshe.com
印　　刷：北京盛通印刷股份有限公司
成品尺寸：142 × 210
字　　数：340 千
印　　张：13.75
印　　数：20001-25000
版　　次：2023 年 4 月第 1 版
印　　次：2024 年 5 月第 3 次印刷
ISBN 978 - 7 - 5212 - 1623 - 3
定　　价：59.00 元（精）

目 录

第一辑 岁月

第二辑 阅读

第三辑 写作

第一辑　岁月

最初的岁月

　　1960 年 4 月 3 日的中午，我出生在杭州的一家医院里，可能是妇幼保健医院，当时我母亲在浙江医院，我父亲在浙江省防疫站工作。有关我出生时的情景，我的父母没有对我讲述过，在我记忆中他们总是忙忙碌碌，每天都有做不完的事，我几乎没有见过他们有空余的时间坐在一起谈谈过去，或者谈谈我，他们第二个儿子出生时的情景。我母亲曾经说起过我们在杭州时的生活片断，她都是带着回想的情绪去说，说我们住过的房子和周围的景色，这对我是很重要的记忆，我们在杭州曾经有过的短暂生活，在我童年和少年时期一直是想象中最为美好的部分。

　　我的父亲在我一岁的时候，离开杭州来到一个叫海盐的县城，从而实现了他最大的愿望，成为了一名外科医生。我父亲一辈子只念了六年书，三年是小学，另外三年是大学，中间的课程是他在部队里当卫生员时自学的，他在浙江医科大学专科毕业后，不想回到防疫站去，为了当一名外科医生，他先是到嘉兴，可是嘉兴方面让他去卫生学校当教务主任；所以他最后来到了一个更小的地方——海盐。

他给我母亲写了一封信，将海盐这个地方花言巧语了一番，于是我母亲放弃了在杭州的生活，带着我哥哥和我来到了海盐，我母亲经常用一句话来概括她初到海盐时的感受，她说："连一辆自行车都看不到。"

我的记忆是从"连一辆自行车都看不到"的海盐开始的，我想起了石板铺成的大街，一条比胡同还要窄的大街，两旁是木头的电线杆，里面发出嗡嗡的声响。我父母所在的医院被一条河隔成了两半，住院部在河的南岸，门诊部和食堂在北岸，一座很窄的木桥将它们连接起来，如果有五六个人同时在上面走，木桥就会摇晃，而且桥面是用木板铺成的，中间有很大的缝隙，我的一只脚掉下去时不会有困难，下面的河水使我很害怕。到了夏天，我父母的同事经常坐在木桥的栏杆上抽烟闲聊，我看到他们这样自如地坐在粗细不均，而且还时时摇晃的栏杆上，心里觉得他们实在是了不起。

我是一个很听话的孩子，我母亲经常这样告诉我，说我小时候不吵也不闹，让我干什么我就干什么，她每天早晨送我去幼儿园，到了晚上她来接我时，发现我还坐在早晨她离开时坐的位置上。我独自一人坐在那里，我的那些小伙伴都在一旁玩耍。

到了四岁的时候，我开始自己回家了，应该说是比我大两岁的哥哥带我回家，可是我哥哥经常玩忽职守，他带着我往家里走去时，会突然忘记我，自己一个人跑到什么地方去玩耍了，那时候我就会在原地站着等他，等上一段时间他还不回来，我只好一个人走回家去，我把回家的路分成两段来记住，第一段是一直往前走，走到医院；走到医院以后，我再去记住回家的路，那就是走进医院对面的一条胡同，然后沿着胡同走到底，就到家了。

接下来的记忆是在家中楼上，我的父母上班去后，就把我和哥哥锁在屋中，我们就经常扑在窗口，看着外面的景色。我们住在胡同底，其实就是乡间了，我们长时间地看着在田里耕作的农民，他们的孩子提着割草篮子在田埂上晃来晃去。到了傍晚，农民们收工时的情景是一天中最有意思的，先是一个人站在田埂上喊叫："收工啦！"然后在田里的人陆续走了上去，走上田埂以后，另外一些人也喊叫起收工的话，一般都是女人在喊叫。在一声起来、一声落下的喊叫里，我和哥哥看着他们扛着锄头，挑着空担子三三两两地走在田埂上。接下去女人的声音开始喊叫起她们的孩子了，那些提着篮子的孩子在田埂上跑了起来，我们经常看到中间有一两个孩子因为跑得太快而摔倒在地。

在我印象里，我的父母总是不在家，有时候是整个整个的晚上都只有我和哥哥两个人在家里，门被锁着，我们出不去，只好在屋里将椅子什么的搬来搬去，然后就是两个人打架，一打架我就吃亏，吃了亏就哭，我长时间地哭，等着我父母回来，让他们惩罚我哥哥。这是我最疲倦的时候，我哭得声音都沙哑后，我的父母还是没有回来，我就睡着了。

那时候我母亲经常在医院值夜班，她傍晚时回来一下，在医院食堂买了饭菜带回来让我们吃了以后，又匆匆地去上班了。我父亲有时是几天见不着，母亲说他在手术室给病人动手术。我父亲经常在我们睡着以后才回家，我们醒来之前又被叫走了。在我童年和少年时期，几乎每个晚上，我都会在睡梦里听到楼下有人喊叫："华医生，华医生……有急诊。"

我哥哥到了上学的年龄以后，就不能再把他锁在家里，我也因此得到了同样的解放。我哥哥脖子上挂着一把钥匙，背着书包，带上我开始了上学的生涯。他上课时，我就在教室外一个人玩，他放学后就带着我回家。有几次他让我坐到课堂上去，和他坐在一把椅子里听老师讲课。有一次一个女老师走过来把他批评了一通，说下次不准带着弟弟来上课，我当时很害怕，他却是若无其事。过了几天，他又要把我带到课堂上去，我坚决不去，我心里一想到那个女老师就怎么也不敢再去了。

我在念小学时，我的一些同学都说医院里的气味难闻，我和他们不一样，我喜欢闻酒精和福尔马林的气味。我从小是在医院的环境里长大的，我习惯那里的气息，我的父母和他们的同事在下班时都要用酒精擦手，我也学会了用酒精洗手。

那时候我一放学就是去医院，在医院的各个角落游来荡去的，一直到吃饭。我对从手术室里提出来的一桶一桶血肉模糊的东西已经习以为常了，我父亲当时给我最突出的印象，就是他从手术室里出来时的模样，他的胸前是斑斑的血迹，口罩挂在耳朵上，边走过来边脱下沾满鲜血的手术手套。

我读小学四年级时，我们干脆搬到医院里住了，我家对面就是太平间，差不多隔几个晚上我就会听到凄惨的哭声。那几年里我听够了哭喊的声音，各种不同的哭声，男的，女的，老的，少的，我都听了不少。

最多的时候一个晚上能听到两三次，我常常在睡梦里被吵醒；有时在白天也能看到死者亲属在太平间门口号啕大哭的情景，我搬一把小凳坐在自己门口，看着他们一边哭一边互相安慰。有几次因为好奇我还过去看看死人，遗憾的是我没有看到过死人的脸，我看到的都是被一块布盖住的死人，只有一次我看到了一只露出来的手，那手很瘦，微微弯曲着，看上去灰白，还有些发青。

应该说我小时候不怕看到死人，对太平间也没有丝毫恐惧，到了夏天最为炎热的时候，我喜欢一个人待在太平间里，那用水泥砌成的床非常凉快。在我记忆中的太平间总是一尘不染，四周是很高的树木，里面有一扇气窗永远打开着，在夏天时，外面的树枝和树叶会从那里伸进来。

当时我唯一的恐惧是在黑夜里，看到月光照耀中的树梢，尖细的树梢在月光里闪闪发亮，伸向空中，这情景每次都让我发抖，我也不知道是什么原因，总之我一看到它就害怕。

我小学毕业的那一年，应该是1973年，县里的图书馆重新对外开放，我父亲为我和哥哥弄了一张借书证，从那时起我开始喜欢阅读小说了，尤其是长篇小说。我把那个时代所有的作品几乎都读了一遍，浩然的《艳阳天》《金光大道》，还有《牛田洋》《虹南作战史》《新桥》《矿山风云》《飞雪迎春》《闪闪的红星》……当时我最喜欢的书是《闪闪的红星》，然后是《矿山风云》。

在阅读这些枯燥乏味的书籍的同时，我迷恋上了街道上的大字报，那时候我已经在念中学了，每天放学回家的路上，我都要在那些大字报前消磨一个来小时。到了七十年代中期，所有的大字报说穿了都是人身攻击，我看着这些我都认识都知道的人，怎样用恶毒的语言互相谩骂，互相造谣中伤对方。有追根寻源挖祖坟的，也有编造色情故事，同时还会配上漫画，漫画的内容就更加广泛了，什么都有，甚至连交媾的动作都会画出来。

在大字报的时代，人的想象力被最大限度地发掘了出来，文学的一切手段都得到了发挥，什么虚构、夸张、比喻、讽刺……应有尽有。这是我最早接触到的文学，在大街上，在越贴越厚的大字报前，我开始喜欢文学了。

当我真正开始写作时，我是一名牙医了。我中学毕业以后，进入了镇上的卫生院，当起了牙科医生，我的同学都进了工厂，我没进工厂进了卫生院，完全是我父亲一手安排的，他希望我也一辈子从医。

后来，我在卫生学校学习了一年，这一年使我极其难受，尤其是生理课，肌肉、神经、器官的位置都得背诵下来，过于呆板的学习让我对自己从事的工作开始反感。我喜欢的是比较自由的工作，可以有想象力，可以发挥，可以随心所欲。可是当一名医生，严格说我从来没有成为过真正的医生，就是有职称的医生，当医生只能一是一、二是二，没法把心脏想象得在大腿里面，也不能将牙齿和脚趾混同起来，这种工作太严格了，我觉得自己不适合。

还有一点就是我难以适应每天八小时的工作，准时上班，准时下班，这太难受了。所以我最早从事写作时的动机，很大程度上是为了摆脱自己所处的环境。那时候我最大的愿望就是能够进入县文化馆，我看到文化馆的人大多懒懒散散，我觉得他们的工作对我倒是很合适的。于是我开始写作了，而且很勤奋。

写作使我干了五年的牙医以后，如愿以偿地进入了县文化馆。后来的一切变化都和写作有关，包括我离开海盐到了嘉兴，又离开嘉兴来到北京。

如今虽然我人离开了海盐，但我的写作不会离开那里。我在海盐生活了差不多有三十年，我熟悉那里的一切，在我成长的时候，我也看到了街道的成长，河流的成长。那里的每个角落我都能在脑子里找到，那里的方言在我自言自语时会脱口而出。我过去的灵感都来自于那里，今后的灵感也会从那里产生。

现在，我在北京的寓所里，根据中国社会科学出版社的要求写这篇自传时，想起了几年前的一件事，那时我刚到县文化馆工作，我去杭州参加一个文学笔会期间，曾经去看望黄源老先生，当时年近八十的黄老先生知道他家乡海盐出了一个写小说的年轻作家后，曾给我来过一封信，对我进行了一番鼓励，并要我去杭州时别忘了去看望他。

我如约前往。黄老先生很高兴，他问我家住在海盐什么地方？我告诉他住在医院宿舍里。他问我医院在哪里？我说在电影院西边。他又问电影院在哪里？我说在海盐中学旁边。他问海盐中学又在哪里？

我们两个人这样的对话进行了很久，他说了一些地名我也不知道，直到我起身告辞时，还是没有找到一个双方都知道的地名。同样一个海盐，在黄源老先生那里，和在我这里成了两个完全不同的记忆。

我在想，再过四十年，如果有一个从海盐来的年轻人，和我坐在一起谈论海盐时，也会出现这样的情况。

1994 年 5 月

医院里的童年

　　我童年的岁月在医院里。我的父亲是一位外科医生，母亲是内科医生。我没有见到过我的祖父和祖母，他们在我出生前就去世了，而我的外公和外婆则居住在另外的城市。在我的记忆里，外婆从来没有来过我们的县城，只有外公隔上一两年来看望我们一次。我们这一代人有一点比较类似，那就是父母都在忙于工作，而祖辈们则在家清闲着，于是他们理所当然地照看起了孩子，可是我没有这样的经历。对我来说，外公和外婆的存在，主要是每个月初父母领工资时，母亲都要父亲给外公他们寄一笔钱。这时候我才会提醒自己：我还有外公和外婆，他们住在绍兴。

　　与我的很多同龄人不一样，我和我哥哥没有拉着祖辈们的衣角成长，而是在医院里到处乱窜，于是我喜欢上了病区走廊上的来苏儿的气味，而且学会了用酒精棉球擦洗自己的手。我经常看到父亲手术服上沾满血迹地走过来，对我看上一眼，又匆匆走去，繁忙的工作都使他不愿意站住脚和我说上一两句话。这方面我母亲要好些，当我从她的内科门诊室前走过时，有时候她会叫住我，没有病人的时候我还可以在她身边坐上一会儿。

那时候我还没有上小学，我记得一座木桥将我父母工作的医院隔成两半，河的南岸是住院部，门诊部在河的北岸，医院的食堂和门诊在一起。夏天的傍晚，我父亲和他的同事们有时会坐在桥栏上聊天。那是一座有人走过来就会微微晃动的木桥，我看着父亲的身体也在晃动，这情景曾经让我胆战心惊，不过夏季时晚霞让河水泛红的景色至今令我难忘。我记得自己经常站在那里，双手抓住桥栏看着下面流动的河水，我在河水里看到了天空如何从明亮走向黑暗的历程。

我清楚地记得有一天我父亲上班时让我跟在他的身后，他在前面大步流星地走着，而我必须用跑步的速度才能跟上他。到了医院的门诊部，他借了医院里唯一的一辆自行车，让我坐在前面，他骑着自行车穿过木桥，在住院部转了一圈，又从木桥上回到了门诊部，将车送还以后，他就走进了手术室，而我继续着日复一日的在医院里的游荡生活。

这是我童年里为数不多的奢侈的享受，原因是有一次我吃惊地看到父亲骑着自行车出现在街上，我的哥哥就坐在后座上，这情景使我伤心欲绝，我感到自己被抛弃了，是被幸福抛弃。我不知道自己流出了多少眼泪，提出了多少次的请求，最后又不知道等待了多少日子，才终于获得那美好的时刻。当自行车从桥上的木板驶过去时，发出了嘎吱嘎吱的响声，这响声让我回味无穷，能让我从梦中笑醒。

在医院游荡的时候，我和我的哥哥经常在手术室外活动，因为那里有一块很大的空地，阳光灿烂的时候总是晾满了床单，我们喜欢在床单之间奔跑，让潮湿的床单打在我们脸上。这也是我童年经常见到血的时候，我父亲每次从手术室出来时，身上都是血迹斑斑，即使是口罩和手术帽也都难以幸免。而且手术室的护士几乎每天都会从里面提出一桶血肉模糊的东西，将它们倒进不远处的厕所里。

有一次我们偷了手术室的记事本，那是一本硬皮的记事本，我们并不知道它的重要，只是因为喜欢它坚硬的封皮，就据为己有。那时候的人生阅历已经让我们明白不能将它拿回家，于是我们在手术室外撬开了一块铺地砖，将记事本藏在了下面。结果引起了手术室一片混乱，他们在一夜之间失去了一年的记录，有几天他们翻箱倒柜地寻找，我哥哥也加入了进去，装模作样地和他们一起寻找。我哥哥积极的表现毫无用处，当他们意识到无法找回记事本时，就自然地怀疑起整日在那里游手好闲的我们。

于是审问开始了，他们先从我哥哥那里下手，我哥哥那时候已经知道问题有多么严重了，所以他坚决否认，一副宁死不屈的模样。接下来就轮到我了，他们叫来了我们的母亲，让她坐在我的身边，手术室的护士长说几句话就会去看我的母亲，我母亲也就跟着她的意思说。有几次我差点要招供了，因为那个平时很少理睬我们的护士长把我捧上了天，她说我聪明、懂事、听话、漂亮，凡是她想起来的赞美之词全部用上了，我从来没有一下子听到这么多甜蜜的恭维，我被感动得眼泪汪汪，而且我母亲的神态似乎也在鼓励我说出真相。如果不是我哥哥站在一旁凶狠地看着我，我肯定抵挡不住了，我实在是害怕我哥哥对我秋后算账。

后来，他们很快忘记了那个记事本，就是我们这两个小偷也忘记了它，我想它很可能在那块正方的地砖下面腐烂了，融入到泥土之中。当那个护士长无可奈何地站起来时，我看到自己的母亲松了一口气，这情景时隔三十多年以后，在我眼前依然栩栩如生。

"文革"开始后，手术室外面的空地上搭起了一个礼堂一样大的草棚，医院所有的批斗会都在草棚里进行，可是这草棚搭起来没多久就被我们放了一把火烧掉了。我们在草棚旁玩消防队救火的游戏，我哥哥划一根火柴点燃草棚的稻草，我立刻用尿将火冲灭。可是我们忘记了自己的尿无法和消防队的水龙头相比，它可以源源不断，而我们的尿却无法接二连三。当我哥哥第二次将草棚点燃，吼叫着让我快撒尿时，我只能对他苦笑了。

星星之火，可以燎原。当火势熊熊而起时，我哥哥拔腿就跑，我却站在那里不知所措，我看着医院里的人纷纷跑了出来，我父亲提着一桶水冲在最前面，我立刻跑过去对我父亲说：这火是我哥哥放的。

我意思是想说这火不是我放的，我的声音十分响亮，在场的人都听到了。当时我父亲只是嗯了一声，随后就从我身旁跑了过去。后来我才知道当初的那句话对我父亲意味着什么，那时候他正在被批斗，好不容易遇上一个救火当英雄的机会，结果一个混小子迎上去拦住他，说了这么一句足可以使他萌生死意的话。

我母亲将我和我哥哥寄住到他们的一位同事家中，我们在别人的家中生活了近一个月。这其间我父亲历尽磨难，就是在城里电影院开的批斗会上，他不知道痛哭流涕了多少次，他像祥林嫂似的不断表白自己，希望别人能够相信他，我们放的那把火不是他指使的。

一个月以后，母亲将我们带回家。一进家门，我们看到父亲穿着衣服躺在床上，母亲让我们坐在自己床上，然后走过去对父亲说：他们来了。我父亲答应了一声后，坐起来，下了床，他提着一把扫帚走到我们面前，先让我哥哥脱了裤子扑在床上，然后是我。我父亲用扫把将我们的屁股揍得像天上的彩虹一样五颜六色，使我们很长时间都没法在椅子上坐下来。

从此，我和我哥哥名声显赫起来，县城里几乎所有的孩子都知道向阳弄里住着两个纵火犯。而且我们的形象上了大字报，以此告诫孩子们不要玩火。我看到过大字报上的漫画，我知道那个年龄小的就是我，我被画得极其丑陋，当时我不知道漫画和真人不一样，我以为自己真的就是那么一副嘴脸，使我在很长时间里都深感自卑。

我读小学以后，我们家搬进了医院的宿舍楼，宿舍就建在我们的纵火之地，当时手术室已经搬走，原先的平房改成了医院总务处和供血室，同时又在我家对面盖了一幢小房子，将它作为太平间，和厕所为邻。

后来的日子，我几乎是在哭泣声中成长。那些因病逝去的人，在他们的身体被火化之前，都会在我窗户对面的太平间里躺上一晚，就像漫漫旅途中的客栈，太平间以无声的姿态接待了那些由生向死的匆匆过客，而死者亲属的哭叫声只有他们自己可以听到。

当然我也听到了。我在无数个夜晚里突然醒来，聆听那些失去亲人以后的悲痛之声。居住在医院宿舍的那十年里，可以说我听到了这个世界上最为丰富的哭声，什么样的声音都有，到后来让我感到那已经不是哭声，尤其是黎明来临时，哭泣者的声音显得漫长持久，而且感动人心。我觉得哭声里充满了难以言传的亲切，那种疼痛无比的亲切。有一段时间，我曾经认为这是世界上最为动人的歌谣。

就是那时候我发现，很多人都是在黑夜里逝去的。白天的时候，我上厕所经常从太平间的门口走过，我看到里面只有一张水泥床，显得干净整洁。有时候我会站在自己的窗口，看着对面那一间有些神秘的小屋，它在几棵茂盛的大树下。

那时夏天的炎热难以忍受，我经常在午睡醒来时，看到草席上汗水浸出来的自己的体形，有时汗水都能将自己的皮肤泡白了。于是有一次我走进了对面的太平间，我第一次发现太平间里极其凉爽，我在那张干净的水泥床上躺了下来。在那个炎热的中午，我感受的却是无比的清凉，它对于我不是死亡，而是幸福和美好的生活。后来，我读到了海涅的诗句，他说："死亡是凉爽的夜晚。"

长大成人以后，我读到过很多回忆录，我注意到很多人的童年都是在祖父或者外婆们的身旁度过的，而我全部的童年都在医院里，我感到医院养育和教导了我，它就是我出生前已经逝去的祖父和祖母，就是我那在"文革"中逝去的外公，就是十来年前逝去的外婆。如今，那座医院也已经面目全非，我童年的医院也已经逝去了。

1998 年 5 月 26 日

土　地

　　我觉得土地是一个充实的令人感激的形象，比如是一个祖父，是我们的老爷子。这个历尽沧桑的老人懂得真正的沉默，任何惊喜和忧伤都不会打动他。他知道一切，可是他什么都不说，只是看着，看着日出和日落，看着四季的转换，看着我们的出生和死去。我们之间的相爱和勾心斗角，对他来说都是一回事。

　　大约是在四五岁的时候，我离开了杭州，跟随父母来到一个名叫海盐的小县城。我在一条弄堂的底端一住就是十多年，县城弄堂的末尾事实上就是农村了。我的童年和少年时期，在那块有着很多池塘、春天开放着油菜花、夏天里满是蛙声的土地上，干了很多神秘的已经让我想不起来的坏事，偶尔也做过一些好事。

　　回忆使我看到了过去的炊烟，从农舍的屋顶出发，缓慢地汇入到傍晚宁静的霞光里。田野在细雨中的影像最为感人，那时候它不再空旷，弥漫开来的雾气不知为何让人十分温暖。我特别喜欢黄昏收工时农民的吆喝，几头被迫离开池塘的水牛，走上了狭窄的田埂。还有来自蔬菜地的淡淡的粪味，这南方农村潮湿的气息，对我来说就是土地的清香。

这就是土地给予我，一个孩子的最初的礼物。它向我敞开胸膛，让我在上面游荡时感到踏实，感到它时刻都在支撑着我。

我童年伙伴里有许多农村孩子，他们最突出的形象是挎着割草篮子在田野里奔跑，而我那时候是房屋的囚徒。父母去上班以后，就把我和哥哥反锁在屋里，我们只能羡慕地趴在楼上的窗口，眺望那些在土地上施展自由的孩子，他们时常跑到楼下来和我们对话，他们最关心的是在楼上究竟能望多远，我哥哥那时已经懂得如何炫耀自己，他告诉他们能望到大海。那些楼下的孩子个个目瞪口呆，谎言使我哥哥体会到了自己的优越。然而当他们离去时，他们黝黑的身体在夏天的阳光里摇摇晃晃，嫉妒就笼罩了哥哥和我。那些农村孩子赤裸的脚和土地是那么和谐。

后来我到了上学的年龄，就开始有机会和他们一起玩耍。那时候的农民都没有锁门的习惯，他们的孩子成为了我的朋友以后，我就可以大模大样地在他们的屋子里走进走出，屋中有没有人对我来说无所谓。我可以随便揭开他们的锅盖，看看里面有没有年糕之类的食物，或者在某个角落拿一个西红柿什么的。当然更多的时候我是挎着一个割草篮子，追随着他们。他们中间有一个年龄稍大的，好像比我哥哥大一岁，他叫什么名字我已经忘了，只记得他很会吹牛。我印象最深的一次，是他说他父母结婚时，他吃了满满一篮子糖果。当时我们几个年龄小的，都被他骗得瞠目结舌。后来是几个年龄大的孩子揭穿了他，向他指出那时候他还没有出生呢，他只是嘿嘿一笑，一点也不惭愧。这个家伙有一次穿着一条花短裤，那色彩和条纹和我母亲当时的一条短裤一模一样，当我正要这样告诉他时，哥哥捂住了我的嘴，比我大两岁的哥哥已经知道我要说什么，过了一会儿他悄悄告诉我，如果我刚才说出那句话，他们就会说我母亲的下流话，当时我心里是一阵阵地紧张。

那个爱吹牛的孩子很早就死去了，是被他父亲一拳打死的。当时他正靠墙站着，他父亲一拳打在他的脖子上，打断了颈动脉。当场就死了。这事在当时很出名，我父亲说他如果不是靠墙站着，就不会死去，因为他在空地上摔倒时会缓冲一下。父亲的话对我很起作用，此后每当父亲发怒时，我赶紧站到屋子中央，免得也被一拳打死。他家弟兄姐妹有六个，他排行第四。所以他死后，他的家人也不是十分悲伤，他们更多的是感叹他父亲的倒霉，他父亲为此蹲了两年的监狱。他被潦草地埋在一个池塘旁，坟堆不高，从我家楼上的窗口可以清楚地看到。很长时间里，他都作为吓唬人的工具被我们这些孩子利用。我哥哥常常在睡觉时悄声告诉我，说他的眼睛正挂在我家黑暗的窗户上，吓得我用被子蒙住头不敢出气。有时候在晚上，我会鼓起勇气偷偷看一眼他的坟堆，我觉得他的坟还不是最可怕的，吓人的是坟旁一棵榆树，树梢在月光里锋利地抖动，这才是真正的可怕。几年以后，他的坟消失了，他被土地完全吸收以后，我们也就完全忘记了他。

当时住在弄堂里的城镇孩子，常和这些农村的孩子发生争吵。我们当时小小的年龄就已经明白了自己是城里人，还是乡下人；知道自己为什么优越，为什么自卑。弄堂里的孩子和农村的孩子集体斗殴是经常发生的。有一次我站到了农村孩子一边，我哥哥就叫我叛徒。我和那些农村孩子经常躲在稻浪里，密谋当然也包括我的哥哥，袭击自己哥哥的方案是最让我苦恼的。我之所以投奔他们，背叛自己弄堂里的同类，是因为他们重视我，我小小的自尊心会得到很大的满足。如果我站到弄堂里的孩子一边，年龄的劣势只能让我做一个小走卒。

我的行为给我带来了一个凄凉的夜晚，当时弄堂里为首的一个大孩子叫刘继生，他能吹出迷人的笛声，他经常坐在窗口吹出卖梨膏糖的声音，我们这些馋嘴的孩子上当后拼命奔跑过去，看到的是他坐在窗前哈哈大笑。他十八岁那年得黄疸肝炎死去了。他家院子里种着葡萄，那一年夏天的晚上，弄堂里的很多孩子都坐在葡萄架下，他母亲给他们每人一串葡萄，我哥哥也坐在那里。我因为背叛了他们，便被拒绝在门外。我一个人坐在外面的泥地上，听着他们在里面说话和吃葡萄。我的那些农村盟友不知都跑哪儿去了，我孤单一人，在月光下独自凄凉。

我八岁的时候，曾经有过一次冒险的远足。一个比我大几岁的农村孩子，动身去看他刚刚死去的外祖父。他可能是觉得路上一个人太孤单，所以就叫上在夏天中午里闲逛的我。他骗我只有很近的路，就是马上就能回来，我就跟着他去了。我们在烈日下走了足足有三个小时，这个家伙一路上反复说：就在前面拐弯那地方。可是每次拐了弯以后他仍然这么说，把我累得筋疲力尽，最后到那地方时恰恰不用拐弯了。他一到那地方就不管我了，我问他什么时候回去，他说是明天。这使我非常紧张，我迅速联想到父母对我的惩罚。我缠着他，硬要他立刻带我回去，他干脆就不理我。于是在一个我完全陌生的老人下葬时，我号啕大哭，哭得比谁都要伤心。后来是他的一个表哥，大约十六七岁，送我回了家。我记得他有一张瘦削的脸，似乎很白净，路上他不停地和我说话，他笑的样子使我当时很崇拜。他详细告诉我夜晚如何到竹林里去捕麻雀，他那时在我眼中已经是一个成年人了。我从来没有和一个成年人如此亲密地说话，所以我非常喜欢他。那天回到家中时天都黑了，一进家门我就淹没在父母的训斥之中，害怕使我忘记了一切。一直到第二天清晨醒来后，我才又想起他。他送我回家后，都没有跨进我的家门，我也不知道他是什么时候离开的。

那一天是我第一次看到什么是葬礼。那个死去的老人的脸上被一种劣质的颜料涂抹后，使死者的脸显得十分古怪。他没有躺在棺材里，而是被一根绳子固定在两根竹竿上，面向耀眼的天空，去的地方则是土地。人们把他放在一个事先挖好的坑中，然后盖上了泥土。就像我有一次偷了父亲的放大镜，挖个坑放进去盖上泥土一样。土地可以接受各种不同的东西，在那个夏日里，这个老人生前无论是作恶多端，还是广行善事，土地都是同样沉默地迎接了他。

1992 年 3 月 12 日

麦田里

　　我在南方长大成人，一年四季、一日三餐的食物都是大米，由于很少吃包子和饺子，这类食物就经常和节日有点关系了。小时候，当我看到外科医生的父亲手里提着一块猪肉，捧着一袋面粉走回家来时，我就知道这一天是什么日子了。我小时候有很多节日，5月1日是劳动节，6月1日是儿童节，7月1日是共产党的生日，8月1日是共产党军队的生日，10月1日是共产党中国的生日，还有元旦和春节，因为我父亲是北方人，这些日子我就能吃到包子或者饺子。

　　那时候我家在一个名叫武原的小镇上，我在窗前可以看到一片片的稻田，同时也能够看到一小片的麦田，它在稻田的包围中。这是我小时候见到的绝无仅有的一片麦田，也是我最热爱的地方。我曾经在这片麦田的中央做过一张床，是将正在生长中的麦子踩倒后做成的，夏天的时候我时常独自一人躺在那里。我没有在稻田的中央做一张床是因为稻田里有水，就是没有水也是泥泞不堪，而麦田的地上总是干的。

　　那地方同时也成了我躲避父亲追打的乐园，不知为何我经常在午饭前让父亲生气，当我看到他举起拳头时，立刻夺门而逃，跑到了我的麦田，躺在麦子之上，忍受着饥饿去想象那些美味无比的包子和饺子，那些咬一口就会流出肉汁的包子和饺子，它们就是我身旁的麦子做成的。这些我平时很少能够吃到的，在我饥饿时的想象里成为了信手拈来的食物。而对不远处的稻田里的稻子，我知道它们会成为热气腾腾的米饭，可是虽然我饥肠辘辘，对它们仍然不屑一顾。

我一直那么躺着，并且会进入梦乡，等我睡一觉醒来时，经常是傍晚了，我就会听到父亲的喊叫，父亲到处在寻找我，他喊叫的声音随着天色逐渐暗淡下来变得越来越焦急。这时候我才偷偷爬出麦田，站在田埂上放声大哭，让父亲听到我和看到我，然后等父亲走到我身旁，我确定他不再生气后，我就会伤心欲绝地提出要求，我说我不想吃米饭，我想吃包子。

我父亲每一次都满足了我的要求，他会让我爬到他的背上，让我把眼泪流在他的脖子上，让饥饿使我胃里有一种空洞的疼痛时，父亲将我背到了镇上的点心店，使我饱尝了包子或者饺子的美味。

后来我父亲发现了我的藏身之处。那一次还没有到傍晚，他在田间的小路上走来走去，怒气冲冲地喊叫着我的名字，威胁着我，说如果我再不出去的话，他就会永远不让我回家。当时我就躺在麦田里，我一点都不害怕，我知道父亲不会发现我。虽然他那时候怒气十足，可是等到天色黑下来以后，他就会怒气全消，就会焦急不安，然后就会让我去吃上一顿包子。

让我倒霉的是，一个农民从我父亲身旁走过去了，他在田埂上看到麦田里有一块麦子倒下了，他就在嘴里抱怨着麦田里的麦子被一个王八蛋给踩倒了，他骂骂咧咧地走过去，他的话提醒了我的父亲，这位外科医生立刻知道他的儿子身藏何处了。于是我被父亲从麦田里揪了出来，那时候还是下午，天还没有黑，我父亲也还怒火未消，所以那一次我没有像往常那样因祸得福地饱尝一顿包子，而是饱尝了皮肉之苦。

1998 年 2 月 23 日

包子和饺子

在我小时候，包子和饺子都是属于奢侈的食物，只有在逢年过节时才有希望吃到。那时候，我还年轻的父亲手里捧着一袋面粉回家时，总喜欢大叫一声："面粉来啦!"这是我童年记忆里最为美好的声音。

然后，我父亲用肥皂将脸盆洗干净，把面粉倒入脸盆，再加上水，他就开始用力地揉起了面粉。我的工作就是使劲地按住脸盆，让它不要被父亲的力气掀翻。我父亲高大强壮，他揉面粉时显得十分有力，我就是使出全身的力气按住脸盆，脸盆仍然在桌上不停地跳动，将桌子拍得咚咚直响。

这时候，我父亲就会问我："你猜一猜，今天我们吃的是包子呢?还是饺子?"

我需要耐心地等待。我要看他是否再往面粉里加上发酵粉，如果加上了，他又将脸盆抱到我的床上，用我的被子将脸盆捂起来，我就会立刻喊叫："吃包子。"

如果他揉完了面粉，没有加发酵粉，而是将调好味的馅端了过来，我就知道接下去要吃到的一定是饺子了。

这是我小时候判断包子和饺子区别时的重要标志。包子的面粉通过发酵，蒸熟后里面有许多小孔，吃到嘴里十分松软。而包饺子的面粉是不需要发酵的，我们称之为"死面"。当然，将它们做完后放在桌上时，我就不需要这些知识了，我一眼就可以看出它们的区别，形状圆圆的一定是包子；像耳朵一样的自然是饺子了。

我七岁的时候，父亲带着我去他的老家山东。我记得我们先是坐船，接着坐上了汽车，然后坐的是火车，到了山东以后，我们又改坐汽车，最后我们是坐着马车进入我父亲的村庄。那是冬天的时候，田野里一片枯黄，父亲带着我走进了他姑妈的家。我的祖父母在我出生前就去世了。我父亲的姑妈，也就是我祖父的妹妹，当时正坐在灶前烧火，见到分别近二十年的侄儿回来了，她一下子跳了起来，哇哇地与我父亲说了一堆我那时候听不懂的山东话。然后揭开锅盖，给我一碗热气腾腾的玉米糊。

这是我到父亲家乡吃到的第一顿饭。在父亲老家的一个月，我每天都喝玉米糊。那地方流传着这样一句话：人走红运，张嘴飞进白馍馍。白馍馍就是馒头，或者说是没有馅的包子。意思就是谁要是吃上了馒头，谁就交上好运了。遇上了好运才只是吃到馒头，如果吃到了饺子或者包子，就不知道是什么样的好运了。所以我在父亲姑妈的家里，只能每天喝玉米糊。

在我们快要离开时，我终于吃上了一次饺子。那是我父亲的表弟来看我们，他来的时候手里提着一块猪肉，一进村庄就被一群孩子围住了，这些孩子一年里见不到几次猪肉，他们流着口水紧跟着我父亲的表弟，来到了我父亲姑妈的家门口。当我父亲和他的姑妈、表弟坐在炕上包饺子时，那些孩子还不时地将脑袋从门外探进来张望一下。

当饺子煮熟后热气腾腾地端上来，我吃到了这一生最难忘的饺子，我咬了一口，那饺子和盐一样咸，将一只饺子放进嘴里，如同抓一把盐放进嘴里似的，把我咸得满头大汗，我只能大口大口地喝玉米糊，来消除嘴里的咸味。后来我父亲告诉我，他家乡的饺子不是作为点心来吃的，而是喝玉米糊时让嘴巴奢侈一下的菜，就像我们南方喝粥时吃的咸菜一样。

我在读小学的时候，每一个学期都会安排一次学工，或者是学农和学军。学工就是让我们去工厂做工，学农经常是去农村收割稻子，而我们最喜欢的是学军，学军就是学习解放军，让我们一个年级的孩子排成队行军，走向几十里路外的某一个目的地。我们经常是天没亮就出发了，自带午餐，到了目的地后坐下来吃完午餐，然后又走回来，回家时往往已经是天黑了。

这也是我除了逢年过节以外，仍然有希望吃到包子的日子。我母亲会给我一角钱，让我自己去街上买两个包子，用旧报纸包起来放进书包，这就是我学军时的午餐。对我来说，这可是一年里为数不多的美味。我的哥哥这时候总能分享这一份美味。当时我是用一根绳子系裤子，我没有皮带，而我哥哥有一根皮带，我非常希望自己能够在衣服外面再扎上一根皮带，这样我会感到自己真正像一个军人了。于是我就用一个包子去和哥哥交换皮带。

在我学军的这一天，我和哥哥天没有亮就出门，我们走到街上的点心店，我用母亲给的一角钱买下两个包子，那是刚出笼的包子，蒸发着热气，带着麦子的香味来到我的手中，我看着哥哥取下自己的皮带，他先交给我皮带，我才递给他包子。我将剩下的一个包子放进书包，将哥哥的皮带扎在衣服外面，然后向学校跑去。我哥哥则在后面慢慢地走着，他一手提着快要滑下来的裤子，另一只手拿着包子边吃边走。接下去他会去找一根绳子，随便对付一天，因为到了晚上我就会把皮带还给他。

我活了三十多年，不知道吃下去了多少包子和饺子，我的胃消化它们的同时，我的记忆也消化了它们，我忘记了很多可能是有趣的经历，不过有一次令我难忘。那是十年前，我们几个人去天津，天津的朋友请我们去狗不理包子铺吃饭。

那一天，我们在狗不理包子铺坐下来以后，刚好十个人。各式各样的包子一笼一笼端了上来，每笼十个包子，刚好一人一个。天津的狗不理包子有七十多个品种，区别全在馅里面，有猪肉馅、牛肉馅、羊肉馅，有虾肉馅、鱼肉馅，还有各种蔬菜馅；有甜的、有咸的，也有酸的和苦的，有几十种。刚坐下来的时候，我们雄心勃勃，准备将所有的品种全部品尝，可是吃到第三十六笼以后，我们谁也吃不下去了，每个人都把自己的胃撑得像包子皮一样薄，谁也不敢再吃了，再吃就会将胃撑破了，而桌上包子还在增加，最后我们发现就是看着这些包子，也使我们感到害怕了，于是我们站起来，小心翼翼地站起来，小心翼翼地走下了楼梯，小心翼翼地来到了街上。

我们一行十个人站在街道旁，谁也不敢立刻过马路，我们吃得太多了，使我们走路都非常困难，我们怕自己走得太慢，会被街上快速行驶的汽车撞死。

那天下午，我们就这样站在街道上，互相看着嘿嘿地笑，其实我们是想放声大笑，可是我们不敢，我们怕大笑会将胃笑破。我们一边嘿嘿地笑，一边打着嗝，打出来的嗝有着五花八门的气味，这时候我们想起了中国那句古老的成语——百感交集。

1999 年 7 月

十九年前的一次高考

潘阳让我为《全国高考招生》杂志写一篇文章，说说我当初考大学时的情景，我说我当初没有考上大学，潘阳说这样更有意思。潘阳是我的朋友，他让我写一篇怎样考不上大学的文章，我只好坐到写字桌前，将我十九年前的这一段经历写出来。

我是 1977 年高中毕业的，刚好遇上了恢复高考。当时这个消息是突然来到的，就在我们毕业的时候都还没有听说，那时候只有工农兵大学生，就是高中毕业以后必须去农村或者工厂工作两年以后，才能去报考大学。当时我们心里都准备着过了秋天以后就要去农村插队落户，突然来消息说我们应届高中毕业生也可以考大学，于是大家一片高兴，都认为自己有希望去北京或者上海这样的大城市生活，而不用去农村了。

其实我们当时的高兴是毫无道理的，我们根本就不去想自己能不能考上大学，对自己有多少知识也是一无所知。我们这一届学生都是在"文革"开始那一年进入小学的，"文革"结束那一年高中毕业，所以我们没有认真学习过。我记得自己在中学的时候，经常分不清上课铃声和下课的铃声，我经常是在下课铃声响起来时，夹着课本去上课，结果看到下课的同学从教室里拥了出来。那时候课堂上就像现在的集市一样嘈杂，老师在上面讲课的声音根本听不清楚，学生在下面嘻嘻哈哈地说着自己的话，而且在上课的时候可以随便在教室里进出，哪怕从窗口爬出去也可以。

四年的中学，就是这样过来的，所以到了高考复习的时候，我们很多同学仍然认真不起来，虽然都想考上大学，可是谁也不认真听课，坏习惯一下子改不过来。倒是那些历届的毕业生，显得十分认真，他们大多在农村或者工厂待了几年和十几年了，他们都已经尝到了生活的艰难，所以他们从心里知道这是一次改变自身命运的极好机会。1977年的第一次高考下来，我们整个海盐县只录取了四十多名考生，其中应届生只有几名。

我记得当时在高考前就填写志愿了，我们班上有几个同学填写了剑桥大学和牛津大学，成为当时的笑话。不过那时候大家对大学确实不太了解，大部分同学都填写了北大和清华，或者复旦、南开这样的名牌大学，也不管自己能否考上，先填了再说，我们都不知道填志愿对自己能否被录取是很重要的，以为这只是玩玩而已。

高考那一天，学校的大门口挂上了横幅，上面写着：一颗红心，两种准备。教室里的黑板上也写着这八个字，两种准备就是录取和落榜。一颗红心就是说在祖国的任何岗位上都能做出成绩。我们那时候确实都是一颗红心，一种准备，就是被录取，可是后来才发现我们其实做了后一种的准备，我们都落榜了。

高考分数下来的那一天，我和两个同学在街上玩，我们的老师叫住我们，声音有些激动，他说高考分数下来了。于是我们也不由得激动起来，然后我们的老师说：你们都落榜了。

就这样，我没有考上大学，我们那个年级的同学中，只有三个人被录取了。所以同学们在街上相遇的时候，都是落榜生，大家嘻嘻哈哈地都显得无所谓，落榜的同学一多，反而谁都不难受了。

　　后来我就没再报考大学，我的父母希望我继续报考，我不愿意再考大学，为此他们很遗憾，他们对我的估计超过我的信心，他们认为我能够考上大学，我自己觉得没什么希望，所以我就参加了工作。先在卫生学校学习了一年，然后分配到了镇上的卫生院，当上了一名牙医。我们的卫生院就在大街上，空闲的时候，我就站到窗口，看着外面的大街，有时候会呆呆地看上一两个小时。后来有一天，我在看着大街的时候，心里突然涌上了一股悲凉，我想到自己将会一辈子看着这条大街，我突然感到没有了前途。就是这一刻，我开始考虑起自己的一生应该怎么办，我决定要改变自己的命运，于是我开始写小说了。

1996 年 4 月 8 日

我的第一份工作

我的第一份工作是拔牙，我是在 1978 年 3 月获得这份工作的。那个时候个人是没有权利选择工作的，那个时候叫国家分配。我中学毕业时刚好遇上 1977 年 "文革" 后的第一次高考，可是我不思进取没有考上大学，那一届的大学名额基本上被陈村这样的人给掠夺了，这些人上山下乡吃足了苦头，知道考大学是改变自己命运的良机，万万不能错过。而我是少年不识愁滋味，一头栽进卫生院。国家把我分配到了海盐县武原镇卫生院，让我当起了牙医。

牙医是什么工作？在过去是和修鞋的修钟表的打铁的卖肉的理发的卖爆米花的一字儿排开，撑起一把洋伞，将钳子什么的和先前拔下的牙齿在柜子上摆开，以此招徕顾客。我当牙医的时候算是有点医生的味道了，大医院里叫口腔科，我们卫生院小，所以还是叫牙科。我们的顾客主要是来自乡下的农民，农民都不叫我们 "医院"，而是叫 "牙齿店"。其实他们的叫法很准确，我们的卫生院确实像是一家店，我进去时是学徒，拔牙治牙做牙镶牙是一条龙学习，比我年长的牙医我都叫他们师傅，根本没有正规医院里那些教授老师主任之类的

31

称呼。

　　我的师傅姓沈，沈师傅是上海退休的老牙医，来我们卫生院发挥余热。现在我写下沈师傅三个字时，又在怀疑是不是孙师傅，在我们海盐话的发音里"沈"和"孙"没有区别，还是叫沈师傅吧。那时候沈师傅六十多岁，个子不高，身体发胖，戴着金丝框的眼镜，头发不多可是梳理得十分整齐。

　　我第一次见到沈师傅的时候，他正在给人拔牙，可能是年纪大了，所以他的手腕在使劲时，脸上出现了痛苦的表情，像是在拔自己的牙齿似的。那一天是我们卫生院的院长带我过去的，告诉他我是新来的，要跟着他学习拔牙。沈师傅冷淡地向我点点头，然后就让我站在他的身旁，看着他如何用棉球将碘酒涂到上颚或者下颚，接着注射普鲁卡因。注射完麻醉后，他就会坐到椅子上抽上一根烟，等烟抽完了，他问一声病人："舌头大了没有？"当病人说大了，他就在一个盘子里选出一把钳子，开始拔牙了。

　　沈师傅让我看着他拔了两次后，就坐在椅子里不起来了，他说下面的病人你去处理。当时我胆战心惊，心想自己还没怎么明白过来就匆忙上阵了，好在我记住了前面涂碘酒和注射普鲁卡因这两个动作，我笨拙地让病人张大嘴巴，然后笨拙地完成了那两个动作。在等待麻醉的时候，我实在是手足无措，这中间的空闲在当时让我非常难受。这时候沈师傅递给我一支烟，和颜悦色地和我聊天了，他问我父母是做什么工作的，家里有几个兄弟姐妹。抽完了烟，聊天也就结束了。谢天谢地我还记住了那句话，我就学着沈师傅的腔调问病人舌头大了没有，当病人说大了，我的头皮是一阵阵地发麻，心想这叫什么事，可是我又必须去拔那颗倒霉的牙齿，而且还必须装着胸有成竹的样子，不能让病人起疑心。

我第一次拔牙的经历让我难忘，我记得当时让病人张大了嘴巴，我也瞄准了那颗要拔下的牙齿，可是我回头看到盘子里一排大小和形状都不同的钳子时，我不知道应该用哪一把，于是我灰溜溜地撤下来，小声问沈师傅应该用哪把钳子。沈师傅欠起屁股往病人张大的嘴巴里看，他问我是哪颗牙齿，那时候我叫不上那些牙齿的名字，我就用手指给沈师傅看，沈师傅看完后指了指盘子里的一把钳子后，又一屁股坐到椅子里去了。当时我有一种强烈的孤军奋战的感觉，我拿起钳子，伸进病人的嘴巴，瞄准后钳住了那颗牙齿。我很庆幸自己遇上的第一颗牙齿是那种不堪一击的牙齿，我握紧钳子只是摇晃了两下，那颗牙齿就下来了。

　　真正的困难是在后来遇上的，也就是牙根断在里面。刚开始牙根断了以后，坐在椅子里的沈师傅只能放下他悠闲的二郎腿，由他来处理那些枯枝败叶。挖牙根可是比拔牙麻烦多了，每一次沈师傅都是满头大汗。后来我自己会处理断根后，沈师傅的好日子也就正式开始了。当时我们的科室里有两把牙科椅子，我通常都是一次叫进来两个病人，让他们在椅子上坐下后，然后像是工业托拉斯似的，同时给他们涂碘酒和注射麻醉，接下去的空闲里我就会抽上一根烟，这也是沈师傅教的。等烟抽完了，又托拉斯似的给他们挨个拔牙，接着再同时叫进来两个病人。

　　那些日子我和沈师傅配合得天衣无缝，我负责叫进来病人和处理他们的病情，而沈师傅则是坐在椅子里负责写病历开处方，只有遇上麻烦时，沈师傅才会亲自出马。随着我手艺的不断提高，沈师傅出马的机会也是越来越少。

　　我们两个人成了很好的朋友，我记得那时候和沈师傅在一起聊天非常愉快，他给我说了很多旧社会拔牙的事。沈师傅一个人住在海盐

33

时常觉得孤单，所以他时常要回上海去，他每次从上海回来时，都会送给我一盒凤凰牌香烟。那时候凤凰牌香烟可是奢侈品，我记得当时的人偶尔有一支这样的香烟，都要拿到电影院去抽，在看电影时只要有人抽起凤凰牌香烟，整个电影院都香成一片，所有的观众都会扭过头去看那个抽烟的人。沈师傅送给我的就是这种香烟，他每次都是悄悄地塞给我，不让卫生院的同事看到。

　　沈师傅让我为他做过两件事，可是我都没有做好。第一件事是让我洗印照片，那时候我的业余爱好还不是写作，而是洗印照片，经常在一个同学家里，拿红色的玻璃纸包住灯泡后，开始洗印，我最喜欢做的就是拿着镊子，夹住照片在药水里拂动，然后看着照片上自己的脸和同学的脸在药水里渐渐浮现。沈师傅知道我经常干这些事，有一次他从上海回来后，交给我一张底片，让我在洗印照片时给他放大几张。那张底片是印在一块玻璃上的，我第一次见到这样的玻璃底片，是沈师傅的正面像。沈师傅当时一再叮嘱我要小心，别弄坏了底片，他说这是他自己最喜欢的一张底片，准备以后用来放大做遗像的。我当时听他说到遗像，心里吃了一惊，当时我很不习惯听到这样的话。后来我在同学家放大时，那位同学不小心将这张底片掉到地上弄碎了，我一个晚上都在破口大骂那位同学。到了第二天我硬着头皮去告诉沈师傅，说底片碎了，然后将已经放大的几张照片交给他。现在想起来当时沈师傅肯定很后悔，后悔将自己钟爱的底片交给我这种靠不住的人。不过当时他表现得很豁达，他说没关系，只要有照片就行，可以拿着照片去翻拍，这样就又有底片了。

　　沈师傅让我做的第二件事，是他离开海盐前对我说的，他说他快七十了，一个人住在海盐很累，他不想再工作了，要回家了。然后他说上海家里的窗户上没有栅栏，不安全，问我能不能为他弄一些钢条，我说没问题。沈师傅离开后没有几天，我就让一位同学在他们工厂拿了几十根手指一样粗的钢条出来，当时我们卫生院的一位同事刚好要去上海，我就将钢条交给她，请她带到上海交给沈师傅。沈师傅走后差不多一年，有一天他又回来了，可能是在上海待着太清闲，他又想念工作了，所以又回到了我们卫生院，我们两个人还是在一个门诊科室。他回来时像往常一样，悄悄塞给我一盒凤凰烟。我们还是像过去一样，一个负责拔牙，一个负责写病历开处方，空闲的时候我们一边抽烟一边聊天。有一天我突然想起了钢条，我就问他能不能用上，他说他没有收到钢条，然后才知道我们那位同事将钢条忘在她的床下了，忘了差不多有一年。这是沈师傅最后一次来我们卫生院工作，时间也很短，没多久他又回上海了，以后再也没有回来。我和沈师傅一别就是二十年，我没有再见到他。

这就是我的第一份工作，从十八岁开始，到二十三岁结束。我的第二份工作是写作，直到现在还在乐此不疲。我奇怪地感到自己青春的记忆就是牙医生涯的记忆，当我二十三岁开始写作以后，我的记忆已经不是青春的记忆了。这是我在写这篇文章时的发现，更换一份工作会更换掉一种记忆，我现在努力回想自己二十三岁以后的经历，试图寻找到一些青春的气息，可是我没有成功，我觉得二十三岁的自己和今天的自己没有什么两样，而牙医时的我和现在的我截然不同。十八年来，我一直为写作给自己带来的无尽乐趣而沾沾自喜，今天我才知道这样的乐趣牺牲了我的青春年华，连有关的记忆都没有了。我的安慰是，我还有很多牙医的记忆，这是我的青春，我的青春是由成千上万张开的嘴巴构成的，我不知道是喜是忧。

2001 年 4 月 12 日

回忆十七年前

　　章德宁打来电话，说今年9月是《北京文学》创刊五十周年的日子。章德宁在《北京文学》已经工作了二十多年，我成为《北京文学》的作者也有十七年了。我们在电话里谈到了周雁如，一位十年前去世的老编辑，在八十年代的前几年，她一直是《北京文学》的实际主编，十七年前的一个下午，我在电话里第一次听到她的声音，我相信这是一个改变我命运的电话。

　　当时我正在浙江海盐县的武原镇卫生院里拔牙，整个卫生院只有一部电话，是那种手摇的电话，通过总机转号，而我们全县也只有一个总机，在县邮电局里。我拿起电话时还以为是镇上的某一位朋友打来的，可是我听到了总机的声音，她告诉我说有一个北京长途。接下去我拿着电话等了差不多有一个小时，其间还有几个从我们镇上打进来的电话骚扰我，然后在快要下班的时候，我听到了周雁如的声音，她告诉我，我寄给《北京文学》的三篇小说都要发表，其中有一篇需要修改一下，她希望我立刻去北京。

　　这是我人生的转折点，这一年我二十三岁，做了五年的牙医，刚

36

刚开始写作，我还不知道自己今后的职业是写作，还是继续拔牙。我实在不喜欢牙医的工作，每天八小时的工作，一辈子都要去看别人的口腔，这是世界上最没有风景的地方，牙医的人生道路让我感到一片灰暗。当时我常常站在医院的窗口，看着下面喧闹的街道，心里重复着一个可怕的念头——难道我要在这里站一辈子？当时我最大的愿望就是能够进入县文化馆，因为我看到在文化馆工作的人经常在街道上游荡，我喜欢这样的工作，游手好闲也可以算是工作，我想这样的好工作除了文化馆以外，恐怕只有天堂里才有了。于是我开始写作了，我一边拔牙一边写作，拔牙是没有办法，写作是为了以后不拔牙。当时我对自己充满了希望，可是不知道今后的现实是什么。

就是在这时候，电话铃响了。当我们县里邮电局的总机告诉我是北京的长途时，我的心脏就开始狂跳了，我预感到是《北京文学》的电话，因为我们家在北京没有亲戚，就是有亲戚也应该和我的父母联系。电话接通后，周雁如第一句话就是告诉我，她早晨一上班就挂了这个长途，一直到下午快下班时才接通。我一生都不会忘记她当时的声音，说话并不快，可是让我感到她说得很急，她的声音清晰准确，她告诉我路费和住宿费由《北京文学》承担，这是我最关心的事，当时我每月的工资只有三十多元。她又告诉我在改稿期间每天还有出差补助，最后她告诉我《北京文学》的地址——西长安街 7 号，告诉我出了北京站后应该坐 10 路公交车。她其实并不知道我是第一次出门远行，可是她那天说得十分耐心和仔细，就像是在嘱咐一样，将所有的细节告诉了我。我放下电话，第二天就坐上汽车去了上海，又从上海坐火车去了北京。

1988 年，我在鲁迅文学院学习期间，曾经和一位朋友去看望周雁如，她那时已经离休了，住在羊坊店路的新华社宿舍里，这是我第一次也是最后一次去周雁如的家，她的家让我感到十分简单和朴素。那天周雁如很高兴，就像我第一次在《北京文学》编辑部见到她一样，事实上我每次见到她，她都显得很高兴，其实她一直在承受着来自生活的压力，她的丈夫和一个女儿长期患病，我相信这样的压力也针对着她的精神，可是她总是显得很高兴。那天从她家里出来后，她一直送我们到大街上，和我们分手的时候，她流出了眼泪，当我们走远了再回头看她，她还站在那里看着我们。这情景令我难忘，在此之前我们有过很多次告别，只有这一次让我看到了周雁如依依不舍的神情，是因为离休以后的她和工作时的她有所不同了，这样的不同也只是在分手告别的时候才显示出来。现在，当我写下这些时，想到周雁如去世都已经有十年了，而往事历历在目，我突然感到了人生的虚无。

我十分怀念那个时代，在八十年代的初期，几乎所有的编辑都在认真地阅读着自由来稿，一旦发现了一部好作品，编辑们就会互相传阅，整个编辑部都会兴奋起来。而且当时寄稿件不用花钱，只要在信封上剪去一个角，就让刊物去邮资总付了。我当时一边做着牙医，一边写着小说，我不认识任何杂志的编辑，我只知道杂志的地址，就将稿件寄给杂志，一旦退稿后，我就将信封翻过来，用胶水粘上后写下另一个杂志的地址，再扔进邮筒，当然不能忘了剪掉一个角。那个时期我的作品都是免费地在各城市间旅游着，它们不断地回到我的身旁，一些又厚又沉的信封。有时是一封薄薄的信，每当收到这样的信，我就会激动起来，经验告诉我某一部作品有希望了。

有一天，我收到了一封来自《北京文学》的薄薄的信，信的署名是王洁。王洁是我遇到的第一位重要的编辑，我所说的重要只是针对我个人而言。我认为自己很幸运，王洁在堆积如山的自由来稿中发现了我的作品，我的幸运使她读完了我的作品，而且幸运还在延续，她喜欢上了我的作品。正是她的支持和帮助使我敲开了《北京文学》之门。

1983 年 11 月，当我从海盐来到北京，第一次走进西长安街 7 号的《北京文学》编辑部，是中午休息的时候，王洁刚刚洗完了头，头发上还滴着水珠。然后是一位脸色红润的老太太走过来问我："你就是余华?"这位老太太就是周雁如。这情景在我的记忆里就像是日出一样，永远清晰可见。

我和王洁成为了很好的朋友，我来到北京改稿，不仅见到了一直给我写信的王洁，也认识了她的朋友。其中有一位叫大兵的朋友正在做生意，我改完稿离开北京时，就是王洁和大兵送我去北京站。第二年我来参加《北京文学》笔会时，他还来饭店看我，此后很多年没有再见，可是有一次我在上海的街道上行走时，突然听到有人在叫我的名字，我一看，大兵站在街道对面向我招手。又是很多年过去了，我再也没有得到大兵的消息。

其实我和王洁也已经有十来年没有见面了，当我在浙江的时候，我们保持着密切的通信，而当我定居北京以后，我们反而中断了联系。王洁后来离开了《北京文学》，她去了一家新的杂志，我忘了那家杂志的名字，只记得编辑部在王府井，1988 年我在鲁迅文学院时，我去过几次王洁的编辑部，最后一次去的时候，编辑部已经搬走了。我不知道她现在是不是还住在蒲黄榆，我很多次去过她的家，我记得她很会做菜，有一次我在她家附近办事，完事了就去她家，事先没有给她打电话，刚好遇上她在家里请朋友吃饭，她一打开门就说我有吃福。不过我的吃福并没有得到延续，大概是在 1989 年，王洁给我打电话，让我星期天去她家吃饭，我刚好有事没去，从此以后我们再没有联系过。我不知道她现在怎么样了，我想她的儿子应该长大成人了，我在海盐的时候曾经给她寄过一本书《怎样理解孩子的心灵》，那时候她的儿子还小，王洁回信告诉我，她因为忙没有读，她的儿子就整天催着她快去读。三年前我遇到一位音乐制作人，交谈中得知他和王洁曾在一个编辑部工作过，又在同一幢楼里住过，我就问他有没有王洁的电话，他说可以找到，找到后就告诉我，可能他没有找到，因为他一直没有告诉我。

十七年前我第一次来到北京，住了差不多有半个月，我三天就将稿子改完了，周雁如对我说不要急着回去，她让我在北京好好玩一玩。我就独自一人在冬天的寒风里到处游走，最后自己实在不想玩了，才让王洁替我去买火车票。我至今记得当初王洁坐在桌子前，拿着一支笔为我算账，我不断地说话打断她，她就说："你真是讨厌。"结账后王洁又到会计那里替我领了钱，我发现不仅我在北京改稿的三天有补助，连游玩的那些天也都有补助。最后王洁还给我开了一张证明，证明我在《北京文学》的改稿确有其事。当我回到海盐后，我才知道那一张证明是多么重要，当时的卫生院院长见到我的第一句话就是："有没有证明？"

从北京回到海盐后，我意识到小小的海盐轰动了，我是海盐历史上第一位去北京改稿的人。他们认为我是一个人才，不应该再在卫生院里拔牙了，于是一个月以后，我到文化馆去上班了。当时我们都是早晨七点钟上班，在卫生院的时候，我即使迟到一分钟都会招来训斥。我第一天去文化馆上班时，故意迟到了三个小时，十点钟才去，我想试探一下他们的反应，结果没有一个人对我的迟到有所反应，仿佛我应该在这个时间去上班。我当时的感觉真是十分美好，我觉得自己是在天堂里找到了一份工作。

2000 年 7 月 5 日

别人的城市

我生长在中国的南方，我的过去是在一座不到两万人的小城里，我的回忆就像瓦楞草一样长在那些低矮的屋顶上，还有石板铺成的街道、伸出来的屋檐、一条穿过小城的河流，当然还有像树枝一样从街道两侧伸出去的小弄堂，当我走在弄堂里的时候，那些低矮的房屋就会显得高大了很多，因为弄堂太狭窄了。

后来，我来到了北方，在中国最大的城市北京定居。我最初来到北京时，北京到处都在盖高楼，到处都在修路，北京就像是一个巨大的工地，建筑工人的喊叫声和机器的轰鸣声是昼夜不绝。

我年幼时读到过这样的句子："秋天我漫步在北京的街头……"这句子让我激动，因为我不知道在秋天的时候，漫步在北京街头会是什么样的感觉。当我最初来到北京时，恰好也是秋天，我漫步在北京的街头，看到宽阔的街道，高层的楼房，川流不息的人群车辆，我心想：这就是漫步在北京的街头。

应该说我喜欢北京，就是作为工地的北京也让我喜欢，嘈杂使北京显得生机勃勃。这是因为北京的嘈杂并不影响我内心的安静，当夜晚来临，或者是在白昼，我独自一人走在大街上，想着我自己的事，身边无数的人在走过去和走过来，可是他们与我素不相识。我安静地想着自己的事，虽然我走在人群中，却没有人会来打扰我。我觉得自己是走在别人的城市里。

如果是在我过去的南方小城里，我只要走出家门，我就不能为自己散步了，我不停地会遇上熟悉的人，我只能打断自己正在想着的事，与他们说几句没有意义的话。

北京对我来说，是一座属于别人的城市，因为在这里没有我的童年，没有我对过去的回忆，没有错综复杂的亲友关系，没有我最为熟悉的乡音，当我在这座城市里一开口说话，就有人会对我说："听口音，你不是北京人。"

我不是北京人，但我居住在北京，我与这座城市若即若离，我想看到它的时候，就打开窗户，或者走上街头；我不想看到它的时候，我就闭门不出。我不要求北京应该怎么样，这座城市也不要求我。我对于北京，只是一个逗留很久还没有离去的游客；北京对于我，就像前面说的，是一座别人的城市。我觉得作为一个作家，或者说作为我自己，住在别人的城市里是很幸福的。

1995 年 6 月 21 日

儿子的出生

我做了三十三年儿子以后，开始做上父亲了。现在我儿子漏漏已有七个多月了，我父亲有六十岁，我母亲五十八岁，我是又做儿子，又当父亲，属于承上启下，继往开来中的人。几个月来，一些朋友问我：当了父亲以后感觉怎么样？我说：很好。

确实很好，而且我只能这样回答，除了"很好"这个词，我不知道该怎样说。家里增加了一个人，一个很小很小的人，很小的脚丫和很小的手，我把他抱在怀里，长时间地看着他，然后告诉自己：这是我儿子，他的生命与我的生命紧密相连，他和我拥有同一个姓，他将叫我爸爸……

我就这样往下想，去想一切他和我相关的，直到再也想不出什么时，我又会重新开始去想刚才已经想过的。就这些所带来的幸福已让我常常陶醉，别的就不用去说了。

我儿子是以突然袭击的方式出现的，我和妻子毫无准备。1992年11月，我为了办理合同制作家去了浙江，二十天后当我回到北京，陈虹来车站接我时来晚了，我在站台上站了有十来分钟，她看到我以后边喊边跑，跑到我身旁她就累得喘不过气来，抓住我的衣服好几分钟说不出话，其实她也就是跑了四五十米。以后的几天，陈虹时常觉得很累，我以为她是病了，就上医院去检查，一检查才知道是怀孕了。

那时候我一个人站在外面吸烟，陈虹走过来告诉我：是怀孕了。陈虹那时什么表情都没有，她问我要不要这个孩子。我想了想后说："要。"

后来我一直认为自己当初说这话时是毫不犹豫的，陈虹却一口咬定我当时犹豫不决了一会儿，其实我是想了想。有孩子了，这突然来到的事实总得让我想一想，这意味着我得往自己肩膀上压点什么，我生活中突然增加了什么。这很重要，我不可能什么都不想，就说要。

我儿子最先给我们带来的乐趣，是从医院出来回家的路上，我和陈虹走在寒风里，在冬天荒凉的景色里，我们内心充满欢乐。我们无数次在那条街道上走过，这一次完全不一样，这一次是三条生命走在一起，这是奇妙的体验，我们一点都感觉不到冬天的寒风。

接下来就是五个月的时候，有一天陈虹突然告诉我孩子在里面动了。我已经忘了那时在干什么，但我记得自己是又惊又喜，当我的手摸到我儿子最初的胎动时，我感到是被他踢了一脚，其实只是轻轻地碰了一下，我却感到这孩子很有劲，并且为此而得意洋洋。从这一刻起，我作为父亲的感受得到了进一步的证明，我真正意识到儿子作为一个生命存在了。

我的儿子在踢我。这是幸福的想法，他是在告诉我他的生命在行动，在扩展，在强大起来。现在我儿子七个多月了，他挥动着小手和比小手大一点的小脚，只要我一凑近他，他就使劲抓我的脸，我的脸常常被他抓破，即便如此，我还是常常将脸凑过去，因为我儿子是在了解世界，他要触摸实物，有时是玩具，有时是自己的衣服，有时就应该是他父亲的脸。

然后就是出生了。孩子没有生在北京，而是生在我的老家浙江海盐。我的父母都是医生，他们希望我和陈虹回浙江去生孩子。我儿子是 1993 年 8 月 27 日出生的，是剖腹产，出生的日子是我父亲选定的，他问我和陈虹："27 日怎么样？"

我们说："行。"

陈虹上午八点半左右进了手术室，我在下面我父亲的值班室里等着，我将一张旧报纸看了又看，我一点都不担心，因为作为医生我的父母都在手术室里，他们恭候着孙儿的来临。我只是感到有些无所事事，就反复想想自己马上就要成为父亲了，我觉得这是一个有趣的事实，当然我更关心的是我儿子是什么模样。到了九点半，我听到我父亲在喊叫我，我一下子激动了，跑到外面看到父亲，他大声对我说："生啦，是男孩，孩子很好，陈虹也很好。"

我父亲说完又回到手术室里去了，我一个人在手术室外面走来走去，孩子出生之前我倒是很平静，一旦知道孩子已经来到世上，并且一切都好后，我反倒坐立不安了。过了一会儿，我母亲将孩子抱了出来，我母亲一边走过来一边说："太漂亮了，这孩子太漂亮了。"

我看到了我的儿子，刚从他母亲子宫里出来的儿子，穿着他祖母几天前为他准备的浅蓝色条纹的小衣服，睡在襁褓里，露出两只小手和小脸。我儿子的皮肤看上去嫩白嫩白的，上面像是有一层白色的粉末，头发是湿的，粘在一起，显得乌黑发亮，他闭着眼睛在睡觉。一个护士让我抱抱他，我想抱他，可是我不敢，他是那么的小，我怕把他抱坏了。

那天上午阳光灿烂，从手术室到妇产科要经过一条胡同，当护士抱着他下楼时，我害怕阳光了，害怕阳光会刺伤我儿子的眼睛。有趣的是当护士抱着我儿子出现在胡同里时，阳光刚好被云彩挡住了。就是这样，胡同里的光线依然很明亮，我站在三层楼上，看到我儿子被抱过胡同时，眼睛皱了起来，这是我看到自己儿子所出现的第一个动作。虽然很多人说孩子出生的第一月里是没有听觉和视觉的，但我坚信我儿子在经过胡同时已经有了对光的感觉。

儿子被护士抱走后，我又是一个人站在手术室外面，等着陈虹被送出来，我在那里走来走去，这时我的感觉与儿子出生前完全不一样，我实实在在地感到自己是父亲了，一想到自己是父亲了，想到儿子是那么的小，才刚刚出生，我就一个人嘿嘿地笑。

我儿子在婴儿室里躺了两天，我一天得去五六次，他和别的婴儿躺在一起，浑身通红，有几次别的婴儿哇哇哭的时候，他一个人睡得很安详，有时别的婴儿睡的时候，他一个人在哭。为此我十分得意，我告诉陈虹：这孩子与众不同。

我父亲告诉我，这孩子是屁股先出来的，出来时一只眼睛睁着、另一只眼睛闭着，刚一出来就拉屎撒尿了。然后医生将他倒过来，在他背上拍了几下，他哇地哭了起来，他的肺张开了。

陈虹后来对我说，她当初听到儿子第一声哭声时，感到整个世界变了。陈虹从手术室里出来时脸上挂着微笑，我俯下身去轻声告诉她我们的儿子有多好，她那时还在麻醉之中，还不觉得疼，听到我的话她还是微笑，我记得自己说了很多感谢的话，感谢她为我生了一个很好的儿子。

其实在知道陈虹怀的是男孩以前，我一直希望是女儿，而陈虹则更愿意是男孩。所以我认准了是女孩，而陈虹则肯定自己怀的是儿子。这样一来，我叫孩子为女儿，陈虹一声一声地叫儿子。我给孩子取了一个小名，叫漏漏。这一点上我们意见一致，因为我们并没有具体的要孩子的计划，他就突然来了。我说这是一条漏网之鱼，就叫他漏漏吧。

漏漏没有进行胎教，我和陈虹跑了几个书店，没看到胎教音乐、也没看到胎教方面的书籍。事情就是这样怪，想买什么时往往买不到，现在漏漏七个多月了，我一上街就会看到胎教方面的书籍和音乐盒带。另一方面我对胎教的质量也有些怀疑，倒不是怀疑它的科学性，现在的人只管赚钱，很少有人把它作为事业来从事。

所以我就自己来教，陈虹怀孕三四个月之间，我一口气给漏漏上了四节胎教课，第一节是数学课，我告诉他：$1+1=2$；第二节是语文课，我说：你是我儿子，我是你父亲；第三节是音乐课，我唱了一首歌的开始和结尾两句；第四节是政治课，是关于波黑局势的。四节课加起来不超过五分钟，其结果是让陈虹笑疼了肚子，至于对漏漏后来的智力发展有无影响我就不敢保证了。

陈虹怀漏漏期间，我们一直住在一间九平米的平房里，三个大书柜加上写字台已经将房间占去了一半，屋内只能支一张单人床，两个人挤一张小床，睡久了都觉得腰酸背疼。有了漏漏以后，就是三个人挤在一起睡了，整整九个月，陈虹差不多都是向左侧身睡的，所以漏漏的位置是横着的，还不是臀位。臀位顺产就很危险，横位只能是剖腹产。

漏漏8月下旬出生，我们是8月2日才离开北京去浙江，这个时候动身是非常危险了，我在北京让一些具体事务给拖住，等到动身时真有点心惊肉跳，要不是陈虹自我感觉很好，她坚信自己会顺利到达浙江，我们就不会离开北京。

陈虹的信心来自于还未出世的漏漏，她坚信漏漏不会轻易出来，因为漏漏爱他的妈妈，漏漏不会让他妈妈承受生命的危险。陈虹的信心也使我多少有些放心，临行前我让陈虹坐在床上，我坐在一把儿童的塑料椅子里，和漏漏进行了一次很认真的谈话，这是我第一次以父亲的身份和未出世的儿子说话。具体说些什么记不清了，全部的意思就是让漏漏挺住，一直要挺回到浙江家中，别在中途离开他的阵地。

这是对漏漏的要求，要求他做到这一点，自然我也使用了贿赂的手段，我告诉他，如果他挺住了，那么在他七岁以前，无论他多么调皮捣蛋，我也不会揍他。

漏漏是挺过来了，至于我会不会遵守诺言，在漏漏七岁以前不揍他，这就难说了。我的保证是七年，不是七天，七年时间实在有些长。儿子出生以后，给他想个名字成了难事。以前给朋友的孩子想名字，一分钟可以想出三四个来，给自己作品中的人物取个名字，也是写到该有名字的时候立刻想一个。轮到给自己儿子取个名字，就不容易了，怎么都想不好，整天拿着本《辞海》翻来看去，我父亲说干脆叫余辞海吧，全有了。

漏漏取名叫余海果，这名字是陈虹想的，陈虹刚告诉我的时候，我看一眼就给否定了。过了两天，当家里人都在午睡时，我将余海果这三个字写在一个白盒子上，看着看着觉得很舒服，嘴里叫了几声也很上口，慢慢地我越来越喜欢这个名字了，等到陈虹午睡醒来，我已经非这名字不可了。我对陈虹说："就叫余海果。"

儿子出生了，名字也有了，我做父亲的感受也是越来越突出，我告诉自己要去挣钱，要养家糊口，要去干这干那，因为我是父亲了，我有了一个儿子。其实做父亲最为突出的感受就是：我有一个儿子了。这个还不会说话，经常咧着没牙的嘴大笑的孩子，是我的儿子。

1994 年 2 月

流行音乐

在我儿子出生后半年，我觉得他已经是一个很正经的人了，他除了吃和睡、哭和笑以外，还没有别的更突出的表现，我就对陈虹说：他应该有点什么爱好了。所以我决定让他来分享我对古典音乐的爱好，我希望巴赫、勃拉姆斯他们，还有巴尔托克和梅西安他们，当然还有布鲁克纳和肖斯塔科维奇，他们能让我的儿子漏漏感到幸福，因为他们每天都令我愉快。我以为漏漏会子承父业，会和我一样感到愉快。

我在全部的 CD 盘里，为儿子挑选出了三部作品，巴赫的《平均律》，巴尔托克的《小宇宙》，德彪西的《儿童乐园》，三部作品都是钢琴曲。我喜欢钢琴的叙述，那种纯粹的，没有偏见的叙述，声音表达出来的仅仅只是声音的欲望。我没有选择弦乐作品，是因为弦乐在情感上的倾向过于明显；而交响乐，尤其是卡拉扬的柏林爱乐和穆拉文斯基的列宁格勒所演奏的交响乐，我想会把我儿子吓死的，他小小的内心里容纳不了跌宕的，幅度辽阔的声音。

至于清唱剧，就像巴赫的《马太受难曲》，我被叙述上的单纯和宁静深深打动，可是叙述后面的巨大的苦难又会使人呼吸困难，我不希望让儿子在半岁的时候就去感受忧伤。我儿子半岁以后，我发现他脾气成长的速度远远超过了身体，哭叫不仅是他的武器，还成为了他的荣耀。他在发现和感受世界的时候，常常显得很烦躁，尤其是他开始皱着眉观察四周的事物，那模样像是在沉思什么，我就觉得应该给他更多的宁静。

这就是我为什么选择了《平均律》《小宇宙》和《儿童乐园》，

我希望儿子听到真正的宁静，除此之外，我希望他什么都别听到。在我看来，《平均律》和《小宇宙》所表达出来的单纯，可以说是登峰造极；而《儿童乐园》是德彪西为女儿所写，轻快、天真、幽默和温暖，在同一张 CD 上，还有弗雷的《洋娃娃》。

每天到了晚上，我把他抱到床上以后，钢琴曲就会开始，在旋律的发展中，他逐渐进入睡梦。就这样日复一日，他在钢琴曲里睡去，翌日醒来时，又在钢琴曲里起床。慢慢地，他学会了爬，又学会了走路，开始牙牙学语。同时我看到巴赫让他出现了反应，他有时候听着音乐会摇头晃脑起来，甚至连身体也会跟着摆动，最激动的一次是他爬到一只音箱前，对着里面飘出的钢琴曲哇哇大叫。正当我乐观地感到儿了对巴赫的喜爱与我越来越接近时，外婆拿来了一盒儿童歌曲的录音带，里面有一首四十多年前周璇唱过的儿歌：

小燕子，穿花衣……

这一天下午，我的儿子听到这首歌的时候，显得十分激动，张大嘴巴使劲地笑着，小小的身体拼命扭动。他让我将这首歌放了一遍又一遍，直到自己气喘吁吁、满头大汗，因为激动过度而没有了力气，倒在床上睡去后，才让我关掉了音响。

从此以后，他就再也不听巴赫了，每当我为他放出巴赫的《平均律》，我这才一岁几个月的儿子都要愤怒地挥动着手，嘴里口齿不清地叫着："小燕子，小燕子……"我只好关掉巴赫，关掉巴尔托克，让"小燕子，穿花衣……"在我们的房间里飘扬。

我苦心经营了近一年的巴赫，被"小燕子"几分钟就瓦解了。于是我的蓄谋已久，我的望子成龙，我的拔苗助长，还有什么真正的宁静？在我儿子愤怒挥动的手上和口齿不清的"小燕子"里，一下子就完蛋了。流行音乐通过我的儿子，向我证明了它们存在的力量。现在回想起来，当我儿子最初摇摆着身体听巴赫时，他已经把《平均律》当成流行音乐了。他是用听摇滚的姿态，来听我们伟大的巴赫。

1996 年 5 月 9 日

可乐和酒

　　对我儿子漏漏来说，"酒"这个词曾经和酒没有关系，它表达的是一种有气体的发甜的饮料。开始的时候，我忘记了具体的时间，可能漏漏一岁四五个月左右，那时候他刚会说话，他全部的语言加起来不会超过二十个词语，不过他已经明白我将杯子举到嘴边时喝的是什么，他能够区分出我是在喝水还是喝饮料，或者喝酒，当我在喝酒的时候，他就会走过来向我叫道："我要喝酒。"

　　他的态度坚决而且诚恳，我知道自己没法拒绝他，只好欺骗他，给他的奶瓶里倒上可乐，递给他："你喝酒吧。"

　　显然他一下子就喜欢上了这种饮料，并且将这种饮料叫作"酒"。我记得他第一次喝可乐时的情景，他先是慢慢地喝，接着越来越快，喝完后他将奶瓶放在那张小桌子上，身体在小桌子后面坐了下来，他有些发呆地看着我，显然可乐所含的气体在捣乱了，使他的胃里出现了十分古怪的感受。接着他打了一个嗝，一股气体从他嘴里涌出，他被自己的嗝弄得目瞪口呆，他不知道发生了什么，睁圆了眼睛惊奇地看着我，然后他脑袋一抖，又打了一个嗝，他更加惊奇了，开始伸手去摸自己的胸口，这一次他的胸口也跟着一抖，他打出了第三个嗝。他开始慌张起来，他可能觉得自己的嘴像是枪口一样，嗝从里面出来时，就像是子弹从那地方射出去。他站起来，仿佛要逃离这个地方，仿佛嗝就是从这地方钻出来的，可是等他走到一旁后，又是脑袋一抖，打出了第四个嗝。他发现嗝在紧追着他，他开始害怕了，嘴巴出现了哭泣前的扭动。

这时候我哈哈笑了起来，他的样子实在是太可爱了，让我无法忍住自己的笑声。看到我放声大笑，他立刻如释重负，他知道自己没有危险，也跟着我放声大笑，而且尽力使自己的笑声比我响亮。

就这样，可乐成为了他喜爱的"酒"，他每天都要发出这样的喊叫："我要喝酒。"同时他每天都要体会打嗝的乐趣，就和他喜欢喝"酒"一样，他也立刻喜欢上了打嗝。

我的儿子错将可乐作为酒，一直持续到两岁多。他在海盐生活了三个月以后，在我接他回北京的那一天，我的侄儿阳阳将他带到一间屋子里，过了一会儿，他突然哭喊着跑了出来，双手使劲扯着自己的衣领，像是自己的脖子被人捏住似的紧张，他扑到了我的身上，我闻到了他嘴里出来的酒味，然后看到我的侄儿阳阳一脸坏笑地从那间屋子里走出来。

我的侄儿比漏漏大七岁，他知道漏漏每天都要喝的"酒"其实是可乐，所以他蒙骗了漏漏，当他将白酒倒在瓶盖里，告诉漏漏这是酒的时候，其实是在骗他这就是可乐。我的漏漏喝了下去，这是他第一次将酒作为酒喝，而且还是白酒，酒精使他痛苦不堪。

同一天下午，我和漏漏离开了海盐，来到上海。在上海机场候机的时候，我买了一杯可乐给漏漏，问他："要不要喝酒？"上午饱受了真正的酒的折磨后，我的漏漏连连摇头，他不要喝酒。这时候对漏漏来说，酒的含义不再是有气体的发甜的饮料，而是又辣又烫的东西。

　　我问了他几次要不要喝酒，他都摇头后，我就问他："要不要喝可乐？"他听到了一个新的词语，和"酒"没有关系，就向我点了点头，当他拿杯子喝上可乐以后，我看到他一脸的喜悦，他发现自己正在喝的可乐，就是以前喝的"酒"。我告诉他："这就是可乐。"他跟着重复："可乐、可乐……"

　　我的漏漏总算知道他喜爱的饮料叫什么名字了。此前很长的时间，他一直迷失在词语里，这是我的责任，我从一开始就误导了他，混淆了两个不同的词语，然后是我的侄儿跟随我也蒙骗了他，有趣的是我侄儿对漏漏的蒙骗，恰好是对我的拨乱反正，使漏漏在茫茫的词语中找到了方向。可乐和酒，漏漏现在分得清清楚楚。

1996 年 5 月 14 日

恐惧与成长

    我儿子漏漏八个月的时候，还不会走路，刚刚学会在地毯上爬，于是我经常坐在椅子里，看着他在地毯上生机勃勃地爬来爬去，他最有兴趣的地方是墙角和桌子下面。他爬到墙角时就会对那里积累起来的灰尘充满了兴趣，而到了桌子下面他就会睁大眼睛，举目四望，显然他意识到四周的空间一下子变小了。

    我经常将儿子的所有玩具堆在地毯上，让他在那里自己应付自己，我则坐在一旁写作。有一次，他爬到墙角，在那里独自玩了一会儿后，突然哭叫起来，我回头一看，他正慌张地向我爬过来，脸上充满了恐惧和眼泪，爬到我面前后，他嘴里呜呜叫着，十分害怕地伸手去指那个墙角。我把他抱起来，我不知道那个墙角出现了什么，使我的儿子如此恐惧，当我走到墙角，看到地毯上有一截儿子拉出来的屎，我才知道他为什么这么害怕了。

    在我的记忆里，这是儿子第一次因为恐惧而哭叫，把他吓一跳的是他自己的屎。在此之前，儿子的每一次哭叫不是因为饥饿，就是哪儿不舒服了，他的哭叫只会是为了生理的原因，而这一次他终于因为心理的原因而哭泣了，他在心里感受到了恐惧，与此同时他第一次注意到了自己的排泄物，第一次接受了这个叫作"屎"的词。当我哈哈笑着告诉他发生了什么，他慢慢舒展过来的表情也在回答我：他开始似懂非懂了，他不再害怕了。

这是发自肺腑的恐惧，与来自教育的恐惧不同，来自教育的恐惧有时就是成年人的恫吓，常常是为了制止孩子的某些无理取闹，于是虚构出一些不存在的恐惧，比如我经常为了让他安静下来，告诉他："怪物来了。"他的脸上立刻就会出现肃然起敬的神情，环顾左右以后将身体缩进了我的怀里。

有一次他独自走进了厨房，看到一只从冰箱里取出来正在化冻的鸡以后，脸色古怪地回到了我的面前，轻声告诉我："有怪物。"然后小心翼翼地拉着我去看那化冻的"怪物"。我才发现他所恐惧的怪物，已经在他心里留下了固定的体积和形状，已经成为了源泉，让我的儿子源源不断地自我证实这样的恐惧，同时对他内心的成长又毫无益处。

但是那些自发的恐惧不一样，这样的恐惧他总是能够自己克服，每一次的克服都会使内心得到成长。他对世界的了解，那些真正属于自己的了解，就是在不断地恐惧和不断地克服中完成，一直到他长大成人，甚至到他白发苍苍，都会有这样的恐惧陪伴他。就像我对树梢在月光里闪烁时的恐惧，这种恐惧在我童年里就已经开始了，当我走在夜晚里，当我抬头看到树梢在月光里发出寒冷的光芒时，我就会不寒而栗，就会微微发抖。直到现在，我仍然为自己保存着这样的恐惧。

从那一次自己把自己吓了一跳以后，我注意到儿子的恐惧与日俱增。有一次我抱着他去京西宾馆看望《收获》杂志的朋友，走进电梯时他没有看到门是怎样关上的，当我们准备出去时，他的双手正在摸着电梯的门，这时电梯的门突然打开了，把他吓得转身紧紧抱住了我，小小的身体瑟瑟发抖。当我们走出电梯后，他睁大眼睛，满脸疑惑地看着电梯的门又出现了，并且是迅速地合上。他再一次转身紧紧抱住了我。对他来说，电梯的门没有打开和合上的过程，而是突然消失和突然回来，就像是神话一般，不像是现实。后来，当他会说话了，我再抱着他走进电梯时，他就显得从容不迫了，电梯的门打开时，他会说："门开啦。"走出电梯，门合上时，他会说："门关上啦。"

儿子两岁的时候，我把他带到了浙江海盐，他在爷爷和奶奶身边生活了三个月，到了年底，我去海盐把他接回北京。我们是在上海坐上飞机回来的，这是他第四次坐飞机，前面三次都是在中午的时候上的飞机，飞机起飞时他就睡着了，一直到飞机降落他才醒来。这一次情况不一样了，我们是下午四点钟的时候上的飞机，他在海盐到上海的汽车里已经睡足了，所以一进入候机楼，他就显得生机勃勃，两只手东挥西指的，让我抱着东奔西走，他随时都会改变手指的方向，我也得随时改变行走的方向。这样胡乱走了一会儿后，他看到了楼外停机坪上的飞机，于是他的手指从此以后就变得坚定不移了，他指着楼外的飞机，嘴里反复叫着"飞机"这个词语，要我立刻把他抱到飞机面前，为了增加自己的力量，他开始哭和叫。我告诉他，一次又一次地告诉他，现在还没有到上飞机的时间，他不仅没有安静下来，在哭叫里又加上了手舞足蹈。我只好把他放到地上，让他走到挡住我们的那块玻璃前，告诉他玻璃挡住了我们，我们没有办法过去。他伸手一摸，摸到了那块玻璃，当他确信我说的话是正确时，就愤怒地抬脚猛踢那块玻璃。

他在候机楼里就让我疲惫不堪了，总算等到了上飞机的时间，看到我抱着他慢慢地走近飞机，他开始安静下来，开始惊喜地看着四周的变化。我们走入了机舱，我把他放在靠窗的座位上，他两岁以后开始有自己的座位了。他坐下后又爬起来，跪在椅子上，看着窗外的另外一架飞机，激动不已，一定要我和他一起看着那一架飞机，我的加入增加了他的欢乐。

然后飞机滑行了，他扭过头来惊喜地说："飞机飞啦。"随后双手试图抓住飞机的窗沿，眼睛看着外面，嘴里兴奋地不停喊叫着："飞机飞啦，飞机飞啦……"

当飞机脱离跑道，真正飞起来时，我的儿子叶公好龙了，飞机突然拉高起飞的那一刻，恐惧也在他心里起飞了，他转身扑向了我，嘴里尖声叫起来："爸爸，不要飞机，我们走。"

飞机都飞上了天空，我的儿子却决定要下飞机了，真让我哭笑不得。我儿子又哭又叫，反复说着"不要飞机，我们走"这样的话，我告诉他这时候不要飞机已经晚了，这时候谁都不能不要飞机了，我儿子于是使劲地喊叫："救命啊，救命啊……"

我都不知道他是从哪里学来的这个词组，我第一次听到他这样喊叫就是在飞机上。他又哭又闹了十来分钟，飞机的飞行开始平稳了，他也开始安静下来，告诉我："爸爸，裤子湿啦。"

我一摸他的裤子，才知道他刚才尿都吓出来了。他暂时忘记了飞机的事，提出了新的要求："爸爸，换裤子。"

他的衣服都放在已经托运的箱子里，我告诉他不用换了，过一会儿裤子就会自己干的，可是他一定要换裤子，并且同样以哭闹来加强他词语的力量。正当我手足无措的时候，飞机遇上气流摇摆起来，他马上就想起来自己还没有下飞机，于是又叫了起来："不要飞机，爸爸，我们走。"看到我没有站起来走的意思，他就喊叫："救命啊，救命啊……"

从上海到北京的一个半小时的飞行里，我的儿了不是要求下飞机，就是要求换裤子，而我怎么也不能令他满意，我的软硬兼施和废话连篇只能让他安静片刻。当我竭尽全力刚刚将他的注意力引开，飞机又遇上气流了，要不就是他又发现自己的裤子是湿的。我儿子哭闹的高潮是飞机在北京机场下降的时候，我看到他的眼睛里充满了恐惧，飞机的急速下降使他的恐惧急速上升，他的嗓子都嘶哑了，他仍然喊叫着："救命啊，救命啊……"

当飞机接触到了地面，开始滑行时，我提起窗盖，我告诉他："现在不是飞机了，现在是汽车了。"

他听到我的话以后，胆战心惊地转过头去，试探地看了两眼，当他看到窗外的景色在平行地滑过去时，他从记忆里唤醒了来自汽车的感受，他破涕为笑了，恐惧从他眼中消失，欢乐开始在他眼中闪亮，他惊喜地对我说："现在是汽车啦。"

1996 年 5 月 14 日

消费的儿子

我儿子还不满三岁，可是他每次出门，都要对我们说："我们打的吧。"

从他说这话的神态上，出门坐出租车似乎是天经地义的事，仿佛出租车是这个世界上唯一的交通工具。我记得他刚会说几句话的时候，大概也就是两岁的时候，他就经常对我们说："我不要坐公交汽车，我要坐出租汽车。"

我都不知道他是通过什么方法来区分公交车和出租车的，我只是感叹自己，感叹自己是在二十五六岁的时候，才知道有一类交通工具叫出租汽车，到三十岁才第一次坐上它，并且在很长时间里不习惯说"打的"这个词。而在我儿子那里，"打的"就是出门，就是上街，就是去玩。如此而已。

当我还在努力去适应今天的这个消费时代，我的儿子生下来就是这个时代的孩子，于是我对他的很多教育就成了张勋复辟，总是很快就失败。虽然他还不满三岁，可是对他来说，他的父亲已经是一个旧时代的产物了。

现在他经常对我说这样的话："我没见过这个东西。"他意思就是要得到这个东西。完全的消费主义的腔调，他想得到的不再是他是否需要，而是他没有的东西。尽管他现在还不明白这一点，但是以后，我想他这样的腔调只会越来越强硬。为此我有时候会感到不安，同时也是无可奈何，因为他不仅是我的儿子，同时也是这个消费时代的儿子。

1996 年 8 月 11 日

儿子的影子

儿子出生以后，我每天都有着实实在在的感觉，他的身体、他的声音时刻存在着，只要我睁开眼睛或者走近他，就会立刻体会到他，有时候会感到比体会自己更加真切。而且这实在的感觉每天都在变化着，随着儿子身体和声音的变化，虽然很微妙，可是十分明显。我感到有一个生命正在追随着我，我能够理解他逐渐成长的思维，就像理解自己的思维一样容易。

没多久，这个生命开始下地行走了，他摇摇晃晃地寻找着方向，他的两只手像是走钢丝的艺人那样伸开着，他一下地就学会了平衡自己身体的能力，让我感到人的很多本领都是与生俱有的。

当他真正找到行走的乐趣时，也就是说他体会到方向意味着什么时，他的行走不再是胡乱的走动，而是为了看或者为了拿，这时候他已经是一个顽皮的孩子了。

这一年的冬天，有一天晚上我们一家三口走在回家的路上，当儿子穿着厚厚的衣服在一盏盏路灯下走过去时，我们发现了他的影子，那个属于他和灯光的影子，在冬天夜晚的地上变幻莫测。那时候他还不满两岁，由于行走得十分卖力，他的两条胳膊也是尽情挥舞，再加上厚重的衣服，当他走近灯光时，我们发现他在地上的影子如同企鹅，在冰雪中摇摇摆摆的企鹅。由于灯光下角度和位置的变化，顷刻之间他的影子越来越圆，像是皮球似的滚动了一下，随即他又成为了狗熊，可能是他突然跑动起来的缘故，他的影子像狗熊一样笨拙。就这样，他的影子一会儿拉长，一会儿缩短，有时候似乎只有一条腿在行走，有时候两条胳膊突然消失了。儿子在一盏盏路灯下走过去，他影子的变化没有一次是重复的，丰富无比，似乎没有穷尽之时。

我感到拥有一个儿子真是快乐无比，他形象的成长和声音的变化给了我无数实实在在的快乐后，在夜晚的灯光下，他的影子又给了我很多虚幻的快乐，而且是无法重现的快乐。不像他的形象，只要我愿意，我就可以一次次地去注视他。而他的影子，那些在路灯下转瞬即逝的影子，那些美妙变幻的影子，我只能去一次次地回想。后来的日子里，我多次再见他在路灯下拖过去的影子，仍然美妙，可是我总觉得今不如昔。

我想起来一首诗，是很多年以前读到的，我忘记了作者是谁，也忘记了诗的题目是什么，只记得其中的三行：

> 我看见了一个马车夫的影子，
> 手里拿着一把刷子的影子，
> 正在刷一辆马车的影子。

当初我曾经被诗中奇妙的视角所吸引，如今我更能体会其中的乐趣。

1998 年 2 月 23 日

父子之战

　　我对我儿子最早的惩罚是提高自己的声音，那时他还不满两岁，当他意识到我不是在说话，而是在喊叫时，他就明白自己处于不利的位置了，于是睁大了惊恐的眼睛，仔细观察着我进一步的行为。当他过了两岁以后，我的喊叫渐渐失去了作用，他最多只是吓一跳，随即就若无其事了。我开始增加惩罚的筹码，将他抱进了卫生间，狭小的空间使他害怕，他会在卫生间里哇哇大哭，然后就是不断地认错。这样的惩罚没有持续多久，他就习惯卫生间的环境了，他不再哭叫，而是在里面唱起了歌，他卖力地向我传达这样的信号——我在这里很快乐。接下去我只能将他抱到了屋外，当门一下子被关上后，他发现自己面对的空间不是太小，而是太大时，他重新唤醒了自己的惊恐，他的反应就像是刚进卫生间时那样，号啕大哭。可是随着抱他到屋外次数的增加，他的哭声也消失了，他学会了如何让自己安安静静地坐在楼梯上，这样反而让我惊恐不安，他的无声无息使我不知道外面发生了什么，我开始担心他会出事，于是我只能立刻终止自己的惩罚，开门请他回来。当我儿子接近四岁的时候，他知道反抗了，有几次我刚把他抱到门外，他下地之后以难以置信的速度跑回了屋内，并且关上了门。他把我关到了屋外。现在，他已经五岁了，而我对他的惩罚黔驴技穷以后，只能启动最原始的程序，动手揍他了。就在昨天，当他意识到我可能要惩罚他时，他像一个小无赖一样在房间里走来走去，高声说着："爸爸，我等着你来揍我！"

我注意到我儿子现在对付我的手段，很像我小时候对付自己的父亲。儿子总是不断地学会如何更有效地去对付父亲，让父亲越来越感到自己无可奈何；让父亲意识到自己的胜利其实是短暂的，而失败才是持久的；儿子瓦解父亲惩罚的过程，其实也在瓦解着父亲的权威。人生就像是战争，即便父子之间也同样如此。当儿子长大成人时，父子之战才有可能结束。不过另一场战争开始了，当上了父亲的儿子将会去品尝作为父亲的不断失败，而且是漫长的失败。

我不知道自己五岁以前是如何与父亲作战的，我的记忆省略了那时候的所有战役。我记得最早的成功例子是装病，那时候我已经上小学了，我意识到父亲和我之间的美妙关系，也就是说父亲是我的亲人，即便我伤天害理，他也不会置我于死地。我最早的装病是从一个愚蠢的想法开始的，现在我已经忘记了究竟是什么原因促使我装病，我所能记得的是自己假装发烧了，而且这样去告诉父亲，父亲听完我对自己疾病的陈述后，第一个反应——几乎是不假思索的反应就是将他的手伸过来，贴在了我的额头上。那时我才想起来自己犯了一个致命的错误，我竟然忘记了父亲是医生，我心想完蛋了，我不仅逃脱不了前面的惩罚，还将面对新的惩罚。幸运的是我竟然蒙混过关了，当我父亲洞察秋毫的手意识到我什么病都没有的时候，他没有去想我是否在欺骗他，而是对我整天不活动表示了极大的不满，他怒气冲冲地训斥我，警告我不能整天在家里坐着或者躺着，应该到外面去跑一跑，哪怕是晒一晒太阳也好。接下去他明确告诉我，我什么病都没有，我的病是我不爱活动，然后他让我出门去，爱干什么就干什么，两个小时以后再回来。我父亲的怒气因为对我身体的关心一下子转移了方向，使他忘记了我刚才的过错和他正在进行中的惩罚，突然给予了我一个无罪释放的最终决定。我立刻逃之夭夭，然后在一个很远的安全之处站住脚，满头大汗地思索着刚才的阴差阳错，思索的结果是以后不管出现什么危急的情况，我也不能假装发烧了。

于是，我有关疾病的表演深入到了身体内部，在那么一两年的时间里，我经常假装肚子疼，确实起到了作用。由于我小时候对食物过于挑剔，所以我经常便秘，这在很大程度上为我的肚子疼找到了借口。每当我做错了什么事，我意识到父亲的脸正在沉下来的时候，我的肚子就会疼起来。刚开始的时候我还能体会到自己是在装疼，后来竟然变成了条件反射，只要父亲一生气，我的肚子立刻会疼，连我自己都分不清是真是假。不过这对我来说已经不重要了，重要的是我父亲的反应，那时候我父亲的生气总会一下子转移到我对食物的选择上来，警告我如果继续这样什么都不爱吃的话，我面临的就不仅仅是便秘了，就连身体和大脑的成长都会深受其害。又是对我身体的关心使他忘记了应该对我做出的惩罚，尽管他显得更加气愤，可是这类气愤由于性质的改变，我能够十分轻松地去承受。

这似乎是父子之战时永恒的主题，父与子之间存在着的那一层隐秘的和不可分割的关系，那种仿佛是抽刀断水水更流的关系，其实是父子间真正的基础，就像是河流里的河床那样，不会改变。很多年过去了，当我开始写作以后，我父亲对我写下的每一篇故事，都是反复地阅读，这几乎是他一生里最为认真的阅读经历了。当我出版一部新作，给他寄出后，他就会连续半个月天天去医院的传达室等候我的书，而且几乎每天都给我打电话，对我的书迟迟未到显得急躁不安。我父亲这样的情感其实在我小时候就已经充分显露了，从而使我经常可以逃脱他的惩罚。

我装病的伎俩逐渐变本加厉，到后来不再是为了逃脱父亲的惩罚，而且为摆脱扫地或者拖地板这样的家务活而装病了。有一次我弄巧成拙了，当我声称自己肚子疼的时候，我父亲的手摸到了我的右下腹，他问我是不是这个地方，我连连点头，然后父亲又问我是不是胸口先疼，我仍然点头，接下去父亲完全是按照阑尾炎的病状询问我，而我一律点头。其实那时候我自己也弄不清是真疼还是假疼了，只是觉得父亲有力的手压到哪里，哪里就疼。然后，在这一天的晚上，我躺到了医院的手术台上，两个护士将我的手脚绑在了手术台上。当时我心里充满了迷惘，父亲坚定的神态使我觉得自己可能是阑尾炎发作了，可是我又想到自己最开始只是假装疼痛而已，尽管后来父亲的手压上来的时候真的有点疼痛。我的脑子转来转去，不知道如何去应付接下去将要发生的事，我记得自己十分软弱地说了一声：我现在不疼了。我希望他们会放弃已经准备就绪的手术，可是他们谁都没有理睬我。那时候我母亲是手术室的护士长，我记得她将一块布盖在了我的脸上，在我嘴的地方有一个口子，然后发苦的粉末倒进了我的嘴里，没多久我就什么都不知道了。

等到我醒来的时候，我已经睡在家里的床上了，我感到哥哥的头钻进了我的被窝，又立刻缩了出去，连声喊叫着："他放屁啦，臭死啦。"然后我看到父母站在床前，他们因为我哥哥刚才的喊叫而笑了起来。就这样，我的阑尾被割掉了，而且当我还没有从麻醉里醒来时，我就已经放屁了，这意味着手术很成功，我很快就会康复。很多年以后，我曾经询问过父亲，他打开我的肚子后看到的阑尾是不是应该切掉。我父亲告诉我应该切掉，因为我当时的阑尾有点红肿。我心想"有点红肿"是什么意思，尽管父亲承认吃药也能够治好这"有点红肿"，可他坚持认为手术是最为正确的方案。因为对那个时代的外科医生来说，不仅是"有点红肿"的阑尾应该切掉，就是完全健康的阑尾也不应该保留。我的看法和父亲不一样，我认为这是自食其果。

1999 年 1 月 31 日

第二辑　阅读

谈谈我的阅读

我的少年时期是在"文革"中度过的,那是一个没有书籍的年代,那时候偶然得到一本书,也是没头没尾的书。我记得自己读到的第一部外国小说前后都少了几十页,我一直不知道作者是谁,书名是什么。一直到我二十多岁以后,买了一册莫泊桑的《一生》,才知道这就是自己当初第一次读到的那本外国小说。

大约是在二十岁的时候,我的阅读经历才真正开始,当时我喜爱文学,而且准备写作,就去阅读很多文学著作。那是十九年前的事,当时大量的外国文学作品被介绍进来,以及很多中国的现代和古典文学作品重新出版,还有文学杂志的不断复刊和创刊。我一下子从没有书籍的年代进入到了书籍蜂拥而来的年代,令我无从选择,我不知道自己应该去阅读什么,因为在此之前我是一个毫无阅读经验的人。这时候我无意中读到了美国作家杰克·伦敦的一段话,我已经忘记了原话是怎么说的,只记得杰克·伦敦这样告诉喜爱文学的年轻人:宁愿去读拜伦或者济慈的一行诗,也不要去读一千本文学杂志。我当时相信了杰克·伦敦的话,此后我很少去阅读杂志,我开始去阅读大量的经典作品。杰克·伦敦也正是这样的意思，十九年以后的今天，我坐在这里写下这篇短文时，心里充满了对杰克·伦敦的感谢。我觉得自己二十年来最大的收获就是不断地去阅读经典作品，我们应该相信历史和前人的阅读所留下来的作品，这些作品都是经过了时间的考验，阅读它们不会让我们上当，因为它们是人类智慧的结晶和人类灵魂的漫长旅程。当一个人在少年时期就开始阅读经典作品，那么他的少年就会被经典作品中最为真实的思想和情感带走，当他成年以后就会发现人类共有的智慧和灵魂在自己身上得到了延续。

1999 年 11 月 4 日

应该阅读经典作品

经典作品对于我们意味着什么？我想就像父亲的经历对于儿子，母亲的经历对于女儿一样，经典作品对于我们并不是意味着完美，而是意味着忠诚。这里面或多或少地存在着种种偏见和缺点，但是这里面绝对没有欺骗，无论是它的荣耀还是它的耻辱，它都会和我们坦诚相见，让我们体验到了思维的美好和感受的亲切，我想经典作品应该是我们经历的榜样。

我相信任何一位读者都是在用自己的经历阅读着这些作品，我们阅读它们是为了寻找自己曾经有过的忧伤和欢乐，失望和希望。当我们在这样的作品中发现了自己的思考时，当我们为别人的命运哭泣和欢笑时，我们就会惊喜地发现：别人的故事丰富了自己的经历。这就是为什么同样一部作品，我们不同时期阅读就会产生不同的感受。经典作品的优点是可以反复阅读，每一次的阅读都会使我们本来狭窄和贫乏的人生变得宽广和丰富，或者说使我们的心灵变得宽广和丰富。

我们应该阅读经典作品，这样我们就会理解维克多·雨果和约翰·堂恩的精彩诗篇。维克多·雨果用简单的诗句向我们描述了心灵的面积究竟有多少，他说：

世界上最宽阔的是海洋，

比海洋还要宽阔的是天空，

比天空还要宽阔的是人的心灵。

约翰·堂恩的诗句为这宽阔的心灵又注入了同情和怜悯之心：

谁都不是一座岛屿，自成一体；

每个人都是那广袤大陆的一部分。

如果海浪冲刷掉一个土块，欧洲就少了一点；

如果一个海角，如果你朋友或你自己的庄园被冲掉，也
是如此。

任何人的死亡使我受到损失，因为我包孕在人类之中。

所以别去打听丧钟为谁而鸣，它为你敲响。

2001 年 1 月 28 日

文学中的现实

　　什么是文学中的现实？我要说的不是一列火车从窗前经过，不是某一个人在河边散步，不是秋天来了树叶就掉了，当然这样的情景时常出现在文学的叙述里，问题是我们是否记住了这些情景？当火车经过以后不再回到我们的阅读里，当河边散步的人走远后立刻被遗忘，当树叶掉下来读者无动于衷，这样的现实虽然出现在了文学的叙述中，它仍然只是现实中的现实，仍然不是文学中的现实。

　　我在中国的小报上读到过两个真实的事件，我把它们举例出来，也许可以说明什么是文学中的现实。两个事件都是令人不安的，一个是两辆卡车在国家公路上迎面相撞，另一个是一个人从二十多层的高楼上跳下来，这样的事件在今天的中国几乎每天都在发生，已经成为记者笔下的陈词滥调，可是它们引起了我的关注，这是因为两辆卡车相撞时，发出巨大的响声将公路两旁树木上的麻雀纷纷震落在地；而那个从高楼跳下来自杀身亡的人，由于剧烈的冲击使他的牛仔裤都崩裂了。麻雀被震落下来和牛仔裤的崩裂，使这两个事件一下子变得与众不同，变得更加触目惊心，变得令人难忘，我的意思是说让我们一下子读到了文学中的现实。如果没有那些昏迷或者死亡的麻雀铺满了公路的描写，没有牛仔裤崩裂的描写，那么两辆卡车相撞和一个人从高楼跳下来的情景，即便是进入了文学，也是很容易被阅读遗忘，因为它们没有产生文学中的现实，它们仅仅是让现实事件进入了语言的叙述系统而已。而满地的麻雀和牛仔裤的崩裂的描写，可以让文学在现实生活和历史事件里脱颖而出，文学的现实应该由这样的表达来建立，如果没有这样的表达，叙述就会沦落为生活和事件的简单图解。这就是为什么生活和事件总是转瞬即逝，而文学却是历久弥新。

我们知道文学中的现实是由叙述语言建立起来的，我们来读一读意大利诗人但丁的诗句。在那部伟大的《神曲》里，奇妙的想象和比喻，温柔有力的结构，从容不迫的行文，让我对《神曲》的喜爱无与伦比。但丁在诗句里这样告诉我们："箭中了目标，离了弦。"但丁在诗句里将因果关系换了一个位置，先写箭中了目标，后写箭离了弦，让我们一下子读到了语言中的速度。仔细一想，这样的速度也是我们经常在现实生活中可以感受到的，问题是现实的逻辑常常制止我们的感受能力，但丁打破了原有的逻辑关系后，让我们感到有时候文学中的现实会比生活中的现实更加真实。

另一位作家叫博尔赫斯，是阿根廷人，他对但丁的仰慕不亚于我。在他的一篇有趣的故事里，写到了两个博尔赫斯，一个六十多岁，另一个已经八十高龄了。他让两个博尔赫斯在漫长旅途中的客栈相遇，当年老的博尔赫斯说话时，让我们看看他是如何描写声音的，年轻一些的博尔赫斯这样想："是我经常在我的录音带上听到的那种声音。"

将同一个人置身到两种不同时间里，又让他们在某一个相同的时间和相同的环境里相遇，毫无疑问这不是生活中的现实，这必然是文学中的现实。我也在其他作家的笔下读到过类似的故事，让一个人的老年时期和自己的年轻时期相遇，再让他们爱上同一个女人，互相争夺又互相礼让。这样的花边故事我一个都没有记住，只有博尔赫斯的这个故事令我难忘，当年老的那位说话时，让年轻的那位觉得是在听自己声音的录音。我们可以想象这是什么样的声音，苍老和百感交集的声音，而且是自己将来的声音。录音带的转折让我们读到了奇妙的差异，这是隐藏在一致性中的差异，正是这奇妙的差异性的描写，让六十多岁的博尔赫斯和八十岁的博尔赫斯相遇时变得真实可靠，当然这是文学中的真实。

在这里录音带是叙述的关键，或者说是出神入化的道具，正是这样的道具使看起来离奇古怪的故事有了现实的依据，也就是有了文学中的现实。我还可以举出另外一个例子，法国作家尤瑟纳尔在她的一部关于中国的故事里，一个名叫林的人在皇帝的大殿上被砍下了头颅之后，他又站到了画师王佛逐渐画出来的船上，在海风里迎面而来，林在王佛的画中起死回生是尤瑟纳尔的神来之笔，最重要的是尤瑟纳尔在林的脖子和脑袋分离后重新组合时增加了一个道具，她这样写："他的脖子上围着一条奇怪的红色围巾。"这仿佛象征了血迹的令人赞叹的一笔，使林的复活惊心动魄，也使林的生前和死后复生之间出现了差异，于是叙述就有了现实的依据，也就更加有力和合理。

但丁射箭的诗句，博尔赫斯的录音带，还有尤瑟纳尔的红色围巾，让我们感到伟大作家所具有的卓越的洞察力。人们总是喜欢强调想象对于文学的重要，其实洞察也是同样的重要，当想象飞翔的时候，是洞察在把握着它的方向。可以这么说，没有洞察帮助掌握分寸的想象，往往是胡思乱想。只有当想象和洞察完美地结合起来时，才会有但丁射箭的诗句、博尔赫斯的录音带和尤瑟纳尔的红色围巾，才会有我这里所说的文学中的现实。

2003 年 10 月

强劲的想象产生事实

一

　　蒙田有一篇《论想象的力量》的随笔，开始的第一句话就引用了当时的学者们所认为的"强劲的想象产生事实"。

　　蒙田生活的那个时代距离今天有四五百年了，他说："我是很容易感受想象威力的人。每个人都受它打击，许多人还被它推倒。我的策略是避开它，而不是和它对抗。"

　　在这里，蒙田对想象表现出了多少有些暧昧的态度，他只是承认想象的力量，而不去对此多加议论。想象在蒙田面前时常是这样的："只要看到别人受苦，我便觉得肉体上也在受苦，我自己的感觉往往僭夺第三者的感觉。一个人在我面前不停地咳嗽，连我的咽喉和肺腑也发痒。"

　　强劲的想象产生了事实，一个本来是健康的人通过对疾病不可逃避的想象，使自己也成为了病人。有些疾病所具有的传染的特性，似乎就是想象。这二者有一些相同的特点，比如说接触，首先是两者间的接触，这是给想象，也可以说是给传染建立了基础。想象和传染一样，都试图说明局外者是不存在的，一切和自己无关的事物，因为有了想象，就和自己有关了，"而且把它保留在我身上"。

与蒙田同一个时代的一位英国诗人约翰·堂恩，给想象注入了同情和怜悯之心，他的《祈祷文集》第十七篇这样写道：

> 谁都不是一座岛屿，自成一体；
>
> 每个人都是那广袤大陆的一部分。
>
> 如果海浪冲刷掉一个土块，欧洲就少了一点；
>
> 如果一个海角，如果你朋友或你自己的庄园被冲掉，也是如此。
>
> 任何人的死亡使我受到损失，因为我包孕在人类之中。
>
> 所以别去打听丧钟为谁而鸣，它为你敲响。

二

《庄子·齐物论》："昔者庄周梦为蝴蝶，栩栩然蝴蝶也……不知周之梦为蝴蝶与？蝴蝶之梦为周与？"

《庄子·秋水》："庄子与惠子游于濠梁之上。庄子曰：'鲦鱼出游从容，是鱼乐也。'惠子曰：'子非鱼，安知鱼之乐？'庄子曰：'子非我，安知我不知鱼之乐？'"

比蒙田和约翰·堂恩要年长十几个世纪的庄周，常常在想象里迷失自我，从而在梦中成了一只蝴蝶，而且还是"栩栩然"。最后他又迷惑不已，从梦中醒来以后，开始怀疑自己的一生很可能是某一只蝴蝶所做的某一个梦而已。

想象混淆了是非，或者说想象正在重新判断，像一个出门远行的人那样，想象走在路上了，要去的地方会发生一些什么，它一下子还不能知道，这时候的想象和冒险合二为一了。

　　蒙田说："我以为写过去的事不如写目前的事那么冒险，为的是作者只要报告一个借来的真理……与药汤不同，一个古代的故事无论是这样或那样，并没有什么危险。"

　　庄子与惠子关于鱼是不是真的很快乐的对话，都是用否定想象的方式进行的，首先是庄子想象到鱼在水中嬉戏时的快乐，当他说鱼很快乐时，鱼的快乐也成为了他的快乐，而惠子立刻否定了，他对庄子说："你又不是鱼，你怎么知道鱼很快乐？"

　　在这里，惠子否定的不是鱼的快乐与否，而是庄子的想象。惠子会不会这样认为：现在快乐的是庄子，而不是鱼，庄子所说的鱼的快乐只不过是借题发挥。

　　庄子也立刻否定了惠子的想象，他以其人之道还治其人之身：你又不是我，你怎么知道我不知道鱼的快乐？

　　两个人的分歧在什么地方已经不重要了，庄子是因为自己快乐，才觉得鱼也快乐，庄子的快乐是一个事实，鱼的快乐是庄子的一个想象，或者恰恰反过来，鱼的快乐才是一个事实，庄子的快乐只是延伸出来的想象。

　　"人自乐于陆，鱼自乐于水。"两者都很快乐以后，想象与事实也就难分你我了。

　　与蒙田几乎是一个时代的王船山先生，是一位抱道隐居、萧然物外之人，他所作《庄子解》里，对庄周与蝴蝶之间暧昧不清的关系进行诠释时，着重在"此之为物化"上，"物化，谓化之在物者"。船山先生的弟子王增注：鲲化鹏、蛸蜩化蜩、鹰化鸠……大者化大，小者化小。至于庄周化蝴蝶，蝴蝶化庄周，则无不可化矣。

如果用想象这个词来代替物化，在同样包含了变化的同时，还可以免去来自体积上的麻烦。庄周与蝴蝶，一大一小，两者相去甚远，不管是庄周变成蝴蝶，还是蝴蝶变成庄周，都会让人瞠目结舌，可是想象就不一样了，想象是自由的，是不受限制的，没有人会去计较想象中出现的差异，而且在关键时刻"强劲的想象"会"产生事实"。

卡夫卡在其小说《变形记》的一开始，就这样写道："一天早晨，格里高尔·萨姆沙从不安的睡梦中醒来，发现自己躺在床上变成了一只巨大的甲虫。"

很多读者都注意到了甲虫的体积已经大大超过了变化前的格里高尔·萨姆沙，可是这中间有多少人对此表示过疑问？

三

那么，想象和事实之间究竟有多少距离？卡夫卡小说《变形记》的阅读者们在面对人变成甲虫时，会不会觉得这样是不真实的，经过长达八十年的阅读检验，是否真实的问题已经不存在了，《变形记》就像《精卫填海》，或者希腊神话中的传说那样，成为人们生活中的一部分事实，也就是人们常说的经典，经典这个词是对强劲的想象所产生的事实的最高评语，也是最有力的保护。

格里高尔·萨姆沙变成了一只巨大的甲虫，所有的阅读者都知道了这个事实，然后他们都变得心情沉重起来，因为他们预感到自己正在了解着一个悲惨的命运。

如果格里高尔·萨姆沙在那天早晨醒来时，发现自己变成了一朵鲜花，并且在花瓣上布满了露珠，露珠上还折射着太阳的光芒，这样阅读者的心情就会完全不一样。

对于格里高尔·萨姆沙，甲虫和鲜花没有什么两样，他都失去了自己的身体，失去了伸出去的手和手上皮肤的弹性，也失去了带领他走街串巷的两条腿。总之他失去了原来的一切，而这一切自他出生起就和他朝夕相处了。

变成甲虫以后的悲惨和变成鲜花以后的美好，都只是阅读者的心理变化，与格里高尔·萨姆沙自己关系不大。甲虫和鲜花，本来没有什么悲惨和美好之分，只不过是在人们阅读《变形记》之前，在卡夫卡写作《变形记》之前，强劲的想象已经使甲虫和鲜花产生了另外的事实，于是前者让人讨厌，后者却让人喜爱。

蒙田说："如果我请人做向导，我的脚步也许跟不上他。"

四

蒙田在《论想象的力量》一文里，讲述了这样一些事，一个犯人被送上断头台，接着又给他松绑，在对他宣读赦词时，这个犯人竟被自己的想象所击倒，僵死在断头台上了。一个生来就是哑巴的人，有一天热情使他开口说话。还有一个老头，他的邻居都能证明他在二十二岁的时候还是一个女子，只是有一次他跳的时候多用了一些力气，他的阳物就一下子伸了出来。

类似的故事在距离蒙田四百多年以后的中国也有，蒙田那时候的女子中间流行过一首歌，少女们唱着互相警戒步子不要跨得太大，以免突然变成了男子。而在中国的少女中间，曾经流传过这样的说法，就是有阴阳人的存在，有貌似女子实质却是男子的人，到了夜晚睡觉的时候，阳物就会伸出来。这样的说法是提醒少女们在和女子同床共枕时也得留心，以免过早失去贞操。

我小的时候也经常听说关于哑巴突然开口说话和一个人被自己给吓死之类的事，讲述者都能具体到那位当事人的容貌、身材和家庭成员，以及当事人所居住的村庄，这些辅助材料使事件显得十分逼真。

这些日子我开始认真地阅读莎士比亚。从今天的标准来看，莎士比亚戏剧中经常出现一些幼稚的想法，我说这样的话时没有一点自负的意思，一个伟人虽然衣着破旧，也不应该受到嘲笑。我真正要说的是，莎士比亚让我了解到什么是我们共同的利益，它们不会受到时间和距离的干扰，在那个时代就已经激动人心的事物，为何到了今天仍然闪闪发亮？其永葆青春的秘诀何在？

记得几年前，有一天史铁生对我说：现在人们更愿意去关注事物的那些变化，可是还有不变的。

莎士比亚戏剧中那些不变的，或者说是永恒的力量，在时移境迁中越磨越亮，现在我阅读它们时，感到世界很小，时间也很短，仿佛莎士比亚与我生活在同一个时代，同一座城市里。

五

《论想象的力量》里有这样一个段落，"西门·汤马士当时是名医。我记得有一天，在一个患肺病的年老的富翁家里遇到他，谈起治疗这病的方法。他对富翁说其中一个良方时便不要我在场，因为如果那富人把他的视线集中在我光泽的面孔上，把他的注意力集中在我活泼欢欣的青春上，而且把我当时那种蓬勃的气象摄入他的五官，他的健康便可以大有起色。可是他忘记了说我的健康却会因而受到损伤。"

我在鲁迅文学院学习时，有一位同学出于一种我们不知道也不感兴趣的原因，经常去和一些老人打交道，等到快毕业时，他告诉我，他觉得自己一下子老了很多，胃口变坏了，嘴里经常发苦，睡眠也越来越糟。他认为原因就是和老人在一起的时间太多了。

另外有一个事实大家都能够注意到，一些常和年轻人在一起的老人，其身体状况和精神状况常常比他们的实际年龄要小上十多和二十多岁。

这就是想象的力量，"它的影响深入我的内心。我的策略是避开它，而不是和它对抗。"

想象可以使本来不存在的事物凸现出来，一个患有严重失眠症的人，对安眠药的需要更多是精神上的，药物则是第二位。当别人随便给他几粒什么药片，只要不是毒药，告诉他这就是安眠药，而他也相信了，吞服了下去，他吃的不是安眠药，也会睡得像婴儿一样。

想象就这样产生了事实，我们还听到过另外一些事，一些除了离奇以外不会让我们想到别的什么，这似乎也是想象，可是它们产生不了事实，产生不了事实的，我想就不应该是想象，这大概是虚幻。

加西亚·马尔克斯在《番石榴飘香》里对他的朋友说："记得有一次，我兴致勃勃地写了一本童话，取名'虚度年华的海洋'，我把清样寄给了你。你像过去一样，坦率地告诉我你不喜欢这本书。你认为，虚幻至少对你来说，真是不知所云。你的话使我幡然醒悟，因为孩子们也不喜欢虚幻，他们喜欢想象的东西。虚幻和想象之间的区别，就跟口技演员手里操纵的木偶和真人一样。"

几年前，我刚开始阅读蒙田的随笔时，对蒙田所处的时代十分羡慕，他生活在一个充满想象的现实里，而不是西红柿多少钱一斤的现实，我觉得他内心的生活和大街上的世俗生活没有格格不入，他从这两者里都能获得灵感，他的精神就像田野一样伸展出去，散发着自由的气息。

这样的羡慕在阅读加西亚·马尔克斯的作品时也同样产生过，他的《百年孤独》出版后，"我认识一些普普通通的老百姓，他们兴致勃勃、仔细认真地读了《百年孤独》，但是阅读之余并不大惊小怪，因为说实在的，我没有讲述任何一件跟他们的现实生活大相径庭的事情"。

而且，"巴兰基利亚有一个青年说他确实长了一条猪尾巴"。马尔克斯说："只要打开报纸，就会了解我们周围每天都会发生奇特的事情。"

一个充满想象的作家，如果面对很多也是充满想象的读者，尤其可贵的是这里面有许多人只是普普通通的老百姓，那么这个作家也会像加西亚·马尔克斯一样，得意与喜悦之情溢于言表。

当然，这个作家的作品里必须具有真正意义上的想象，而不是虚幻和离奇，想象应该有着现实的依据，或者说想象应该产生事实，否则就只是臆造和谎言。《百年孤独》里俏姑娘雷梅苔丝飞上天空以前，加西亚·马尔克斯曾经坐立不安。

"她怎么也上不了天。我当时实在想不出办法打发她飞上天空，心中很着急。有一天，我一面苦苦思索，一面走进我们家的院子里去。当时风很大。一个来我们家洗衣服的高大而漂亮的黑女人在绳子上晾床单，她怎么也晾不成，床单让风给刮跑了。当时，我茅塞顿开，受到了启发。'有了。'我想到，俏姑娘雷梅苔丝有了床单就可以飞上天空了……当我坐到打字机前的时候，俏姑娘雷梅苔丝就一个劲儿地飞呀，飞呀，连上帝也拦她不住了。"

六

　　我回到那间半截房顶的房子里，里面睡着那女人。我对她说：

　　"我就睡在这里，在我自己的角落里，反正床和地板一样硬。要是发生什么事，请告诉我。"

　　她对我说：

　　"多尼斯不会回来了，从他的眼神中我已发觉了。他一直在等着有人来，他好走掉。现在你要负责照料我。怎么？你不愿照料我？快上这里来跟我睡吧。"

　　"我在这里很好。"

　　"你还是到床上来的好，在地板上耗子会把你吃掉的。"

　　于是我就去和她睡在一起了。

　　这是胡安·鲁尔弗那部著名的小说《佩德罗·巴拉莫》中的一段，两个事实上已经死去的人就这样睡到了一起，一个是男人，还有一个是女人。

　　我第一次阅读这部小说时，被里面弥漫出来的若即若离、时隐时现的气氛所深深吸引，尤其是这一段关于两个死去的人如何实现他们的做爱，让我吃惊。

　　现在，我重新找到这一段，再次阅读以后又是吃了一惊，我发现胡安·鲁尔弗的描述极其单纯，而我最初阅读时，在心里产生过极其丰富的事实。当然，将这一段抽出来阅读，与放在全文中阅读是不一样的。

　　从叙述上来看，单纯的笔触常常是最有魅力的，它不仅能有效地集中叙述者的注意力，也使阅读者不会因为描述太多而迷失方向，就像一张白纸，它要向人们展现上面的黑点时，最好的办法是点上一点黑色，而不是去涂上很多黑点。

另一方面，胡安·鲁尔弗让一个死去的男人与一个死去的女人睡到一起时，抽干了他们的情欲，这是叙述中的关键所在，他们睡到一起，并且做爱，可是这两个人都没有一丝情欲，他们的做爱便显得空空荡荡。

那么，他们又是出于什么样的欲望、什么样的目的睡到了一起？其实他们没有任何欲望和任何目的，他们只是睡到了一起，此外一无所有，就像他们没有具体的做爱动作一样。

在"于是我就去和她睡在一起了"的下面，是两行空白，空白之后，胡安·鲁尔弗接着写道：

> 我热得在半夜十二点醒了过来，到处都是汗水。那女人的身体像是用泥制成的，像是包在泥壳子里，仿佛融化在烂泥里一样化掉了。我感到好像全身都泡在从她身上冒出的汗水里，我感到缺乏呼吸所必需的空气……

1995 年 1 月 24 日

我能否相信自己

　　我曾经被这样的两句话所深深吸引，第一句话来自美国作家艾萨克·辛格的哥哥，这位很早就开始写作，后来又被人们完全遗忘的作家这样教导他的弟弟："看法总是要陈旧过时，而事实永远不会陈旧过时。"第二句话出自一位古希腊人之口："命运的看法比我们更准确。"

　　在这里，他们都否定了"看法"，而且都为此寻找到一个有力的借口，那位辛格家族的成员十分实际地强调了"事实"；古希腊人则更相信不可知的事物，指出的是"命运"。他们有一点是相同的，那就是"事实"和"命运"都要比"看法"宽广得多，就像秋天一样；而"看法"又是什么？在他们眼中很可能只是一片树叶。人们总是喜欢不断地发表自己的看法，这几乎成了狂妄自大的根源，于是人们真以为一叶可以见秋了，而忘记了它其实只是一个形容词。

　　后来，我又读到了蒙田的书，这位令人赞叹不已的作家告诉我们："按自己的能力来判断事物的正误是愚蠢的。"他说，"为什么不想一想，我们自己的看法常常充满矛盾？多少昨天还是信条的东西，今天却成了谎言？"蒙田暗示我们"看法"在很大程度上是虚荣和好奇在作怪，"好奇心引导我们到处管闲事，虚荣心则禁止我们留下悬而未决的问题"。

四个世纪以后，很多知名人士站出来为蒙田的话作证。1943年，IBM公司的董事长托马斯·沃森胸有成竹地告诉人们："我想，五台计算机足以满足整个世界市场。"另一位无声电影时代造就的富翁哈里·华纳，在1927年坚信："哪一个家伙愿意听到演员发出声音？"而蒙田的同胞福煦元帅，这位法国高级军事学院院长、第一次世界大战协约国军总司令，对当时刚刚出现的飞机十分喜爱，他说："飞机是一种有趣的玩具，但毫无军事价值。"

我知道能让蒙田深感愉快的证词远远不止这些。这些证人的错误并不是信口开河，并不是不负责任地说一些自己不太了解的事物。他们所说的恰恰是他们最熟悉的，无论是托马斯·沃森，还是哈里·华纳，或者是福煦元帅，都毫无疑问地拥有着上述看法的权威。问题就出在这里，权威往往是自负的开始，就像得意使人忘形一样，他们开始对未来发表看法了。而对他们来说，未来仅仅只是时间向前延伸而已，除此之外他们对未来就一无所知了。就像1899年那位美国专利局的委员下令拆除他的办公室一样，理由是"天底下发明得出来的东西都已经发明完了"。

有趣的是，他们所不知道的未来却牢牢地记住了他们，使他们在各种不同语言的报刊的夹缝里，以笑料的方式获得永生。

很多人喜欢说这样一句话：不知道的事就不要说。这似乎是谨慎和谦虚的品质，而且还时常被认为是一些成功的标志。在发表看法时小心翼翼固然很好，问题是人们如何判断知道与不知道？事实上很少有人会对自己所不知道的事大加议论，人们习惯于在自己知道的事物上发表不知道的看法，并且乐此不疲。这是不是知识带来的自信？

我有一位朋友，年轻时在大学学习西方哲学，现在是一位成功的商人。他有一个十分有趣的看法，有一天他告诉了我，他说："我的大脑就像是一口池塘，别人的书就像是一块石子；石子扔进池塘激起的是水波，而不会激起石子。"最后他这样说，"因此别人的知识在我脑子里装得再多，也是别人的，不会是我的。"

他的原话是用来抵挡当时老师的批评，在大学时他是一个不喜欢读书的学生。现在重温他的看法时，除了有趣之外，也会使不少人信服，但是不能去经受太多的反驳。

这位朋友的话倒是指出了这样一个事实：那些轻易发表看法的人，很可能经常将别人的知识误解成是自己的，将过去的知识误解成未来的。然后，这个世界上就出现了层出不穷的笑话。

有一些聪明的看法，当它们被发表时，常常是绕过了看法。就像那位希腊人，他让命运的看法来代替生活的看法；还有艾萨克·辛格的哥哥，尽管这位失败的作家没有能够证明"只有事实不会陈旧过时"，但是他的弟弟，那位对哥哥很可能是随口说出的话坚信不已的艾萨克·辛格，却向我们提供了成功的范例。辛格的作品确实如此。

对他们而言，真正的"看法"又是什么呢？当别人选择道路的时候，他们选择的似乎是路口，那些交叉的或者是十字的路口。他们在否定"看法"的时候，其实也选择了"看法"。这一点谁都知道，因为要做到真正的没有看法是不可能的。既然一个双目失明的人同样可以行走，一个具备了理解能力的人如何能够放弃判断？

是不是说，真正的"看法"是无法确定的，或者说"看法"应该是内心深处迟疑不决的活动，如果真是这样，那么看法就是沉默。可是所有的人都在发出声音，包括希腊人、辛格的哥哥，当然也有蒙田。

与别人不同的是，蒙田他们不约而同地选择了怀疑主义的立场，他们似乎相信"任何一个命题的对面，都存在着另外一个命题"。

另外一些人也相信这个立场。在去年，也就是1996年，有一位琼斯小姐荣获了美国俄亥俄州一个私人基金会设立的"贞洁奖"，获奖理由十分简单，就是这位琼斯小姐的年龄和她处女膜的年龄一样，都是三十八岁。琼斯小姐走上领奖台时这样说："我领取的绝不是什么'处女奖'，我天生厌恶男人，敌视男人，所以我今年三十八岁了，还没有被破坏处女膜。应该说，这五万美元是我获得的敌视男人奖。"

这个由那些精力过剩的男人设立的奖，本来应该奖给这个性乱时代的贞洁处女，结果却落到了他们最大的敌人手中，琼斯小姐要消灭性的存在。这是致命的打击，因为对那些好事的男人来说，没有性肯定比性乱更糟糕。有意思的是，他们竟然天衣无缝地结合到了一起。

由此可见，我们生活中的看法已经是无奇不有。既然两个完全对立的看法都可以荣辱与共，其他的看法自然也应该得到它们的身份证。

米兰·昆德拉在他的《笑忘书》里，让一位哲学教授说出这样一句话："自詹姆斯·乔伊斯以来，我们已经知道我们生活的最伟大的冒险在于冒险的不存在……"

这句话很受欢迎，并且成为了一部法文小说的卷首题词。这句话所表达的看法和它的句式一样圆滑，它的优点是能够让反对它的人不知所措，同样也让赞成它的人不知所措。如果模仿那位哲学教授的话，就可以这么说：这句话所表达的最重要的看法在于看法的不存在。

几年以后，米兰·昆德拉在《被背叛的遗嘱》里旧话重提，他说："……这不过是一些精巧的混账话。当年，七十年代，我在周围到处听到这些补缀着结构主义和精神分析残渣的大学圈里的扯淡。"

还有这样的一些看法，它们的存在并不是为了指出什么，也不是为说服什么，仅仅只是为了乐趣，有时候就像是游戏。在博尔赫斯的一个短篇故事《特隆·乌尔巴尔，奥尔比斯·特蒂乌斯》里，叙述者和他的朋友从寻找一句名言的出处开始，最后进入了一个幻想的世界。那句引导他们的名言是这样的："镜子与交媾都是污秽的，因为它们同样使人口数目增加。"

　　这句出自乌尔巴尔一位祭师之口的名言，显然带有宗教的暗示，在它的后面似乎还矗立着禁忌的柱子。然而当这句话时过境迁之后，作为语句的独立性也浮现了出来。现在，当我们放弃它所有的背景，单纯地看待它时，就会发现自己已经被这句话里奇妙的乐趣所深深吸引，从而忘记了它的看法是否合理。所以对很多看法，我们都不能以斤斤计较的方式去对待。

　　因为"命运的看法比我们更准确"，而且"看法总是要陈旧过时"。这些年来，我始终信任这样的话，并且视自己为他们中的一员。我知道一个作家需要什么，就像但丁所说："我喜欢怀疑不亚于肯定。"

　　我已经有十五年的写作历史，我知道这并不长久，我要说的是写作会改变一个人，尤其是擅长虚构叙述的人。作家长时期的写作，会使自己变得越来越软弱、胆小和犹豫不决；那些被认为应该克服的缺点在我这里常常是应有尽有，而人们颂扬的刚毅、果断和英勇无畏则只能在我虚构的笔下出现。思维的训练将我一步一步地推到了深深的怀疑之中，从而使我逐渐地失去理性的能力，使我的思想变得害羞和不敢说话；而另一方面的能力却是茁壮成长，我能够准确地知道一粒纽扣掉到地上时的声响和它滚动的姿态，而且对我来说，它比死去一位总统重要得多。

　　最后，我要说的是作为一个作家的看法。为此，我想继续谈一谈博尔赫斯，在他那篇迷人的故事《永生》里，有一个"流利自如地说几种语言；说法语时很快转换成英语，又转成叫人捉摸不透的萨洛尼卡的西班牙语和澳门的葡萄牙语"的人，这个干瘦憔悴的人在这个世上已经生活了很多个世纪。在很多个世纪之前，他在沙漠里历经艰辛，找到了一条使人超越死亡的秘密河流，和岸边的永生者的城市（其实是穴居人的废墟）。

博尔赫斯在小说里这样写道："我一连好几天没有找到水，毒辣的太阳、干渴和对干渴的恐惧使日子长得难以忍受。"这个句子为什么令人赞叹，就是因为在"干渴"的后面，博尔赫斯告诉我们还有更可怕的"对干渴的恐惧"。

我相信这就是一个作家的看法。

1997 年 10 月 18 日

关于回忆和回忆录

　　根据西班牙《先锋报》1998 年 3 月 23 日报道，加西亚·马尔克斯正在写作回忆录《为讲故事的生活》，计划写六卷，每卷四百页左右。

　　他说："我发现，我全部人生都被概括进了我的小说。而我在回忆中要做的不是解说我的一生，而是解说我的小说，这是解说我的一生的真正途径。"

　　在《世界文学》2000 年第 6 期上，刊登了《归根之旅——加西亚·马尔克斯传》的选译，作者也是一个哥伦比亚人，名叫达·萨尔迪瓦尔。在这部传记作品中，作者选择了最为常见的传记方式，试图用作家的经历来诠释作家的作品。

　　比如当作者写到加西亚·马尔克斯的父亲向他的母亲求婚，并且只给她二十四小时的考虑时间时，这样写：然而在这个期限内路易莎不能向他做出任何回答，因为恰在这时候她的姥姥弗朗西斯卡·西莫多塞阿·梅希娅朝扁桃树下走来。她即是《霍乱时期的爱情》中的埃斯科拉斯蒂卡·达莎大婶的原型。或者在写到少年马尔克斯带着二百比索，独自一人前往波哥大求学时；全家人到《没有人给他写信的上校》和《一桩事先张扬的凶杀案》中的那个简陋的码头送别他……还有：比利时人埃米利奥不但部分地变成了《枯枝败叶》里那个神秘的吃素的法国医生，而且多年以后死而复苏，赫雷米亚斯·德圣阿莫尔的名字作为安的列斯群岛来的难民、战争残疾人和儿童摄影师出现在《霍乱时期的爱情》中。类似的段落在这本传记里比比皆是。

传记作家们有一个天真的想法，以为通过自己辛勤的工作，就可以还原或者部分还原撰写人物的真实经历。像这位达·萨尔迪瓦尔先生，资料上说他穷其二十年的努力，才完成这一本《归根之旅》。这样的作家往往被资料和采访中的回忆所控制，并且为这些资料和回忆的真实性所苦恼，事实上这是没有必要的。

还原的作用在化学中也许切实可行，在历史和传记中，这其实是一个被知识分子虚构出来的事实。我的解释是，即使资料和图片一丝不苟地再现了当时的场景，即使书面或者口述的回忆为我们真实地描绘了当时的细节，问题是当时的情感如何再现？这些回忆材料的使用者如何放弃他们今天的立场？如何去获得回忆材料本身所处的时代的经验？一句话就是如何去放弃自己的思想和情感，从而去获得传记人物在其人生的某一时刻的细微情感。事实上这是不可能的，任何一个人试图去揭示某个过去时代时，总是带着他所处时代的深深的烙印，就是其本人的回忆也同样如此。

另一方面，生平和业绩所勾勒出来的人生仅仅是这些人物生活中的一部分，还有更多的不为人所知的部分，当然这并不是很重要。在我看来，最重要的是传记中的人物还拥有着漫长的和十分隐秘的人生，尤其是对加西亚·马尔克斯这样的人，他的欲望和他的幻想比他明确的人生更能表达他的生活历程，用他自己的话说是"一生都被概括进了小说",这是传记作家们很难理解的事实,他的虚构部分比他的生活部分可能更重要,而且有着难以言传的甜蜜。

虽然加西亚·马尔克斯在其自传中也像达·萨尔迪瓦尔那样处理了自己的小说和自己的人生,他说:"我在回忆中要做的不是解说我的一生,而是解说我的小说,这是解说我的一生的真正途径。"然而他所做的工作是丰富和浩瀚的工作,达·萨尔迪瓦尔所做的只是简单的工作。换句话说,加西亚·马尔克斯要做的恰恰与达·萨尔迪瓦尔相反,当达·萨尔迪瓦尔试图在《归根之旅》中使加西亚·马尔克斯的一生变得清晰起来时,加西亚·马尔克斯的《为讲故事的生活》是为了使自己的一生变得模糊起来。

2001 年 2 月 10 日

山鲁佐德的故事

　　《一千零一夜》第三百五十一夜，山鲁佐德的冒险之旅刚刚走过三分之一，虽然她还没有改变山鲁亚尔来源于嫉妒的残暴，不过她用故事编织起来的陷阱已经趋向了完美，她的国王显然听从了那些故事的召唤，在痴迷之中将脚踩进了她的陷阱。于是，这位本来只有一夜命运的宰相之女，成功地延长了她的王后之夜。这一夜，这位将美丽和智慧凝聚一身的阿拉伯女子故伎重演，讲述的是一个破产的人一梦醒来又恢复财富的故事：

　　一个古代巴格达的富翁，因为拥有了无数的财产，所以构成了他挥金如土和坐吃山空的生活，最后就是一贫如洗。从荣华富贵跌入到贫穷落寞，这个人的内心自然忧郁苦恼，他终日闷闷不乐。有一天，他在睡梦里见到有人走过来对他说："你的衣食在埃及，上那儿去寻找吧。"

　　他相信了梦中所见，翌日就走上了背井离乡之路。在漫漫长途的奔波跋涉和心怀美梦的希望里，巴格达人来到了埃及。他进城时已是夜深人静，很难找到住宿，就投宿在一座礼拜堂中。当天夜里，礼拜堂隔壁的人家被盗，一群窃贼从礼拜堂内越墙去偷窃。主人梦中惊醒，呼喊捉贼，巡警闻声赶来，窃贼早已逃之夭夭，只有这个来自巴格达的穷光蛋还在堂中熟睡，于是他被当成窃贼扔进了监狱，饱尝一顿使其差点丧命的毒打。巴格达人度过了三天比贫困更加糟糕的牢狱生活后，省长亲自提审了他，问他来自何处。他回答来自巴格达；省长又问他为何来到埃及。他就想起那个曾经使他想入非非如今已让他伤心欲绝的美梦来，他告诉省长梦中有人说他的衣食在埃及，可是他在埃及得到的衣食却是一顿鞭子和牢狱的生活。

省长听后哈哈大笑，他认为自己见到了世上最愚蠢的人，他告诉巴格达人，他曾经三次梦见有人对他说："巴格达城中某地有所房子，周围有个花园，园中的喷水池下面埋着许多金银。"省长并不相信这些，认为这些不过是胡思乱梦，而这巴格达人却不辞跋涉来到埃及，巴格达人的愚蠢给省长带去了快乐，省长给了他一个银币，让他拿去做路费，对他说："赶快回去做个本分人吧。"

巴格达人收下省长的施舍，迅速起程，奔回巴格达。在省长有关梦境中那所巴格达房子的详尽描述里，他听出来正是自己的住宿。他一回家就开始了挖掘，地下的宝藏由此显露了出来——

与山鲁佐德讲述的其他故事一样，这个故事在现实和神秘之间如履薄冰，似乎随时都会冰破落水，然而山鲁佐德的讲述身轻如燕，使叙述中的险情一掠而过。山鲁佐德让梦中见闻与现实境遇既分又合，也就是说当故事的叙述必须穿越两者相连的边境时，山鲁佐德的故事就会无视边境的存在，仿佛行走在同样的国土上，而当故事离开边境之后，现实的国度和神秘的国度又会立刻以各自独立的方式呈现出来。这几乎是《一千零一夜》中所有故事叙述时的准则，它们的高超技巧其实来自于一个简单的行为：当障碍在叙述中出现时，解决它们的最好方式就是对它们视而不见。

　　显然，组成这个故事的基础是不断出现的暗示。我所说的暗示带有某些迷信的特征，就像巴格达人得到梦的启示一样，他此后风餐露宿的艰难经历只是为了证明梦中的见闻，而在叙述中以梦的形式出现的暗示其实十分脆弱和可疑。即使是阅读者，在它刚出现时对待它的态度也大多会和省长一致，很少会和巴格达人一致。仿佛是让行走者在一条道路上看到了很多方向，暗示的不可确定性不仅使人物的命运扑朔迷离，而且让故事也变得宿命了。这时候只有将迷信的激情注入到命运的暗示之中，方向才会逐渐清晰起来，然而前景仍然难以预测。山鲁佐德这个故事的迷人之处，在我看来，是让后面出现的暗示对前面暗示的证实。当巴格达人向省长讲述自己为何来到埃及后，省长讲述了自己的梦中见闻，故事的叙述出现了奇妙的汇合，巴格达人之梦和省长之梦在审讯里相逢。省长之梦是故事里第二个出现的暗示，这时候第一个暗示成为了它的梯子，使它似乎接近了宝藏。于是巴格达人选择了第二个梦境所指出的方向，与第一个梦境完全相反的方向，他回到了家中。让一个暗示去证实另一个暗示，从而使这个第351夜的故事始终沉浸在叙述的梦游里，一切都显得模棱两可和似是而非，直到巴格达人挖出了地下的宝藏，故事才如梦方醒。至于故事中有关宝藏的主题，在这里仅仅是叙述的借口，使故事前行时有一个理由，而且这样的理由随时都可以更换。因此，一个与宝藏无关的主题同样可以完成这个巴格达人的故事。正如人们常说的金钱是身外之物，对故事来说更是如此。

　　《一千零一夜》将民间世俗的理想、圆滑的人情世故、神秘主义的梦幻、现实主义的批判性，以及命运的因果报应和道德上的惩恶扬善熔于一炉，其漫长和庞杂的故事犹如连成一片后绵延不绝的山峰。

然而重要的是——只要仔细阅读全书就会发现，叙述中合理的依据在其浩瀚的篇幅里随处可见，或者说正是这些来自于现实的可信的依据将故事里的每一个转折衔接得天衣无缝。

在其开篇《国王山鲁亚尔及其兄弟的故事》里，山鲁亚尔和沙宰曼兄弟在被他们各自的王后背叛之后，他们不再相信女人的诺言，开始信任某一位诗人的话——女人的喜怒哀乐，总是和她们的身体紧密相关。这位诗人接着说："她们的爱情是虚伪的爱情，衣服里包藏的全是阴险。"然后诗人警告道："莫非你不知道老祖宗亚当的结局，就是因为她们才被撵出乐园。"于是山鲁亚尔在此后对女人的残暴获得了逻辑的源泉，然后《一千零一夜》的讲述者山鲁佐德应运而生了。

山鲁佐德来到宫中，这位一夜王后延长她命运的法宝就是不断地去讲述那些令人着迷的故事。因此在这漫长叙述里的第一个重要的衔接出现了，那就是山鲁佐德如何开始向山鲁亚尔讲述她的故事？《一千零一夜》中遍布这样的转折，这些貌似平常的段落其实隐藏着叙述里最大的风险，因为它们直接影响了此后的叙述，在那些后来的展开部分和高潮部分里，叙述的基础是否坚实可信往往取决于前面转折时的衔接。山鲁佐德为自己的讲述寻找到了合理的依据，她让自己的妹妹在这一夜来到宫中，并且让妹妹提出让她讲述故事的请求。山鲁佐德向国王申请再见一面妹妹的理由是"作最后的话别"，国王自然同意。于是姐妹两人在宫中拥抱了，然后一起坐到床脚下，妹妹向山鲁佐德请求讲述一个故事，为的是让这个死亡之夜尽量快活。山鲁佐德顺水推舟："只要德高望重的国王许可，我自己是非常愿意讲的。"国王山鲁亚尔并不知道这是陷阱的开始，他欣然允诺，使自己也成为一名听众，而且将自己听众的身份持续了一千零一夜。

《一千零一夜》的叙述者没有让山鲁佐德以直接的方式对国王

说——让我讲一个故事，而是以转折的方式让她的妹妹敦亚佐德来到宫中，使讲述故事这一行为获得了最大限度的合理性。这似乎就是叙述之谜，有时候用直接的方式去衔接恰恰会中断叙述的流动，而转折的方式恰恰是继续和助长了这样的流动。叙述中的转折犹如河流延伸时出现的拐弯，对河流来说，真实可信的存在方式是因为它曲折的形象，而不是笔直的形象。

在《洗染匠和理发师的故事》里，我们读到了两个相反的形象，奸诈和懒惰的艾彼·勾尔与善良和勤快的艾彼·绥尔。正如人们相信人世间经常存在着不公正，故事开始时好吃懒做和招摇撞骗的洗染匠与辛勤工作和心地单纯的理发师得到的是同样的命运——都是贫穷，于是两个截然不同的人携手外出，他们希望能在异国他乡获得成功和财富。艾彼·勾尔是个天生的骗子，他的花言巧语使艾彼·绥尔毫无怨言地以自己的勤劳去养活他。以吃和睡来填充流浪中漫长旅途的艾彼·勾尔，在艾彼·绥尔病倒后偷走了他全部的钱财，然后远走高飞。山鲁佐德告诉我们：骗子同样有飞黄腾达的时候。当艾彼·勾尔来到某一城中，发现这里的洗染匠只会染出蓝色时，他去觐见了国王，声称他可以洗染出各种颜色的布料，国王就给了他金钱和建立一座染坊所需的一切。艾彼·勾尔一夜致富，而且深得国王的信任。然后故事开始青睐倒霉的艾彼·绥尔了，这位善良的理发师从病中康复后，终于知道了他的伙伴是一个什么人。可是当一贫如洗的他来到同样的城市时，他立刻忘记了艾彼·勾尔对他的背叛，他为艾彼·勾尔的成功满心欢喜，并且满腔热情地来到艾彼·勾尔高高的柜台前。接下去的情节是故事中顺理成章的叙述，艾彼·勾尔对艾彼·绥尔的迎接是指称他为窃贼，让手下的奴仆在他背上打了一百棍，又将他翻过来在胸前打了一百棍。以后就该轮到好人飞黄腾达了，这不仅仅是《一千零一夜》的愿望，差不多是所有民间故事叙述时的前途。山鲁佐德让伤心和痛苦的艾彼·绥尔发现城中没有澡堂，于是他也去觐见了国王，仁慈和慷慨的国王给了他多于艾彼·勾尔的金钱，也给了他建造一座澡堂的一切。于是艾彼·绥尔获得了超过艾彼·勾尔的成功，他的善良使他不去计较金钱，让顾客以自己收入的多少来付账，而且无论是王公贵族还是平民百姓，他都以同样的殷勤去招待。在山鲁佐德的故事里，坏蛋总是坏得十分彻底，他们损人往往不是为了利己，而是为了纯粹的损人。出于同样的理由，艾彼·勾尔设计陷害了艾彼·绥尔，让国王错误地以为艾彼·绥尔企图谋害他，国王决定处死善良的艾彼·绥尔。于是好人有好报的故事法则开始生效了，死刑的执法者是一位去过艾彼·绥尔的澡堂并且受到其殷勤侍候的船长，他相信艾彼·绥尔的为人，释放了他。后来艾彼·绥尔重新赢得了国王的信任，而艾彼·勾尔则是恶有恶报，最后轮到他被处死。处死他的方法曾经是处死艾彼·绥尔的方法，那就是将他放入一个大麻袋中，又将石灰灌满麻袋后扔进大海，这是一个充满了想象力的刑罚。艾彼·绥尔化险为夷，躲过此劫；艾彼·勾尔则不可能在《一千零一夜》里获得同样的好运，他被扔进了大海。他在被海水淹死的同时，也被石灰活活地烧死。

离奇曲折和跌宕起伏几乎是《一千零一夜》中所有故事的品质，也是山鲁佐德能够在山鲁亚尔屠刀下苟且偷生的法宝。在故事中，艾彼·绥尔重新获得国王的信任就是出于离奇和跌宕的理由。在好心的船长手里捡回生命的艾彼·绥尔，开始了渔夫的生涯。如同其他故事共有的叙述，落难之后往往会获得重新崛起的机遇，艾彼·绥尔在打上来的某一条鱼的肚子里看到了一枚宝石戒指，这枚神奇的戒指戴在手指上以后，只要举手致意，那么眼前的人就会人头落地。这是国王的宝石戒指，他之所以能够统辖三军，是因为人们慑于这枚戒指的威力。山鲁佐德紧凑地讲述着她的故事，她让国王失落权力的戒指与艾彼·绥尔的命运紧密相连，因此国王宝石戒指的失而复得也必然是艾彼·绥尔重获荣华富贵的开始。当船长释放艾彼·绥尔之后，他将一块大石头放入麻袋中以假乱真。船长划着小船来到宫殿附近，此刻的国王坐在临海的宫窗前，船长问国王是不是可以将艾彼·绥尔抛入海中，国王说抛吧，国王说话的时候举起戴着宝石戒指的右手一挥，一道闪光从他的手指上划到了海面，戒指掉入了大海。然后，戒指来到了艾彼·绥尔的手上。那个处死艾彼·绥尔的挥手，不久之后就转换成了他的幸运。艾彼·绥尔决定将戒指还给国王，以此来表示他的忠诚。于是，艾彼·绥尔的命运就像是一只暴跌后见底的股票，开始了强劲无比的反弹。

我欣赏的正是国王挥手间戒指掉入大海的描述，在离奇和跌宕不止的情节间的推动和转换里，山鲁佐德的讲述之所以能够深深地吸引着山鲁亚尔，有一点就是人物动作和言行的逼真描写，山鲁佐德说得丝丝入扣。她的故事就是在细节的真实和情节的荒诞之间，同时建立了神秘的国度和现实的国度，而且让阅读者无法找到两者间边境的存在。正是这样的讲述，使山鲁亚尔这个暴君在听到这些离奇故事的同时，内心里得到的却是合情合理的故事。这也是《一千零一夜》为什么会吸引我们的秘密所在。清晰明确和简洁朴素的叙述——这几乎是它一成不变的讲述故事的风格，然而当它的故事呈现出来时却是出神入化和变幻莫测。

可以这么说，《一千零一夜》是故事的广场，它差不多云集了故事中的典范。它告诉了我们：在故事里什么才是最为重要的。就像国王处死艾彼·绥尔的挥手，这个挥手是如此的平常和随便，然而正是在这个会让人疏忽和视而不见的动作里，孕育了此后情节的异军突起。在此之前，国王的挥手与好运卷土重来的艾彼·绥尔之间似乎有着漫长的旅途，犹如生死之隔。可是当两者相连之后，阅读者才会意识到山鲁佐德的讲述仿佛是一段弥留之际的经历，生死之隔被取消了，两者间曾经十分遥远的距离顷刻成为了没有距离的重叠。第三百五十一夜的故事也同样如此，当省长的梦和巴格达人的梦在埃及相遇之时，阅读者期待中的最后结局也开始生根发芽了。《一千零一夜》告诉我们的就是这些：什么才是故事？什么才是故事前行时铺展出去的道路？我们总是沉醉在叙述中那些最为辉煌的段落之中，那些出人意料和惊心动魄的段落，那些使人想入非非和心醉神迷的段落；山鲁佐德的故事指出了这些华彩的篇章，这些高潮的篇章和最终结束的篇章其实来自于一个微小的和不动声色的细节，来自于类似国王挥手这样的描述，就像是那些粗壮的参天大树其实来自于细小的根须一样。

在我看来，这不仅仅是《一千零一夜》的叙述道路，也是其他故事成长时的座右铭，比如莎士比亚讲述的故事和蒙田经常引用的故事。毫无疑问，在夏洛克和安东尼奥签订契约时，莎士比亚就是要让这位狡诈的犹太商人忘记了一个事实的存在：如果割下安东尼奥身上一磅肉的话，同时会有安东尼奥的血。于是，夏洛克的这个疏忽造就了《威尼斯商人》里情节的跌宕和叙述的紧张；造就了想象的扩张和情感的动荡；造就了胜利和失败、同情和怜悯、正义和邪恶、生存和死亡；一句话，就是这个小小的细节造就了《威尼斯商人》的经久不衰。同样的道理，蒙田在《殊途同归》一文里，向我们讲述了日耳曼皇帝康拉德三世的故事，这位公元十世纪时期以强悍著名的皇帝，在他率部下包围了他的仇敌巴伐利亚公爵后，对巴伐利亚公爵提出的诱人条件和卑劣赔罪不屑一顾，他决心要置他的仇敌于死地。然而十世纪流行的胜利者的风度使康拉德三世丧失了这样的机会，他为了让同巴伐利亚公爵一起被围困的妇女保全体面,允许她们徒步出城,而且做出了一个微不足道和顺理成章的决定,允许这些妇女将能够带走的都带走。正是这个小小的让人几乎无法产生想象力的决定,使康拉德三世对巴伐利亚公爵的包围失去了意义。当这些被释放的妇女走出城来时,康拉德三世看到了一个辉煌和动人的场景,所有的妇女都肩背着她们的丈夫和孩子,他的仇敌巴伐利亚公爵也在其妻子的肩膀上。故事的结局是这些心灵高尚的妇女让康拉德三世感动得掉下了眼泪,使他对巴伐利亚公爵的刻骨仇恨顷刻间烟消云散。

斯蒂芬·茨威格一度迷恋于传奇作品的写作,这些介于历史和文学之间的叙述,带有明显的斯蒂芬·茨威格的个人倾向。我的意思是说,这位奥地利作家试图像一个历史学家那样去书写真实的历史事件,同时小说家的身份又使他发现了历史中的细小之处。对他来说,正是这些细小之处决定了那些重大的事件,决定了人的命运和历史的方向,他的任务就是强调这些细小之处,让它们在历史叙述中突现出来。用他自己的比喻就是有时候避雷针的尖端会聚集太空里所有的电,他相信一个影响深远的决定其实来自于一个日期、一个小时,甚至是来自于一分钟。为此在他的笔下,拜占庭的陷落,或者说是君士坦丁堡的陷落并不是因为奥斯曼土耳其人的强大攻势,而是因为那个名叫凯卡波尔塔的小门。奥斯曼土耳其人,这些安拉的奴仆,在他们的苏丹率领下包围和进攻这座希腊旧城,而罗马人在他们的皇帝指挥下,一次次将攻城的云梯推下墙头,眼看着拜占庭就要得救了,眼看着巨大的苦难就要战胜野蛮的进攻之时,一个悲剧性的意外发生了。这个意外就是凯卡波尔塔小门,它是和平时期大门紧闭时供行人出入所用,正是因为它不具有军事意义,罗马人忘记了它的存在。凯卡波尔塔小门敞开着,而且无人把守,土耳其人发现了它,然后攻入了城中。就这样,强盛了一千多年的东罗马帝国被凯卡波尔塔小门葬送了。出于同样的理由，斯蒂芬·茨威格认为滑铁卢之役是由格鲁希思考中的一秒钟所决定的。当拿破仑被威灵顿包围之后，格鲁希率领着另一支大军正沿着战前布置的道路前进，他们听到了炮声，炮声距离他们只有三个多小时的路程，格鲁希的副司令热拉尔激烈地要求向着炮火的方向前进，其他军官也都站到了热拉尔一边，然而习惯于服从的格鲁希拒绝了热拉尔的要求，因为他没有接到拿破仑的命令，他说只有皇帝本人有权变更命令。激动的热拉尔提出最后的请求，他想率领自己的师和骑兵奔赴战场，并且保证按时赶到约定的地点。格鲁希考虑了一秒钟，再次拒绝热拉尔的请求。就是这一秒钟决定了威灵顿的胜利，决定了拿破仑彻底的失败，也决定了格鲁希自己的命运。斯蒂芬·茨威格认为格鲁希的这一秒钟改变了整个欧洲的命运。

　　同样的道理，很多人在获得成功或者品尝了失败之后，再回首往事，常常会发现过去生活中的某一个平常的选择，甚至是毫无意义的举动，都会带来命运的动荡。在这一点上，人生的道路和历史的道路极其相似，然后就会诞生故事的道路。山鲁佐德的故事或者其他人的故事，为什么都会让一个不经意的细节去掌握故事中高潮的命运？我相信这是因为人生的体验和历史的体验决定着故事的体验。当我们体验着人生或者体验着历史之时，这样的体验是在分别进行之中；当我们获得故事的体验时，我想这三者已经重叠到了一起。这时候我们就会重新判断故事中各段落的价值，有时候一个不经意的细节和故事中情节的高潮，这两者间的关系很像是贺拉斯描述中的丽西尼的头发和堆满财宝的宫殿，贺拉斯说："阿拉伯金碧辉煌堆满财宝的宫殿，在你眼里怎抵丽西尼的一根头发？"

1999 年 10 月 25 日

川端康成和卡夫卡的遗产

　　川端康成和卡夫卡，来自东西方的两位作家，在 1982 年和 1986 年分别让我兴奋不已。虽然不久以后我发现他们的缺陷和他们的光辉一样明显。然而当我此刻再度回想他们时，犹如在阴天里回想阳光灿烂的情景。

　　川端康成拥有两根如同冬天的枯树枝一样的手臂，他挂在嘴角的微笑有一种衰败的景象。从作品中看，他似乎一直迷恋少女。直到晚年的写作里，对少女的肌肤他依然有着少男般的憧憬。我曾经看到一部日本出版的川端康成影册，其中有一幅是他在接受诺贝尔文学奖时的演说，面对他的第一排坐着几位身穿和服手持鲜花的日本少女。他还可能喜欢围棋，他的《名人》是一部激动人心的小说。

　　《美的存在与发现》是他自杀前在夏威夷的文学演说，文中对阳光在玻璃杯上移动的描述精美至极，显示了川端在晚年时感觉依然生机勃勃。文后对日本古典诗词的回顾与他的《我在美丽的日本》一样，仅仅只是体现了他是一位出众的鉴赏家。而作为小说家来说，这两篇文章缺乏对小说具有洞察力的见解，或许他这样做是企图说明自己作品的渊源，从而转弯抹角地回答还是不久以前对他们（新感觉派）的指责，指责认为他们是模仿表现主义、达达主义、莫朗等。这时候的川端有些虚弱不堪。

1982 年在浙江宁波甬江江畔一座破旧公寓里，我最初读到川端康成的作品，是他的《伊豆的舞女》。那次偶然的阅读，导致我一年之后正式开始的写作，和一直持续到 1986 年春天的对川端的忠贞不渝。那段时间我阅读了译为汉语的所有川端作品。他的作品我都是购买双份，一份保存起来，另一份放在枕边阅读。后来他的作品集出版时不断重复，但只要一本书中有一个短篇我藏书里没有，购买时我就毫不犹豫。

现在回想起来，当初对川端的迷恋来自我写作之初对作家目光的发现。无数事实拥出经验，在作家目光之前摇晃，这意味着某种形式即将诞生。川端的目光显然是宽阔和悠长的。他在看到一位瘸腿的少女时给予了深切的同情，她与一个因为当兵去中国的青年男子订婚，这是战争给予她的短暂恩赐。未婚夫的战死，使婚约解除，她离开婆家独自行走，后来伫立在一幢新屋即将建立处，新屋暗示着一对新婚夫妇即将搬入居住。两个以上的、可能是截然无关的事实可以同时进入川端的目光，即婚约的解除与新屋的建成。

《雪国》和《温泉旅馆》是川端的杰作，还有《伊豆的舞女》等几个短篇。《古都》对风俗的展示过于铺张，《千只鹤》里有一些惊人的感受，但通篇平平常常。

川端的作品笼罩了我最初三年多的写作。那段时间我排斥了几乎所有别的作家，只接受普鲁斯特和曼斯菲尔德等少数几个多愁善感的作家。

这样的情形一直持续到 1986 年春天。一个偶然的机会让我发现了卡夫卡。我是和一个朋友在杭州逛书店时看到一本《卡夫卡小说选》的。那是最后一本，我的朋友先买了。后来在这个朋友家聊天，说到《战争与和平》，他没有这套书。我说我可以设法搞到一套，同时我提出一个前提，就是要他把《卡夫卡小说选》给我。他的同意使我在不久之后的一个夜晚读到了《乡村医生》。那部短篇使我大吃一惊。事情就是这样简单，在我即将沦为文学迷信的殉葬品时，卡夫卡在川端康成的屠刀下拯救了我。我把这理解成命运的一次恩赐。

《乡村医生》让我感到作家在面对形式时可以是自由自在的，形式似乎是"无政府主义"的，作家没有必要依赖一种直接的、既定的观念去理解形式。在某种意义上说，作家完全可以依据自己心情是否愉快来决定形式是否愉悦。在我想象力和情绪力日益枯竭的时候，卡夫卡解放了我，使我三年多时间建立起来的一套写作法则在一夜之间成了一堆破烂。不久以后我注意到了一种虚伪的形式（参见《虚伪的作品》一文）。这种形式使我的想象力重新获得自由，犹如田野上的风一样自由自在。只有这样，写作对我来说才如同普鲁斯特所说的："有益于身心健康。"

以后读到的《饥饿艺术家》《在流放地》等小说，让我感到意义在小说中的魅力。川端康成显然是属于排斥意义的作家。而卡夫卡则恰恰相反，卡夫卡所有作品的出现都源于他的思想。他的思想和时代格格不入。我在了解到川端康成之后，再试图去了解日本文学，那么就会发现某种共同的标准，所以川端康成之后，再试图去了解日本文学，那么就会发现某种共同的标准，所以川端康成的出现没有丝毫偶然的因素。而卡夫卡的出现则可以说是一个奇迹了，文学史上的奇迹。

从相片上看，卡夫卡脸型消瘦，锋利的下巴有些像匕首。那是一个内心异常脆弱过敏的作家。他对自己的隐私保护得非常好。即使他随便在纸片上涂下的素描，一旦被人发现也立即藏好。我看到过一些他的速写画，基本上是一些人物和椅子及写字台的关系。他的速写形式十分孤独，他只采用直线，在一切应该柔和的地方他一律采取坚硬的直线。这暗示了某种思维特征。他显然是善于进行长驱直入的思索的。他的思维异常锋利，可以轻而易举地直达人类的痛处。

《审判》是卡夫卡三部长篇之一，非常出色。然而卡夫卡在对人物 K 的处理上过于随心所欲，从而多少破坏了他严谨的思想。

川端康成过于沉湎在自然的景色和女人的肌肤的光泽之中。卡夫卡则始终听任他的思想使唤。因此作为小说家来说，他们显然没有福克纳来得完善。

无论是川端康成，还是卡夫卡，他们都是极端个人主义的作家。他们的感受都是纯粹个人化的，他们感受的惊人之处也在于此。

川端康成在《禽兽》的结尾，写到一个母亲凝视死去的女儿时的感受，他这样写：

　　女儿的脸生平第一次化妆，真像是一位出嫁的新娘。

而在卡夫卡的《乡村医生》中，医生看到患者的伤口时，感到有些像玫瑰花。

川端康成和卡夫卡的遗产是两座博物馆，所要告诉我们的是文学史上曾经出现过什么；而不是两座银行，他们不供养任何后来者。

1989 年 11 月 17 日

温暖和百感交集的旅程

　　我经常将川端康成和卡夫卡的名字放在一起，并不是他们应该在一起，而是出于我个人的习惯。我难以忘记1980年冬天最初读到《伊豆的舞女》时的情景，当时我二十岁，我是在浙江宁波靠近甬江的一间昏暗的公寓里与川端康成相遇。五年之后，也是在冬天，也是在水边，在浙江海盐一间临河的屋子里，我读到了卡夫卡。谢天谢地，我没有同时读到他们。当时我年轻无知，如果文学风格上的对抗过于激烈，会使我的阅读不知所措和难以承受。在我看来，川端康成是文学里无限柔软的象征，卡夫卡是文学里极端锋利的象征；川端康成叙述中的凝视缩短了心灵抵达事物的距离，卡夫卡叙述中的切割扩大了这样的距离；川端康成是肉体的迷宫，卡夫卡是内心的地狱；川端康成如同盛开的罂粟花使人昏昏欲睡，卡夫卡就像是流进血管的海洛因令人亢奋和痴呆。我们的文学接受了这样两份截然不同的遗嘱，同时也暗示了文学的广阔有时候也存在于某些隐藏的一致性之中。川端康成曾经这样描述一位母亲凝视死去女儿时的感受："女儿的脸生平第一次化妆，真像是一位出嫁的新娘。"类似起死回生的例子在卡夫卡的

111

作品中同样可以找到。《乡村医生》中的医生检查到患者身上溃烂的伤口时，他看到了一朵玫瑰红色的花朵。

这是我最初体验到的阅读，生在死之后出现，花朵生长在溃烂的伤口上。对抗中的事物没有经历缓和的过程，直接就是汇合，然后同时拥有了多重品质。这似乎是出于内心的理由，我意识到伟大作家的内心没有边界，或者说没有生死之隔，也没有美丑和善恶之分，一切事物都以平等的方式相处。他们对内心的忠诚使他们写作时同样没有了边界，因此生和死、花朵和伤口可以同时出现在他们的笔下，形成叙述的和声。

我曾经迷恋于川端康成的描述，那些用纤维连接起来的细部，我说的就是他描述细部的方式。他叙述的目光无微不至，几乎抵达了事物的每一条纹路，同时又像是没有抵达，我曾经认为这种若即若离的描述是属于感受的方式。川端康成喜欢用目光和内心的波动去抚摸事物，他很少用手去抚摸，因此当他不断地展示细部的时候，他也在不断地隐藏着什么。被隐藏的总是更加令人着迷，它会使阅读走向不可接近的状态，因为后面有着一个神奇的空间，而且是一个没有疆界的空间，可以无限扩大，也可以随时缩小。为什么我们在阅读之后会掩卷沉思？这是因为我们需要走进那个神奇的空间，并且继续行走。这样的品质也在卡夫卡和马尔克斯，以及其他更多的作家那里出现，这也是我喜爱《礼拜二午睡时刻》的一个原因。

加西亚·马尔克斯是无可争议的大师，而且生前就已获此殊荣。《百年孤独》塑造了一个天马行空的作家的偶像，一个将想象力尽情挥霍的偶像，其实马尔克斯在叙述里隐藏着小心翼翼的克制，正是这两者间激烈的对抗，造就了伟大的马尔克斯。《礼拜二午睡时刻》所展示的就是作家克制的才华，这是一个在任何时代都有可能出现的故事，因此也是任何时代的作家都有可能写下的故事。我的意思是它的主题其实源远流长，一个母亲对儿子的爱。虽然作为小偷的儿子被人枪杀的事实会令任何母亲不安，然而这个经过了长途旅行，带着已经枯萎的鲜花和唯一的女儿，来到这陌生之地看望亡儿之坟的母亲却是如此的镇静。马尔克斯的叙述简洁和不动声色，人物和场景仿佛是在摄影作品中出现，而且他只写下了母亲面对一切的镇静，镇静的后面却隐藏着无比的悲痛和宽广的爱。为什么神父都会在这个女人面前不安？为什么枯萎的鲜花会令我们战栗？马尔克斯留下的疑问十分清晰，疑问后面的答案也是同样的清晰，让我们觉得自己已经感受到了，同时又觉得自己的感受还远远不够。

卡夫卡的作品，我选择了《在流放地》。这是一个使人震惊的故事，一个被遗弃的军官和一架被遗弃的杀人机器，两者间的关系有点像是变了质的爱情，或者说他们的历史是他们共同拥有的，少了任何一个都会两个同时失去。应该说，那是充满了荣耀和幸福的历史。故事开始时他们的蜜月已经结束，正在经历着毁灭前凋零的岁月。旅行家——这是卡夫卡的叙述者——给予了军官回首往事的机会，另两个在场的人都是士兵，一个是"张着大嘴，头发蓬松"即将被处决的士兵，还有一个是负责解押的士兵。与《变形记》这样的作品不同，卡夫卡没有从一开始就置读者于不可思议的场景之中，而是给予了我们一个正常的开端，然后向着不可思议的方向发展。随着岁月的流逝，机器的每一个部分都有了通用的小名，军官向旅行家介绍："底下的部分叫做'床'，最高的部分叫'设计师'，在中间能够上下移动的部分叫做'耙子'。"还有特制的粗棉花，毛毡的小口衔，尤其是这个在处死犯人时塞进他们嘴中的口衔，这是为了阻止犯人喊叫的天才设计，也是卡夫卡叙述中令人不安的颤音。由于新来的司令官对这架杀人机器的冷漠，部件在陈旧和失灵之后没有得到更换，于是毛毡的口衔上沾满了一百多个过去处死犯人的口水，那些死者的气息已经一层层地渗透了进去，在口衔上阴魂不散。因此当那个"张着大嘴，头发蓬松"犯人的嘴刚刚咬住口衔，立刻闭上眼睛呕吐起来，把军官心爱的机器"弄得像猪圈一样"。卡夫卡有着长驱直入的力量，仿佛匕首插入身体，慢慢涌出的鲜血是为了证实插入行为的可靠，卡夫卡的叙述具有同样的景象，细致、坚实和触目惊心，而且每一段叙述在推进的同时也证实了前面完成的段落，如同匕首插入后鲜血的回流。因此，当故事变得越来越不可思议的时候，故事本身的真实性不仅没有削弱，反而增强。然后，我们读到了军官疯狂同时也是合理的举动，他放走了犯人，自己来试验这架快要崩溃的机器，让机器处死自己。就像是一对殉情的恋人，他似乎想和机器一起崩溃。这个有着古怪理想的军官也要面对那个要命的口衔。卡夫卡这样写道："可以看得出来军官对这口衔还是有些勉强，可是他只是躲闪了一小会儿，很快就屈服了，把口衔纳进了嘴里。"

我之所以选择《在流放地》，是因为卡夫卡这部作品留在叙述上的刻度最为清晰，我所指的是一个作家叙述时产生力量的支点在什么地方？这位思维变幻莫测的作家，这位让读者惊恐不安和难以预测的作家究竟给了我们什么？他是如何用叙述之砖堆砌了荒诞的大厦？《在流放地》清晰地展示了卡夫卡叙述中伸展出去的枝叶，在对那架杀人机器细致入微的描写里，这位作家表达出了和巴尔扎克同样准确的现实感，这样的现实感也在故事的其他部分不断涌现，正是这些拥有了现实依据的描述，才构造了卡夫卡故事的地基。事实上他所有的作品都是如此，只是人们更容易被大厦的荒诞性所吸引，从而忽视了建筑材料的实用性。

布鲁诺·舒尔茨的《鸟》和若昂·吉马朗埃斯·罗萨的《河的第三条岸》也是同样如此。《鸟》之外我还选择了舒尔茨另外两部短篇小说,《蟑螂》和《父亲的最后一次逃走》。我认为只有这样,在《鸟》中出现的父亲的形象才有可能完整起来。我们可以将它们视为一部作品中的三个章节,况且它们的篇幅都是十分简短。舒尔茨赋予的这个"父亲",差不多是我们文学中最为灵活的形象。他在拥有了人的形象之外,还拥有了鸟、蟑螂和螃蟹的形象,而且他在不断地死去之后,还能够不断地回来。这是一个空旷的父亲,他既没有人的边界,也没有动物的边界,仿佛幽灵似的飘荡着,只要他依附其上,任何东西都会散发出生命的欲望。因此,他是一个实实在在的生命,可以说是人的生命。舒尔茨的描述是那样的精确迷人,"父亲"无论是作为人出现,还是作为鸟、蟑螂或者螃蟹出现,他的动作和形态与他生命所属的种族都有着完美的一致性。值得注意的是,舒尔茨与卡夫卡一样,当故事在不可思议的环境和突如其来的转折中跳跃时,叙述始终是扎实有力的,所有的事物被展示时都有着现实的触摸感和亲切感。尽管舒尔茨的故事比卡夫卡更加随意,然而叙述的原则是一致的。就像格里高里·萨姆沙和甲虫互相拥有对方的习惯,"父亲"和蟑螂或者螃蟹的结合也使各自的特点既鲜明又融洽。

　　若昂·吉马朗埃斯·罗萨在《河的第三条岸》也塑造了一个父亲的形象,而且也同样是一个脱离了父亲概念的形象,不过他没有去和动物结合,他只是在自己的形象里越走越远,最后走出了人的疆域,有趣的是这时候他仍然是一个活生生的人。这个永不上岸的父亲,使罗萨的故事成为了一个永不结束的故事。这位巴西作家在讲述这个故事时,没有丝毫离奇之处,似乎是一个和日常生活一样真实的故事,可是它完全不是一个日常生活的故事,它给予读者的震撼是因为它将读者引向了深不可测的心灵的夜空，或者说将读者引向了河的第三条岸。罗萨、舒尔茨和卡夫卡的故事共同指出了荒诞作品存在的方式，他们都是在人们熟悉的事物里进行并且完成了叙述，而读者却是鬼使神差地来到了完全陌生的境地。这些形式荒诞的作家为什么要认真地和现实地刻画每一个细节？因为他们在具体事物的真实上有着难以言传的敏锐和无法摆脱的理解，同时他们的内心总是在无限地扩张，因此他们作品的形式也会无限扩张。

在卡夫卡和舒尔茨之后，辛格是我选择的第三位来自犹太民族的作家。与前两位作家类似，辛格笔下的人物总是难以摆脱流浪的命运，这其实是一个民族的命运。不同的是，卡夫卡和舒尔茨笔下的人物是在内心的深渊里流浪，辛格的人物则是行走在现实之路上。这也是为什么辛格的人物充满了尘土飞扬的气息，而卡夫卡和舒尔茨的人物一尘不染，因为后者生活在想象的深处。然而，他们都是迷途的羔羊。《傻瓜吉姆佩尔》是一部震撼灵魂的杰作，吉姆佩尔的一生在短短几千字的篇幅里得到了几乎是全部的展现，就像写下了浪尖就是写下整个大海一样，辛格的叙述虽然只是让吉姆佩尔人生的几个片段闪闪发亮，然而他全部的人生也因此被照亮了。这是一个比白纸还要洁白的灵魂，他的名字因为和傻瓜紧密相连，他的命运也就书写了一部受骗和被欺压的历史。辛格的叙述是如此的质朴有力，当吉姆佩尔善良和忠诚地面对所有欺压他和欺骗他的人时，辛格表达了人的软弱的力量，这样的力量发自内心，也来自深远的历史，因此它可以战胜所有强大的势力。故事的结尾催人泪下，已经衰老的吉姆佩尔说："当死神来临时，我会高高兴兴地去。不管那里会是什么地方，都会是真实的，没有纷扰，没有嘲笑，没有欺诈。赞美上帝：在那里，即使是吉姆佩尔，也不会受骗。"此刻的辛格似乎获得了神的目光，他看到了，也告诉我们：有时候最软弱的也会是最强大的。就像《马太福音》第十八章所讲述的故事：门徒问耶稣："天国里谁是最大的？"耶稣叫来了一个小孩，告诉门徒："凡自己谦卑像这小孩子的，他在天国里就是最大的。"

据我所知，鲁迅和博尔赫斯是我们文学里思维清晰和思维敏捷的象征，前者犹如山脉隆出地表，后者则像是河流陷入了进去，这两个人都指出了思维的一目了然，同时也展示了思维存在的两种不同方式。一个是文学里令人战栗的白昼，另一个是文学里使人不安的夜晚；前者是战士，后者是梦想家。这里选择的《孔乙己》和《南方》，都是叙述上惜墨如金的典范，都是文学中精瘦如骨的形象。在《孔乙己》里，鲁迅省略了孔乙己最初几次来到酒店的描述，当孔乙己的腿被打断后，鲁迅才开始写他是如何走来的。这是一个伟大作家的责任，当孔乙己双腿健全时，可以忽视他来到的方式，然而当他腿断了，就不能回避。于是，我们读到了文学叙述中的绝唱。"忽然间听得一个声音，'温一碗酒'。这声音虽然极低，却很耳熟。看时又全没有人。站起来向外一望，那孔乙己便在柜台下对了门槛坐着。"先是声音传来，然后才见着人，这样的叙述已经不同凡响，当"我温了酒，端出去，放在门槛上"，孔乙己摸出四文大钱后，令人战栗的描述出现了，鲁迅只用了短短一句话，"见他满手是泥，原来他是用这手走来的"。

这就是我为什么热爱鲁迅的理由，他的叙述在抵达现实时是如此的迅猛，就像子弹穿越了身体，而不是留在了身体里。与作为战士的鲁迅不同，作为梦想家的博尔赫斯似乎深陷于不可知的浪漫之中，他那简洁明快的叙述里，其实弥漫着理性的茫然，而且他时常热衷于这样的迷茫，因此他笔下的人物常常是头脑清楚，可是命运模糊。当他让虚弱不堪的胡安·达尔曼捡起匕首去迎接决斗，也就是迎接不可逆转的死亡时，理性的迷茫使博尔赫斯获得了现实的宽广，他用他一贯的方式写道："如果说，达尔曼没有了希望，那么，他也没有了恐惧。"

鲁迅的孔乙己仿佛是记忆凝聚之后来到了现实之中，而《南方》中的胡安·达尔曼则是一个努力返回记忆的人。叙述方向的不同使这两个人物获得了各自不同的道路，孔乙己是现实的和可触摸的，胡安·达尔曼则是神秘的和难以把握的。前者从记忆出发，来到现实；后者却是从现实出发，回到记忆之中。鲁迅和博尔赫斯似乎都怀疑岁月会抚平伤痛，因此他们笔下的人物只会在自己的厄运里越走越远，最后他们殊途同归，消失成为了他们共同的命运。值得注意的是，现实的孔乙己和神秘的胡安·达尔曼，都以无法确定的方式消失："我到现在终于没有见——大约孔乙己的确死了。""达尔曼手里紧紧地握着匕首，也许他根本不知道怎么使用它，就出了门，向草原走去。"

拉克司奈斯的《青鱼》和克莱恩的《海上扁舟》是我最初阅读的记录，它们记录了我最初来到文学身旁时的忐忑不安，也记录了我当时的激动和失眠。这是二十年前的往事了，如果没有拉克司奈斯和克莱恩的这两部作品，还有川端康成的《伊豆的舞女》，我想，我也许不会步入文学之门。就像很多年以后，我第一次看到伯格曼的《野草莓》后，才知道什么叫电影一样，《青鱼》和《海上扁舟》在二十年前就让我知道了什么是文学。直到现在，我仍然热爱着它们，这并不是因为它们曾使我情窦初开，而是它们让我知道了文学的持久和浩瀚。这两部短篇小说都只是叙述了一个场景，一个在海上，另一个在海边。这似乎是短篇小说横断面理论的有力证明，问题是伟大的短篇小说有着远远超过篇幅的纬度和经度。《海上扁舟》让我知道了什么是叙述的力量，一叶漂浮在海上的小舟，一个厨子，一个加油工人，一个记者，还有一个受伤的船长，这是一个抵抗死亡，寻找生命之岸的故事。史蒂芬·克莱恩的才华将这个单调的故事拉长到一万字以上，而且丝丝入扣，始终激动人心。拉克司奈斯的《青鱼》让我明白了史诗不仅仅是篇幅的漫长，有时候也会在一部简洁的短篇小说中出现。就像瓦西里·康定斯基所说的"一种无限度的红色只能由大脑去想象"，《青鱼》差不多是完美地体现了文学中浩瀚的品质，它在极其有限的叙述里表达了没有限度的思想和情感，如同想象中的红色一样无边无际。

这差不多是我二十年来阅读文学的经历，当然还有更多的作品这里没有提及。我对那些伟大作品的每一次阅读，都会被它们带走。我就像是一个胆怯的孩子，小心翼翼地抓住它们的衣角，模仿着它们的步伐，在时间的长河里缓缓走去，那是温暖和百感交集的旅程。它们将我带走，然后又让我独自一人回去。当我回来之后，才知道它们已经永远和我在一起了。

1999 年 4 月 30 日

卡夫卡和K

　　《城堡》中的土地测量员K在厚厚的积雪中走来，皑皑白雪又覆盖了他的脚印，是否暗示了这是一次没有回去的走来？因为K仿佛是走进了没有谜底的命运之谜。贺拉斯说："无论风暴将我带到什么岸边，我都将以主人的身份上岸。"卡夫卡接着说："无论我转向何方，总有黑浪迎面打来。"弥漫在西方文学传统里的失落和失败的情绪感染着漫长的岁月，多少年过去了，风暴又将K带到了这里，K获得了上岸的权利，可是他无法获得主人的身份。

　　在有关卡夫卡作品的论说和诠释里，有一个声音格外响亮，那就是谁是卡夫卡的先驱？对卡夫卡的榜样的寻找凝聚了几代人的不懈努力，瓦尔特·本雅明寻找了一个俄国侯爵波将金的故事，博尔赫斯寻找了芝诺的否定运动的悖论。人们乐此不疲的理由是什么？似乎没有一个作家会像卡夫卡那样令人疑惑，我的意思是说：在卡夫卡这里人们无法获得其他作家所共有的品质，就是无法找到文学里清晰可见的继承关系。当《城堡》中的弗丽达意识到K其实像一个孩子一样坦率时，可是仍然很难相信他的话，因为——弗丽达的理由是"你的个性跟我们截然不同"。瓦尔特·本雅明和博尔赫斯也对卡夫卡说出了类似的话。

同时，这也是文学要对卡夫卡说的话。显然，卡夫卡没有诞生在文学生生不息的长河之中，他的出现不是因为后面的波浪在推动，他像一个岸边的行走者逆水而来。很多迹象都在表明，卡夫卡是从外面走进了我们的文学。于是他的身份就像是《城堡》里K的身份那样尴尬，他们都是唐突的外来者。K是不是一个土地测量员？《城堡》的读者会发出这样的疑问。同样的疑问也在卡夫卡生前出现，这个形象瘦削到使人感到尖锐的犹太人究竟是谁？他的作品是那样的陌生，他在表达希望和绝望、欢乐和痛苦、爱和恨的时候都是同样的令人感到陌生。这样的疑惑在卡夫卡死后仍然经久不息，波将金和芝诺的例子表明：人们已经开始到文学之外去寻找卡夫卡作品的来源。

这是明智的选择。只要读一读卡夫卡的日记，就不难发现生活中的卡夫卡，其实就是《城堡》中的K。他在1931年8月15日的日记中，用坚定的语气写道："我将不顾一切地与所有人隔绝，与所有人敌对，不同任何人讲话。"在六天以后的日记里，他这样写："现在我在我的家庭里，在那些最好的、最亲爱的人们中间，比一个陌生人还要陌生。近年来我和我的母亲平均每天说不上二十句话，和我的父亲除了有时彼此寒暄几句几乎就没有更多的话可说。和我已婚的妹妹和妹夫们除了跟他们生气我压根儿就不说话。"

人们也许以为写下这样日记的人正在经历着可怕的孤独，不过读完下面的两则日记后，可能会改变想法。他在1910年11月2日的日记中写道："今天早晨许久以来第一次尝到了想象一把刀在我心中转动的快乐。"另一则是两年以后，他再一次在日记中提到了刀子。"不停地想象着一把宽阔的熏肉切刀，它极迅速地以机械的均匀从一边切入我体内，切出很薄的片，它们在迅速的切削动作中几乎呈卷状一片片飞出去。"

第一则日记里对刀的描绘被后面"快乐"的动词抽象了，第二则日记不同，里面的词语将一串清晰的事实连接了起来，"宽阔的熏肉切刀""切入我体内"，而且"切出很薄的片"，卡夫卡的描述是如此的细致和精确，最后"呈卷状一片片飞出去"时又充满了美感。这两则日记都是在想象中展示了暴力，而且这样的暴力都是针对自我。卡夫卡让句子完成了一个自我凌迟的过程，然后他又给予自我难以言传的快乐。这是否显示了卡夫卡在面对自我时没有动用自己的身份？或者说他就是在自我这里，仍然是一个外来者？我的答案是卡夫卡一生所经历的不是可怕的孤独，而是一个外来者的尴尬。这是更为深远的孤独，他不仅和这个世界和所有的人格格不入，同时他也和自己格格不入。他在1914年1月8日的日记中吐露了这样的尴尬，他写道："我与犹太人有什么共同之处？我几乎与自己都没有共同之处。"他的日记暗示了与众不同的人生，或者说他始终以外来者的身份行走在自己的人生之路上，四十一年的岁月似乎是别人的岁月。

可以这么说，生活中的卡夫卡就像《城堡》里的K一样，他们都没有获得主人的身份，他们一生都在充当着外乡人的角色。共同的命运使这两个人获得了一致的绝望，当K感到世界上已经没有一处安静的地方能够让他和弗丽达生活下去时，他就对自己昙花一现的未婚妻说："我希望有那么一座又深又窄的坟墓，在那里我们俩紧紧搂抱着，像用铁条缚在一起那样。"对K来说，世界上唯一可靠的安身之处是坟墓；而世界上真正的道路对卡夫卡来说是在一根绳索上，他在笔记里写道："它不是绷紧在高处，而是贴近地面。它与其说是供人行走不如说是用来绊人的。"

人们的习惯是将日记的写作视为情感和思想的真实流露，在卡夫卡这里却很难区分出日记写作和小说写作的不同，他说："读日记使我激动。"然后他加上着重号继续说："一切在我看来皆属虚构。"在这一点上，卡夫卡和他的读者能够意见一致。卡夫卡的日记很像是一些互相失去了联络的小说片段，而他的小说《城堡》则像是K的漫长到无法结束的日记。

应该说，卡夫卡洁身自好的外来者身份恰恰帮助了他，使他能够真正切入到现存制度的每一个环节之中。在《城堡》和其他一些作品中，人们看到了一个巨大的官僚机器被居民的体验完整地建立了起来。我要说的并不是这个官僚机器展示了居民的体验，而是后者展示了前者。这是卡夫卡叙述的实质，他对水珠的关注是为了让全部的海水自动呈现出来。在这一点上，无论是卡夫卡同时代的作家，还是后来的作家，对他们自身所处的社会制度的了解，都很难达到卡夫卡的透彻和深入。就像是《城堡》所显示的那样，对其官僚机构和制度有着强烈感受的人不是那里的居民，而是一个外来者——K。《城堡》做出了这样的解释：那些在已有制度里出生并且成长起来的村民，制度的一切不合理性恰恰构成了它的合理。面对这至高无上的权威，村民以麻木的方式保持着他们世代相传的恐惧和世代相传的小心翼翼。而K的来到，使其制度的不合理性得到了呈现。外来者K就像是一把熏肉切刀，切入到城堡看起来严密其实漏洞百出的制度之中，而且切出了很薄的片，最后让它们一片片呈卷状飞了出去。

在卡夫卡的眼中，这一把熏肉切刀的锋刃似乎就是性，或者说在《城堡》里凡是涉及到性的段落都会同时指出叙述中两个方向，一个是权威的深不可测，另一个是村民的麻木不仁。

关于权威的深不可测，我想在此引用瓦尔特·本雅明的话，本雅明说："这个权威即使对于那些官僚来说也在云里雾里，对于那些它们要对付的人们来说就更加模糊不清了。"当卡夫卡让他的代言人K在积雪和夜色中来到村子之后，在肮脏破旧的客栈里，K拿起了电话——电话是村民也是K和城堡联系的象征，确切地说是接近那个权威的象征，而且所能接近的也只是权威的边缘。当K拿起电话以后，他听到了无数的声音，K的疑惑一直到与村长的交谈之后才得以澄清，也就是说当一部电话被接通后，城堡以及周围村子所有的电话也同时被接通，因此谁也无法保证K在电话中得到的声音是否来自于城堡。由此可见，城堡的权威是在一连串错误中建立起来的，而且不断发生的新的错误又在不断地巩固这样的权威。当K和村长冗长的谈话结束后，这一点得到了进一步的证实。尽管村长的家是整个官僚制度里最低等的办公室，然而它却是唯一允许K可以进入的。当村长的妻子和K的两个助手翻箱倒柜地寻找有关K的文件时，官僚制度里司空见惯的场景应运而生，阴暗的房间、杂乱的文件柜和散发着霉味的文件。因此，K在这里得到的命运只不过是电话的重复。而对于来自城堡的权威，村长其实和K一样的模糊不清。在《城堡》的叙述里，不仅是那位端坐在权威顶峰的伯爵先生显得虚无缥缈，就是那个官位可能并不很高的克拉姆先生也仿佛是生活在传说中。K锲而不舍的努力，最终所得到的只是与克拉姆的乡村秘书进行一次短暂的谈话。因此，村长唯一能够明确告诉K的，就是他们并不需要一个土地测量员。村长认为K的来到是一次误会，他说："像在伯爵大人这样庞大的政府机关里，可能偶然发生这一个部门制定这件事，另一部门制定那件事，而互相不了解对方的情况……因此就常常会出现一些细小的差错。"作为官僚机构中的一员，村长有责任维护官僚制度里出现的所有错误，他不能把K送走，因为"这是另外一个问题"，他所能做的无非是将错就错，给 K 安排了一个完全是多余的职位——学校的看门人。

关于村民的麻木不仁，我想说的就是卡夫卡作品中将那个巨大的官僚机器建立起来的居民的体验，这样的体验里充满了居民的敬畏、恐惧和他们悲惨的命运，叙述中性的段落又将这样的体验推向了高潮。弗丽达、客栈老板娘和阿玛丽亚的经历，在卡夫卡看来似乎是磨刀石的经历，她们的存在使权威之剑变得更加锋利和神秘。克拉姆和索尔蒂尼这些来自城堡的老爷，这些《城堡》中权力的象征，便是叙述里不断闪烁的刀光剑影。

人老珠黄的客栈老板娘对年轻时代的回忆，似乎集中了村民对城堡权威的共同体验。这个曾经被克拉姆征召过三次的女人，与克拉姆三次同床的经历构成了她一生的自我荣耀，也成为了她的丈夫热爱她和惧怕她的唯一理由。这一对夫妇直到晚年，仍然会彻夜未眠地讨论着克拉姆为什么没有第四次征召她，这几乎就是他们家庭生活的唯一乐趣。弗丽达是另外一个形象，这是一个随心所欲的形象。她的随心所欲是因为曾经是克拉姆的情妇，这样的地位是村里的女人们梦寐以求的，可是她轻易地放弃了，这是她性格里随心所欲的结果，她极其短暂并且莫名其妙地爱上了 K，然后她以同样的莫名其妙又爱上了 K 的助手杰里米亚。在卡夫卡眼中，弗丽达代表了另一类的体验，有关性和权力的神秘体验，也就是命运的体验，她性格的不确定似乎就是命运的不确定。这个曾经有着无穷的生气和毅力的弗丽达，和 K 短短地生活了几天后，她的美丽就消失了。卡夫卡的锋利之笔再次指向了权力："她形容憔悴是不是真的因为离开了克拉姆？她的不可思议的诱惑力是因为她亲近了克拉姆才有的，而吸引 K 的又正是这种诱惑力。"尽管弗丽达和 K 与客栈老板夫妇截然不同，可是他们最终殊途同归。卡夫卡让《城堡》给予了我们一个刻薄的事实：女人的美丽是因为亲近了权力，她们对男人真正的吸引是因为她们身上有着权力的幻影。弗丽达离开了克拉姆之后，她的命运也就无从选择，"现在她在他的怀抱里枯萎了"。

阿玛丽亚的形象就是命运中悲剧的形象。在客栈老板娘和弗丽达顺从了权力之后，卡夫卡指出了道路的另一端，也就是阿玛丽亚的方向。顺着卡夫卡的手指，人们会看到一个拒绝了权力的身影如何变得破碎不堪。

事实上在卡夫卡笔下，阿玛丽亚和村里其他姑娘没有不同，也就是说她在内心深处对来自城堡的权力其实有着难以言传的向往，当象征着城堡权威的索尔蒂尼一眼看中她以后，她的脸上同样出现了恋爱的神色。她的悲剧是因为内心里还残留着羞耻感和自尊，当索尔蒂尼派人送来那张征召她的纸条时，上面粗野和下流的词汇突然激怒了她。这是卡夫卡洞察人心的描述，一张小小的纸条改变了阿玛丽亚和她一家人的命运，阿玛丽亚撕碎纸条的唯一理由就是上面没有爱的词句，全是赤裸裸的关于交媾的污言秽语。然后，叙述中有关权力的体验在阿玛丽亚一家人无休止的悲惨中展开，比起客栈老板娘和弗丽达顺从的体验，阿玛丽亚反抗之后的体验使城堡的权威显得更加可怕，同时也显得更加虚幻。

也许索尔蒂尼并没有把这事放在心上，对于那些来自城堡的老爷，他们床上的女人层出不穷。问题是出在村民的体验里，一旦得知阿玛丽亚拒绝了城堡里的老爷，所有的村民都开始拒绝阿玛丽亚一家。于是命运变得狰狞可怕了，她的父亲曾经是村里显赫的人物，可是这位出色的制鞋匠再也找不到生意了，曾经是他手下伙计的勃伦斯威克，在他们一家的衰落里脱颖而出，反而成为了他们的主子。两位年轻的姑娘奥尔珈和阿玛丽亚必须去承受所有人的歧视，她们的兄弟巴纳巴斯也在劫难逃。

在卡夫卡的叙述里，悲惨的遭遇一旦开始，就会一往无前。这一家人日日夜夜讨论着自己的命运，寻找着残存的希望。他们的讨论就像客栈老板夫妇的讨论那样无休止，不同的是前者深陷在悲剧里，后者却是为了品尝回忆的荣耀。为了得到向索尔蒂尼道歉的机会，他们的父亲在冰雪里坐了一天又一天，守候着城堡里出来的老爷，直到他身体瘫痪为止；出于同样的理由，奥尔珈将自己的肉体供给那些城堡老爷的侍卫们肆意蹂躏。巴纳巴斯曾经带来过一线希望，他无意中利用了官僚制度里的漏洞，混进城堡成为了一名模棱两可的信使。然而他们所做的一切丝毫没有阻止命运在悲剧里前进的步伐，他们的努力只是为了在绝望里虚构出一线希望。卡夫卡告诉我们：权威是无法接近的，即便是向它道歉也无济于事。索尔蒂尼对于阿玛丽亚一家来说，就像城堡对于K一样，他们的存在并不是他们曾经出现过，而是因为自身有着挥之不去的恐惧和不安。

卡夫卡的叙述如同深渊的召唤，使阿玛丽亚一家的悲剧显得深不见底，哪怕叙述结束后，她们的悲剧仍然无法结束。这正是卡夫卡为什么会令人不安和战栗的原因。阿玛丽亚和她家庭悲惨的形象，是通过奥尔珈向K的讲述呈现出来的，这个震撼人心的章节在《城堡》的叙述里仿佛是节外生枝，它使《城堡》一直平衡均匀的叙述破碎了，如同阿玛丽亚破碎的命运。人的命运和叙述同时破碎，卡夫卡由此建立了叙述的高潮。其他作家都是叙述逐渐圆润后出现高潮的段落，卡夫卡恰恰相反。在这破碎的章节里，卡夫卡将权威的深不可测和村民的麻木不仁凝聚到了一起，或者说将性的体验和权力的体验凝聚到了一起。

有一个事实值得关注，那就是卡夫卡和性的关系影响了《城堡》中K的性生活。在卡夫卡留下的日记、书信和笔记里，人们很难找到一个在性生活上矫健的身影；与此相对应的叙述作品也同样如此，偶尔涉及到的性的段落也都是草草收场。这位三次订婚又在婚礼前取消了婚约的作家给人留下了软弱可欺的印象，而且他的三次订婚里有两次是和同一位姑娘。他和一位有夫之妇密伦娜的通信，使他有过短暂的狂热，这样的狂热使他几次提出了约会的非分之想，每一次都得到了密伦娜泼来的一盆凉水，这位夫人总是果断地回答：不行！因此，当有人怀疑卡夫卡一生中是否有过健康有力的性经历时，我感到这样的怀疑不会是空穴来风。退后一步说，即便卡夫卡的个人隐私无从证实，他在性方面的弱者的形象也很难改变。确切地说，卡夫卡性的经历很像他的人生经历，或者说很像K的经历；真正的性，或者说是卡夫卡向往中的性，对于他就像是城堡对于K一样，似乎永远是可望而不可即。

他在给密伦娜夫人的信中似乎暗示了他有这方面的要求，而在他其他的书信和日记里连这样的迹象都没有。他只是在笔记里写下了一句令人不知所措的话："它犹如与女人们进行的、在床上结束的斗争。"没有人知道这样的比喻针对什么，人们可以体验到的是这句话所涉及到的性的范围里没有爱的成分，将性支撑起来的欲望是由斗争组建的。另一个例子是K的经历，这位城堡的不速之客在第一夜就尝到了性的果子。在那个阴暗的章节里，卡夫卡不作任何铺垫的叙述，使弗丽达成为了K的不速之客。这一切发生得是如此的突然，当人们还在猜测着K是否能够获得与象征着权力的克拉姆见面的机会时，克拉姆的情人弗丽达娇小的身子已经在K的手里燃烧了。"他们在地上滚了没有多远，砰的一声滚到了克拉姆的房门前，他们就躺在这儿，在积着残酒的坑坑洼洼和扔在地板上的垃圾中间。"然后，卡夫卡写道："他们两个人像一个人似的呼吸着，两颗心像一颗心一样地跳动着。"这似乎是性交正在进行时的体验；接下去的段落似乎预示着高潮来临时的体验："K只觉得自己迷失了路，或者进入了一个奇异的国度，比人类曾经到过的任何国度都远，这个国度是那么奇异，甚至连空气都跟他故乡的大不相同，在这儿，一个人可能因为受不了这种奇异而死去，可是这种奇异又是那么富于魅力，使你只能继续向前走，让自己越陷越深。"

与卡夫卡那一段笔记十分近似，上述段落里K对性的体验没有肉体的欲望；不同的是K和弗丽达的经历不是床上的斗争，卡夫卡给予了他们两人以同一个人的和谐，当然这是缺乏了性欲的和谐，奇怪的是这样的和谐里有着虚幻的美妙，或者说上述段落的描写展示了想象中的性过程，而不是事实上的性过程。卡夫卡纯洁的叙述充满了孩子般的对性的憧憬，仿佛是一个没有这样经历的人的种种猜测。当卡夫卡将其最后的体验比喻成一个奇异的国度，一个比人类曾经到过的任何国度都要远的国度时，卡夫卡内心深处由来已久的尴尬也就如日出般升起，他和K的外乡人的身份显露了出来。"连空气都跟他故乡的大不相同"，于是K和弗丽达的性高潮成为了忧郁的漂泊之旅。

是否可以这么说，就是在自身的性的经历里，卡夫卡仍然没有获得主人的身份。如果这一点能够确认，就不难理解在《城堡》的叙述里，为什么性的出现总是和权力纠缠到一起。我的意思是说卡夫卡比任何人都更为深刻地了解到性在社会生活中可以无限延伸。就像是一个失去了双腿的人会获得更多的凝视的权利，卡夫卡和性之间的陌生造成了紧张的对峙，从而培养了他对其长时间注视的习惯，这样的注视已经超越了人们可以忍受的限度，并且超越了一个时代可以忍受的限度。在这样的注视里，他冷静和深入地看到了性和官僚机器中的权力如何合二为一，"两颗心像一颗心一样地跳动着"。因此在《城堡》的叙述里，同时指出权力深不可测和村民麻木不仁的，就是性的路标。

最后我要说的是，究竟是一个什么样的内心造就了卡夫卡的写作？我的感受是他的日记比他的叙述作品更能说明这一点。他在1922年1月16日的日记中写道："两个时钟走得不一致。内心的那个时钟发疯似的，或者说着魔似的或者说无论如何以一种非人的方式猛跑着，外部的那个则慢吞吞地以平常的速度走着。除了两个不同世界的互相分裂之外，还能有什么呢？而这两个世界是以一种可怕的方式分裂着，或者至少在互相撕裂着。"卡夫卡的一生经历了什么？日记的回答是他在互相撕裂中经历了自己的一生。这有助于我们理解阿玛丽亚一家的命运为什么在破碎后还将不断地破碎下去，也使我们意识到这位与人们格格不入的作家为什么会如此陌生。

内心的不安和阅读的不知所措困扰着人们，在卡夫卡的作品中，没有人们已经习惯的文学出路，或者说其他的出路也没有，人们只能留下来，尽管这地方根本不是天堂，而且更像是地狱，人们仍然要留下来。就像那个永远无法进入城堡的K一样，悲哀和不断受到伤害的K仍然要说："我不能离开这里。我来到这儿，是想在这儿待下来的。我得在这儿待着。"K只能待在城堡的边缘，同样的命运也属于卡夫卡和《城堡》的读者，这些留下来的读者其实也只是待在可以看见城堡的村庄里，卡夫卡叙述的核心就像城堡拒绝K一样拒绝着他们。城堡象征性的存在成为了卡夫卡叙述的不解之谜，正是这样的神秘之谜召唤着人们，这似乎是地狱的召唤，而且是永远无法走近的召唤。然后令人不安的事出现了，卡夫卡和K这两个没有主人身份的外来者，也使走进他们世界的读者成为了外来者。K对自己说："究竟是什么东西引诱我到这个荒凉的地方来的呢，难道就只是为了想在这儿待下来吗？"被卡夫卡和K剥夺了主人身份的读者，也会这样自言自语。

1999年8月30日

布尔加科夫与《大师和玛格丽特》

布尔加科夫

1930年3月28日，贫困潦倒的布尔加科夫给斯大林写去了一封信，希望得到莫斯科艺术剧院一个助理导演的职位。"如果不能任命我为助理导演……"他说，"请求当个在编的普通配角演员。如果当普通配角也不行，我就请求当个管剧务的工人。如果连工人也不能当，那就请求苏联政府以它认为必要的任何方式尽快处置我，只要处置就行……"

作为一位作品被禁的大师，布尔加科夫在骄傲与克服饥饿之间显得困难重重，最终他两者都选择了，他在"请求"的后面没有丝毫的乞讨，当他请求做一个管剧务的工人时，依然骄傲地说："只要处置就行。"

同年4月18日，斯大林拨通了布尔加科夫家的电话，与布尔加科夫进行了简短的交谈，然后布尔加科夫成为了莫斯科艺术剧院的一名助理导演。他重新开始写作《大师和玛格丽特》，一部在那个时代不可能获得发表的作品，布尔加科夫深知这一点，因此他的写作就更为突出地表达了内心的需要，也就是说他的写作失去了实际的意义，与发表、收入、名誉等等毫无关系，写作成为了纯粹的自我表达，成为了布尔加科夫对自己的纪念。

这位来自基辅的神学教授的儿子，自幼腼腆、斯文、安静，他认为："作家不论遇到多大困难都应该坚贞不屈……如果使文学去适应把个人生活安排得更为舒适、富有的需要，这样的文学便是一种令人厌恶的勾当了。"

他说到做到，无论是来自政治的斯大林的意见，还是来自艺术的斯坦尼斯拉夫斯基的压力，都不能使他改变自己的主张，于是他生活贫困，朋友疏远，人格遭受侮辱，然而布尔加科夫"微笑着接受厄运的挑战"，就像一首牙买加民歌里的奴隶的歌唱："你们有权力，我们有道德。"

在这种情况下，布尔加科夫的写作只能是内心独白，于是在愤怒、仇恨和绝望之后，他突然幸福地回到了写作，就像疾病使普鲁斯特回到写作，孤独使卡夫卡回到写作那样，厄运将布尔加科夫与荣誉、富贵分开了，同时又将真正的写作赋予了他，给了他另一种欢乐，也给了他另一种痛苦。

回到了写作的布尔加科夫，没有了出版，没有了读者，没有了评论，与此同时他也没有了虚荣，没有了毫无意义的期待。他获得了宁静，获得了真正意义上的写作。他用不着去和自己的盛名斗争；用不着一方面和报纸、杂志夸夸其谈，另一方面独自一人时又要反省自己的言行。最重要的是，他不需要迫使自己从世俗的荣耀里脱身而出，回到写作，因为他没有机会离开写作了，他将自己的人生掌握在叙述的虚构里，他已经消失在自己的写作之中，而且无影无踪，就像博尔赫斯写到佩德罗·达米安生命消失时的比喻："仿佛水消失在水中。"

在生命的最后十二年里，布尔加科夫失去一切之后，《大师和玛格丽特》的写作又使他得到了一切；他虚构了撒旦对莫斯科的访问，也虚构了自己；或者说他将自己的生活进行了重新的安排，他扩张了想象，缩小了现实。因此在最后的十二年里，很难说布尔加科夫是贫困的，还是富有的；是软弱的，还是强大的；是走投无路，还是左右逢源。

大师和玛格丽特

在这部作品中，有两个十分重要的人物，就是大师和玛格丽特，他们第一次的出现，是在书的封面上，可是以书名的身份出现了一次以后，他们的第二次出现却被叙述一再推迟，直到二百八十四页，大师才悄然而来，紧接着在三百一十四页的时候，美丽的玛格丽特也接踵而至了。在这部五百八十页的作品里，大师和玛格丽特真正的出现正是在叙述最为舒展的部分，也就是一部作品中间的部分。这时候，读者已经忘记了书名，忘记了曾经在书的封面上看到过他们的名字。

在此之前，化名沃兰德的撒旦以叙述里最为有力的声音，改变了莫斯科的现实。虽然撒旦的声音极其低沉，低到泥土之下，但是它建立了叙述的基础，然后就像是地震一样，在其之上，我们看到了莫斯科如何紧张了起来，并且惊恐不安。

显然，布尔加科夫的天才得到了魔鬼的帮助，饱尝痛苦和耻辱的内心，使他在有生之年就远离了人世，当他发现自己讨厌的不是几个人，而是所有的人时，他的内心逐渐地成为了传说，在传说中与撒旦相遇，然后和撒旦重叠。因此可以这样说，《大师和玛格丽特》里的撒旦，就是布尔加科夫自己，而大师——这个试图重写本丢·彼拉多的历史的作家，则是布尔加科夫留在现实里的残缺不全的影子。

从钱诚先生的汉语翻译来看，《大师和玛格丽特》的叙述具备了十九世纪式的耐心，尤其是开始的几章，牧首湖畔的冗长的交谈，本丢·彼拉多对耶稣的审讯，然后又回到牧首湖畔的谈话，六十一页过去了，布尔加科夫才让那位诗人疯跑起来，当诗人无家汉开始其丧失理智的疯狂奔跑，布尔加科夫叙述的速度也跑动起来了，一直到二百八十三页，也就是大师出现之前，布尔加科夫让笔下的人物像是传递接力似的，把叙述中的不安和恐惧迅速弥漫开去。

我们读到的篇章越来越辉煌，叙述逐渐地成为了集会，莫斯科众多的声音一个接着一个地汇入红场。在魔鬼的游戏的上面，所有的人都在惊慌失措地摇晃，而且都是不由自主。所发生的一切事都丧失了现实的原则，人们目瞪口呆、浑身发抖、莫名其妙和心惊胆战。就这样，当所有的不安、所有的恐惧、所有的虚张声势都聚集起来时，也就是说当叙述开始显示出无边无际的前景时，叙述断了。这时候大师和玛格丽特的爱情开始了，强劲有力的叙述一瞬间就转换成柔情似水，中间没有任何过渡，就是片刻的沉默也没有，仿佛是突然伸过来一双纤细的手，咔嚓一声扭断了一根铁管。

这时候二百八十三页过去了，这往往是一部作品找到方向的时候，最起码也是方向逐渐清晰起来的时候，因此在这样的时候再让两个崭新的人物出现，叙述的危险也随之产生，因为这时候读者开始了解叙述中的人物了，叙述中的各种关系也正是在这时候得到全部的呈现。叙述在经历了此刻的复杂以后，接下去应该是逐渐单纯地走向结尾。所以，作家往往只有出于无奈，才会在这时候让新的人物出来，作家这样做是因为新的人物能够带来新的情节和新的细节，将它们带入停滞不前的叙述中，从而推动叙述。

在这里，大师和玛格丽特的出现显然不是出于布尔加科夫的无奈，他们虽然带来了新的情节和新的细节，但是他们不是推动，而是改变了叙述的方向。这样一来，就注定了这部作品在叙述上的多层选择，也就是说它不是一部结构严密的作品。事实也正是如此，人们在这部作品中读到的是一段又一段光彩夺目的篇章，而章节之间的必要联结却显得并不重要了，有时候甚至没有联结，直接就是中断。

布尔加科夫在丰富的欲望和叙述的控制之间，做出了明智的选择，他要表达的事物实在是太多了，以至于叙述的完美必然会破坏事实的丰富，他干脆放任自己的叙述，让自己的想象和感受尽情发挥，直到淋漓尽致之时，他才会做出结构上的考虑。这时候大师和玛格丽特的重要性显示出来了，正是他们的爱情，虚幻的和抽象的爱情使《大师和玛格丽特》有了结构，同时也正是这爱情篇章的简短，这样也就一目了然，使结构在叙述中浮现了出来，让叙述在快速奔跑的时候有了回首一望，这回首一望恰到好处地拉住了快要迷途不返的叙述。

《大师和玛格丽特》似乎证明了这样的一种叙述，在一部五百页以上的长篇小说里，结构不应该是清晰可见的，它应该是时隐时现，它应该在叙述者训练有素的内心里，而不应该在急功近利的笔尖。只有这样，长篇小说里跌宕的幅度辽阔的叙述才不会受到伤害。

大师和玛格丽特，这是两个雕像般的人物，他们具有不可思议的完美，布尔加科夫让他们来自现实，又不给予他们现实的性格。与柏辽兹、斯乔帕、瓦列奴哈和里姆斯基他们相比，大师和玛格丽特实在不像是莫斯科的居民。这并不是指他们身上没有莫斯科平庸和虚伪的时尚，重要的是在他们的内心里我们读不到莫斯科的现实，而且他们的完美使他们更像是传说中的人物，让人们觉得他们和书中的撒旦、耶稣还有本丢·彼拉多一样古老，甚至还没有撒旦和耶稣身上的某些现实性，而大师笔下的犹太总督本丢·彼拉多，倒是和今天的政治家十分相近。

布尔加科夫在描叙这两个人物时，显然是放弃了他们应该具有的现实性。因为在《大师和玛格丽特》里，我们已经读到了足够多的现实。在柏辽兹、里姆斯基这些莫斯科的平庸之辈那里，布尔加科夫已经显示出了其洞察现实的天才，可以说是我们要什么，布尔加科夫就给了我们什么。就是在撒旦，在耶稣，在本丢·彼拉多那里，我们也读到了来自人间的沉思默想，来自人间的对死亡的恐惧和来自人间的如何让阴谋得以实现。

在长达十二年的写作里，布尔加科夫有足够多的时间来斟酌大师和玛格丽特，他不会因为疏忽而将他们写得像抒情诗那样与现实十分遥远。当然，他们也和现实格格不入。布尔加科夫之所以这样，就是要得到叙述上的不和谐，让大师和玛格丽特在整个叙述中突出起来，然后，正像前面所说的那样，使结构在叙述中得到浮现。

在《大师和玛格丽特》里，作为一个作家，大师与现实之间唯一的联系，就是他被剥夺了发表作品的自由，这一点和布尔加科夫的现实境况完全一致，这也是布尔加科夫自身的现实与作品之间的唯一联系。这样的联系十分脆弱，正是因为其脆弱，大师这个人物在布尔加科夫的笔下才如此虚幻。

在这里，布尔加科夫对自己的理解是虚幻的，或者说他宁愿虚幻地去理解自己。现实的压制使他完全退回到了自己的内心，接着又使他重新掌握了自己的命运，他将自己的命运推入到想象之中。于是出现了玛格丽特，这个美丽超凡的女子，与大师一样，她也沉浸在自己的想象之中。两个同样的人在莫斯科的某一个街角邂逅时，都是一眼就看出了对方的内心，爱情就这样开始了。

玛格丽特的出现，不仅使大师的内心获得了宁静，也使布尔加科夫得到了无与伦比的安慰。这个虚幻的女子与其说是为了大师而来，还不如说是布尔加科夫为自己创造的。大师只是布尔加科夫在虚构世界里的一个代表：当布尔加科夫思考时，他成为了语言；当布尔加科夫说话时，他成为了声音；当布尔加科夫抚摸时，他成为了手。因此可以这样说，玛格丽特是布尔加科夫在另一条人生道路上的全部的幸福，也是布尔加科夫现实与写作之间的唯一模糊之区。只有这样，布尔加科夫才能完好无损地保护住了自己的信念，就像人们常说的这是爱情的力量，并且将这样的信念继续下去，就是在自己生命结束以后，仍然让它向前延伸，因为他的另一条人生道路没有止境。

所以当大师的完美因为抽象而显得苍白时，玛格丽特的完美则是楚楚动人。对布尔加科夫来说，《大师和玛格丽特》中的大师在很大程度上只是结构的需要，玛格丽特就不仅仅是结构的需要了，她柔软的双肩同时还要挑起布尔加科夫内心沉重的爱情。

于是她不可逃避地变得极其忧郁，她的忧郁正是大师——其实是布尔加科夫——给予的，是大师在镜中映出的另一个人的现实造成的。玛格丽特被撒旦选中，出来担当魔鬼晚会的女主人，这位一夜皇后在布尔加科夫笔下光彩照人。虽然在这辉煌的篇章里，有关玛格丽特最多的描绘是她的视线，让她的视线去勾勒晚会的全部，也就是说在这个篇章里主要出现的都是别人，玛格丽特出现的只是眼睛，然而这正是人们常说的烘云托月，布尔加科夫向我们证明了烘云托月是最能让女人美丽，而且也是女人最为乐意的。

不久之后，玛格丽特开始在天空飞翔了，这又是一段美丽无比的描述，让玛格丽特的身体在夜空的风中舒展开来，虚幻之后的美已经无法表达，只有几声叹息来滥竽充数。飞翔的最后是看到了一条月光铺成的道路，这条道路来自于遥远的月亮，在月光路上，玛格丽特看到本丢·彼拉多拼命地追赶着耶稣，大声喊叫着告诉耶稣：杀害他的不是本丢·彼拉多。

作家就是这样，穷尽一生的写作，总会有那么一两次出于某些隐秘的原因，将某一个叙述中的人物永远留给自己。这既是对自己的纪念，也是对自己的奖励。布尔加科夫同样如此，玛格丽特看上去是属于《大师和玛格丽特》的，是属于所有阅读者的，其实她只属于布尔加科夫。她是布尔加科夫内心的所有的爱人，是布尔加科夫对美的所有的感受，也是布尔加科夫漫长的人生中的所有力量。在玛格丽特这里，布尔加科夫的内心得到了所有的美和所有的爱，同时也得到了所有的保护。玛格丽特在天空的飞翔曾经中断过一次，就是为了大师，也就是布尔加科夫，她在莫斯科的上空看到了伤害大师的批评家拉铜斯基的住所，于是她毅然中断了美丽的飞翔，降落到了拉铜斯基的家中，将所有的仇恨都发泄了出来。事实上她的仇恨正是布尔加科夫的仇恨，而她的发泄又正是布尔加科夫内心深处对自己的保护。有时候道理就是这样简单。

幽默与现实

可以说，《大师和玛格丽特》的写作，是布尔加科夫在生命最后岁月里最为真实的生活，这位几乎是与世隔绝的作家，就是通过写作，不停的写作使自己与现实之间继续着藕断丝连的联系。

在卡夫卡之后，布尔加科夫成为二十世纪又一位现实的敌人，不同的是卡夫卡对现实的仇恨源自于自己的内心，而布尔加科夫则有切肤之痛，并且伤痕累累。因此，当他开始发出一生中最后的声音时，《大师和玛格丽特》就成为了道路，把他带到了现实面前，让他的遗嘱得到了发言的机会。

这时候对布尔加科夫来说，与现实建立起什么样的关系就显得极其重要了，显然他绝不会和现实妥协，可是和现实剑拔弩张又会使他的声音失去力量，他的声音很可能会成为一堆谩骂，一堆哭叫。

他两者都放弃了，他做出的选择是一个优秀作家应有的选择，最后他与现实建立了幽默的关系。他让魔鬼访问莫斯科，作品一开始他就表明了自己的态度，那就是他要讲述的不是一个斤斤计较的故事，他要告诉我们的不是个人的恩怨，而是真正意义上的现实，这样的现实不是人们所认为的实在的现实，而是事实、想象、荒诞的现实，是过去、现在、将来的现实，是应有尽有的现实。同时他也表明了自己的内心在仇恨之后已经获得了宁静。所以，他把撒旦请来了。撒旦在作品中经常沉思默想，这样的品格正是布尔加科夫历尽艰难之后的安详。

因此，布尔加科夫对幽默的选择不是出于修辞的需要，不是叙述中机智的讽刺和人物俏皮的发言。在这里，幽默成为了结构，成为了叙述中控制的恰如其分的态度，也就是说幽默使布尔加科夫找到了与世界打交道的最好方式。

正是这样的方式，使布尔加科夫在其最后的写作里，没有被自己的仇恨淹没，也没有被贫穷拖垮，更没有被现实欺骗。同时，他的想象力，他的洞察力，他写作的激情开始茁壮成长了。就这样，在那最后的十二年里，布尔加科夫解放了《大师和玛格丽特》的叙述，也解放了自己越来越阴暗的内心。

1996 年 8 月 20 日

博尔赫斯的现实

　　这是一位退休的图书馆馆长、双目失明的老人，一位女士的丈夫，作家和诗人。就这样，晚年的博尔赫斯带着四重身份，离开了布宜诺斯艾利斯之岸，开始其漂洋过海的短暂生涯，他的终点是日内瓦。就像其他感到来日不多的老人一样，博尔赫斯也选择了落叶归根，他如愿以偿地死在了日内瓦。一年以后，他的遗孀接受了一位记者的采访。

　　玛丽娅·科达玛因为悲伤显得异常激动，记者在括号里这样写道："整个采访中，她哭了三次。"然而有一次，科达玛笑了，她告诉记者："我想我将会梦见他，就像我常常梦见我的父亲一样。密码很快就会出现，我们两人之间新的密码，需要等待……这是一个秘密。它刚刚到来……我与我父亲之间就有一个密码。"

　　作为一位作家，博尔赫斯与现实之间似乎也有一个密码，使迷恋他的读者在他生前，也在他死后都处于科达玛所说的"需要等待"之中，而且"这是一个秘密"。确实是一个秘密，很少有作家像博尔赫斯那样写作，当人们试图从他的作品中眺望现实时，能看到什么呢？

他似乎生活在时间的长河里，他的叙述里转身离去的经常是一些古老的背影，来到的又是虚幻的声音，而现实只是昙花一现的景色。于是就有了这样的疑惑，从1899年8月24日到1986年6月14日之间出现过的那个名叫博尔赫斯的生命，是否真的如此短暂？因为人们阅读中的博尔赫斯似乎有着历史一样的高龄，和源源不断的长寿。

就像他即将落叶归根之时，选择了日内瓦，而不是他的出生地布宜诺斯艾利斯，博尔赫斯将自己的故乡谜语般地隐藏在自己的内心深处，他也谜语一样地选择了自己的现实，让它在转瞬即逝中始终存在着。

这几乎也成为了博尔赫斯叙述时的全部乐趣。在和维尔杜戈·富恩斯特的那次谈话里，博尔赫斯说："他（指博尔赫斯自己）写的短篇小说中，我比较喜欢的是《南方》《乌尔里卡》和《沙之书》。"

《乌尔里卡》开始于一次雪中散步，结束在旅店的床上。与博尔赫斯其他小说一样，故事单纯得就像是挂在树叶上的一滴水，一个上了年纪的男人和一个似乎还年轻的女人。博尔赫斯在小说的开始令人费解地这样写道："我的故事一定忠于事实，或者至少忠于我个人记忆所及的事实。"

这位名叫乌尔里卡的女子姓什么？哈维尔·奥塔罗拉，也就是叙述中的"我"并不知道。两个人边走边说，互相欣赏着对方的发言，由于过于欣赏，两个人说的话就像是出自同一张嘴。最后"天老地荒的爱情在幽暗中荡漾，我第一次也是最后一次占有了乌尔里卡肉体的形象"。

为什么在"肉体"的后面还要加上"形象"？从而使刚刚来到的"肉体"的现实立刻变得虚幻了。这使人们有理由怀疑博尔赫斯在小说开始时声称的"忠于事实"是否可信？因为人们读到了一个让事实

141

飞走的结尾。其实博尔赫斯从一开始就不准备拿事实当回事，与其他的优秀作家一样，叙述中的博尔赫斯不会是一个信守诺言的人。他将乌尔里卡的肉体用"形象"这个词虚拟了，并非他不会欣赏和品味女性之美，这方面他恰恰是个行家，他曾经在另一个故事里写一位女子的肉体时，使用了这样的感受："平易近人的身体。"他这样做就是为了让读者离开现实，这是他一贯的叙述方式，他总是乐意表现出对非现实处理的更多关心。

仍然是在和维尔杜戈·富恩斯特的那次谈话里，我们读到了两个博尔赫斯，作为"我"的这个博尔赫斯谈论着那个"他"的博尔赫斯。有意思的是，在这样一次随便的朋友间的交谈里，博尔赫斯议论自己的时候，始终没有使用"我"这个词，就像是议论别人似的说"他"，或者就是直呼其名。谈话的最后，博尔赫斯告诉维尔杜戈·富恩斯特："我不知道我们两人之中谁和你谈话。"

这让我们想到了那篇只有一页的著名短文《博尔赫斯和我》，一个属于生活的博尔赫斯如何对那个属于荣誉的博尔赫斯心怀不满，因为那个荣誉的博尔赫斯让生活中的博尔赫斯感到自己不像自己了，就像老虎不像老虎、石头不像石头那样，他抱怨道："与他的书籍相比，我在许多别的书里，在一把吉他累人的演奏之中，更能认出我自己。"

然而到了最后，博尔赫斯又来那一套了："我不知道我俩之中是谁写下了这一页。"

这就是怀疑，或者说这就是博尔赫斯的叙述。在他的诗歌里、在他的故事里以及他的随笔，甚至是那些前言里，博尔赫斯让怀疑流行在自己的叙述之中，从而使他的叙述经常出现两个方向，它们互相压制，同时又互相解放。

当他一生的写作完成以后，在其为数不多的作品里，我们看到博尔赫斯有三次将自己放入了叙述之中。第三次是在 1977 年，已经双目失明的博尔赫斯写下了一段关于 1983 年 8 月 25 日的故事，在这个夜晚的故事里，六十一岁的博尔赫斯见到了八十四岁的博尔赫斯，年老的博尔赫斯说话时，让年轻一些的博尔赫斯感到是自己在录音带上放出的那种声音。与此同时，后者过于衰老的脸，让年轻的博尔赫斯感到不安，他说："我讨厌你的面孔，它是我的漫画。"

"真怪，"那个声音说，"我们是两个人，又是一个人……"

这个事实使两个博尔赫斯都深感困惑，他们相信这可能是一个梦，然而，"到底是谁梦见了谁？我知道我梦见了你，可是不知道你是否也梦见了我？"……"最重要的是要弄清楚，是一个人做梦还是两个人做梦。"有趣的是，当他们回忆往事时，他们都放弃了"我"这个词，两个博尔赫斯都谨慎地用上了"我们"。

与其他作家不一样，博尔赫斯在叙述故事的时候，似乎有意要使读者迷失方向，于是他成为了迷宫的创造者，并且乐此不疲。即便是在一些最简短的故事里，博尔赫斯都假装要给予我们无限多的乐趣，经常是多到让我们感到一下子拿不下。而事实上他给予我们的并不像他希望的那么多，或者说并不比他那些优秀的同行更多。不同的地方就在于他的叙述，他的叙述总是假装地要确定下来了，可是永远无法确定。我们耐心细致地阅读他的故事，终于读到了期待已久的肯定时，接踵而来的立刻是否定。于是我们又得重新开始，我们身处迷宫之中，而且找不到出口，这似乎正是博尔赫斯乐意看到的。

另一方面，这样的叙述又与他的真实身份——图书馆员吻合了起来，作为图书馆员的他，有理由将自己的现实建立在九十万册的藏书之上，以此暗示他拥有了与其他所有作家完全不同的现实。从而让我们读到"无限、混乱与宇宙，泛神论与人性，时间与永恒，理想主义与非现实的其他形式"。《迷宫的创造者博尔赫斯》的作者安娜·玛丽亚·巴伦奈切亚这样认为:"这位作家的著作只有一个方面——对非现实的表现——得到了处理。"

这似乎是正确的,他的故事总是让我们难以判断:是一段真实的历史还是虚构?是深不可测的学问还是平易近人的描述?是活生生的事实还是非现实的幻觉?叙述上的似是而非,使这一切变得真假难辨。

在那篇关于书籍的故事《沙之书》里,我们读到了一个由真实堆积起来的虚幻。一位退休的老人得到了一册无始无终的书:

"页码的排列引起了我的注意,比如说,逢双的一页印的是40、514,接下去却是999。我翻过那一页,背面的页码有八位数,像字典一样,还有插画:一个钢笔绘制的铁锚……我记住地方,合上书。随即又打开。尽管一页一页地翻阅,铁锚图案却再也找不到了。"

"他让我找第一页……我把左手按在封面上,大拇指几乎贴着食指去揭书页。白费劲,封面和手之间总有好几页。仿佛是从书里冒出来的……现在再找找最后一页……我照样失败。"

"我发现每隔两千页有一帧小插画。我用一本有字母索引的记事簿把它们临摹下来,记事簿不久就用完了。插画没有一张重复。"

这些在引号里的段落是《沙之书》中最为突出的部分,因为它将我们的阅读带离了现实,走向令人不安的神秘。就像作品中那位从国立图书馆退休的老人一样,用退休金和花体字的威克利夫版《圣经》换来了这本神秘之书,一本随时在生长和消亡的无限的书,最后的结局却是无法忍受它的神秘。他想到"隐藏一片树叶的最好地点是树林",于是就将这本神秘之书偷偷放在了图书馆某一层阴暗的搁架上,隐藏在了九十万册藏书之中。

博尔赫斯在书前引用了英国玄学派诗人乔治·赫伯特的诗句：

"……你的沙制的绳索……"

他是否在暗示"沙之书"其实和赫伯特牧师的"沙制的绳索"一样的不可靠？然而在叙述上，《沙之书》却是用最为直率的方式讲出的，同时也是讲述故事时最为规范的原则。我们读到了街道、房屋、敲门声、两个人的谈话，谈话被限制在买卖的关系中……

显然，博尔赫斯是在用我们熟悉的方式讲述我们所熟悉的事物，即使在上述引号里的段落，我们仍然读到了我们的现实："页码的排列""我记住地方，合上书""我把左手按在封面上""把它们临摹下来"，这些来自生活的经验和动作让我们没有理由产生警惕，恰恰是这时候，令人不安的神秘和虚幻来到了。

这正是博尔赫斯叙述里最为迷人之处，他在现实与神秘之间来回走动，就像在一座桥上来回踱步一样自然流畅和从容不迫。与他的其他故事相比，比如说《巴别图书馆》这样的故事，《乌尔里卡》和《沙之书》多少还为我们提供了一些现实的场景和可靠的时间，虽然他的叙述最终仍然让我们感到了场景的非现实和时间的不可靠，起码我们没有从一开始就昏迷在他的叙述之中。而另外一些用纯粹抽象方式写出的故事，则从一开始就拒我们于千里之外，如同观看日出一样，我们知道自己看到了，同时也看清楚了，可是我们永远无法接近它。虽然里面迷人的意象和感受已经深深地打动了我们，可我们依然无法接近。值得注意的是这些意象和感受总是和他绵绵不绝的思考互相包括，丝丝入扣之后变得难以分辨。

于是博尔赫斯的现实也变得扑朔迷离，他的神秘和幻觉、他的其他的非现实倒是一目了然。他的读者深陷在他的叙述之中，在他叙述的花招里长时间昏迷不醒，以为读到的这位作家是史无前例的，读到的这类文学也是从未有过的，或者说他们读到的已经不是文学，而是智慧、知识和历史的化身。最后他们只能同意安娜·玛丽亚·巴伦奈切亚的话：读到的是"无限、混乱与宇宙，泛神论与人性，时间与永恒，理想主义与非现实的其他形式"。博尔赫斯自己也为这位女士的话顺水推舟，他说："我感谢她对一个无意识过程的揭示。"

事实上，真正的博尔赫斯并非如此虚幻。当他离开那些故事的叙述，而创作他的诗歌和散文时，他似乎更像博尔赫斯。他在一篇题为《神曲》的散文里这样写："但丁试图让我们感到离弦飞箭到达的速度，就对我们说，箭中了目标，离了弦，把因果关系倒了过来，以此表现事情发生的速度是多么快……我还要回顾一下《地狱篇》第五唱的最后一句……'倒下了，就像死去的躯体倒下。'为什么令人难忘？因为有'倒下'的声响。"

在这里，博尔赫斯向我们揭示了语言里最为敏感的是什么，就像他在一篇小说里写到某个人从世上消失时，用了这样的比喻："仿佛水消失在水中。"他让我们知道，比喻并不一定需要另外事物的帮助，水自己就可以比喻自己。他把本体和喻体，还有比喻词之间原本清晰可见的界线抹去了。

在一篇例子充足的短文《比喻》里面，博尔赫斯指出了两种已经存在的比喻：亚里士多德认为比喻生成于两种不同事物的相似性，和斯诺里所收集的并没有相似性的比喻。博尔赫斯说："亚里士多德把比喻建立在事物而非语言上……斯诺里收集的比喻不是……只是语言的建构。"

历史学家斯诺里·斯图鲁松所收集的冰岛诗歌中的比喻十分有趣，博尔赫斯向我们举例："比如愤怒的海鸥、血的猎鹰和血色或红色天鹅象征的乌鸦；鲸鱼屋子或岛屿项链意味着大海；牙齿的卧室则是指嘴巴。"

博尔赫斯随后写道:"这些串连在诗句中的比喻一经他精心编织,给人(或曾给人)以莫大的惊喜。但是过后一想,我们又觉得它们没有什么,无非是些缺乏价值的劳作。"

在对亚里士多德表示了温和的不赞成,和对斯诺里的辛勤劳动否定之后,博尔赫斯顺便还嘲笑了象征主义和词藻华丽的意大利诗人马里诺,接下去他一口气举出了十九个比喻的例子,并且认为"有时候,本质的统一性比表面的不同性更难觉察"。

显然,博尔赫斯已经意识到了比喻有时候也存在于同一个事物的内部,这时候出现的比喻往往是最为奇妙的。虽然博尔赫斯没有直接说出来,当他对但丁的"倒下了,就像死去的躯体倒下"赞不绝口的时候,当他在《圣经·旧约》里读到"大卫长眠于父母身旁,葬于大卫城内"时,他已经认识了文学里这一支最为奇妙的家族,并且通过写作,使自己也成为了这一家族中的成员。

于是我们读到了这样的品质,那就是同一个事物就足以完成一次修辞的需要,和结束一次完整的叙述。博尔赫斯具备了这样的智慧和能力,就像他曾经三次将自己放入到叙述之中,类似的才华在他的作品里总是可以狭路相逢。这才真正是他与同时代很多作家的不同之处,那些作家的写作都是建立在众多事物的关系上,而且还经常是错综复杂的关系,所以他们必须解开上百道方程式,才有希望看到真理在水中的倒影。

博尔赫斯不需要通过几个事物相互建立起来的关系写作,而是在同一事物的内部进行着瓦解和重建的工作。他有着奇妙的本领,他能够在相似性的上面出现对立,同时又可以是一致。他似乎拥有了和真理直接对话的特权,因此他的声音才那样的简洁、纯净和直接。

他的朋友，美国人乔瓦尼在编纂他的诗歌英译本的时候发现："作为一个诗人，博尔赫斯多年来致力于使他的写作愈来愈明晰、质朴和直率。研究一下他通过一本又一本诗集对早期诗作进行的修订，就能看出一种对巴罗克装饰的清除，一种对使用自然词序和平凡语言的更大关心。"

在这个意义上，博尔赫斯显然已经属于了那个古老的家族。在他们的族谱上，我们可以看到这样的名字：荷马、但丁、蒙田、塞万提斯、拉伯雷、莎士比亚……虽然博尔赫斯的名字远没有他那些遥远的前辈那样耀眼，可他不多的光芒足以照亮一个世纪，也就是他生命逗留过的二十世纪。在博尔赫斯这里，我们看到一种古老的传统，或者说是古老的品质，历尽艰难之后成为了永不消失。这就是一个作家的现实。

当他让两个博尔赫斯在漫长旅途的客栈中相遇时，毫无疑问这是一个在幻觉里展开的故事，可是当年轻一些的博尔赫斯听到年老的博尔赫斯说话时，感到是自己在录音带上放出的那种声音。多么奇妙的录音带，录音带的现实性使幻觉变得真实可信，使时间的距离变得合理。在他的另一个故事《永生》里，一个人存活了很多个世纪，可是当这个长生不死的人在沙漠里历经艰辛时，博尔赫斯这样写道："我一连好几天没有找到水，毒辣的太阳、干渴和对干渴的恐惧使日子长得难以忍受。"在这个充满神秘的故事里，博尔赫斯仍然告诉了我们什么是恐惧，或者说什么才是恐惧的现实。

这就是博尔赫斯的现实。尽管他的故事是那样的神秘和充满了幻觉，时间被无限地拉长了，现实又总是转瞬即逝，然而当他笔下的人物表达感受和发出判断时，立刻让我们有了切肤般的现实感。就像他告诉我们，在"干渴"的后面还有更可怕的"对干渴的恐惧"那样，博尔赫斯洞察现实的能力超凡脱俗，他外表温和的思维里隐藏着尖锐，只要进入一个事物，并且深入进去，对博尔赫斯来说已经足够了。

这正是博尔赫斯叙述中最为坚实的部分，也是一切优秀作品得以存在的支点，无论这些作品是写实的，还是荒诞的或者是神秘的。

然而，迷宫似的叙述使博尔赫斯拥有了另外的形象，他自己认为："我知道我文学产品中最不易朽的是叙述。"事实上，他如烟般飘起的叙述却是用明晰、质朴和直率的方式完成的，于是最为变幻莫测的叙述恰恰是用最为简洁的方式创造的。因此，美国作家约翰·厄普代克这样认为：博尔赫斯的叙述"回答了当代小说的一种深刻需要——对技巧的事实加以承认的需要"。

与其他作家不同，博尔赫斯通过叙述让读者远离了他的现实，而不是接近。他似乎真的认为自己创造了叙述的迷宫，认为他的读者找不到出口，同时又不知道身在何处。他在《秘密奇迹》的最后这样写："行刑队用四倍的子弹，将他打倒。"

这是一个奇妙的句子，博尔赫斯告诉了我们"四倍的子弹"，却不说这四倍的基数是多少。类似的叙述充满了他的故事，博尔赫斯似乎在暗示我们，他写到过的现实比任何一个作家都要多。他写了四倍的现实，可他又极其聪明地将这四倍的基数秘而不宣。在这不可知里，他似乎希望我们认为他的现实是无法计算的，认为他的现实不仅内部极其丰富，而且疆域无限辽阔。

他曾经写到过有个王子一心想娶一个世界之外的女子为妻，于是巫师"借助魔法和想象，用栎树花和金雀花，还有合叶子创造了这个女人"。博尔赫斯是否也想使自己成为文学之外的作家？

1998 年 3 月 3 日

威廉·福克纳

　　我手里有两册《喧哗与骚动》，一册是 1984 年出版，定价 1.55 元，印数 87500 册；另一册是 1995 年出版的，定价 18.40 元，印数 10000 册。这十一年里，我们经历了很多变化，就像《喧哗与骚动》的定价和印数一样，很多事物都已经面目全非。当然也有不变的，比如这两册《喧哗与骚动》都是上海译文出版社出版，都是同一位出色的学者和翻译家李文俊的译文。这没有变化的事实似乎暗示了我们，一个过去的时代其实并没有过去，它和我们的今天重叠起来了，它的存在并不是为了让我们这些拥有着过去的人在回忆往事时增加一些甜蜜，或者勾起一些心酸，而是继续影响我们，就像它在过去岁月里所做的那样，影响着我们的理解和判断。也是同样的道理，威廉·福克纳是永存的。

　　这是一位奇妙的作家，他是为数不多的能够教会别人写作的作家，他的叙述里充满了技巧，同时又隐藏不见，尤其是他的一些中短篇小说，外表马虎，似乎叙述者对自己的工作随心所欲，就像他叼着烟斗的著名照片，一脸的满不在乎。然而在骨子里，却是一位威廉·

福克纳，他在给兰登书屋的罗伯特·哈斯的信中这样写道："……需要精心地写，得反复修改才能写好……"这就是威廉·福克纳，他精心地写作，反复修改地写作，而他写出来的作品却像是从来就没有过修改，仿佛他一气呵成地写完了十八部长篇小说，还有一堆中短篇小说，接下去他就游手好闲地在奥克斯福，或者在孟菲斯走来走去，而且还经常打着赤脚。

就像我们见过的那些手艺高超的木工，他们干活时的神态都是一样的漫不经心，他们从不把自己的认真显示出来，只有那些学徒才会将自己的兢兢业业流露在冒汗的额头和紧张的手上。威廉·福克纳就是这样，叙述上的训练有素已经不再是写作的技巧，而是出神入化地成为了他的血管、肌肉和目光，他的感受、想象和激情，他有足够的警觉和智慧来维持着叙述上的秩序，他是一个从来没有在叙述时犯下低级错误的作家，他不会被那些突然来到的漂亮句式，还有艳丽的词语所迷惑，他用不着眨眼睛就会明白这些句式和词语都是披着羊皮的狼，它们的来到只会使他的叙述变得似是而非和滑稽可笑。他深知自己正在进行中的叙述需要什么，需要的是准确和力量，就像战斗中子弹要去的地方是心脏，而不是插在帽子上摇晃的羽毛饰物。

这就是威廉·福克纳的作品，像生活一样质朴，如同山上的石头和水边的草坡，还有尘土飞扬的道路和密西西比河泛滥的洪水，傍晚的餐桌和酒贩子的威士忌……他的作品如同张开着还在流汗的毛孔，或者像是沾着烟丝的嘴唇，他的作品里什么都有，美好的和丑陋的，以及既不美好也不丑陋的，就是没有香水，没有那些多余的化妆和打扮，就像他打着赤脚游手好闲的样子，就像他的《我弥留之际》里那一段精彩的结尾——"'这是卡什、朱厄尔、瓦达曼，还有杜威·德尔。'爹说，一副小人得志、趾高气扬的样子，假牙什么一应俱全，虽说他还不敢正眼看我们。'来见过本德仑太太吧,'他说。"——他就是这样一位作家,写下的精彩篇章让我们着迷,让我们感叹,同时也让我们发现这些精彩的篇章并不比生活高明,因为它们就是生活。他是这个世界上为数不多的始终和生活平起平坐的作家,也是为数不多的能够证明文学不可能高于生活的作家。

1997 年 8 月 15 日

胡安·鲁尔福

　　加西亚·马尔克斯在他那篇令人感动的文章《回忆胡安·鲁尔福》里这样写道："对于胡安·鲁尔福作品的深入了解，终于使我找到了为继续写我的书而需要寻找的道路……他的作品不过三百页，但是它几乎和我们所知道的索福克勒斯的作品一样浩瀚，我相信也会一样经久不衰。"

　　这段话至少说明了两个问题，首先是一位作家对于另一位作家意味着什么？显然，这是文学里最为奇妙的经历之一。1961 年 7 月 2 日，加西亚·马尔克斯提醒我们，这是欧内斯特·海明威开枪自毙的那一天，而他自己漂泊的生涯仍在继续着，这一天他来到了墨西哥，来到了胡安·鲁尔福所居住的城市。在此之前，他在巴黎苦苦熬过了三个年头，又在纽约游荡了八个月，然后他的生命把他带入了三十二岁，妻子梅塞德斯陪伴着他，孩子还小，他在墨西哥找到了工作。加西亚·马尔克斯认为自己十分了解拉丁美洲的文学，自然也十分了解墨西哥的文学，可是他不知道胡安·鲁尔福；他在墨西哥的同事和朋友都非常熟悉胡安·鲁尔福的作品，可是没有人告诉他。当时的加西亚·马尔克斯已经出版了《枯枝败叶》，而另外的三本书《没有人给他写信的上校》《恶时辰》和《格兰德大妈的葬礼》也快要出版，他的天才已经初露端倪，可是只有作者知道自己正在经历着什么，他正在经历着倒霉的时光，因为他的写作进入了死胡同，他找不到可以钻出去的裂缝。就在这个时候，他的朋友阿尔瓦罗·穆蒂斯提着一捆书来到了，并且从里面抽出了最薄的那一本递给他，《佩德罗·巴拉莫》，在那个不眠之夜，加西亚·马尔克斯和胡安·鲁尔福相遇了。

这可能是文学里最为动人的相遇了。当然，还有让－保罗·萨特在巴黎的公园的椅子上读到了卡夫卡；博尔赫斯读到了奥斯卡·王尔德；阿尔贝·加缪读到了威廉·福克纳；波德莱尔读到了爱伦·坡；尤金·奥尼尔读到了斯特林堡；毛姆读到了陀思妥耶夫斯基……卡夫卡名字的古怪拼写曾经使让－保罗·萨特发出一阵讥笑，可是当他读完卡夫卡的作品以后，他就只能去讥笑自己了。

文学就是这样获得了继承。一个法国人和一个奥地利人，或者是一个英国人和一个俄国人，尽管他们生活在不同的时间和不同的空间，使用不同的语言和喜爱不同的服装，爱上了不同的女人和不同的男人，而且属于各自不同的命运。这些理由的存在，让他们即使有机会坐到了一起，也会视而不见。可是有一个理由，只有一个理由可以使他们跨越时间和空间，跨越死亡和偏见，在对方的脸上看到了自己的形象，在对方的胸口听到了自己的心跳，有时候，文学可以使两个截然不同的人成为一个人。因此，当一个哥伦比亚人和一个墨西哥人突然相遇时，就是上帝也无法阻拦他们了。加西亚·马尔克斯找到了可以钻出死胡同的裂缝，《佩德罗·巴拉莫》成为了一道亮光，可能是十分微弱的亮光，然而使一个人绝处逢生已经绰绰有余。

一个作家的写作影响了另一个作家的写作，这已经成为了文学中写作的继续，让古已有之的情感和源远流长的思想得到继续，这里不存在谁在获利的问题，也不存在谁被覆盖的问题，文学中的影响就像植物沐浴着的阳光一样，植物需要阳光的照耀并不是希望自己能够成为阳光，而是始终要以植物的方式去苗壮成长。另一方面，植物的成长也表明了阳光不可或缺的重要性。一个作家的写作也同样如此，其他作家的影响恰恰是为了使自己不断地去发现自己，使自己写作的独立性更加完整，同时也使文学得到了延伸，使人们的阅读有机会了解今天作家的写作，同时也会更多地去了解过去作家的写作。文学就像是道路一样，两端都是方向，人们的阅读之旅在经过胡安·鲁尔福之后，来到了加西亚·马尔克斯的车站；反过来，经过了加西亚·马尔克斯，同样也能抵达胡安·鲁尔福。两个各自独立的作家就像他们各自独立的地区，某一条精神之路使他们有了联结，他们已经相得益彰了。

在《回忆胡安·鲁尔福》里，加西亚·马尔克斯指出了这位作家的作品不过三百页，可是他像索福克勒斯的作品一样浩瀚。马尔克斯不惜越过莎士比亚，寻找一个数量更为惊人的作家来完成自己的比喻。在这里，加西亚·马尔克斯指出了一个文学中存在已久的事实，那就是作品的浩瀚和作品的数量不是一回事。

就像 E.M. 福斯特这样指出了 T.S. 艾略特，威廉·福克纳指出了舍伍德·安德森，艾萨克·辛格指出了布鲁诺·舒尔茨，厄普代克指出了博尔赫斯……人们议论纷纷，在那些数量极其有限的作家的作品中如何获得了广阔无边的阅读。柯尔律治认为存在着四类阅读的方式：第一类是"海绵"式的阅读，轻而易举地将读到的吸入体内，同样也可以轻而易举地排出；第二类是"沙漏计时器"，他们一本接一本地阅读只是为了在计时器里漏一遍；第三类是"过滤器"类，广泛

155

地阅读只是为了在记忆里留下一鳞半爪；第四类才是柯尔律治希望看到的阅读，他们的阅读不仅是为了自己获益，而且也为了别人有可能来运用他们的知识，然而这样的读者在柯尔律治眼中是"犹如绚丽的钻石一般既贵重又稀有的人"。显然，加西亚·马尔克斯是一颗柯尔律治理想中的"绚丽的钻石"。

柯尔律治把难题留给了阅读，然后他指责了多数人对待词语的轻率态度，他的指责使他显得模棱两可，一方面表达了他对流行的阅读方式的不满，另一方面他也没有放过那些不负责任的写作。其实根源就在这里，正是那些轻率地对待词语的写作者，而且这样的恶习在每一个时代都是蔚然成风，当胡安·鲁尔福以自己杰出的写作获得永生时，另一类作家伤害文学的写作，也就是写作的恶习也同样可以超越死亡而世代相传。这就是加西亚·马尔克斯为什么要区分作品的浩瀚和作品的数量的理由，也是柯尔律治寻找第四类阅读的热情所在。

加西亚·马尔克斯在文章里继续写道："当有人对卡洛斯·维洛说我能够整段整段地背诵《佩德罗·巴拉莫》时，我依然沉醉在胡安·鲁尔福的作品中。其实，情况还远不止于此；我能够背诵全书，且能倒背，不出大错。并且我还能说出每个故事在我读的那本书的哪一页上，没有一个人物的任何特点我不熟悉。"

还有什么样的阅读能够像马尔克斯这样持久、赤诚、深入和广泛？就是对待自己的作品，马尔克斯也很难做到不出大错地倒背。在柯尔律治欲言又止之处，加西亚·马尔克斯更为现实地指出了阅读存在着无边无际的广泛性。对马尔克斯而言，完整的或者片段的，最终又是不断地对《佩德罗·巴拉莫》的阅读过程，在某种意义上已经是一次次写作的过程，"没有一个人物的任何特点我不熟悉"，加西亚·马尔克斯的阅读成为了另一支笔，不断复写着，也不断续写着《佩德罗·巴拉莫》。不过他没有写在纸上，而是写进了自己的思想和情感之河。然后他换了一支笔，以完全独立的方式写下了《百年孤独》，这一次他写在了纸上。

事实上，胡安·鲁尔福在《佩德罗·巴拉莫》和《烈火中的平原》的写作中，已经显示了写作永不结束的事实，这似乎是一切优秀作品中存在的事实。就像贝瑞逊赞扬海明威《老人与海》"无处不洋溢着象征"一样，胡安·鲁尔福的《佩德罗·巴拉莫》也具有了同样的品质。作品完成之后写作的未完成，这几乎成为了《佩德罗·巴拉莫》最重要的品质。在这部只有一百多页的作品里，似乎在每一个小节的后面都可以将叙述继续下去，使它成为一部一千页的书，成为一部无尽的书。可是谁也无法继续《佩德罗·巴拉莫》的叙述，就是胡安·鲁尔福自己也同样无法继续。虽然这是一部永远有待于完成的书，可它又是一部永远不能完成的书。不过，它始终是一部敞开的书。

胡安·鲁尔福没有边界的写作，也取消了加西亚·马尔克斯阅读的边界。这就是马尔克斯为什么可以将《佩德罗·巴拉莫》背诵下来，就像胡安·鲁尔福的写作没有完成一样，马尔克斯的阅读在每一次结束之后也同样没有完成，如同他自己的写作。现在，我们可以理解加西亚·马尔克斯为什么在胡安·鲁尔福的作品里读到了索福克勒斯般的浩瀚，是因为他在一部薄薄的书中获得了无边无际的阅读。同时也可以理解马尔克斯的另一个感受：与那些受到人们广泛谈论的经典作家不一样，胡安·鲁尔福的命运是——受到了人们广泛的阅读。

1998 年 12 月 6 日

内心之死

　　我想在这里先谈谈欧内斯特·海明威和罗伯-格里耶的两部作品，这是在我个人极其有限阅读里的两次难忘的经历，我指的是《白象似的群山》和《嫉妒》。与阅读其他作品不一样，这两部作品带给我的乐趣是忘记它们的对话、场景和比喻，然后去记住从巴塞罗那开往马德里快车上的"声音"，和百叶窗后面的"眼睛"。

　　我指的似乎是叙述的方式，或者说是风格。对很多作家来说，能够贯穿其一生写作的只能是语言的方式和叙述的风格，在不同的题材和不同的人物场景里反复出现，有时是散漫的，有时是暗示，也有的时候会突出和明朗起来。不管作家怎样写作，总会在某一天或者某一个时期，其叙述风格会在某一部作品里突然凝聚起来。《白象似的群山》和《嫉妒》对海明威和罗伯-格里耶正是如此。就像参加集会的人流从大街小巷汇聚到广场一样，《白象似的群山》和《嫉妒》展现了几乎是无限的文学之中的两个广场，或者说是某些文学风格里的中心。

　　我感兴趣的是这两部作品的一个共同之处，海明威和罗伯-格里耶的叙述其实都是对某个心理过程的揭示。

《白象似的群山》有资格成为对海明威"冰山理论"的一段赞美之词。西班牙境内行驶的快车上，男人和姑娘交谈着，然后呢？仍然是交谈，这就是故事的全部。显然，这是一部由"声音"组装起来的作品，男人的声音和姑娘的声音，对话简短发音清晰，似乎是来自广播的专业的声音，当然他们不是在朗读，而是交谈——"天气热得很""我们喝杯啤酒吧"。从啤酒到西班牙的茴香酒，两个人喝着，同时说着。他们使用的是那种不怕被偷听的语言，一种公共领域的语言，也就是在行驶的列车上应该说的那种话。然而那些话语里所暗示的却是强烈的和不安的隐私，他们似乎正处于生活的某一个尴尬时期，他们的话语里隐藏着冲突、抱怨和烦恼，然后通过车窗外白象似的群山和手中的茴香酒借题发挥。

加西亚·马尔克斯曾经用钟表匠的语气谈论欧内斯特·海明威，他说："他把螺丝钉完全暴露在外，就像装在货车上那样。"《白象似的群山》可以说是一览无余，这正是海明威最为迷人之处。很少有作家像海明威那样毫无保留地敞开自己的结构和语言，使它们像河流一样清晰可见。与此同时，海明威也削弱了读者分析作品的权利，他只让他们去感受、猜测和想象。《白象似的群山》是这方面的专家，在那些如同列车、啤酒和窗外的群山一样明确单纯的语言下，海明威展示的却是一个复杂的和百感交集的心理过程。在驶往马德里的快车上，男人和姑娘的交谈似乎有了一个理由——堕胎，然而围绕着这个理由延伸出去的话语又缺少了起码的明确性，就像他们不详的姓名一样，他们的交谈也无法被确定下来。

欧内斯特·海明威明白内心意味着什么，正如他著名的"冰山理论"所认为的那样，人们所能看到的和所能计算的体积，只是露出海面的冰山一角。隐藏在海水深处的才真正是冰山的全部，而这部分只能通过感受、猜测和想象才得以看到。于是海明威无法用意义来确定他们的交谈，就像无法确认男人和姑娘的姓名。没有了姓名的男人和姑娘同时又拥有了无数姓名的可能，没有被指定的交谈也同时表达了更多的可能中的心理经历。

与《白象似的群山》相比，罗伯－格里耶在《嫉妒》里所叙述的内心压力似乎更为漫长，不仅仅是篇幅的原因，海明威的叙述像晴空一样明朗，有着奏鸣曲般跳跃的节奏，而罗伯－格里耶则要暗淡得多，如同昼夜之交的黄昏，他的叙述像阳光下的阴影一样缓慢地移动着。

"嫉妒"一词在法语里同时又是"百叶窗"，显然，罗伯－格里耶在选择这个词语的时候，也选择了耐心。百叶窗为注视中的眼睛提供了焦距，对目光的限制就像在花盆里施肥，让其无法流失，于是内心的嫉妒在可以计算的等待里茁壮成长。

光线、墙壁、走廊、门窗、地砖、桌椅、A和她的邻居以轮回的方式出现和消失，然后继续出现和继续消失。场景和人物在叙述里的不断重复，如同书写在复写纸上，不仅仅是词序的类似，似乎连字迹都是一致，其细微的差异只是在浓淡之间隐约可见。

长时间的注视几乎令人窒息，"眼睛"似乎被永久地固定住了，如同一件被遗忘的衬衣挂在百叶窗的后面。这一双因为凝视已久已经布满了灰尘的"眼睛"，在叙述里找到了最好的藏身之处，获得了嫉妒和百叶窗的双重掩护。罗伯－格里耶只是在第三把椅子、第三只杯子、第三副餐具这类第三者的暗示里，才让自己的叙述做出披露的姿态，一个吝啬鬼的姿态。

即便如此，阅读者仍然很难觉察这位深不可测的嫉妒者，或者说是百叶窗造就出来的窥视者。就像他的妻子A和那位有可能勾引A的邻居一样很难觉察到他的存在。窥视者的内心是如此难以把握，他似乎处于切身利益和旁观者的交界之处，同时他又没有泄露一丝的倾向。罗伯－格里耶让自己的叙述变成了纯粹的物质般的记录，他让眼睛的注视淹没了嫉妒的情感，整个叙述无声无息，被精确的距离和时间中生长的光线笼罩了。显然，A和那位邻居身体的移动和简短的对话是叙述里最为活跃的部分，然而他们之间的暧昧始终含糊不清，他们的言行总是适可而止。事实上，罗伯－格里耶什么都没有写，他仅仅是获得了叙述而已，他和海明威一样了解叙述的过程其实就是一个独裁的过程，当A和她的邻居进入这个暧昧的叙述时，已经没有清白可言了，叙述强行规定了他们之间的暧昧关系。

在这里，罗伯－格里耶向我们展示了一个不可思议的内心，一个几乎被省略的人物的内心，他微弱的存在不是依靠自己的表达，而是得益于没有他出现的叙述的存在，他成为了《嫉妒》叙述时唯一的理由，成为了词语的来源，成为了罗伯－格里耶写作时寻找方向的坐标。于是，那位不幸的丈夫只能自己去折磨自己了，而且谁也无法了解他自我折磨的方式。与此同时，罗伯－格里耶也让阅读者开始了自我折磨，让他们到自己的经历中去寻找回忆，寻找嫉妒和百叶窗，寻找另一个A和另一个邻居。

回忆、猜测和想象使众多的阅读者百感交集，他们的内心不由自主地去经历往事的痛苦、焦虑和愤怒，同时还有着恶作剧般的期待和不知所措的好奇心。他们重新经历的心理过程汇集到了一起，如同涓涓细流汇入江河，然后又汇入大海一样，汇集到了罗伯－格里耶的《嫉妒》之中。一切的描述都显示了罗伯－格里耶对眼睛的忠诚，他让叙述关闭了内心和情感之门，仅仅是看到而已，此外什么都没有，仿佛是一架摄影机在工作，而且还没有咝咝的机器声。正因为如此，罗伯-格里耶的《嫉妒》才有可能成为嫉妒之海。

欧内斯特·海明威和罗伯-格里耶的写作其实回答了一个由来已久的难题——什么是心理描写？这个存在于教科书、文学辞典以及各类写作和评论中的专业术语，其实是一个错误的路标，只会将叙述者引向没有尽头的和不知所措的远方。让叙述者远离内心，而不是接近。

威廉·福克纳在其短篇小说《沃许》里，以同样的方式回答了这个问题。这个故事和福克纳的其他故事一样粗犷有力，充满了汗水与尘土的气息。两个白人——塞德潘和沃许，前者因为富裕成为了主人，而贫穷的沃许，他虽然在黑人那里时常会得到来自肤色的优越感，可他仍然是一个奴隶，一个塞德潘家中的白奴。当这个和他一样年过六十的老爷使他只有十五岁的外孙女怀孕以后，沃许没有感到愤怒，甚至连不安都没有。于是故事开始了，沃许的外孙女弥丽躺在草垫上，身边是她刚刚出生的女儿，也就是塞德潘的女儿。塞德潘这一天起床很早，不是为了弥丽的生产，而是他家中名叫格利赛达的母马产下了马驹。塞德潘站在弥丽的草垫旁，看着弥丽和她身边的孩子，他说："真可惜，你不是匹母马。不然的话，我就能分给你一间挺像样的马棚了。"

塞德潘为格利赛达早晨产下的小公马得意洋洋，他说："公的。呱呱叫的小驹子。"然后他用鞭子指指自己的女儿："这个呢？""是个母的，我觉得。"

叙述从一开始就暗示了一个暴力的结束。福克纳让叙述在女人和母马的比较中前行，塞德潘似乎成为了那匹母马的丈夫，格利赛达产下的小驹子让塞德潘表达出了某些父亲的骄傲。而沃许的外孙女弥丽对他来说只是一个奴隶，她身边的孩子虽然也是他的孩子，可在他眼中不过是另一个奴隶。福克纳的叙述为沃许提供了坚不可摧的理由，当沃许举起大镰刀砍死这个丧失了人性的塞德潘，就像屠宰一匹马一样能够为人所接受。

然后，叙述的困难开始了，或者说是有关心理描写的绝望开始了。如果沃许刚才只是喝了一杯威士忌，那么展示他的内心并不困难，任何简单的叙述都能够胜任，让他告诉自己："我刚才喝了一杯威士忌。"或者再加上"味道不错""我很久没喝了"之类的描述。

描述的欲望如果继续膨胀，那么就可以将内心放入到无所事事的状态之中，像马塞尔·普鲁斯特在《追忆似水年华》里经常做的工作——"我心中有数，我当时把自己置于最为不利的境地，最终会从我的长辈们那里得到最为严厉的处罚，其严厉程度，外人实际上是估计不到的。他们或许以为……"普鲁斯特善于让他笔下的人物在清闲的时候打发时光，让人物的内心在对往事的追忆中越拉越长，最后做出对自己十分有利的总结。

如果沃许刚才举起的不是镰刀，而是酒杯，喝到了上好的威士忌的沃许·琼斯很可能会躺到树荫里，这个穷光蛋就会像斯万那样去寻找记忆和想象，寻找所有喝过的和没有喝过的威士忌，要是时间允许，他也会总结自己，说上一些警句和格言。然而现实让沃许选择了镰刀，而且砍死了塞德潘。一个刚刚杀了人的内心，如何去描写？威廉·福克纳这样写道：

> 他再进屋的时候，外孙女在草垫上动了一下，恼怒地叫
> 了一声他的名字。"什么事呀？"她问。
>
> "什么什么事呀？亲爱的？"

"外边那儿吵吵闹闹的。"

"什么事也没有。"他轻轻地说……

沃许·琼斯显示了出奇的平静，他帮助外孙女喝了水，然后又对她的眼泪进行了安慰。不过他的动作是"笨拙"的，他站在那里的姿态是"硬挺挺"的，而且阴沉。他得到了一个想法，一个与砍死塞德潘毫无关系的想法："女人……她们要孩子，可得了孩子，又要为这哭……哪个男人也明白不了。"然后他坐在了窗口。威廉·福克纳继续写道：

　　整个上午，悠长、明亮、充满阳光，他都坐在窗口，在等着。时不时地，他站起来，踮起脚尖走到草垫那边去。他的外孙女现在睡着了，脸色阴沉、平静、疲倦，婴儿躺在她的臂弯里。之后，他回到椅子那儿再坐下，他等着，心里纳闷为什么他们耽误了这么久，后来他才想起这天是星期天。上午过了一半，他正坐着，一个半大不小的白人男孩拐过屋角，碰上了死尸，抽了口冷气地喊了一声，他抬头看见了窗口的沃许，霎时间好像被催眠了似的，之后便转身逃开了。于是，沃许起身，又踮着脚来到草垫床前。

沃许砍死塞德潘之后，威廉·福克纳的叙述似乎进入了某种休息中的状态，节奏逐渐缓慢下来，如同远处的流水声轻微和单纯地响着。叙述和沃许共同经历了前期的紧张之后，随着那把镰刀果断地砍下去，两者又共同进入了不可思议的安静之中。当沃许几乎耗尽了毕生的勇气和力量，终于完成了自己的工作，他似乎像他的外孙女一样疲倦了。于是他坐在了窗口，开始其漫长的等待，同时也开始了劳累之后的休息。此刻的叙述展示了一劳永逸似的放松，威廉·福克纳让叙述给予沃许的不是压迫，而是酬谢。沃许·琼斯理应得到这样的慰劳。

显而易见，福克纳在描写沃许内心承受的压力时，不是让叙述中沃许的心脏停止跳动，而是让沃许的眼睛睁开，让他去看；同时也让他的嘴巴张开，让他去说。可怜的沃许却只能说出一生中最为贫乏的语言，也只能看到最为单调的情形。他被叙述推向了极端，同时也被自己的内心推向了极端，于是他失去掌握自己命运的能力，而叙述也同样失去了描写他内心的语言。

就像海明威和罗伯－格里耶所从事的那样，威廉·福克纳对沃许心理的描写其实就是没有心理描写。不同的是，福克纳更愿意在某些叙述的片段而不是全部，来展示自己这方面出众的才华和高超的技巧，而且满足于此；海明威和罗伯－格里耶则是一直在发展这样的叙述，最后他们在《白象似的群山》和《嫉妒》里获得了统一的和完美的风格。

另外一个例子是陀思妥耶夫斯基的《罪与罚》，拉斯柯尔尼科夫与沃许·琼斯一样有着杀人的经历。不同的是，福克纳只是让沃许举起镰刀，陀思妥耶夫斯基让拉斯柯尔尼科夫举起的是一把更为吓人的斧头。福克纳省略了杀人的过程，他只是暗示地写道："他手里握着那把镰刀，那是三个月以前跟塞德潘借的，塞德潘再也用不着它了。"而陀思妥耶夫斯基则是让拉斯柯尔尼科夫"把斧头拿了出来，用双手高高举起，几乎不由自主地、不费吹灰之力地、几乎机械地用斧背向她的头上直砍下去"。

紧接着，陀思妥耶夫斯基令人吃惊地描叙起那位放高利贷老太婆

165

的头部，"老太婆和往常一样没有扎头巾。她那带几根银丝的、稀疏的、浅色的头发照常用发油搽得油光光的，编成了一条鼠尾似的辫子，并用一把破牛角梳子盘成了一个发髻。这把梳子突出在后脑勺上"。

陀思妥耶夫斯基以中断的方式延长了暴力的过程，当斧头直砍下去时，他还让我们仔细观察了这个即将遭受致命一击的头部，从而使砍下的斧头增加了惊恐的力量。随后他让拉斯柯尔尼科夫再砍两下，"血如泉涌，像从打翻了的玻璃杯里倒出来一样，她仰面倒下了……两眼突出，仿佛要跳出来似的……"

陀思妥耶夫斯基噩梦般的叙述几乎都是由近景和特写组成，他不放过任何一个细节，而且以不可思议的笨拙去挤压它们，他能够拧干一条毛巾里所有的水分，似乎还能拧断毛巾。没有一个作家能够像陀思妥耶夫斯基那样，让叙述的高潮遍布在六百页以上的书中，几乎每一行的叙述都是倾尽全力，而且没有轻重之隔，也没有浓淡之分。

谋财害命的拉斯柯尔尼科夫显然没有沃许·琼斯的平静，或者说陀思妥耶夫斯基的叙述里没有平静，虽然他的叙述在粗犷方面与威廉·福克纳颇有近似之处，然而威廉·福克纳更愿意从容不迫地去讲述自己的故事，陀思妥耶夫斯基则像是在梦中似的无法控制自己，并且将梦变成了梦魇。

有一点他们是相同的，那就是当书中的人物被推向某些疯狂和近似于疯狂的境地时，他们都会立刻放弃心理描写的尝试。福克纳让沃许坐到了窗前，给予了沃许麻木和不知所措之后的平静；而陀思妥耶夫斯基则让拉斯柯尔尼科夫继续疯狂下去，当高利贷老太婆"两眼突出，仿佛要跳出来似的"以后，陀思妥耶夫斯基了拉斯柯尔尼科夫分散在两个章节里的近二十页篇幅，来展示这个杀人犯所有的行为，一连串的热锅上的蚂蚁似的动作，而不是心理描写。

拉斯柯尔尼科夫在清醒和神志不清之间，在恐惧和勇气之间，一句话就是在梦和梦魇之间，开始了他杀人的真正目的——寻找高利贷老太婆的钱财。陀斯妥耶夫斯基这时候的叙述，比斧头砍向头颅更为疯狂，其快速跳跃的节奏令人难以呼吸。

> 他把斧头放在死人身边的地板上，立刻去摸她的口袋，极力不让自己沾上涌出来的鲜血——她上次就是从右边的口袋里掏出钥匙的。

显然，此刻的拉斯柯尔尼科夫是镇静的。镇静使他摸到了钥匙并且掏出了钥匙，可是紧接着他又立刻惊慌失措——

> 他刚拿钥匙去开五斗橱，一听见钥匙的哗啦一声，仿佛浑身起了一阵痉挛。他又想扔下一切东西逃跑。

陀思妥耶夫斯基让叙述在人物状态迅速转换中前行。惊弓之鸟般的拉斯柯尔尼科夫怎么都无法打开五斗橱，所有的钥匙在他手中都插不进锁孔。随即他又清醒似的将手上的鲜血擦在红锦缎上，并且认为鲜血擦在红锦缎上不显眼……

没有一个作家会像陀思妥耶夫斯基那样，如此折磨自己笔下的人物。拉斯柯尔尼科夫如同进入了地狱似的，他将应该是一生中逐渐拥有的所有感觉和判断，在顷刻之间全部反应出来。并且让它们混杂在一起，不断出现和不断消失，互相抵抗同时也互相拯救。

显然，陀思妥耶夫斯基并不满足拉斯柯尔尼科夫的自我折磨，他不时地让楼道里传来某些声响，一次次地去惊吓拉斯柯尔尼科夫，并且让老太婆同父异母的妹妹丽扎韦塔突然出现在屋子里，逼迫他第二次杀人。就是那个已经死去的高利贷老太婆，陀思妥耶夫斯基也让她阴魂不散——

> 他忽然觉得好像老太婆还活着，还会苏醒过来。他就撇下钥匙和五斗橱，跑回到尸体跟前，拿起斧头，又向着老太婆举起来……

拉斯柯尔尼科夫在掠夺钱财的欲望和自我惩罚的惊恐里度日如年，十多页漫长的叙述终于过去了，他总算回到了自己的屋子。此刻叙述也从第一章过渡到了第二章——

> 他这样躺了很久。有时他仿佛睡醒了，于是发觉夜早已来临，但他并不想起床。末了他发觉，天已经明亮起来。

叙述似乎进入了片刻的宁静，可是陀思妥耶夫斯基对拉斯柯尔尼科夫的折磨还在继续。首先让他发烧了，让他打着可怕的寒战，"连牙齿都格格打战，浑身哆嗦"，然后让他发现昨天回家时没有扣住门闩，睡觉也没有脱衣服，而且还戴着帽子。拉斯柯尔尼科夫重新进入了疯狂，"他向窗前扑去"——他把自己的衣服反复检查了三次，确定没有留下任何痕迹，他才放心地躺下来，一躺下就说起了梦话，可是不到五分钟，他立刻醒过来，"发狂似的向自己那件夏季外套扑过去"——他想起了一个重要的罪证还没有消除。随后他又获得了暂时的安宁，没多久他又疯狂地跳起来，他想到口袋里可能有血迹……

在第二章开始的整整两页叙述里，陀思妥耶夫斯基继续着前面十多页的工作，让拉斯柯尔尼科夫的身体继续动荡不安，让他的内心继续兵荒马乱，而且这才只是刚刚开始，接下去还有五百多页更为漫长的痛苦生涯，拉斯柯尔尼科夫受尽折磨，直到尾声的来临。

与陀思妥耶夫斯基相比，威廉·福克纳对沃许·琼斯杀人后的所有描叙就显得十分温和了。这样的比较甚至会使人忘记福克纳叙述上粗犷的风格，在陀思妥耶夫斯基面前，威廉·福克纳竟然像起了一位温文尔雅的绅士，不再是那个桀骜不驯的乡巴佬。

谁都无法在叙述的疯狂上与陀思妥耶夫斯基相提并论，不仅仅是威廉·福克纳。当拉斯柯尔尼科夫杀人后，陀思妥耶夫斯基有力量拿出二十页的篇幅来表达他当时惊心动魄的状态。陀思妥耶夫斯基的叙述是如此直截了当，毫不回避地去精心刻画有可能出现的所有个人行为和所有环境反应。其他作家在这种时候都会去借助技巧之力，寻求间接的方式表达出来。陀思妥耶夫斯基却放弃了对技巧的选择，他的叙述像是一头义无反顾的黑熊那样笨拙地勇往直前。

最后一个例子应该属于司汤达。这位比陀思妥耶夫斯基年长三十八岁的作家倒是一位绅士，而且是法语培养出来的绅士。可以这么说，在十九世纪浩若烟海的文学里，与陀思妥耶夫斯基最为接近的作家可能是司汤达，尽管两人之间的风格相去甚远，就像宫殿和监狱一样，然而欧洲的历史经常将宫殿和监狱安置在同一幢建筑之中，陀思妥耶夫斯基和司汤达也被欧洲的文学安置到了一起，形成古怪的对称。

我指的是阅读带来的反应，陀思妥耶夫斯基和司汤达的叙述似乎总是被叙述中某个人物的内心所笼罩，而且笼罩了叙述中的全部篇幅。拉斯柯尔尼科夫笼罩了《罪与罚》，于连·索黑尔笼罩了《红与黑》。如果不是仔细地去考察他们叙述中所使用的零件，以及这些零件组合起来的方式，仅仅凭借阅读的印象，我们或许会以为《罪与罚》和《红与黑》都是巨幅的心理描写。确实，陀思妥耶夫斯基和司汤达都无与伦比地表达出了拉斯柯尔尼科夫和于连·索黑尔内心的全部历史，然而他们叙述的方式恰恰不是心理描写。

司汤达的叙述里没有疯狂，但是他拥有了长时间的激动。司汤达具有与陀思妥耶夫斯基类似的能力，当他把一个人物推到某个激动无比的位置时，他能够让人物稳稳坐住，将激动的状态不断延长，而且始终饱满。

第二天当他看见德·瑞那夫人的时候，他的目光奇怪得很，他望着她，仿佛她是个仇敌，他正要上前和她决斗交锋。

正是在这样的描述里，于连·索黑尔和德·瑞那夫人令人不安的浪漫史拉开了帷幕。在此之前，于连·索黑尔已经向德·瑞那夫人连连发出了情书，于连·索黑尔的情书其实就是折磨，以一个仆人谦卑的姿态去折磨高贵的德·瑞那夫人，让她焦虑万分。当德·瑞那夫人瞒着自己的丈夫，鼓起勇气送给于连·索黑尔几个金路易，并且明确告诉他："用不着把这件事告诉我的丈夫。"面对德·瑞那夫人艰难地表现出来的友好，于连·索黑尔回答她的是傲慢和愤懑："夫人，我出身低微，可是我绝不卑鄙。"他以不同凡响的正直告诉夫人，他不应该向德·瑞那先生隐瞒任何薪金方面的事情。从而使夫人"面色惨白，周身发抖"，毫无疑问，这是于连·索黑尔所有情书中最为出色的一封。

因此当那个乡村一夜来临时，这个才华横溢的阴谋家发动了突然袭击。他选择了晚上十点钟，对时间深思熟虑的选择是他对自己勇气的考验，并且让另一位贵族夫人德薇在场，这是他对自己勇气的确认。他的手在桌下伸了过去，抓住了德·瑞那夫人的手。

司汤达有事可做了，他的叙述将两个人推向了极端，一个蓄谋已久，一个猝不及防。只有德薇夫人置身事外，这个在书中微不足道的人物，在此刻却成为了叙述的关键。这时候，司汤达显示出了比陀思妥耶夫斯基更多的对技巧的关注，他对于德薇夫人的现场安排，使叙述之弦最大限度地绷紧了，让叙述在火山爆发般的激情和充满力量的掩盖所联结的脆弱里前进。如果没有德薇夫人的在场，那么于连·索黑尔和德·瑞那夫人紧握的手就不会如此不安了。司汤达如同描写一场战争似的描写男女之爱，德薇夫人又给这场战争涂上了惊恐的颜色。

在德·瑞那夫人努力缩回自己的手的抵抗结束之后，于连·索黑尔承受住了可能会失败的打击，他终于得到了那只"冷得像冰霜一样"的手。

> 他的心浸润在幸福里。并不是他爱着德·瑞那夫人，而
> 是一个可怕的苦难结束了。

司汤达像所有伟大的作家那样，这时候关心的不是人物的心理，而是人物的全部。他让于连·索黑尔强迫自己说话，为了不让德薇夫人觉察，于连·索黑尔强迫自己声音洪亮有力；而德·瑞那夫人的声音，"恰恰相反，泄露出来情感的激动，忸怩不安"，使德薇夫人以为她病了，提议回到屋子里去，并且再次提议。德·瑞那夫人只好起身，可是于连·索黑尔"把这只手握得更紧了"，德·瑞那夫人只好重新坐下，声音"半死不活"地说园中新鲜的空气对她有益。

> 这一句话巩固了于连的幸福……他高谈阔论，忘记了装假做作。

司汤达的叙述仍然继续着，于连·索黑尔开始害怕德薇夫人会离开，因为接下去他没有准备如何与德·瑞那夫人单独相处。"至于德·瑞那夫人，她的手搁在于连手里，她什么也没有想，她听天由命，就这样活下去。"

我想，我举例的任务应该结束了。老实说，我没有想到我的写作会出现这样的长度，几乎是我准备写下的两倍。我知道原因在什么地方，我在重温威廉·福克纳、陀思妥耶夫斯基和司汤达的某些篇章时，他们叙述上无与伦比的丰富紧紧抓住了我，让我时常忘记自己正在进行中的使命，因为我的使命仅仅是为了指出他们叙述里的某一方面，而他们给予我的远比我想要得到的多。他们就像于连·索黑尔有力的手，而我的写作则是德·瑞那夫人被控制的手，只能"听天由命"。这就是叙述的力量，无论是表达一个感受，还是说出一个思考，写作者都是在被选择，而不是选择。

在这里，我想表达的是一个在我心中盘踞了十二年之久的认识，那就是心理描写的不可靠。尤其是当人物面临突如其来的幸福和意想不到的困境时，对人物的任何心理分析都会局限人物真实的内心，因为内心在丰富的时候是无法表达的。当心理描写不能在内心最为丰富的时候出来滔滔不绝地发言，它在内心清闲时的言论其实已经不重要了。

这似乎是叙述史上最大的难题，我个人的写作曾经被它困扰了很久，是威廉·福克纳解放了我，当人物最需要内心表达的时候，我学会了如何让人物的心脏停止跳动，同时让他们的眼睛睁开，让他们的耳朵矗起，让他们的身体活跃起来，我知道了这时候人物的状态比什么都重要，因为只有它才真正具有了表达丰富内心的能力。

这是十二年前的事了，后来我又在欧内斯特·海明威和罗伯－格里耶那里看到了这样的风格如何完整起来。有一段时间，我曾经以为这是二十世纪文学特有的品质。可是陀思妥耶夫斯基和司汤达，这两个与内心最为亲密的作家破坏了我这样的想法。现在我相信这应该是我们无限文学中共有的品质。

其实，早在五百多年前，蒙田就已经警告我们，他说："……探测内心深处，检查是哪些弹簧引起的反弹；但这是一件高深莫测的工作，我希望尝试的人愈少愈好。"

1998 年 8 月 26 日

文学和文学史

　　这一天，纳粹党卫军在波兰的德罗戈贝奇对街上毫无准备的犹太人进行了扫射，一百五十人倒在了血泊之中。这只是德国纳粹在那个血腥年代里所有精心策划和随心所欲行动中的一个例子，无辜者的鲜血染红了欧洲无数的街道，波兰的德罗戈贝奇也不例外。死难者的姓名以孤独的方式被他们的亲友和他们曾经居住过的城市所铭记，只有一个人的姓名从他们中间脱颖而出，去了法国、德国和其他更多的地方，1992 年他来到了中国，被印刷在当年第三期的《外国文艺》上，这个人就是布鲁诺·舒尔茨，这位中学图画教师死于 1942 年 11 月 19 日。

　　他可能是一位不错的画家，从而得到过一位喜欢他绘画的盖世太保军官的保护。同时他也写下了小说，死后留下了两本薄薄的短篇小说集和一个中篇小说，此外他还翻译了卡夫卡的《审判》。他的作品有时候与卡夫卡相像，他们的叙述如同黑暗中的烛光，都表达了千钧一发般的紧张之感。同时他们都是奥匈帝国的犹太人——卡夫卡来自布拉格；布鲁诺·舒尔茨来自波兰的德罗戈贝奇。犹太民族隐藏着某

174

些难以言传的品质，只有他们自己可以去议论。另一位犹太作家艾萨克·辛格也承认布鲁诺·舒尔茨有时候像卡夫卡，同时辛格感到他有时候还像普鲁斯特，辛格最后指出："而且时常成功地达到他们没有达到的深度。"

布鲁诺·舒尔茨可能仔细地阅读过卡夫卡的作品，并且将德语的《审判》翻译成波兰语。显然，他是卡夫卡最早出现的读者中的一位，这位比卡夫卡年轻九岁的作家一下子在镜中看到了自己，他可能意识到别人的心脏在自己的身体里跳动起来。心灵的连接会使一个人的作品激发起另一个人的写作，然而没有一个作家可以在另外一个作家那里得到什么，他只能从文学中去得到。即便有卡夫卡的存在，布鲁诺·舒尔茨仍然写下了本世纪最有魅力的作品之一，可是他的数量对他的成名极为不利。卡夫卡的作品震撼近一个世纪的阅读，可是他没有收到眼泪；布鲁诺·舒尔茨被人点点滴滴地阅读着，他却两者都有。这可能也是艾萨克·辛格认为他有时候像普鲁斯特的理由，他的作品里有着惊人的孩子般的温情。而且，他的温情如同一棵大树的树根一样被埋藏在泥土之中，以其隐秘的方式喂养着那些茁壮成长中的枝叶。

与卡夫卡坚硬有力的风格不同，布鲁诺·舒尔茨的叙述有着旧桌布般的柔软，或者说他的作品里舒展着某些来自诗歌的灵活品性，他善于捕捉那些可以不断延伸的甚至是捉摸不定的意象。在这方面，布鲁诺·舒尔茨似乎与T.S.艾略特更为接近，尤其是那些在城市里游走的篇章，布鲁诺·舒尔茨与这位比自己年长四岁的诗人一样，总是忍不住要抒发出疾病般的激情。

于是，他的比喻就会令人不安。"漆黑的大教堂，布满肋骨似的椽子、梁和桁架——黑黢黢的冬天的阵风的肺。""白天寒冷而叫人腻烦，硬邦邦的，像去年的面包。""月亮透过成千羽毛似的云，像天空中出现了银色的鳞片。""她们闪闪发亮的黑眼睛突然射出锯齿形的蟑螂的表情。""冬季最短促的、使人昏昏欲睡的白天的首尾，是毛茸茸的……"

"漆黑的大教堂"在叙述里是对夜空的暗示。空旷的景色和气候在布鲁诺·舒尔茨这里经历了物化的过程，而且体积迅速地缩小，成为了实实在在的肋骨和面包，成为了可以触摸的毛茸茸。对于布鲁诺·舒尔茨来说，似乎不存在远不可及的事物，一切都是近在眼前，他赋予它们直截了当的亲切之感——让寒冷的白天成为"去年的面包"；让夜空成为了"漆黑的大教堂"。虽然他的亲切更多的时候会让人战栗，他却仍然坚定地以这种令人不安的方式拉拢着阅读者，去唤醒他们身心皆有的不安感受，读下去就意味着进入了阴暗的梦境，而且以噩梦的秩序排成一队，最终抵达了梦魇。

布鲁诺·舒尔茨似乎建立了一个恐怖博物馆，使阅读者在走入这个变形的展览时异常的小心翼翼。然而，一旦进入到布鲁诺·舒尔茨的叙述深处，人们才会发现一个真正的布鲁诺·舒尔茨，发现他叙述的柔软和对人物的温情脉脉。这时候人们才会意识到布鲁诺·舒尔茨的恐怖只是出售门票时的警告，他那些令人不安的描写仅仅是叙述的序曲和前奏曲，或者在叙述的间隙以某些连接的方式出现。

他给予了我们一个"父亲"，在不同的篇目里以不同的形象——人、蟑螂、螃蟹或者蝎子出现。显然，这是一个被不幸和悲哀、失败和绝望凝聚起来的"父亲"；不过，在布鲁诺·舒尔茨的想象里，"父亲"似乎悄悄拥有着隐秘的个人幸福："他封起了一个个炉子，研究永远无从捉摸的火的实质，感受着冬天火焰的盐味和金属味，还有烟气味，感受着那些舔着烟囱出口的闪亮的煤烟火蛇的阴凉的抚摸。"

这是《鸟》中的段落。此刻的父亲刚刚将自己与实际的事务隔开，他显示出了古怪的神情和试图远离人间的愿望，他时常蹲在一架扶梯的顶端，靠近漆着天空、树叶和鸟的天花板，这个鸟瞰的地位使他获得了前所未有的快乐。他的妻子对他的古怪行为束手无策，他的孩子都还小，所以他们能够欣赏父亲的举止，只有家里的女佣阿德拉可以摆布他，阿德拉只要向他做出挠痒痒的动作，他就会惊慌失措地穿过所有的房间，砰砰地关上一扇扇房门，躺到最远房间的床上，"在一阵阵痉挛的大笑中打滚，想象着那种他没法顶住的挠痒"。

　　然后，这位父亲表现出了对动物的强烈兴趣，他从汉堡、荷兰和非洲的动物研究所进口种种鸟蛋，用比利时进口的母鸡孵这些蛋，奇妙的小玩意儿一个个出现了，使他的房间里充满了颜色，它们的形象稀奇古怪，很难看出属于什么品种，而且都长着巨大的嘴，它们的眼睛里一律长着与生俱有的白内障。这些瞎眼的小鸟迅速地长大，使房间里充满了叽叽喳喳的欢快声，喂食的时候它们在地板上形成一张五光十色、高低不平的地毯。其中有一只秃鹫活像是父亲的一位哥哥，它时常张着被白内障遮盖的眼睛，庄严和孤独地坐在父亲的对面，如同父亲去掉了水分后干缩的木乃伊，奇妙的是，它使用父亲的便壶。

　　父亲的事业兴旺发达，他安排起鸟的婚配，使那些稀奇古怪的新品种越来越稀奇古怪，也越来越多。这时候，阿德拉来了，只有她可以终止父亲的事业。阿德拉成为了父亲和人世间唯一的联结，成为了父亲内心里唯一的恐惧。怒气冲冲的阿德拉挥舞着扫帚，清洗了父亲的王国，把所有的鸟从窗口驱赶了出去。"过了一会儿，我父亲下楼来——一个绝望的人，一个失去了王位和王国的流亡的国王。"

　　布鲁诺·舒尔茨为自己的叙述找到了一个纯洁的借口——孩子的视角，而且是这位父亲的儿子，因此叙述者具有了旁人和成年人所不具备的理解和同情心，孩子的天真隐藏在叙述之中，使布鲁诺·舒尔茨内心的怜悯弥漫开来，温暖着前进中的叙述。在《蟑螂》里，讲述故事的孩子似乎长大了很多，叙述的语调涂上了回忆的色彩，变得朴实和平易近人。那时候父亲已经神秘地消失了，他的鸟的王国出租给了一个女电话接线员，昔日的辉煌破落成了一个标本——那只秃鹫的标本，站在起居室的一个架子上。它的眼睛已经脱落，木屑从眼袋里撒出来，羽毛差不多被蛀虫吃干净了，然而它仍然有着庄严和孤独的僧侣神态。故事的讲述者认为秃鹫的标本就是自己的父亲，他的母亲则更愿意相信自己的丈夫是在那次蟑螂入侵时消失的。他们共同回忆起当时的情形，蟑螂黑压压地充满了那个夜晚，像蜘蛛似的在他们房间里奔跑，父亲发出了连续不断的恐怖的叫声，"他拿着一支标枪，从一张椅子跳到另一张椅子上"。而且刺中了一只蟑螂。此后，父亲的行为变了，他忧郁地看到自己身上出现了一个个黑点，好像蟑螂的鳞片。他曾经用体内残存的力量来抵抗自己对蟑螂的着迷，可是他失败了，没有多久他就变得无可救药，"他和蟑螂的相似一天比一天显著——他正在变成一只蟑螂"。接下去他经常失踪几个星期，去过蟑螂的生活，谁也不知道他生活在地板的哪条裂缝里，以后他再也没有回来。阿德拉每天早晨都扫出一些死去的蟑螂，厌恶地烧掉，他有可能是其中的一只。故事的讲述者开始有些憎恨自己的母亲，他感到母亲从来没有爱过父亲。"父亲既然从来没有在任何女人的心中扎下根，他就不可能同任何现实打成一片。"所以父亲不得不永远漂浮着，他失去了生活和现实，"他甚至没法获得一个诚实的平民的死亡"，他连死亡都失去了。

布鲁诺·舒尔茨给予了我们不留余地的悲剧，虽然他叙述的灵活性能够让父亲不断地回来，可是他每一次回来都比前面的死去更加悲惨。在《父亲的最后一次逃走》里，父亲作为一只螃蟹或者是蝎子回来了，是他的妻子在楼梯上发现了他，虽然他已经变形，她还是一眼认出了他，然后是他的儿子确认了他。他重新回到了家中，以螃蟹或者蝎子的习惯生活着，虽然他已经认不出过去作为人时的食物，可是在吃饭的时候他仍然会恢复过去的身份，来到餐室，一动不动地停留在桌子下面，"尽管他的参加完全是象征性的"。这时候他的家已经今非昔比，阿德拉走了，女佣换成了根雅，一个用旧信和发票调白汁沙司的糟糕的女佣，而且孩子的叔叔查尔斯也住到了他的家中。这位查尔斯叔叔总是忍不住去踩他，他被查尔斯踢过以后，就会"用加倍的速度像闪电似的、锯齿形地跑起来，好像要忘掉他不体面地摔了一跤这个回忆似的"。

接下去，布鲁诺·舒尔茨让母亲以对待一只螃蟹的正确态度对待了这位父亲，把它煮熟了，"显得又大又肿"，被放在盆子里端了上来。这是一个难以置信的举动，虽然叙述在前面已经表达出了某些忍受的不安，除了查尔斯叔叔以外，家庭的其他成员似乎都不愿意更多地去观看它，然而它是父亲的事实并没有在他们心中改变，可是有一天母亲突然把它煮熟了。其实，布鲁诺·舒尔茨完全可以让查尔斯叔叔去煮熟那只螃蟹，毫无疑问他会这么干，当螃蟹被端上来后，只有他一个人举起了叉子。布鲁诺·舒尔茨选择了母亲，这是一个困难的选择，同时又是一个优秀作家应有的选择。查尔斯叔叔煮熟螃蟹的理由因为顺理成章就会显得十分单调，仅仅是延续叙述已有的合理性；母亲就完全不一样了，她的举动因为不可思议会使叙述出现难以预测的丰富品质。优秀的作家都精通此道，他们总是不断地破坏已经合法化的叙述，然后在其废墟上重建新的叙述逻辑。

在这里，布鲁诺·舒尔茨让叙述以跳跃的方式渡过了难关，他用事后的语调进行了解释性的叙述，让故事的讲述者去质问母亲，而"母亲哭了，绞着双手，找不到一句回答的话"，然后讲述者自己去寻找答案——"命运一旦决意把它的无法理解的怪念头强加在我们身上，就千方百计地施出花招。一时的糊涂、一瞬间的疏忽或者鲁莽……"其实，这也是很多作家乐意使用的技巧，让某一个似乎是不应该出现的事实，在没有任何前提时突然出现，再用叙述去修补它的合理性。显然，指出事实再进行解释比逐渐去建立事实具有更多的灵活性和技巧。

查尔斯叔叔放下了他手中的叉子，于是谁也没有去碰那只螃蟹，母亲吩咐把盆子端到起居室，又在螃蟹上盖了一块紫天鹅绒。布鲁诺·舒尔茨再次显示了他在叙述进入到细部时的非凡洞察力，几个星期以后，父亲逃跑了，"我们发现盆子空了。一条腿横在盆子边上……"布鲁诺·舒尔茨感人至深地描写了父亲逃跑时腿不断地脱落在路上，最后他这样写道："他靠着剩下的精力，拖着他自己到某个地方去，去开始一种没有家的流浪生活；从此以后，我们没有再见到他。"

布鲁诺·舒尔茨与卡夫卡一样，使自己的写作在几乎没有限度的自由里生存，在不断扩张的想象里建构起自己的房屋、街道、河流和人物，让自己的叙述永远大于现实。他们笔下的景色经常超越视线所及，达到他们内心的长度；而人物的命运像记忆一样悠久，生和死都无法去测量。他们的作品就像他们失去了空间的民族，只能在时间的长河里随波逐流。于是我们读到了丰厚的历史，可是找不到明确的地点。

就是在写作的动机上，布鲁诺·舒尔茨和卡夫卡也有相似之处，他们都不是为出版社和杂志写作。布鲁诺·舒尔茨的作品最早都是发表在信件上，一封封寄给德博拉·福格尔的信件，这位诗人和哲学博士兴奋地阅读着他的信，并且给予了慷慨的赞美和真诚的鼓励，布鲁诺·舒尔茨终于找到了读者。虽然他后来正式出版了自己的作品，然而当时的文学时尚和批评家的要求让他感到极其古怪，他发现真正的读者其实只有一位。布鲁诺·舒尔茨的德博拉·福格尔在某种意义上就是卡夫卡的马克斯·布洛德，他们在卡夫卡和布鲁诺·舒尔茨那里都成为了读者的象征。随着岁月的流逝，象征变成了事实。德博拉·福格尔和马克斯·布洛德在岁月里不断生长，他们以各自的方式变化着，德博拉·福格尔从一棵树木变成了树林，马克斯·布洛德则成为了森林。

尽管布鲁诺·舒尔茨与卡夫卡一样写下了本世纪最出色的作品，然而他无法成为本世纪最重要的作家，他的德博拉·福格尔也无法成为森林。这并不是因为布鲁诺·舒尔茨曾经得到过卡夫卡的启示，即便是后来者的身份，也不应该削弱他应有的地位，因为任何一位作家的前面都站立着其他的作家。博尔赫斯认为纳撒尼尔·霍桑是卡夫卡的先驱者，而且卡夫卡的先驱者远不止纳撒尼尔·霍桑一人；博尔赫斯同时认为在文学里欠债是互相的，卡夫卡不同凡响的写作会让人们重新发现纳撒尼尔·霍桑《故事新编》的价值。同样的道理，布鲁诺·舒尔茨的写作也维护了卡夫卡精神的价值和文学的权威，可是谁的写作维护了布鲁诺·舒尔茨？

布鲁诺·舒尔茨的文学命运很像那张羊皮纸地图里的鳄鱼街。在他那篇题为《鳄鱼街》的故事里，那张挂在墙上的巨大的地图里，地名以不同的方式标示出来，大部分的地名都是用显赫的带装饰的印刷体印在那里；有几条街道只是用黑线简单地标出，字体也没有装饰；而羊皮纸地图的中心地带却是一片空白，这空白之处就是鳄鱼街。它似乎是一个道德沉沦和善恶不分的地区，城市其他地区的居民引以为耻，地图表达了这一普遍性的看法，取消了它的合法存在。虽然鳄鱼街的居民们自豪地感到他们已经拥有了真正大都会的伤风败俗，可是其他伤风败俗的大都会却拒绝承认它们。

悬挂在《鳄鱼街》里的羊皮纸地图，在某种意义上象征了我们的文学史。纳撒尼尔·霍桑的名字，弗兰茨·卡夫卡的名字被装饰了起来，显赫地铭刻在一大堆耀眼的名字中间；另一个和他们几乎同样出色的作家布鲁诺·舒尔茨的名字，却只能以简单的字体出现，而且时常会被橡皮擦掉。这样的作家其实很多，他们都或多或少地写下了无愧于自己，同时也无愧于文学的作品。然而，文学史总是乐意去表达作家的历史，而不是文学真正的历史，于是更多的优秀作家只能去鳄鱼街居住，文学史的地图给予他们的时常是一块空白，少数幸运者所能得到的也只是没有装饰的简单的字体。

日本的口口一叶似乎是另一位布鲁诺·舒尔茨，这位下等官僚的女儿尽管在日本的文学史里获得了一席之地，就像布鲁诺·舒尔茨在波兰或者犹太民族文学史中的位置，可是她名字的左右时常会出现几位平庸之辈，这类作家仅仅是依靠纸张的数量去博得文学史的青睐。口口一叶毫无疑问可以进入十九世纪最伟大的女作家之列，她的《青梅竹马》是我读到的最优美的爱情篇章，她深入人心的叙述有着阳光的温暖和夜晚的凉爽。这位十七岁就挑起家庭重担的女子，二十四岁时以和卡夫卡同样的方式——肺病，离开了人世。她留给我们的只有二十几个短篇小说，死亡掠夺了口口一叶更多的天赋，也掠夺了人们更多的敬意。而她死后置身其间的文学史，似乎也像死亡一样蛮横无理。

布鲁诺·舒尔茨的不幸，其实也是文学的不幸。几乎所有的文学史都把作家放在了首要的位置，而把文学放在了第二位。只有很少的人意识到文学比作家更重要，保罗·瓦莱里是其中的一个，他认为文学的历史不应当只是作家的历史，不应当写成作家或作品的历史，而应当是精神的历史，他说："这一历史完全可以不提一个作家而写得尽善尽美。"可是，保罗·瓦莱里只是一位诗人，他不是一位文学史的编写者。

欧内斯特·海明威曾经认为史蒂芬·克莱思是二十世纪美国最重要的作家之一，因为他写下了两篇精彩无比的短篇小说，其中一篇就是《海上扁舟》。史蒂芬·克莱思的其他作品，海明威似乎不屑一顾。然而对海明威来说，两个异常出色的短篇小说已经足够了。在这里，海明威发出了与保罗·瓦莱里相似的声音，或者说他们共同指出了另外一部文学史存在的事实，他们指出了阅读的历史。

事实上，一部文学作品能够流传，经常是取决于某些似乎并不重要甚至是微不足道然而却是不可磨灭的印象。对阅读者来说，重要的是他们记住了什么，而不是他们读到过什么。他们记住的很可能只是几句巧妙的对话，或者是一个丰富有力的场景，甚至一个精妙绝伦的比喻都能够使一部作品成为难忘。因此，文学的历史和阅读的历史其实是同床异梦，虽然前者创造了后者，然而后者却把握了前者的命运。除非编年史的专家，其他的阅读者不会在意作者的生平、数量和地位，不同时期对不同文学作品的选择，使阅读者拥有了自己的文学经历，也就是保罗·瓦莱里所说的精神的历史。因此，每一位阅读者都以自己的阅读史编写了属于自己的文学史。

1998 年 9 月 7 日

契诃夫的等待

　　安·巴·契诃夫在本世纪初创作了剧本《三姐妹》，娥尔加、玛莎和衣丽娜。她们的父亲是一位死去的将军，她们哥哥的理想是成为一名大学教授，她们活着，没有理想，只有梦想，那就是去莫斯科。莫斯科是她们童年美好时光的证词，也是她们成年以后唯一的向往。她们日复一日，年复一年地等待着，岁月流逝，她们依然坐在各自的椅子里，莫斯科依然存在于向往之中，而"去"的行为则始终作为一个象征，被娥尔加、玛莎和衣丽娜不断透支着。

　　这个故事开始于一座远离莫斯科的省城，也在那里结束。这似乎是一切以等待为主题的故事的命运，周而复始，叙述所渴望到达的目标，最终却落在了开始处。

　　半个世纪以后，萨缪尔·贝克特写下了《等待戈多》，爱斯特拉冈和弗拉季米尔，这两个流浪汉进行着重复的等待，等待那个永远不会来到的名叫戈多的人。最后，剧本的结尾还原了它的开始。

　　这是两个风格相去甚远的剧作，它们风格之间的距离与所处的两个时代一样遥远，或者说它们首先是代表了两个不同的时代，其次才

184

代表了两个不同的作家。又是半个世纪以后，林兆华的戏剧工作室将《三姐妹》和《等待戈多》变成了《三姐妹·等待戈多》，于是另一个时代介入了进去。

有趣的是，这三个时代在时间距离上有着平衡后的和谐，这似乎是命运的有意选择，果真如此的话，这高高在上的命运似乎还具有着审美的嗜好。促使林兆华将这样两个戏剧合二为一的原因其实十分简单，用他自己的话说，就是"等待"。"因为'等待'，俄罗斯的'三姐妹'与巴黎的'流浪汉'在此刻的北京相遇。"

可以这么说，正是契诃夫与贝克特的某些神合之处，让林兆华抓到了把柄，使他相信了他们自己的话："一部戏剧应该是舞台艺术家以极致的风格去冲刺的结果。"这段既像宣言又像广告一样的句子，其实只是为了获取合法化的自我辩护。什么是极致的风格？1901年的《三姐妹》和1951年的《等待戈多》可能是极致的风格，而在1998年，契诃夫和贝克特已经无须以此为生了。或者说，极致的风格只能借用时代的目光才能看到，在历史眼中，契诃夫和贝克特的叛逆显得微不足道，重要的是他们展示了情感的延续和思想的发展。林兆华的《三姐妹·等待戈多》在今天可能是极致的风格，当然也只能在今天。事实上，真正的意义只存在于舞台之上，台下的辩护或者溢美之词无法烘云托月。

将契诃夫忧郁的优美与贝克特悲哀的粗俗安置在同一个舞台和同一个时间里，令人惊讶，又使人欣喜。林兆华模糊了两个剧本连接时的台词，同时仍然突出了它们各自的语言风格。舞台首先围起了一摊水，然后让水围起了没有墙壁的房屋，上面是夜空般宁静的玻璃，背景时而响起没有歌词的歌唱。三姐妹被水围困着，她们的等待从一开始就被强化成不可实现的纯粹的等待。而爱斯特拉冈和弗拉季米尔只有被驱赶到前台时才得以保留自己的身份，后退意味着衰老五十年，意味着身份的改变，成为了中校和男爵。这两个人在时间的长河里游手好闲，一会儿去和玛莎和衣丽娜谈情说爱，一会儿又跑回来等待戈多。

这时候更能体会契诃夫散文般的优美和贝克特诗化的粗俗，舞台的风格犹如秀才遇到了兵，古怪的统一因为风格的对抗产生了和谐。贝克特的台词生机勃勃，充满了北京街头的气息，契诃夫的台词更像是从记忆深处发出，遥远得像是命运在朗诵。

林兆华希望观众能够聆听，"听听大师的声音"，他认为这样就足够了。聆听的结果使我们发现在外表反差的后面，更多的是一致。似乎舞台上正在进行着一场同性的婚姻，结合的理由不是相异，而是相同。

《三姐妹》似乎是契诃夫内心深处的叙述，如同那部超凡脱俗的《草原》，沉着冷静，优美动人，而不是《一个官员的死》这类聪明之作。契诃夫的等待犹如不断延伸的道路，可是它的方向并不是远方，而是越来越深的内心。娥尔加在等待中慢慢衰老起来；衣丽娜的等待使自己失去了现实对她的爱——男爵，这位单相思的典范最终死于决斗；玛莎是三姐妹中唯一的已婚者，她似乎证实了这样的话：有婚姻就有外遇。玛莎突然爱上了中校，而中校只是她们向往中的莫斯科的一个阴影，被错误地投射到这座沉闷的省城，阳光移动以后，中校就被扔到了别处。

跟随将军父亲来到这座城市的三姐妹和她们的哥哥安得列，在父亲死后就失去了自己的命运，他们的命运与其掌握者——父亲，一起长眠于这座城市之中。

安得列说："因为我们的父亲，我和姐妹们才学会了法语、德语和英语，衣丽娜还学会了意大利语。可是学这些真是不值得啊！"

玛莎认为："在这城市里会三国文字真是无用的奢侈品。甚至连奢侈品都说不上，而是像第六个手指头，是无用的附属品。"

安得列不是"第六个手指"，他娶了一位不懂得美的女子为妻，当他的妻子与地方自治会主席波波夫私通后，他的默许使他成为了地方自治会的委员，安得列成功地将自己的内心与自己的现实分离开来。这样一来，契诃夫就顺理成章地将这个悲剧人物转化成喜剧的角色。

娥尔加、玛莎和衣丽娜，她们似乎是契诃夫的恋人，或者说是契诃夫的"向往中的莫斯科"。像其他的男人希望自己的恋人洁身自好一样，契诃夫内心深处的某些涌动的理想，创造了三姐妹的命运。他维护了她们的自尊，同时也维护了她们的奢侈和无用，最后使她们成为了"第六个手指"。

于是，命中注定了她们在等待中不会改变自我，等待向前延伸着，她们的生活却是在后退，除了那些桦树依然美好，一切都在变得今不如昔。这城市里的文化阶层是一支军队，只有军人可以和她们说一些能够领会的话，现在军队也要走了。

衣丽娜站在舞台上，她烦躁不安，因为她突然忘记了意大利语里"窗户"的单词。

安·巴·契诃夫的天才需要仔细品味。岁月流逝，青春消退，当等待变得无边无际之后，三姐妹也在忍受着不断扩大的寂寞、悲哀和消沉。这时候契诃夫的叙述极其轻巧，让衣丽娜不为自己的命运悲哀，只让她为忘记了"窗户"的意大利语单词而伤感。如同他的同胞柴可夫斯基的《悲怆》，一段抒情小调的出现，是为了结束巨大的和绝望的管弦乐。契诃夫不需要绝望的前奏，因为三姐妹已经习惯了自己的悲哀，习惯了的悲哀比刚刚承受到的更加沉重和深远，如同挡住航道的冰山，它们不会融化，只是在某些时候出现裂缝。当裂缝出现时，衣丽娜就会记不起意大利语的"窗户"。

萨缪尔·贝克特似乎更愿意发出一个时代的声音，当永远不会来到的戈多总是不来时，爱斯特拉冈说："我都呼吸得腻烦啦！"

弗拉季米尔为了身体的健康，同时也是为了消磨时间，提议做一些深呼吸，而结果却是对呼吸的腻烦。让爱斯特拉冈讨厌自己的呼吸，还有什么会比讨厌这东西更要命了？贝克特让诅咒变成了隐喻，他让那个他所不喜欢的时代自己咒骂自己，用的是最恶毒的方式，然而又没有说粗话。

与契诃夫一样，贝克特的等待也从一开始就画地为牢，或者说他的等待更为空洞，于是也就更为纯粹。

三姐妹的莫斯科是真实存在的，虽然在契诃夫的叙述里，莫斯科始终存在于娥尔加、玛莎和衣丽娜的等待之中，也就是说存在于契诃夫的隐喻里，然而莫斯科自身具有的现实性，使三姐妹的台词始终拥有了切实可信的方向。

爱斯特拉冈和弗拉季米尔的戈多则十分可疑，在高度诗化之后变得抽象的叙述里，戈多这个人物就是作为象征都有点靠不住。可以这么说，戈多似乎是贝克特的某一个秘而不宣的借口；或者，贝克特自己对戈多也是一无所知。因此爱斯特拉冈和弗拉季米尔的等待也变得随心所欲和可有可无，他们的台词犹如一盘散沙，就像他们拼凑起来的生活，没有目标，也没有意义，他们仅仅是为了想说话才站在那里滔滔不绝，就像田野里耸立的两支烟囱要冒烟一样，可是他们生机勃勃。

贝克特的有趣之处在于：如果将爱斯特拉冈和弗拉季米尔的任何一句台词抽离出来，我们会感到贝克特给了我们活生生的现实，可是将它们放回到原有的叙述之中，我们发现贝克特其实给了我们一盘超现实的杂烩。

大约十年前，我读到过一位女士的话。在这段话之前，我觉得有必要提醒一下，这位女士一生只挚爱一位男子，也就是她的丈夫。现在，我们可以来听听她是怎么说的，她说：当我完全彻底拥有一位男人时，我才能感到自己拥有了所有的男人。

这就是她的爱情，明智的、洞察秋毫的和丰富宽广的爱情。当她完全彻底拥有了一位男人，又无微不至地品味后，她就有理由相信普天之下的男人其实只有一个。

同样的想法也在一些作家那里出现，博尔赫斯说："许多年间，我一直认为几近无限的文学集中在一个人身上。"接下去他这样举例："这个人曾经是卡莱尔、约翰尼斯·贝希尔、拉法埃尔·坎西诺斯 - 阿森斯和狄更斯。"

虽然博尔赫斯缺乏那位女士忠贞不渝的品质，他在变换文学恋人时显得毫无顾虑，然而他们一样精通此道。对他们来说，文学的数量和生活的数量可能是徒劳无益的，真正有趣的是方式，欣赏文学和品尝生活的方式。马赛尔·普鲁斯特可能是他们一致欣赏的人，这位与哮喘为伴的作家有一次下榻在旅途的客栈里，他躺在床上，看着涂成海洋颜色的墙壁，然后他感到空气里带有盐味。普鲁斯特在远离海洋的时候，依然真实地感受着海洋的气息，欣赏它和享受它。这确实是生活的乐趣，同时也是文学的乐趣。

在《卡夫卡及其先驱者》一文里，博学多才的博尔赫斯为卡夫卡找到了几位先驱者，"我觉得在不同国家、不同时代的文学作品中辨出了他的声音，或者说，他的习惯"。精明的博尔赫斯这样做并不是打算刁难卡夫卡，他其实想揭示出存在于漫长文学之中的"继续"的特性，在鲜明的举例和合理的逻辑之后，博尔赫斯告诉我们："事实是每一位作家创造了他自己的先驱者。"

在这个结论的后面，我们发现一些来自于文学或者艺术的原始的特性，某些古老的品质，被以现代艺术的方式保存了下来，从而使艺术中"继续"的特性得以不断实现。比如说等待。

马赛尔·普鲁斯特在其绵延不绝的《追忆似水年华》里，让等待变成了品味自己生命时的自我诉说，我们经常可以读到他在床上醒来时某些甜蜜的无所事事，"醒来时他本能地从中寻问，须臾间便能得知他在地球上占据了什么地点，醒来前流逝了多长时间"。或者他注视着窗户，阳光从百叶窗里照射进来，使他感到百叶窗上插满了羽毛。

只有在没有目标的时候，又在等待自己的某个决定来到时，才会有这样的心情和眼睛。等待的过程总是有些无所事事，这恰恰是体会生命存在的美好时光。而普鲁斯特与众不同的是，他在入睡前就已经开始了——"我情意绵绵地把腮帮贴在枕头的鼓溜溜的面颊上，它像我们童年的脸庞，那么饱满、娇嫩、清新。"

等待的主题也在但丁的漫长的诗句里反复吟唱，《神曲·炼狱篇》第四歌中，但丁看到他的朋友、佛罗伦萨的乐器商贝拉加在走上救恩之路前犹豫不决，问他：你为什么坐在这里？你在等待什么？随后，但丁试图结束他的等待，"现在你赶快往前行吧"……

> 你看太阳已经碰到了子午线，
>
> 黑夜已从恒河边跨到了摩洛哥。

普鲁斯特的等待和但丁的等待是叙述里流动的时间，如同河水抚摸岸边的某一块石头一样，普鲁斯特和但丁让自己的叙述之水抚摸了岸边所有等待的石头，他们的等待就这样不断消失和不断来到。因此，《神曲》和《追忆似水年华》里的等待总是短暂的，然而它们却是饱满的，就像"蝴蝶虽小，同样也把一生经历"。

与《三姐妹》和《等待戈多》更为接近的等待，是巴西作家若昂·吉马朗埃斯·罗萨的《河的第三条岸》，这部只有六千字的短篇小说，印证了契诃夫的话，契诃夫说："我能把一个长长的主题简短地表达出来。"

"父亲是一个尽职、本分、坦白的人。"故事的叙述就是这样朴素地开始，并且以同样的朴素结束。这个"并不比谁更愉快或更烦恼"的人，有一天订购了一条小船，从此开始了他在河上漂浮的岁月，而且永不上岸。他的行为给他的家人带去了耻辱，只有叙述者，也就是他的儿子出于某些难以言传的本能，开始了在岸边漫长的等待。后来叙述者的母亲、哥哥和姐姐都离开了，搬到了城里去居住，只有叙述者依然等待着父亲，他从一个孩子开始等待，一直到白发苍苍。

"终于，他在远处出现了，那儿，就在那儿，一个模糊的身影坐在船的后部。我朝他喊了好几次。我庄重地指天发誓，尽可能大声喊出我急切想说的话：

"'爸爸，你在河上浮游得太久了，你老了……回来吧，我会代替你。就在现在，如果你愿意的话。无论何时，我会踏上你的船，顶上你的位置。'

"……

"他听见了，站了起来，挥动船桨向我划过来……我突然浑身战栗起来。因为他举起他的手臂向我挥舞——这么多年来这是第一次。我不能……我害怕极了，毛发直竖，发疯地跑开了，逃掉了……从此以后，没有人再看见过他，听说过他……"

罗萨的才华使他的故事超越了现实，就像他的标题所暗示的那样，河的第三条岸其实是存在的，就像莫斯科存在于三姐妹的向往中，戈多存在于弗拉季米尔和爱斯特拉冈的无聊里。这个故事和契诃夫、贝克特剧作的共同之处在于：等待的全部意义就是等待的失败，无论它的代价是失去某些短暂的时刻，还是耗去毕生的幸福。

我们可以在几乎所有的文学作品中辨认出等待的模样，虽然它不时地改变自己的形象，有时它是某个激动人心的主题，另外的时候它又是一段叙述、一个动作或者一个心理的过程，也可以是一个细节和一行诗句，它在我们的文学里生生不息，无处不在。所以，契诃夫的等待并不是等待的开始，林兆华的等待也不会因此结束。

基于这样的理由，我们可以相信博尔赫斯的话：几近无限的文学有时候会集中在一个人身上，同时也可以相信那位女士的话：所有的男人其实只有一个。事实上，博尔赫斯或者那位女士在表达自己精通了某个过程的时候，也在表达各自的野心，骨子里他们是想拥有无限扩大的权力。在这一点上，艺术家或者女人的爱，其实与暴君是一路货色。

1998 年 5 月 10 日

三岛由纪夫的写作与生活

　　三岛由纪夫自杀之后，他的母亲倭文重说："我儿做步人后尘的事，这是头一回。"作为母亲说这样的话，显然隐含了一种骄傲，这种骄傲是双重的，首先是对儿子一生的肯定，她的儿子只是在选择如何死去时，才第一次步人后尘；其次是对儿子自杀本身的肯定，在这句貌似遗憾，实质上仍然是赞扬的话里，这位母亲暗示了三岛由纪夫的自杀是与众不同的。

　　因为在三岛由纪夫这里，自杀不再是悄悄的、独自的行为，他将传统意义上属于隐秘的行为公开化了。新闻媒体的介入，使他的自杀不再是个人行为，而成为了社会行为。三岛由纪夫之死，可以说是触目惊心，就像是一部杰出作品的高潮部分。在这部最后的作品中，三岛由纪夫混淆了写作与生活，于是他死在了自己的笔下。

　　写作与生活，对于一位作家来说，应该是双重的。生活是规范的，是受到限制的；而写作则是随心所欲，是没有任何限制的。任何一个人都无法将他的全部欲望在现实中表达出来，法律和生活的常识不允许这样，因此人的无数欲望都像流星划过夜空一样，在内心里转瞬即逝。然而写作伸张了人的欲望，在现实中无法表达的欲望可以在作品中得到实现，当三岛由纪夫"我想杀人，想得发疯，想看到鲜血"时，他的作品中就充满了死亡和鲜血。

从这一点来说，三岛由纪夫的写作有助于他作为一个人的完善，使个人的双重性得到了互相补充，就像他自己所说的："既当死刑囚，又当刽子手。"另一方面，写作使他的个人欲望无限扩张，使他的现实生活却是越来越狭窄。对于其他作家来说，写作仅仅只是写作，仅仅只是表达隐秘的想法和欲望，他们的欲望永远停留在内心里面，不会侵入到生活之中，在生活中他们始终是理性的和体面的。可是三岛由纪夫不是这样，他过于放纵自己的写作，让自己的欲望勇往直前，到头来他的写作覆盖了他的生活。

就像他作品中美和恶的奇妙结合一样，这种天衣无缝的结合让人们无法区分开来。他说："如果世上的人是通过生活与行动来体味恶的话，我则尽可能深深地潜沉在精神界的恶里。"这句话其实是对恶的取消，人们通常只是以生活和行动的准则来判断什么是恶，什么是善。当恶一旦成为精神里的一部分，往往就不知所云了。

三岛由纪夫一再声称他对死、对恶、对鲜血淋淋的迷恋，在他的作品中，人们也经常读到这些，谁都知道这是事实。然而，三岛由纪夫与人们的分歧是如何对待这些，也就是站在什么样的立场上，通过什么样的角度来对待死亡、对待恶、对待鲜血。对于三岛由纪夫来说，这一切都是极为美好的，他的叙述其实就是他的颂歌，他歌颂死亡，歌颂丑恶，歌颂鲜血。这就是为什么他的叙述是如此美丽，同时他的美又使人战栗。

所以说，三岛由纪夫混淆了全部的价值体系，他混淆了美与丑，混淆了善与恶，混淆了生与死，最后他混淆了写作与生活的界限，他将写作与生活重叠到了一起，连自己都无法分清。

在三岛由纪夫作品中，《忧国》这部短篇的重要性，一定程度上来自于他后来自杀所产生的影响力，作品里武山中尉自杀的动机和自杀时的壮烈，与六年后三岛由纪夫在市谷自卫队总监室切腹自戕时几乎一致。他驱车前往自卫队时这样说："六年前我写了《忧国》，现在又写了《丰饶之海》，没想到今天自己要实际表演了。真想象不出再过三小时我们就要死的样子是怎么样的。"

他说这番话时的轻松令人吃惊，他对待自己的死与对待作品中虚构人物的死没有什么两样，他既置身其间，又像局外人似的欣赏自己的自戕。他在自杀前所做的全部准备，就像是在构思一部新作一样，情节如何发展，细节和对话如何进行，他都成竹在胸。他开车赴死之时，车子还经过他长女纪子的学校门前，他开玩笑地说："在这种时候，如果是电影，就会配上一段感伤的音乐了。"

他自杀的过程，由于《忧国》这部作品的对照，就成为了另一部作品。在《忧国》中，三岛由纪夫给了武山中尉充分的时间，他的叙述从容不迫，在武山和新婚之妻丽子经过肉体的狂欢以后，三岛由纪夫才让他盘腿坐下，解开军服，露出胸脯和腹部后，还让他用左手不停地搓揉着小腹，让他将刀刃从腿上轻轻划过，来试探军刀是否锋利……然而后来的现实，却没有给予三岛由纪夫足够的时间，他对自卫队队员的煽动失败后，他理想重振军国主义的《檄文》遭到嘲笑后，他嘟囔着"他们好像没怎么听我讲话"，马上解开了衣扣……与武山中尉相比，三岛由纪夫的切腹自戕就显得匆忙和局促了。

这里面存在着这样一个问题，武山中尉的切腹自戕是来自于三岛由纪夫的叙述，而三岛由纪夫自己的自戕只能依靠别人的叙述了。在《忧国》里，三岛由纪夫对武山自戕的描述充满了热情和欢乐，在这狂欢似的描述里，三岛由纪夫迷失了自己，到最后已经不再是三岛由纪夫在叙述《忧国》，而是《忧国》在叙述三岛由纪夫了。因此，六年以后当他身体力行时，来自别人的叙述是不可靠的，这种新闻式的记叙掩盖了三岛由纪夫自杀时的真正感受。好在六年前，三岛由纪夫在《忧国》里已经对自己的切腹自戕做出了全面的预告。事实上，三岛由纪夫自杀时唯一可靠的叙述就是"关孙六"，这把十七世纪精美的短刀。当他用"关孙六"切开腹部时，随着鲜血的喷涌，他的叙述也就开始了。这时候，三岛由纪夫与他六年前虚构的武山中尉合二为一，于是人们也应该明白《忧国》中的武山中尉究竟是谁了。

三岛由纪夫在自杀前，有两件事不能完全放心，一件是《丰饶之海》英译本在美国出版的事宜，另一件就是担心自己的死会被掩盖起来。他对自杀所引起社会反应的关心，与关心一部作品问世后的反应是一样的，或者说他对后者显得更为忧心忡忡，因为他最后的作品并不是《丰饶之海》，而是切腹自戕。在生命的最后时刻，三岛由纪夫作品中所迷恋的死亡和鲜血，终于站了出来，死亡和鲜血叙述了三岛由纪夫。

1995 年 9 月 18 日

谁是我们共同的母亲

　　了解八十年代中国文学的人，几乎都知道在 1987 年出现了一部著名的小说——《欢乐》，同时也知道这部作品在问世以后所遭受到的猛烈攻击。值得注意的是这样的攻击来自四面八方，立场不同的人和观点不同的人都被攻击团结到了一起，他们伸出手（有些人伸出了拳头）愤怒地指向了一部不到七万字的虚构作品。

　　于是《欢乐》成为了其叙述中的主角齐文栋，虚构作品的命运与作品中人物的命运重叠到了一起，齐文栋内心所发出的喊叫"……富贵者欺负我，贫贱者嫉妒我，痔疮折磨我，肠子痛我头昏我，汗水流我腿软我，喉咙发痒上腭呕吐我……乱箭齐发……"也成为了虚构作品《欢乐》的现实处境。

　　人们为什么要对《欢乐》乱箭齐发呢？这部讲述一个少年如何在一瞬间重新经历一生的故事，或者说这部回光返照的故事在什么地方冒犯了他们？

　　对《欢乐》的拒绝首先是来自叙述上的，《欢乐》冒犯的是叙述的连续性和流动性，叙述在《欢乐》里时常迷失了方向，这是阅读者

197

所不能忍受的。对于正规的阅读者来说，故事应该像一条道路、一条河流那样清晰可见，它可以曲折，但不能中断。而《欢乐》正是以不断的中断来完成叙述。

另一方面，《欢乐》的叙述者对事物赤裸裸的描叙，可以说是真正激怒了阅读者，对《欢乐》异口同声的拒绝，几乎都是从那个有关跳蚤爬上母亲身体的段落发出的，于是它成为了一个著名的段落，就像是某一幅著名的肖像那样。与此同时，莫言对母亲亵渎的罪名也和他作为作家的名字一样显赫了。

现在，让我们来重温一下这个著名段落：

……跳蚤在母亲紫色的肚皮上爬，爬！在母亲积满污垢的肚脐眼里爬，爬！在母亲泄了气的破气球一样的乳房上爬，爬！在母亲弓一样的肋条上爬，爬！在母亲的瘦脖子上爬，爬！在母亲的尖下巴上、破烂不堪的嘴上爬，爬！母亲嘴里吹出来的绿色气流使爬行的跳蚤站立不稳，脚步趔趄，步伐踉跄；使飞行的跳蚤乏了翅膀，翻着筋斗，有的偏离了飞行方向，有的像飞机跌入气涡，进入螺旋。跳蚤在母亲金红色的阴毛中爬，爬！——不是我亵渎母亲的神圣，是你们这些跳蚤要爬，爬！跳蚤不但在母亲的阴毛中爬，跳蚤还在母亲的生殖器官上爬，我毫不怀疑有几只跳蚤钻进了母亲的阴道，母亲的阴道是我用头颅走过的最早的、最坦荡最曲折、最痛苦也最欢乐的漫长又短暂的道路。不是我亵渎母亲！不是我亵渎母亲！！不是我亵渎母亲！！！是你们，你们这些跳蚤亵渎了母亲也侮辱了我！我痛恨人类般的跳蚤！写到这里，你浑身哆嗦像寒风中的枯叶，你的心胡乱跳动，笔尖在纸上胡乱划动……

　　乱箭齐发者认为莫言亵渎了母亲，而莫言用六个惊叹号来声明没有亵渎母亲。接下去是我，作为《欢乐》的读者，1990年第一次读到跳蚤这一段时，我被深深打动；1995年3月我第二次阅读到这里时，我终于流下了眼泪，我感到自己听到了莫言的歌唱，我听到的是苦难沉重的声音在歌唱苦难沉重的母亲……母亲的肚皮变成了紫色，母亲的肚脐眼积满了污垢，母亲的乳房是泄了气的破皮球，母亲的肋条像弓一样被岁月压弯了，母亲的瘦脖子、尖下巴还有破烂不堪的嘴……这就是莫言歌唱的母亲，她养育了我们毁灭了自己。

　　同一个事物产生了两种截然不同的声音，指责《欢乐》的他们和被《欢乐》感动的我，或者说是我们。

　　因此问题不再是母亲的形象是不是可以亵渎，而是莫言是不是亵渎了母亲这个形象，莫言触犯众怒的实质是什么？

　　一目了然的是他在《欢乐》里创造了一个母亲，不管这个母亲是莫言为自己的内心创造的，还是为别人的阅读创造的，批评者们都将齐文栋的母亲视为了自己的母亲。

　　问题就在这里，这是强迫的阅读，阅读者带着来自母亲乳头的甜蜜回忆和后来的养育之恩，在阅读《欢乐》之前已经设计完成了母亲的形象，温暖的、慈祥的、得体的、干净的、伟大的……这样一个母亲，他们将自己事先设定的母亲强加到齐文栋的母亲之上，结果发现她们不是一个母亲，她们叠不到一起，最重要的是她们还格格不入。

　　齐文栋的母亲为什么一定要成为他们的母亲呢？叙述者和阅读者的冲突就在这里，也就是母亲应有的形象是不是必须得到保护？是不是不能遭受破坏？就是修改也必须有一些原则上的限定。

因此，母亲的形象在虚构作品中逐渐地成为了公共产物，就像是一条道路，所有的人都可以在上面行走；或者是天空，所有的人都可以抬起头来注视。阅读者虽然有着不同的经历，对待自己现实中的母亲或者热爱，或者恨，或者爱恨交加，可是一旦面对虚构作品中的母亲，他们立刻把自己的现实，自己的经历放到了一边，他们步调一致地哭和步调一致地笑，因为这时候母亲只有一个了，他们自己的母亲消失到了遗忘之中，仿佛从来就没有过自己的母亲，仿佛自己是从试管里出来的，而不是莫言那样："母亲的阴道是我用头颅走过的最早的、最坦荡最曲折、最痛苦也最欢乐的漫长又短暂的道路。"

　　所以，当莫言让一只跳蚤爬进齐文栋母亲的阴道时，莫言不知道自己已经伤天害理了，他让一只跳蚤爬进了他们的母亲，即属于一个集体的母亲的阴道，而不是齐文栋一个人的母亲的阴道。

　　母亲的形象在很多时候都只能是一个，就像祖国只有一个那样。另一方面对于每一个个人来说，母亲确实也只能是一个，一个人可以在两个以上的城市里居住，却不能在几个子宫之间旅游，来自生理的优势首先让母亲这个形象确定了下来，就像是确定一条河流一条道路，确定了母亲独一无二的地位。于是母亲这个词语就意味着养育，意味着自我牺牲，意味着无穷无尽的爱和无穷无尽的付出，而且这一切当我们还在子宫里时就已经开始了。

　　所以当他们拒绝《欢乐》时，很大程度上是因为《欢乐》中母亲的形象过于真实，真实到了和他们生活中的母亲越来越近，而与他们虚构中的母亲越来越远。这里表达出了他们的美好愿望，他们在生活中可以接受母亲的丑陋，然而虚构中的母亲一定要值得他们骄傲。因为他们想得到的不是事实，而是愿望。他们希望看到一个不是自己的母亲，而是一个属于集体的母亲。这个母亲可以这样，也可以那样，但必须是美好的。而《欢乐》中齐文栋的母亲却是紫色的肚皮，弓一样的肋条，破烂的嘴巴。

在我们的语言里（汉语），几乎不可能找到另一个词语，一个可以代替或者说可以超越"母亲"的词语，母亲这两个字在汉语里显示出了她的至高无上。也许正因为她高高在上，母亲这个词语所拥有的含义变得越来越抽象，她经常是一个国家、一个民族、一条著名河流的代名词，甚至经常是一个政党的代名词。而当她真正履行自己的职责，在儿女的面前伸过去母亲的手，望过去母亲的目光，发出母亲的声音时，她又背负沉重的道义，她必须无条件地去爱，她甚至都不能去想到自己。这时候她所得到的回报往往只是口语化的"妈妈"或者口语化的"娘"，除此以外还有什么呢？在现实中她可以得到儿女更多的回报，然而作为一个语言中最为高尚的典范，母亲这个词语是不应该有私心杂念的。

这就是人们为什么要歌唱母亲，被母亲热爱的人在歌唱，被母亲抛弃的人也在歌唱，值得注意的是他们所歌唱的母亲，在很大程度上已经是虚构的母亲了。事实上歌唱本身具有的抒情和理想色彩已经决定了歌唱者的内心多于现实，人们在歌唱母亲的时候，其实是再一次地接受了母亲所给予的养育，给予的爱，尽管这是歌唱者自己虚构出来的，可是这虚构出来的爱往往比现实中所得到的爱更为感人，因此歌唱母亲成为了人们共同的愿望，同时也成为了人们表白自己良知的最好时刻。

现在让我们重新回到《欢乐》里来，当他们认为《欢乐》亵渎了母亲这个形象时，事实上是在对一种叙述方式的拒绝，在他们看来，《欢乐》的叙述者选择了泥沙俱下式的叙述，已经违反了阅读的规则，更为严重的是《欢乐》还选择了丧失良知的叙述。

所以我们有必要再来看看莫言的这部作品，这部在叙述上有着惊人力量的作品怎样写到了母亲。

作为母亲的儿子，作为《欢乐》叙述的执行者，齐文栋走上告别人世之路时，他的目光已经切割了时间，时间在《欢乐》里化作了碎片，碎片又整理出了一个又一个的事实，如同一场突然来到的大雪，在我们的眼前纷纷扬扬。

叙述语言的丰富变化和叙述事实的铺天盖地而来，让我们觉得《欢乐》这部不到七万字的虚构作品，竟然有着像土地一样的宽广。而这一切都发生在一双临终的眼睛里，发生在一条短暂的道路上，齐文栋走上自我毁灭时的重温过去，仿佛是一生的重新开始，就像他重新用头颅走过了母亲最坦荡最曲折、最痛苦也最欢乐的漫长又短暂的阴道。

在齐文栋临终的眼睛里，母亲是瘦小的，软弱的，并且还是丑陋的，就像那个充满激情和热爱的段落里所展示的那样：肚脐眼积满了污垢，弓一样的肋条和破烂不堪的嘴。

应该说，这样的母亲正在丧失生存的能力，然而齐文栋所得到的唯一的保护就是来自于这样一个母亲。

齐文栋，一个年轻的，虽然不是强壮的，可也是健康的人，被这样的一个母亲爱护着。在这里，莫言用强壮的声音来讲述软弱的力量。这正是莫言对现实所具有的卓越的洞察能力，也是莫言卓越的叙述所在。

为什么一定要抬起头来才能看到天空呢？低着头时同样也能看到天空，不管他是用想象看到的，还是用别的更为隐秘的方式看到的，总之他看到天空的方式与众不同。而更多的人往往是在流鼻血的时候，才会被迫抬起头来去看天空。

在《欢乐》里，莫言叙述的母亲是一个衰落了的母亲。可以说是所有的人都有机会亲眼目睹自己母亲的衰落，母亲从最开始的强大，从年轻有力，胸前的乳房里有着取之不尽的乳汁开始，慢慢地走向衰落，乳房成了泄了气的破皮球，曾经保护着我们的母亲需要我们来保护了。穿越车辆不断的马路时，不再是她牵着我们的手，而是我们牵着她的手了。

莫言讲述的正是这样一个令人悲哀的事实，一个正在倒塌的形象，然而这时候的母亲恰恰又是最有力量的，正像一位英国女作家所说的那样："时间和磨难会驯服一个青年女子，但一个老年妇女是任何人间力量都无法控制的。"

因此莫言在《欢乐》里歌唱母亲全部的衰落时，他其实是在歌唱母亲的全部荣耀；他没有直接去歌唱母亲昔日的荣耀，是因为他不愿意在自己的歌唱里出现对母亲的炫耀；他歌唱的母亲是一个真实的母亲，一个时间和磨难已经驯服不了的母亲，一个已经山河破碎了的母亲。

正是这样的母亲，才使我们百感交集，才使我们有了同情和怜悯之心，才使我们可以无穷无尽地去付出自己的爱。

当那只跳蚤出现时，从母亲紫色的肚皮上出现，爬上母亲弓一样的肋条，最后又爬进了母亲的阴道。这时候的跳蚤已经不是现实中的跳蚤了，它成为了叙述里的一个惊叹号，或者是歌唱里跳跃的音符，正是它的不断前行，让我们看到了母亲的全部，母亲的过去和母亲的现在，还有母亲的末日。当它最后爬进母亲的阴道时，正是齐文栋寻找到了自己生命的开始。

然而很多人拒绝了这只跳蚤，他们指责了跳蚤，也指责了莫言，指责跳蚤是因为跳蚤自身倒霉的命运，指责莫言是因为莫言选择了跳蚤。

　　莫言为什么要选择跳蚤？在这个问题之前应该还有一个问题，就是《欢乐》的叙述为什么要选择莫言？

　　毫无疑问，这只跳蚤是激情的产物。作为叙述基础的母亲是一个什么样的母亲呢？这一点人们已经知道了，知道她的紫色肚皮，她的瘦脖子和破烂嘴巴，来到这样的母亲身上的只能是跳蚤了，如果让一颗宝石在母亲的紫色肚皮上滚动，这情景一定让人瞠目结舌。

　　因此，跳蚤的来到并不是出于莫言的邀请，而是叙述中母亲的邀请，那个完全衰落了的母亲的邀请。就像倒塌的房屋不会去邀请明亮的家具，衰落了的母亲除了跳蚤以外，还能邀请到什么呢？

　　可是他们没有这样认为，他们认为莫言在《欢乐》里让一只跳蚤爬进了母亲的阴道，所以莫言亵渎了母亲——在这句简单的话语里，我们看到了来自语言的暴力，这句话语本身的逻辑并没有什么不合理之处，问题是这句话语脱离了《欢乐》完整的叙述，断章取义地将自己孤立起来，然后粗暴地确立了莫言亵渎的罪名。

　　当一个少女用她美丽的眼睛看着我们时，我们都会被她眼睛的美丽所感动，可是把她的眼睛挖出来以后再拿给我们看时，我们都会吓得屁滚尿流。

　　现在他们就像是挖出少女的眼睛一样，将这个段落从《欢乐》的叙述里挖了出来。有经验的阅读者都应该明白这样一个道理，叙述的完整性是不能被破坏的。我们看着同样的一块草地，一块青翠的闪耀着阳光的草地，叙述让我们在鸟语花香的时候看着它，和经历了一场灾难一切都变成废墟以后，叙述再让我们看着依然青翠的草地时，我们前后的感受截然不同。

　　《欢乐》的遭遇让我们想到什么是经典形象，经典形象给后来的叙述带来了什么?

让我们闭上眼睛来想一想,我们所读过的所有叙述作品,这些不同年代、不同地域、不同时间里出现的作品,在这一刻同时来到我们的记忆中时,作品原有的叙述已经支离破碎,被我们所记住的经常是一段有趣的对话,或者是一段精彩的描述,而这些都和叙述中的人物形象有关,因此让我们牢牢记住的就是一个又一个的人物,我们不仅记住了他们的言行,也记住了他们的外貌,以及他们的隐私。

于是这些人物的形象成为了经典,毫无疑问这是文学在昔日的荣耀,并且长生不老,是一代又一代的阅读者的伙伴。应该说这些经典形象代表的是文学的过去,而不是今天,更不是我们文学的未来。

然而当很多人要求现在的作家应该像巴尔扎克、卡夫卡,或者像曹雪芹、鲁迅那样写作时,问题就出来了,我们今天的写作为什么要被过去时代的写作所笼罩呢?

人们觉得只有一个高老头太少了,只有一个格里高尔·萨姆沙太少,只有一个阿Q、一个贾宝玉也太少了,他们希望这些经典形象在后来的作家那里不停地被繁殖出子孙来。

从这里我们开始意识到经典形象代表了什么,它代表了很多人共同的利益和共同的愿望,经典形象逐渐地被抽象化了,成为了叙述中的准则和法规。人们在阅读文学作品的时候,对形象的关注已经远远超过对一个活生生的人的关注。就像是一场正在进行中的时装表演,人们关注的是衣服,而不是走动的人。

这里出现了一个值得注意的现象,虚构作品在不断地被创作出来的同时,也确立了自身的教条和真理,成为了阅读者检验一部作品是否可以被接受的重要标准,它们凌驾在叙述之上,对叙述者来自内心的声音充耳不闻,对叙述自身的发展漠不关心。它们就是标准,就是一把尺或者是一个圆规，所有的叙述必须在它们认可的范围内进行，一旦越出了它们规定的界线，就是亵渎……就是一切它们所能够进行指责的词语。

因此，人们在《欢乐》里所寻找的不是——谁是我的母亲，而是——谁是我们共同的母亲。

1995 年 4 月 11 日

没有一条道路是重复的

应《环球时报》周晓苹女士的邀请，我来为这部出色的小说集作序。其实这份工作应该属于陈众议教授，正是他的不懈支持，当然还有周晓苹的努力工作，才有了今天《小说山庄》的结集出版。

我不知道如何来谈论这部书带给我的阅读感受，这样的感受就像是在热烈的阳光里分辨着里面不同的颜色。这里的作者遍及世界各地，他们来自不同的国家和民族，生活在不同的时代，他们有着不同的宗教信仰和不同的语言文化，有着不同的肤色和不同的年龄，还有不同的嗜好和不同的习惯。太多的不同使他们无法聚集到一起，可是文学做到了，他们聚集到了这部书中，就像不同的颜色被光的道路带到了阳光里。

阅读这部书有时候仿佛是在阅读一幅世界地图，然而我们读到的并不是一张平面的纸，在那些短小的篇幅里，在那些巧妙的构思里，在意外的情节和可信的细节的交叉里，在一个个时而让人感动时而让人微笑的故事里，我们读到了什么？我觉得自己读到了一段段的历史，读到了色彩斑斓的风俗，读到了风格迥异的景色，当然这是人的历史，人的风俗和人的景色，因为在我们读到的一切里，我们都读到了情感的波动。我想这就是文学，文学中的情感就像河床里流动和起伏的水，使历史、风俗和景色变得可以触摸和可以生长。所以这部书并不是一幅关于国家和城市的地图，也不是关于航线和铁路的地图，这一幅地图是由某一个村庄、某一条街道、某一幢房屋、某一片草地和某一个山坡绘成的，或者说它是由某一个微笑、某一颗泪珠、某一个脚步、某一个眼神和某一个转瞬即逝的念头堆积起来的。它是由生活的细节和想象的细节来构成的，如同一滴一滴的水最终汇成了无边无际的大海一样。

世界上没有一条道路是重复的，也没有一个人生是可以替代的。每一个人都在经历着只属于自己的生活，世界的丰富多彩和个人空间的狭窄使阅读浮现在了我们的眼前，阅读打开了我们个人的空间，让我们意识到天空的宽广和大地的辽阔，让我们的人生道路由单数变成了复数。文学的阅读更是如此，别人的故事可以丰富自己的生活。阅读这部书就是这样的感受，在这些各不相同的故事里，在这些不断变化的体验里，我们感到自己的生活得到了补充，我们的想象在逐渐膨胀。更有意思的是，这些与自己毫无关系的故事会不断地唤醒自己的记忆，让那些早已遗忘的往事和体验重新回到自己的身边，并且焕然一新。阅读一部书可以不断勾起自己沉睡中的记忆和感受，我相信这样的阅读会有益于自己的身心健康。

2001 年 10 月 15 日

歪曲生活的小说

第奇亚诺·斯卡尔帕生于 1963 年的威尼斯，与苏童同龄。我见过他两次，第一次在罗马，在一家古老的餐馆里；第二次在都灵，在鸵鸟出版社的一个聚会上。第奇亚诺·斯卡尔帕是一个生机勃勃的光头男人，他和人拥抱时十分用力，而且喜形于色。《亲吻漫画》是他的第一部小说作品，也是我第一次读到的他的作品。这个光头以前写过故事等其他形式的作品，后来也写过不少，他的主要作品有《宣言》《阅读》《影线》和《团结》等等，我想以后会有机会读到这些作品的中文版。

《亲吻漫画》是一部歪曲生活的小说，我的意思是第奇亚诺·斯卡尔帕为我们展示了小说叙述的另一种形式。当我们的阅读习惯了巴尔扎克式的对生活丝丝入扣的揭示，还有卡夫卡式的对生活荒诞的描述以后，第奇亚诺·斯卡尔帕告诉我们还有另外一种叙述生活的小说，这就是歪曲生活的小说。

这部小说在一个女人和两个男人之间展开，不过这不是一部通常意义上的三角爱情小说，他们之间似乎有一些爱情，问题是第奇亚诺·斯卡尔帕的叙述油腔滑调，使小说中原本就寥寥无几的爱情也散发出了阵阵馊味。这三个人都是大学生，卡罗琳娜是美术学院的学生，她的谋生手段是给一家日本的漫画杂志补画人体的生殖器官，她的才华是为了让这些器官变得稀奇古怪和扑朔迷离，她认为自己的工作是要重新塑造这些玩意儿，而不是惟妙惟肖地去展示它们，一句话就是要歪曲它们。法布里齐奥是经济专业的学生，他的房东太太不相信香奈尔或者兰蔻这类化妆品，而是迷恋于年轻男子的精液，于是法布里齐奥每天都要为这位房东太太像挤奶一样挤两次精液，以此作为他的房费。阿尔弗雷德学的是文学，他正在准备一份让他时常陷入噩梦的论文，这篇论文是专门议论陀思妥耶夫斯基小说中的反面人物。

应该说阿尔弗雷德是小说的叙述者，这位沉沦在"极度的苦闷和毁灭性的幻想之间"的陀思妥耶夫斯基的研究者，在4月的某一个下午走出了图书馆，他想闻一闻雨的味道，然后上了一艘小轮渡汽船。就这样故事开始了，阿尔弗雷德遇上了卡罗琳娜。当时的卡罗琳娜一副精神失常的模样，她浑身湿透，腹泻的污迹从裙子下面滴下来，渗到浅色的袜子上，若无其事的卡罗琳娜随后翻身跳进了大运河。阿尔弗雷德与卡罗琳娜相遇之后，他研究的热情开始从陀思妥耶夫斯基的反面人物转到了卡罗琳娜这里，他收集整理了这位姑娘以及她和法布里齐奥关系的消息、资料和日记。整部小说的叙述似乎就是消息、资料和日记，如同烟火似的零散和耀眼。卡罗琳娜和法布里齐奥是一对年轻的情人，可是若要从他们那里去寻找爱情，就像在两棵枯树身上寻找绿色一样困难。法布里齐奥每天必须两次将自己的精液挤出来，带着体温贡献给房东太太已经衰老而且还在衰老的脸，当他再面对卡罗琳娜时，他还有什么呢？卡罗琳娜也强不到哪里去，由于经济拮据她只能住在爷爷的房子里，她那好色的爷爷连孙女都不会放过。卡罗琳娜不堪忍受爷爷的性入侵，决定搬走，于是她的爷爷就向她保证再不会强暴她了，她留了下来，可是没多久，她的爷爷又重操旧业，卡罗琳娜夺门而出，在雨中走上了轮渡汽船。小说结尾时解答了开始时留下的疑问，卡罗琳娜为什么走在人群里时让腹泻物顺着腿往下滴？卡罗琳娜为什么跳进了大运河？

第奇亚诺·斯卡尔帕在这部小说中尽情发挥了他歪曲生活的才华，叙述是由截然不同的两组语言组成，一部分是堂皇的书面语言，另一部分则是粗俗的垃圾语言，两类风格的语言转换自如，就像道路和道路的连接一样，让阅读在叙述转弯的时刻几乎没有转身的感觉。这样的叙述风格有助于第奇亚诺·斯卡尔帕写作的欲望，这个光头作家在描述生活时，甚至是浅显明白的生活时，使用的差不多都是被歪曲或者正在被歪曲的材料，他这样做其实是为了让生活在我们的视野里突出起来，或者说让我们的感受在我们的生活中浮现出来。

我想这是第奇亚诺·斯卡尔帕歪曲生活的真正用意，也是他写作的乐趣所在。值得注意的是，第奇亚诺·斯卡尔帕在使用那些歪曲的材料时，并不是将它们建立在虚无之上，或者说建立在歪曲之上。恰恰相反，他将这些歪曲了的材料建立在扎实的生活之上，而且很好地去把握这中间的分寸。当写到卡罗琳娜跳进大运河，阿尔弗雷德也跳进水中去救她时，第奇亚诺·斯卡尔帕没有忘记一个小小的生活细节，他让阿尔弗雷德在落水之前先将照片塞进衬衣里。那是阿尔弗雷德为关于陀思妥耶夫斯基那篇论文所筛选的照片。我的意思是说，第奇亚诺·斯卡尔帕在这样的叙述里要做的不是抹杀什么，而是要抢救什么。让那些逐渐消散到岁月里的记忆，让那些逐渐淹没在生活中的奇思妙想重新出人头地。有时候，歪曲生活的叙述比临摹生活的叙述更加接近生活本身，第奇亚诺·斯卡尔帕很轻松地证明了这一点。

很多年前，我在阅读法国作家拉伯雷的小说《巨人传》时，曾经读到过拉伯雷引用的大段的法国民间谚语，其中有一句让我至今难忘，意思是若要不让狗咬着你，最好的办法就是永远跑在狗的屁股后面。我在想，要是用跑在狗的屁股后面这样的思维方式来阅读这部《亲吻漫画》，那么就有可能获得更多的乐趣。

2003 年 1 月 2 日

什么是爱情

1999 年的时候，比我年轻十三天的朱德庸来到北京，我在三联书店第一次见到了他，同时也见到了他的端庄能干的太太冯曼伦。此后朱德庸每次来北京我们都会见面，自然也会见到冯曼伦。就像在《双响炮》里读到丈夫时，必然会读到妻子一样。

这可能是一个不恰当的比喻，但绝不是一个影射。我不是说朱德庸和冯曼伦的家庭生活是另外一部《双响炮》，我要说的是没有一千个男人的形象，朱德庸就不会创造出《双响炮》里的男人；没有一千个女人的形象，朱德庸就不会创造出《双响炮》里的女人；没有一千个家庭的形象，朱德庸就不会创造出《双响炮》中的家庭。

有时候一个作者和一部作品的关系总是让人迷惑，当读者在作品中突然读到了自己的感受，甚至是十分隐秘的感受时，心领神会的美妙经历就会指引着他一路前行，到头来他会想入非非地以为这就是自己的经历，同时也会坚定不移地认为这也是作者的经历。可以这样说，一部作品中所有的人物都是作者自己，因为实实在在的经历并不是作者全部的生活，作者的生活里也包括了想象和欲望，理解和判断，察言观色和道听途说。其实读者也是一样，当他身临其境地读完一部作品后，这部作品中所有的人物也都是他自己了。从这个意义上说，在一部作品完成以后，作者和它的关系并不比读者多。

我想这也是《双响炮》为什么会如此引人入胜如此令人遐想的理由。几年前第一次拿起《双响炮》时，我只是为了随便翻上几页，结果我从夕阳西下一口气读到了旭日东升。在那个不眠之夜里，我差不多经历了一生中所有的笑声，大笑、微笑、嬉笑、苦笑、怪笑、冷笑、暗笑、坏笑、讥笑、似笑非笑，然后我发现自己喜欢上了漫画的方式。朱德庸的夸张简洁传神，将漫长杂乱的人生过滤成了铅笔清晰的线条，他寻找到了令人不安的叙述，男人永远在内心深处拒绝他的妻子，女人则是时时刻刻都在显示自己的不幸，而丈夫是她不幸的永恒的源泉。他们几乎每天吵闹，几乎每天都在盘算着如何摆脱对方和如何统治对方，事实是他们永远也无法摆脱对方，永远也无法真正统治对方。在这样的家庭里读不到爱情，甚至连爱情的泡沫都没有，读到的总是战争，这两个人就是家庭军阀，似乎一旦丧失了吵闹，他们也就丧失了生活的勇气。朱德庸几乎云集家庭生活里所有反面的素材，他表达出来的却是正面的经验，我觉得朱德庸说出了人生中十分重要的内容，那就是相依为命。对于追求片刻经历的男女来说，似乎玫瑰才是爱情；而对于一生相伴的男女来说，相依为命才是真正的爱情。朱德庸就是用这样的方式：一种漫画的巧妙的方式，一种激烈的争吵的方式，一种钝刀子割肉的折磨的方式，一种破罐子破摔的方式，一种死猪不怕开水烫的方式，一种上了贼船下不来的方式，一种两败俱伤的方式，告诉我们什么是爱情。

2003 年 1 月 5 日

第三辑　写作

我为何写作

二十年前，我是一名牙科医生，在中国南方的一个小镇上手握钢钳，每天拔牙长达八个小时。

在我们中国的过去，牙医是属于跑江湖一类，通常和理发的或者修鞋的为伍，在繁华的街区撑开一把油布雨伞，将钳子、锤子等器械在桌上一字排开，同时也将以往拔下的牙齿一字排开，以此招徕顾客。这样的牙医都是独自一人，不需要助手，和修鞋匠一样挑着一副担子游走四方。

我是他们的继承者。虽然我在属于国家的医院里工作，但是我的前辈们都是从油布雨伞下走进医院的楼房，没有一个来自医学院。我所在的医院以拔牙为主，只有二十来人，因牙痛难忍前来治病的人都把我们的医院叫成"牙齿店"，很少有人认为我们是一家医院。与牙科医生这个现在已经知识分子化的职业相比，我觉得自己其实是一名店员。

我就是那时候开始写作的。我在"牙齿店"干了五年，观看了数以万计的张开的嘴巴，我感到无聊至极。当时，我经常站在临街的窗前，看到在文化馆工作的人整日在大街上游手好闲地走来走去，心里十分羡慕。有一次我问一位在文化馆工作的人，问他为什么经常在大街上游玩。他告诉我：这就是他的工作。我心想这样的工作倒是很适合我。于是我决定写作，我希望有朝一日能够进入文化馆。当时进入文化馆只有三条路可走：一是学会作曲；二是学会绘画；三就是写作。对我来说，作曲和绘画太难了，而写作只要认识汉字就行，我只能写作了。

现在，我已经有十五年的写作历史了，我已经知道写作会改变一个人，会将一个刚强的人变得眼泪汪汪，会将一个果断的人变得犹豫不决，会将一个勇敢的人变得胆小怕事，最后就是将一个活生生的人变成了一个作家。我这样说并不是为了贬低写作，恰恰是为了要说明文学或者说是写作对于一个人的重要。因为文学的力量就是在于软化人的心灵，写作的过程直接助长了这样的力量，它使作家变得越来越警觉和伤感的同时，也使他的心灵经常地感到柔弱无援。他会发现自己深陷其中的世界与四周的现实若即若离，而且还会格格不入。

然后他就发现自己已经具有了与众不同的准则，或者说是完全属于他自己的理解和判断，他感到自己的灵魂具有了无孔不入的本领，他的内心已经变得异常的丰富。这样的丰富就是来自于长时间的写作，来自于身体肌肉衰退后警觉和智慧的茁壮成长，而且这丰富总是容易受到伤害。

就像你们伟大的但丁，在那部伟大的《神曲》里，奇妙的想象和比喻，温柔有力的结构，从容不迫的行文，我对《神曲》的喜爱无与伦比。但丁在诗句里表达语言的速度时，这样告诉我们：箭中了目标，离了弦。另一位伟大的作家叫博尔赫斯，是阿根廷人，他对但丁的仰慕不亚于我。在他的一篇有趣的故事里，写到了两个博尔赫斯，一个六十多岁，另一个已经八十高龄了。他让两个博尔赫斯在漫长旅途中的客栈相遇，当年老的博尔赫斯说话时，让我们看看他是如何描写声音的，年轻一些的博尔赫斯这样想："是我经常在我的录音带上听到的那种声音。"多么微妙的差异，通过录音带的转折，博尔赫斯向我们揭示出了一致性中隐藏的差异。伟大的作家无不如此，我在这里可以列出一份长长的名单，我相信这份名单长到可以超过我们中国没完没了的菜谱。

因为一个众所周知的原因，像我这一代人是在没有文学的环境里成长起来的，当我成年以后，我开始喜爱文学的时候，正是中国对文学解禁的时代，我至今记得当初在书店前长长的购书人流，这样的情景以后我再没有见到，这是无数人汇聚起来的饥渴，是一个时代对书籍的饥渴，我置身其间，就像一滴水汇入大海一样，我一下子面对了浩若烟海的文学，我要面对外国文学、中国古典文学和中国的现代文学，我失去了阅读的秩序，如同在海上看不见陆地的漂流，我的阅读更像是生存中的挣扎，最后我选择了外国文学。我的选择是一位作家的选择，或者说是为了写作的选择，而不是生活态度和人生感受的选择。因为只有在外国文学里，我才真正了解写作的技巧，然后通过自己的写作去认识文学有着多么丰富的表达，去认识文学的美妙和乐趣，虽然它们反过来也影响了我的生活态度和人生感受，然而始终不是根本的和决定性的。因此，作为一个中国人，我一直以中国的方式成长和思考，而且在今后的岁月里我也将一如既往；然而作为一位中国作家，我却有幸被外国文学抚养成人。除了我们自己的语言，我不懂其他任何语言，但是我们中国有一些很好的翻译家，我很想在这里举出他们的名字，可是时间不允许我这样做。我就是通过他们的出色的翻译，才得以知道我们这个世界上的文学是多么辉煌。

我真正要说的是文学的力量就在这里，在但丁的诗句里和博尔赫斯的比喻里，在一切伟大作家的叙述里，在那些转瞬即逝的意象和活生生的对白里，在那些妙不可言同时又真实可信的描写里……这些都是由那些柔弱同时又是无比丰富和敏感的心灵创造的，让我们心领神会和激动失眠，让我们远隔千里仍然互相热爱，让我们生离死别后还是互相热爱。因为但丁告诉我们：人是承受不幸的方柱体。在这个世界上，还有什么物体能够比方柱体更加稳定可靠？

　　（本文是在意大利都灵举办的"远东地区文学论坛"的演讲稿。）

1997 年 11 月 13 日

我的写作经历

　　我是 1983 年开始小说创作，当时我深受日本作家川端康成的影响，川端作品中细致入微的描述使我着迷，那个时期我相信人物情感的变化比性格更重要，我写出了像《星星》这类作品。这类作品发表在 1984 年到 1986 年的文学杂志上，我一直认为这一阶段是我阅读和写作的自我训练期，这些作品我一直没有收录到自己的集子中去。

　　由于川端康成的影响，使我在一开始就注重叙述的细部，去发现和把握那些微妙的变化。这种叙述上的训练使我在后来的写作中尝尽了甜头，因为它是一部作品是否丰厚的关键。但是川端的影响也给我带来了麻烦，这十分内心化的写作，使我感到自己的灵魂越来越闭塞。这时候，也就是 1986 年，我读到了卡夫卡，卡夫卡在叙述形式上的随心所欲把我吓了一跳，我心想：原来小说还可以这样写。

　　卡夫卡是一位思想和情感都极为严谨的作家，而在叙述上又是彻底的自由主义者。在卡夫卡这里，我发现自由的叙述可以使思想和情感表达得更加充分。于是卡夫卡救了我，把我从川端康成的桎梏里解放了出来。与川端不一样，卡夫卡教会我的不是描述的方式，而是写作的方式。

这一阶段我写下了《十八岁出门远行》《现实一种》《世事如烟》等一系列作品。应该说《十八岁出门远行》是我成功的第一部作品，在当时，很多作家和评论家认为它代表了新的文学形式，也就是后来所说的先锋文学。

一个有趣的事实是，我在中国被一些看法认为是学习西方文学的先锋派作家，而当我的作品被介绍到西方时，他们的反映却是我与文学流派无关。所以，我想谈谈先锋文学。我一直认为中国的先锋文学其实只是一个借口，它的先锋性很值得怀疑，而且它是在世界范围内先锋文学运动完全结束后产生的。就我个人而言，我写下这一部分作品的理由是我对真实性概念的重新认识。文学的真实是什么？当时我认为文学的真实是不能用现实生活的尺度去衡量的，它的真实里还包括了想象、梦境和欲望。在 1989 年，我写过一篇题为《虚伪的作品》的文章，它的题目来自于毕加索的一句话："艺术家应该让人们懂得虚伪中的真实。"为了表达我心目中的真实，我感到原有的写作方式已经不能支持我，所以我就去寻找更为丰富的，更具有变化的叙述。现在，人们普遍将先锋文学视为八十年代的一次文学形式的革命，我不认为是一场革命，它仅仅只是使文学在形式上变得丰富一些而已。

到了九十年代，我的写作出现了变化，从三部长篇小说开始，它们是《在细雨中呼喊》《活着》和《许三观卖血记》。有关这样的变化，批评家们已经议论得很多了，但是都和我的写作无关。应该说是叙述指引我写下了这样的作品，我写着写着突然发现人物有他们自己的声音，这是令我惊喜的发现，而且是在写作过程中发现的。在此之前我不认为人物有自己的声音，我粗暴地认为人物都是作者意图的符号，当我发现人物自己的声音以后，我就不再是一个发号施令的叙述者，我成为了一个感同身受的记录者，这样的写作十分美好，因为我时常能够听到人物自身的发言，他们自己说出来的话比我要让他们说的更加确切和美妙。

我知道自己的作品正在变得平易近人，正在逐渐地被更多的读者所接受。不知道是时代在变化，还是人在变化，我现在更喜欢活生生的事实和活生生的情感，我认为文学的伟大之处就是在于它的同情和怜悯之心，并且将这样的情感彻底地表达出来。文学不是实验，应该是理解和探索，它在形式上的探索不是为了形式自身的创新或者其他的标榜之词，而是为了真正地深入人心，将人的内心表达出来，而不是为了表达内分泌。

就像我喜欢自己九十年代的作品那样，我仍然喜欢自己在八十年代所写下的作品，因为它们对于我是同样的重要。更为重要的是我还将不断地写下去，在我今后的作品中，我希望自己的写作会更有意义，我所说的意义是写出拥有灵魂和希望的作品。

1998 年 7 月 11 日

虚伪的作品

现在我似乎比以往任何时候都明白自己为何写作，我的所有努力都是为了更加接近真实。因此在 1986 年年底写完《十八岁出门远行》后的兴奋，不是没有道理。那时候我感到这篇小说十分真实，同时我也意识到其形式的虚伪。所谓的虚伪，是针对人们被日常生活围困的经验而言。这种经验使人们沦陷在缺乏想象的环境里，使人们对事物的判断总是实事求是地进行着。当有一天某个人说他在夜间看到书桌在屋内走动时，这种说法便使人感到不可思议和难以置信。也不知从何时起，这种经验只对实际的事物负责，它越来越疏远精神的本质。于是真实的含义被曲解也就在所难免。由于长久以来过于科学地理解真实，真实似乎只对早餐这类事物有意义，而对深夜月光下某个人叙述的死人复活故事，真实在翌日清晨对它的回避总是毫不犹豫。因此我们的文学只能在缺乏想象的茅屋里度日如年。在有人以要求新闻记者眼中的真实，来要求作家眼中的真实时，人们的广泛拥护也就理所当然了。而我们也因此无法期待文学会出现奇迹。

1989 年元旦的第二天，安详的史铁生坐在床上向我揭示这样一个真理：在瓶盖拧紧的药瓶里，药片是否会自动跳出来？他向我指出了经验的可怕，因为我们无法相信不揭开瓶盖药片就会出来，我们的悲剧在于无法相信。如果我们确信无疑地认为瓶盖拧紧药片也会跳出来，那么也许就会出现奇迹。可因为我们无法相信，奇迹也就无法呈现。

在 1986 年写完《十八岁出门远行》之后，我隐约预感到一种全新的写作态度即将确立。艾萨克辛格在初学写作之时，他的哥哥这样教导他："事实是从来不会陈旧过时的，而看法却总是会陈旧过时。"当我们抛弃对事实做出结论的企图，那么已有的经验就不再牢不可破。我们开始发现自身的肤浅来自经验的局限。这时候我们对真实的理解也就更为接近真实了。当我们就事论事地描述某一事件时，我们往往只能获得事件的外貌，而其内在的广阔含义则昏睡不醒。这种就事论事的写作态度窒息了作家应有的才华，使我们的世界充满了房屋、街道这类实在的事物，我们无法明白有关世界的语言和结构。我们的想象力会在一只茶杯面前忍气吞声。

有关二十世纪文学评价的普遍标准，一直以来我都难以接受。把它归结为后工业时期人的危机的产物似乎过于简单。我个人认为二十世纪文学的成就主要在于文学的想象力重新获得自由。十九世纪文学经过了辉煌的长途跋涉之后，却把文学的想象力送上了医院的病床。

当我发现以往那种就事论事的写作态度只能导致表面的真实以后，我就必须去寻找新的表达方式。寻找的结果使我不再忠诚所描绘事物的形态，我开始使用一种虚伪的形式。这种形式背离了现状世界提供给我的秩序和逻辑，然而却使我自由地接近了真实。

罗伯-格里耶认为文学的不断改变主要在于真实性概念在不断改变。十九世纪文学造就出来的读者有其共同的特点，那就是世界对他们而言已经完成和固定下来。他们在各种已经得出的答案里安全地完成阅读行为，他们沉浸在不断被重复的事件的陈旧冒险里。他们拒绝新的冒险，因为他们怀疑新的冒险是否值得。对于他们来说，一条街道意味着交通、行走这类大众的概念。而街道上的泥迹，他们也会立刻赋予"不干净""没有清扫"之类固定想法。

当文学所表达的仅仅只是一些大众的经验时，其自身的革命便无法避免。任何新的经验一旦时过境迁就将衰老，而这衰老的经验却成为了真理，并且被严密地保护起来。在各种陈旧经验堆积如山的中国当代文学里，其自身的革命也就困难重重。

当我们放弃"没有清扫""不干净"这些想法，而去关注泥迹可能显示的意义，那种意义显然是不确定和不可捉摸的，有关它的答案像天空的颜色一样随意变化，那么我们也许能够获得纯粹个人的新鲜经验。

普鲁斯特在《复得的时间》里这样写道："只有通过钟声才能意识到中午的康勃雷，通过供暖装置所发出的哼声才意识到清早的堂西埃尔。"康勃雷和堂西埃尔是两个地名。在这里，钟声和供暖装置的意义已不再是大众的概念，已经离开大众走向个人。

一次偶然的机会，使我在某个问题上进行了长驱直入的思索，那时候我明显地感到自己脱离常识过程时的快乐。我选用"偶然的机会"，是因为我无法确定促使我思想新鲜起来的各种因素。我承认自己所有的思考都从常识出发，1986 年以前的所有思考都只是在无数常识之间游荡，我使用的是被大众肯定的思维方式，但是那一年的某一个思考突然脱离了常识的围困。

那个脱离一般常识的思考，就是此文一直重复出现的真实性概念。有关真实的思考进行了两年多以后还将继续下去，我知道自己已经丧失了结束这种思考的能力。因此此刻我所要表达的只是这个思考的历程，而不是提供固定的答案。

任何新的发现都是从对旧事物的怀疑开始的。人类文明为我们提供了一整套秩序，我们置身其中是否感到安全？对安全的责问是怀疑的开始。人在文明秩序里的成长和生活是按照规定进行着。秩序对人的规定显然是为了维护人的正常与安全，然而秩序是否牢不可破？事实证明庞大的秩序在意外面前总是束手无策。城市的十字路口说明了这一点。十字路口的红绿灯，以及将街道切割成机动车道、自行车道、人行道，而且来与去各在大路的两端，所有这些代表了文明的秩序，这秩序的建立是为了杜绝车祸，可是车祸经常在十字路口出现，于是秩序经常全面崩溃。交通阻塞以后几百辆车将组成一个混乱的场面。这场面告诉我们，秩序总是要遭受混乱的捉弄。因此我们置身文明秩序中的安全也就不再真实可信。

我在1986、1987年写《一九八六年》《河边的错误》《现实一种》时，总是无法回避现实世界给予我的混乱。那一段时间就像张颐武所说的"余华好像迷上了暴力"。确实如此，暴力因为其形式充满激情，它的力量源自于人内心的渴望，所以它使我心醉神迷。让奴隶们互相残杀，奴隶主坐在一旁观看的情景已被现代文明驱逐到历史中去了，可是那种形式总让我感到是一出现代主义的悲剧。人类文明的递进，让我们明白了这种野蛮的行为是如何威胁着我们的生存。然而拳击运动取而代之，在这里我们可以看到文明对野蛮的悄悄让步。即便是南方的斗蟋蟀，也可以让我们意识到暴力是如何深入人心。在暴力和混乱面前，文明只是一个口号，秩序成为了装饰。

我曾和李陀讨论过叙述语言和思维方式的问题。李陀说："首先出现的是叙述语言，然后引出思维方式。"

我的个人写作经历证实了李陀的话。当我写完《十八岁出门远行》后，我从叙述语言里开始感受到自己从未有过的思维方式。这种思维方式一直往前行走，使我写出了《一九八六年》《现实一种》等作品，然而在 1988 年春天写作《世事如烟》时，我并没有清晰地意识到新的变化在悄悄进行。直到整个叙述语言方式确立后，才开始明确自己的思维运动出现了新的前景。而在此之前，也就是写完《现实一种》时，我以为从《十八岁出门远行》延伸出来的思维方式已经成熟和固定下来。我当时给朱伟写信说道："我已经找到了今后的创作的基本方法。"

事实上到《现实一种》为止，我有关真实的思考只是对常识的怀疑。也就是说，当我不再相信有关现实生活的常识时，这种怀疑便导致我对另一部分现实的重视，从而直接诱发了我有关混乱和暴力的极端化想法。

在我心情开始趋向平静的时候，我便尽量公正地去审视现实。然而，我开始意识到生活是不真实的，生活事实上是真假杂糅和鱼目混珠。这样的认识是基于生活对于任何一个人都无法客观。生活只有脱离我们的意志独立存在时，它的真实才切实可信。而人的意志一旦投入生活，诚然生活中某些事实可以让人明白一些什么，但上当受骗的可能也同时呈现了。几乎所有的人都曾发出过这样的感叹：生活欺骗了我。因此，对于任何个体来说，真实存在的只能是他的精神。当我认为生活是不真实的，只有人的精神才是真实时，难免会遇到这样的理解：我在逃离现实生活。汉语里的"逃离"暗示了某种惊慌失措。另一种理解是上述理解的深入，即我是属于强调自我对世界的感知，我承认这个说法的合理之处，但我此刻想强调的是：自我对世界的感知其终极目的便是消失自我。人只有进入广阔的精神领域才能真正体会世界的无边无际。我并不否认人可以在日常生活里消解自我，那时候人的自我将融化在大众里，融化在常识里。这种自我消解所得到的很可能是个性的丧失。

在人的精神世界里，一切常识提供的价值都开始摇摇欲坠，一切旧有的事物都将获得新的意义。在那里，时间固有的意义被取消。十年前的往事可以排列在五年前的往事之后，然后再引出六年前的往事。同样这三件往事，在另一种环境时间里再度回想时，它们又将重新组合，从而展示其新的含义。时间的顺序在一片宁静里随意变化。生与死的界线也开始模糊不清，对于在现实中死去的人，只要记住他们，他们便依然活着。另一些人尽管继续活在现实中，可是对他们的遗忘也就意味着他们已经死亡。而欲望和美感、爱与恨、真与善在精神里都像床和椅子一样实在，它们都具有限定的轮廓、坚实的形体和常识所理解的现实性。我们的目光可以望到它们，我们的手可以触摸它们。

对于1989年开始写作或者还在写作的人来说，小说已不是首创的形式，它作为一种传统为我们继承。我这里所指的传统，并不只针对狄得罗，或者十九世纪的巴尔扎克、狄更斯，也包括活到二十世纪的卡夫卡、乔伊斯，同样也没有排斥罗伯－格里耶、福克纳和川端康成。对于我们来说，无论是旧小说，还是新小说，都已经成为传统。因此我们无法回避这样的问题，即我们为何写作？我们所有的努力都是为了什么？我现在所能回答的只能是——我所有的努力都是为了使这种传统更为接近现代，也就是说使小说这个过去的形式更为接近现在。

这种接近现在的努力将具体体现在叙述方式、语言和结构、时间和人物的处理上，就是如何寻求最为真实的表现形式。

当我越来越接近三十岁的时候（这个年龄在老人的回顾里具有少年的形象，然而在我却预示着与日俱增的回想），在我规范的日常生活里，每日都有多次的事与物触发我回首过去，而我过去的经验为这样的回想提供了足够事例。我开始意识到那些即将来到的事物，其实是为了打开我的过去之门。因此现实时间里的从过去走向将来便丧失了其内在的说服力。似乎可以这样认为，时间将来只是时间过去的表象。如果我此刻反过来认为时间过去只是时间将来的表象时，确立的可能也同样存在。我完全有理由认为过去的经验是为将来的事物存在的，因为过去的经验只有通过将来事物的指引才会出现新的意义。

拥有上述前提以后，我开始面对现在了。事实上我们真实拥有的只有现在，过去和将来只是现在的两种表现形式。我的所有创作都是针对现在成立的，虽然我叙述的所有事件都作为过去的状态出现，可是叙述进程只能在现在的层面上进行。在这个意义上说，一切回忆与预测都是现在的内容，因此现在的实际意义远比常识的理解要来得复杂。由于过去的经验和将来的事物同时存在现在之中，所以现在往往是无法确定和变幻莫测的。

阴沉的天空具有难得的宁静，它有助于我舒展自己的回忆。当我开始回忆多年前某桩往事，并涉及到与那桩往事有关的阳光时，我便知道自己叙述中需要的阳光应该是怎样的阳光了。正是这种在阴沉的天空里显示出来的过去的阳光，便是叙述中现在的阳光。

在叙述与叙述对象之间存在的第三者（阴沉的天空），可以有效地回避表层现实的局限，也就是说可以从单调的此刻进入广阔复杂的现在层面。这种现在的阳光，事实上是叙述者经验里所有阳光的汇集。因此叙述者可以不受束缚地寻找最为真实的阳光。

我喜欢这样一种叙述态度，通俗的说法便是将别人的事告诉别人。而努力躲避另一种叙述态度，即将自己的事告诉别人。即便是我个人的事，一旦进入叙述我也将其转化为别人的事。我寻找的是无我的叙述方式，在这个意义上，我同意李陀强调的作家与作品之间有一个叙述者的存在。在叙述过程中，个人经验转换的最简便有效的方法就是，尽可能回避直接的表述，让阴沉的天空来展示阳光。

我在前文确立的现在，某种意义上说是针对个人精神成立的，它越出了常识规定的范围。换句话说，它不具备常识应有的现存答案和确定的含义。因此面对现在的语言，只能是一种不确定的语言。

日常语言是消解了个性的大众化语言，一个句式可以唤起所有不同人的相同理解。那是一种确定了的语言，这种语言向我们提供了一个无数次被重复的世界，它强行规定了事物的轮廓和形态。因此当一个作家感到世界像一把椅子那样明白易懂时，他提倡语言应该大众化也就理直气壮。这种语言的句式像一个紧接一个的路标，总是具有明确的指向。

所谓不确定的语言，并不是面对世界的无可奈何，也不是不知所措之后的含糊其词，事实上它是为了寻求最为真实可信的表达。因为世界并非一目了然，面对事物的纷繁复杂，语言感到无力时时做出终极判断。为了表达的真实，语言只能冲破常识，寻求一种能够同时呈现多种可能，同时呈现几个层面，并且在语法上能够并置、错位、颠倒，不受语法固有序列束缚的表达方式。

当内心涌上一股情感，如果能够正确理解这股情感，也许就会发现那些痛苦、害怕、喜悦等确定字眼，并非是内心情感的真实表达，它们只是一种简单的归纳。要是使用不确定的叙述语言来表达这样的情感状态，显然要比大众化的确定语言来得客观真实。

我这样说并非全部排斥语言的路标作用，因为事物并非任何时候都是纷繁复杂，它也有简单明了的时候。同时我也不想掩饰自己在使用语言时常常力不从心。痛苦、害怕等确定语词我们谁也无法永久逃避。我强调语言的不确定，只是为了尽可能真实地表达。

我所指的不确定的叙述语言，和确定的大众语言之间最根本的区别在于：前者强调对世界的感知，而后者则是判断。

我在前文已经说过，大众语言向我们提供了一个无数次被重复的世界。因此我寻找新语言的企图，是为了向朋友和读者展示一个不曾被重复的世界。

世界对于我，在各个阶段都只能作为有限的整体出现。所以在我某个阶段对世界的理解，只是对某个有限的整体的理解，而不是世界的全部。这种理解事实上就是结构。

从《十八岁出门远行》到《现实一种》时期的作品，其结构大体是对事实框架的模仿，情节段之间的关系基本上是递进、连接的关系，它们之间具有某种现实的必然性。但是那时期作品体现我有关世界结构的一个重要标志，便是对常理的破坏。简单的说法是，常理认为不可能的，在我作品里是坚实的事实；而常理认为可能的，在我那里无法出现。导致这种破坏的原因首先是对常理的怀疑。很多事实已经表明，常理并非像它自我标榜的那样，总是真理在握。我感到世界有其自身的规律，世界并非总在常理推断之中。我这样做同时也是为了告诉别人：事实的价值并不只是局限于事实本身，任何一个事实一旦进入作品都可能象征一个世界。

当我写作《世事如烟》时，其结构已经放弃了对事实框架的模仿。表面上看为了表现更多的事实，使世界能够尽可能呈现纷繁的状态，我采用了并置、错位的结构方式。但实质上，我有关世界结构的思考已经确立，并开始脱离现状世界提供的现实依据。我发现了世界里一个无法眼见的整体的存在，在这个整体里，世界自身的规律也开始清晰起来。

那个时期，当我每次行走在大街上，看着车辆和行人运动时，我都会突然感到这运动透视着不由自主。我感到眼前的一切都像是事先已经安排好，在某种隐藏的力量指使下展开其运动。所有的一切（行人、车辆、街道、房屋、树木），都仿佛是舞台上的道具，世界自身的规律左右着它们，如同事先已经确定了的剧情。这个思考让我意识到，现状世界出现的一切偶然因素，都有着必然的前提。因此，当我在作品中展现事实时，必然因素已不再统治我，偶然的因素则异常地活跃起来。

与此同时，我开始重新思考世界里的一切关系：人与人、人与现实、房屋与街道、树木与河流等等。这些关系如一张错综复杂的网。

那时候我与朋友交谈时，常常会不禁自问：交谈是否呈现了我与这位朋友的真正关系？无可非议这种关系是表面的，暂时的。那么永久的关系是什么？于是我发现了世界赋予人与自然的命运。人的命运，房屋、街道、树木、河流的命运。世界自身的规律便体现在这命运之中，世界里那不可捉摸的一部分开始显露其光辉。我有关世界的结构开始重新确立，而《世事如烟》的结构也就这样产生。在《世事如烟》里，人与人，人与物，物与物，情节与情节，细节与细节的连接都显得若即若离，时隐时现。我感到这样能够体现命运的力量，即世界自身的规律。

现在我有必要说明的是：有关世界的结构并非只有唯一。因此在《世事如烟》之后，我的继续寻找将继续有意义。当我寻找得更为深入，或者说角度一旦改变，我开始发现时间作为世界的另一种结构出现了。

世界是所发生的一切，这所发生的一切的框架便是时间。因此时间代表了一个过去的完整世界。当然这里的时间已经不再是现实意义上的时间，它没有固定的顺序关系。它应该是纷繁复杂的过去世界的随意性很强的规律。

当我们把这个过去世界的一些事实，通过时间的重新排列，如果能够同时排列出几种新的顺序关系（这是不成问题的），那么就将出现几种不同的新意义。这样的排列显然是由记忆来完成的，因此我将这种排列称为记忆的逻辑。所以说，时间的意义在于它随时都可以重新结构世界，也就是说世界在时间的每一次重新结构之后，都将出现新的姿态。

事实上，传统叙述里的插叙、倒叙，已经开始了对小说时间的探索。遗憾的是这种探索始终是现实时间意义上的探索。由于这样的探索无法了解到时间的真正意义，就是说无法了解时间其实是有关世界的结构，所以它的停滞不前将是命中注定的。

在我开始以时间作为结构，来写作《此文献给少女杨柳》时，我感受到闯入一个全新世界的极大快乐。我在尝试地使用时间分裂、时间重叠、时间错位等方法以后，收获到的喜悦出乎预料。

两年以来，一些读过我作品的读者经常这样问我：你为什么不写写我们？我的回答是：我已经写了你们。

他们所关心的是我没有写从事他们那类职业的人物，而并不是作为人我是否已经写到他们了。所以我还得耐心地向他们解释：职业只是人物身上的外衣，并不重要。

事实上我不仅对职业缺乏兴趣，就是对那种竭力塑造人物性格的做法也感到不可思议和难以理解。我实在看不出那些所谓性格鲜明的人物身上有多少艺术价值。那些具有所谓性格的人物几乎都可以用一些抽象的常用语词来概括,即开朗、狡猾、厚道、忧郁等等。显而易见,性格关心的是人的外表而并非内心,而且经常粗暴地干涉作家试图进一步深入人的复杂层面的努力。因此我更关心的是人物的欲望,欲望比性格更能代表一个人的存在价值。

另一方面,我并不认为人物在作品中享有的地位,比河流、阳光、树叶、街道和房屋来得重要。我认为人物和河流、阳光等一样,在作品中都只是道具而已。河流以流动的方式来展示其欲望,房屋则在静默中显露欲望的存在。人物与河流、阳光、街道、房屋等各种道具在作品中组合一体又相互作用,从而展现出完整的欲望。这种欲望便是象征的存在。

因此小说传达给我们的,不只是栩栩如生或者激动人心之类的价值。它应该是象征的存在。而象征并不是从某个人物或者某条河流那里显示。一部真正的小说应该无处不洋溢着象征,即我们寓居世界方式的象征,我们理解世界并且与世界打交道的方式的象征。

1989 年 6 月

前言和后记

［《许三观卖血记》中文版（1998年）序］

前　言

　　这本书表达了作者对长度的迷恋，一条道路、一条河流、一条雨后的彩虹、一个绵延不绝的回忆、一首有始无终的民歌、一个人的一生。这一切犹如盘起来的一捆绳子，被叙述慢慢拉出去，拉到了路的尽头。

　　在这里，作者有时候会无所事事。因为他从一开始就发现虚构的人物同样有自己的声音，他认为应该尊重这些声音，让它们自己去风中寻找答案。于是，作者不再是一位叙述上的侵略者，而是一位聆听者，一位耐心、仔细、善解人意和感同身受的聆听者。他努力这样去做，在叙述的时候，他试图取消自己作者的身份，他觉得自己应该是一位读者。事实也是如此，当这本书完成之后，他发现自己知道的并不比别人多。

　　书中的人物经常自己开口说话，有时候会让作者吓一跳，当那些恰如其分又十分美妙的话在虚构的嘴上脱口而出时，作者会突然自卑起来，心里暗想："我可说不出这样的话。"然而，当他成为一位真正的读者，当他阅读别人作品时，他又时常暗自得意："我也说过这样的话。"

这似乎就是文学的乐趣，我们需要它的影响，来纠正我们的思想和态度。有趣的是，当众多伟大的作品影响着一位作者时，他会发现自己虚构的人物也正以同样的方式影响着他。

这本书其实是一首很长的民歌，它的节奏是回忆的速度，旋律温和地跳跃着，休止符被韵脚隐藏了起来。作者在这里虚构的只是两个人的历史，而试图唤起的是更多人的记忆。

马提亚尔说："回忆过去的生活，无异于再活一次。"写作和阅读其实都是在敲响回忆之门，或者说都是为了再活一次。

北京，1998 年 7 月 10 日

[《许三观卖血记》韩文版（1998 年）序]

前　言

这是一本关于平等的书，这话听起来有些奇怪，而我确实是这样认为的。我知道这本书里写到了很多现实，"现实"这个词让我感到自己有些狂妄，所以我觉得还是退而求其次，声称这里面写到了平等。在一首来自十二世纪的非洲北部的诗里面这样写道：

可能吗，我，雅可布－阿尔曼苏尔的一个臣民，会像玫
瑰和亚里士多德一样死去？

我认为，这也是一首关于平等的诗。一个普通的臣民，我们有理由相信他是一个规矩人，一个羡慕玫瑰的美丽和亚里士多德的博学品质的规矩人，他期望着有一天能和他们平等，就是死亡来到的这一天，在他弥留之际，他会幸福地感到玫瑰和亚里士多德曾经和他的此刻一模一样。海涅说："死亡是凉爽的夜晚。"海涅也赞美了死亡，因为"生活是痛苦的白天"，除此以外，海涅也知道死亡是唯一的平等。

　　还有另外一种对平等的追求。有这样一个人，他不知道有个外国人叫亚里士多德，也不认识玫瑰（他只知道那是花），他知道的事情很少，认识的人也不多，他只有在自己生活的小城里行走才不会迷路。当然，和其他人一样，他也有一个家庭，有妻子和儿子；也和其他人一样，在别人面前显得有些自卑，而在自己的妻儿面前则是信心十足，所以他也就经常在家里骂骂咧咧。这个人头脑简单，虽然他睡着的时候也会做梦，但是他没有梦想。当他醒着的时候，他也会追求平等，不过和那个雅可布－阿尔曼苏尔的臣民不一样，他才不会通过死亡去追求平等，他知道人死了就什么都没有了。他是一个像生活那样实实在在的人，所以他追求的平等就是和他的邻居一样，和他所认识的那些人一样。当他的生活极其糟糕时，因为别人的生活同样糟糕，他也会心满意足。他不在乎生活的好坏，但是不能容忍别人和他不一样。

　　这个人的名字很可能叫许三观，遗憾的是许三观一生追求平等，到头来却发现：就是长在自己身上的眉毛和毛毛都不平等。所以他牢骚满腹地说："毛毛出得比眉毛晚，长得倒是比眉毛长。"

　　　　　　　　　　　　　　　　　　　　北京，1997 年 8 月 26 日

238

前　言

　　有一个人我至今没有忘记，有一个故事我也一直没有去写。我熟悉那个人，可是我无法回忆起他的面容，然而我却记得他嘴角叼着烟卷的模样，还有他身上那件肮脏的白大褂。有关他的故事和我自己的童年一样清晰和可信，这是一个血头生命的历史，我的记忆点点滴滴，不断地同时也是很不完整地对我讲述过他。

　　这个人已经去世，这是我父亲告诉我的。我的父亲，一位退休的外科医生在电话里提醒我——是否还记得这个人所领导的那次辉煌的集体卖血？我当然记得。

　　这个人有点像这本书中的李血头，当然他不一定姓李，我忘记了他真实的姓，这样更好，因为他将是中国众多姓氏中的任何一个。这似乎是文学乐意看到的事实，一个人的品质其实被无数人悄悄拥有着，于是你们的浮士德在进行思考的时候，会让中国的我们感到是自己在准备做出选择。

　　这个人一直在自己的世界里建立着某些不言而喻的权威，虽然他在医院里的地位低于一位最普通的护士，然而他精通了日积月累的意义，在那些因为贫困或者因为其他更为重要的理由前来卖血的人眼中，他有时候会成为一名救世主。

　　在那个时代里，所有医院的血库都库存丰足，他从一开始就充分利用了这一点，让远道而来的卖血者在路上就开始了担忧，担忧自己的体内流淌的血能否卖出去？他十分自然地培养了他们对他的尊敬，而且让他们人人都发自内心。接下去他又让这些最为朴素的人明白了礼物的意义，这些人中间的绝大部分都是目不识丁者，可是他们知道交流是人和人之间必不可少的，礼物显然是交流时最为重要的依据，它是另一种语言，一种以自我牺牲和自我损失为前提的语言。正因为如此，礼物成为了最为深刻的喜爱、赞美和尊敬之词。就这样，他让他们明白了在离家出门前应该再带上两棵青菜，或者是几个西红柿和几个鸡蛋，空手而去等于失去了语言，成为聋哑之人。

他苦心经营着自己的王国，长达数十年。然后，时代发生了变化，所有医院的血库都开始变得库存不足了，买血者开始讨好卖血者，血头们的权威摇摇欲坠。然而他并不为此担心，这时候的他已经将狡猾、自私、远见卓识和同情心熔于一炉，他可以从容地去应付任何困难。他发现了血的价格在各地有所不同，于是就有了前面我父亲的提醒——他在很短的时间里组织了近千名卖血者，长途跋涉五百多公里，从浙江到江苏，跨越了十来个县，将他们的血卖到了他所能知道的价格最高之处。他的追随者获得了更多一些的收入，而他自己的钱包则像打足了气的皮球一样鼓了起来。

这是一次杂乱和漫长的旅程，我不知道他使用了什么手段，使这些平日里最为自由散漫同时又互不相识的人，吵吵闹闹地组成了一支乌合之众的队伍。我相信他给他们规定了某些纪律，并且无师自通地借用了某些军队的编制，他会在这杂乱的人群里挑选出几十人，给予他们有限的权力，让他们尽展各自的才华，威胁和拉拢、甜言蜜语和破口大骂并用，他们为他管住了这近千人，而他只要管住这几十人就足够了。

这次集体行为很像是战争中移动的军队，或者像是正在进行中的宗教仪式，他们黑压压的能够将道路铺满长长一截。这里面的故事一

240

定会令我着迷，男人之间的斗殴，女人之间的闲话，还有偷情中的男女，以及突然来到的疾病击倒了某个人，当然也有真诚的互相帮助，可能还会有爱情发生……我相信在这个世界上，再也找不出另外一支队伍，能够比这一支队伍更加五花八门了。

我一直希望自己能够将这个故事写出来，有一天我坐到了桌前，我发现自己开始写作一个卖血的故事，九个月以后，我确切地知道了自己写下了什么，我写下了《许三观卖血记》。

显然，这是另外一个故事。这个故事里的人物只是跟随那位血头的近千人中的一个，他也可能没有参加那次长途跋涉的卖血行动。我知道自己只是写下了很多故事中的一个，另外更多的故事我一直没有去写，而且也不知道以后是否会写。这就是我成为一名作家的理由，我对那些故事没有统治权，即便是我自己写下的故事，一旦写完，它就不再属于我，我只是被它们选中来完成这样的工作。因此，我作为一个作者，你作为一个读者，都是偶然。如果你，一位德语世界里的读者，在读完这本书后，发现当书中的人物做出选择，也是你内心的判断时，那么，我们已经共同品尝了文学的美味。

北京，1998 年 6 月 27 日

[《许三观卖血记》意大利文版（1999 年）序]

前　言

这些年来，我一直在使用标准的汉语写作，我的意思是——我在中国的南方长大成人，然而却使用北方的语言写作。

如同意大利语来自于佛罗伦萨一样，我们的标准汉语也来自于一个地方语。佛罗伦萨的语言是由于一首伟大的长诗而荣升为国家的语言，这样的事实在我们中国人看来，如同传说一样美妙，而且让我们感到吃惊和羡慕。但丁的天才使一个地方性的口语成为了完美的书面表达，其优美的旋律和奔放的激情，还有沉思的力量跃然纸上。比起古老的拉丁语，《神曲》的语言似乎更有生机，我相信还有着难以言传的亲切之感。

　　我们北方的语言却是得益于权力的分配。权力的倾斜使一个地区的语言成为了统治者，其他地区的语言则沦落为方言俚语。于是用同样方式书写出来的作品，在权力的北方成为历史的记载，正史或者野史；而在南方，只能被流放到民间传说的格式中去。

　　我就是在方言里成长起来的。有一天，当我坐下来决定写作一篇故事时，我发现二十多年来与我朝夕相处的语言，突然成为了一堆错别字。口语与书面表达之间的差异让我的思维不知所措，如同一扇门突然在我眼前关闭，让我失去了前进时的道路。

　　我在中国能够成为一位作家，很大程度上得益于我在语言上妥协的才华。我知道自己已经失去了语言的故乡，幸运的是我并没有失去故乡的形象和成长的经验，汉语自身的灵活性帮助了我，让我将南方的节奏和南方的气氛注入到了北方的语言之中，于是异乡的语言开始使故乡的形象栩栩如生了。这正是语言的美妙之处，同时也是生存之道。

　　十五年的写作，使我灭绝了几乎所有来自故乡的错别字，我学会了如何去寻找准确有力的词汇，如何去组织延伸中的句子；一句话，就是我学会了在标准的汉语里如何左右逢源，驾驭它们如同行走在坦途之上。从这个意义上说，我已经是"商女不知亡国恨"了。

北京，1998 年 4 月 11 日

前　言

一位真正的作家永远只为内心写作，只有内心才会真实地告诉他，他的自私、他的高尚是多么突出。内心让他真实地了解自己，一旦了解了自己也就了解了世界。很多年前我就明白了这个原则，可是要捍卫这个原则必须付出艰辛的劳动和长时期的痛苦，因为内心并非时时刻刻都是敞开的，它更多的时候倒是封闭起来，于是只有写作，不停的写作才能使内心敞开，才能使自己置身于发现之中，就像日出的光芒照亮了黑暗，灵感这时候才会突然来到。

长期以来，我的作品都是源出于和现实的那一层紧张关系。我沉湎于想象之中，又被现实紧紧控制，我明确感受着自我的分裂，我无法使自己变得纯粹，我曾经希望自己成为一位童话作家，要不就是一位实实在在作品的拥有者，如果我能够成为这两者中的任何一个，我想我内心的痛苦将轻微很多，可是与此同时我的力量也会削弱很多。

事实上我只能成为现在这样的作家，我始终为内心的需要而写作，理智代替不了我的写作，正因为此，我在很长一段时间里是一个愤怒和冷漠的作家。

这不只是我个人面临的困难，几乎所有优秀的作家都处于和现实的紧张关系中，在他们笔下，只有当现实处于遥远状态时，他们作品中的现实才会闪闪发亮。应该看到，这过去的现实虽然充满了魅力，可它已经蒙上了一层虚幻的色彩，那里面塞满了个人想象和个人理解。真正的现实，也就是作家生活中的现实，是令人费解和难以相处的。

作家要表达与之朝夕相处的现实，他常常会感到难以承受，蜂拥而来的真实几乎都在诉说着丑恶和阴险，怪就怪在这里，为什么丑恶的事物总是在身边，而美好的事物却远在海角。换句话说，人的友爱和同情往往只是作为情绪来到，而相反的事实则是伸手便可触及。正像一位诗人所表达的：人类无法忍受太多的真实。

也有这样的作家，一生都在解决自我和现实的紧张关系，福克纳是一个成功的例子，他找到了一条温和的途径，他描写中间状态的事物，同时包容了美好和丑恶，他将美国南方的现实放到了历史和人文精神之中，这是真正意义上的文学现实，因为它连接了过去和将来。

一些不成功的作家也在描写现实，可是他们笔下的现实说穿了只是一个环境，是固定的、死去的现实。他们看不到人是怎样走过来的，也看不到怎样走去。当他们在描写斤斤计较的人物时，我们会感到作家本人也在斤斤计较。这样的作家是在写实在的作品，而不是现实的作品。

前面已经说过，我和现实关系紧张，说得严重一点，我一直是以敌对的态度看待现实。随着时间的推移，我内心的愤怒渐渐平息，我开始意识到一位真正的作家所寻找的是真理，是一种排斥道德判断的真理。作家的使命不是发泄，不是控诉或者揭露，他应该向人们展示高尚。这里所说的高尚不是那种单纯的美好，而是对一切事物理解之后的超然，对善和恶一视同仁，用同情的目光看待世界。

正是在这样的心态下，我听到了一首美国民歌《老黑奴》，歌中那位老黑奴经历了一生的苦难，家人都先他而去，而他依然友好地对待这个世界，没有一句抱怨的话。这首歌深深地打动了我，我决定写下一篇这样的小说，就是这篇《活着》，写人对苦难的承受能力，对世界乐观的态度。写作过程让我明白，人是为活着本身而活着的，而不是为了活着之外的任何事物所活着。我感到自己写下了高尚的作品。

海盐，1993 年 7 月 27 日

[《活着》韩文版（1997 年）序]

前　言

我不知道应该怎样来解释这一部作品，这样的任务交给作者去完成是十分困难的，但是我愿意试一试，我希望韩国的读者能够容忍我的冒险。

这部作品的题目叫《活着》，作为一个词语，"活着"在我们中国的语言里充满了力量，它的力量不是来自于喊叫，也不是来自于进攻，而是忍受，去忍受生命赋予我们的责任，去忍受现实给予我们的幸福和苦难、无聊和平庸。作为一部作品，《活着》讲述了一个人和他的命运之间的友情，这是最为感人的友情，因为他们互相感激，同时也互相仇恨；他们谁也无法抛弃对方，同时谁也没有理由抱怨对方。他们活着时一起走在尘土飞扬的道路上，死去时又一起化作雨水和泥土。与此同时，《活着》还讲述了人如何去承受巨大的苦难，就像中国的一句成语：千钧一发。让一根头发去承受三万斤的重压，它没有断。我相信，《活着》还讲述了眼泪的宽广和丰富；讲述了绝望的不存在；讲述了人是为了活着本身而活着的，而不是为了活着之外的任何事物而活着。当然，《活着》也讲述了我们中国人这几十年是如何熬过来的。我知道，《活着》所讲述的远不止这些。文学就是这样，它讲述了作家意识到的事物，同时也讲述了作家所没有意识到的，读者就是这时候站出来发言的。

北京，1996 年 10 月 17 日

[《活着》日文版（2002 年）序]

前　言

我曾经以作者的身份议论过福贵的人生。一些意大利的中学生向我提出了一个十分有益的问题："为什么您的小说《活着》在那样一种极端的环境中还要讲生活而不是幸存？生活和幸存之间轻微的分界在哪里？"

我的回答是这样的："在中国，对于生活在社会底层的人来说，生活和幸存就是一枚分币的两面，它们之间轻微的分界在于方向的不同。对《活着》而言，生活是一个人对自己经历的感受，而幸存往往是旁观者对别人经历的看法。《活着》中的福贵虽然历经苦难，但是他是在讲述自己的故事。我用的是第一人称的叙述，福贵的讲述里不需要别人的看法，只需要他自己的感受，所以他讲述的是生活。如果用第三人称来叙述，如果有了旁人的看法，那么福贵在读者的眼中就会是一个苦难中的幸存者。"

出于上述的理由，我在其他的时候也重复了这样的观点。我说在旁人眼中福贵的一生是苦熬的一生；可是对于福贵自己，我相信他更多地感受到了幸福。于是那些意大利中学生的祖先，伟大的贺拉斯警告我："人的幸福要等到最后，在他生前和葬礼前，无人有权说他幸福。"

贺拉斯的警告让我感到不安。我努力说服自己：以后不要再去议

246

论别人的人生。现在，当角川书店希望我为《活着》写一篇序言时，我想谈谈另外一个话题。我要谈论的话题是——谁创造了故事和神奇？我想应该是时间创造的。我相信是时间创造了诞生和死亡，创造了幸福和痛苦，创造了平静和动荡，创造了记忆和感受，创造了理解和想象，最后创造了故事和神奇。贺知章的《回乡偶书》说的就是时间带来的喜悦和辛酸：

> 少小离家老大回，乡音未改鬓毛衰。
>
> 儿童相见不相识，笑问客从何处来。

《太平广记》卷第二百七十四讲述了一个由时间创造的故事，一位名叫崔护的少年，资质甚美可是孤洁寡合。某一年的清明日，崔护独自来到了城南郊外，看到一处花木丛翠的庭院，占地一亩却寂若无人。崔护叩门良久，有一少女娇艳的容貌在门缝中若隐若现，简单的对话之后，崔护以"寻春独行，酒渴求饮"的理由进入院内，崔护饮水期间，少女斜倚着一棵盛开着桃花的小树，"妖姿媚态，绰有余妍"。两人四目相视，久而久之。崔护告辞离去时，少女送至门口。此后的日子里，崔护度日如年，时刻思念着少女的容颜。到了第二年的清明日，崔护终于再次起身前往城南，来到庭院门外，看到花木和门院还是去年的模样，只是人去院空，门上一把大锁显得冰凉和无情。崔护在伤感和叹息里，将一首小诗题在了门上：

> 去年今日此门中，人面桃花相映红。
>
> 人面不知何处去，桃花依旧笑春风。

这简短的故事说出了时间的意味深长。崔护和少女之间除了四目相视，没有任何其他的交往，只是夜以继日的思念之情，在时间的节奏里各自流淌。在这里，时间隐藏了它的身份，可是又掌握着两个人的命运。我们的阅读无法抚摸它，也无法注视它，可是我们又时刻感受到了它的存在。就像寒冷的来到一样，我们不能注视也不能抚摸，我们只能浑身发抖地去感受。就这样，什么话都不用说，什么行为都不用写，只要有一年的时间，也可以更短暂或者更漫长，崔护和少女玉洁冰清的恋情便会随风消散，便会"人面不知何处去"。类似的叙述在我们的文学里随处可见，让时间中断流动的叙述，然后再从多年以后开始，这时候截然不同的情景不需要铺垫，也不需要解释就自然而然地出现了。在文学的叙述里，没有什么比时间更具有说服力了，因为时间无须通知我们就可以改变一切。

另一个例子来自但丁《神曲》中的诗句，当但丁写到箭离弦击中目标时，他这样写："箭中了目标，离了弦。"这诗句的神奇之处在于但丁改变了语言中的时间顺序，让我们顷刻间感受到了语言带来的速度。这个例子告诉我们，时间不仅仅创造了故事和情节的神奇，同时也创造了句子和细节的神奇。

我曾经在两部非凡的短篇小说里读到了比很多长篇小说还要漫长的时间，一部是美国作家艾萨克·辛格的《傻瓜吉姆佩尔》，另一部是巴西作家若昂·吉马朗埃斯·罗萨的《河的第三条岸》。这两部作品异曲同工，它们都是由时间创造出了叙述，让时间帮助着一个人的一生在几千字的篇幅里栩栩如生。与此同时，文学叙述中的时间还造就了《战争与和平》《静静的顿河》和《百年孤独》的故事和神奇，这些篇幅浩瀚的作品和那些篇幅简短的作品共同指出了文学叙述的品质，这就是时间的神奇。就像树木插满了森林一样，时间的神奇插满了我们的文学。

最后我应该再来说一说《活着》。我想这是关于一个人一生的故事，因此它也表达了时间的漫长和时间的短暂，表达了时间的动荡和时间的宁静。在文学的叙述里，描述一生的方式是表达时间最为直接的方式，我的意思是说时间的变化掌握了《活着》里福贵命运的变化，或者说时间的方式就是福贵活着的方式。我知道是时间的神奇让我完成了《活着》的叙述，可是我不知道《活着》的叙述是否又表达出了这样的神奇？我知道福贵的一生窄如手掌，可是我不知道是否也宽若大地？

北京，2002 年 1 月 17 日

[《在细雨中呼喊》中文版（1998 年）序]

前　言

作者的自序通常是一次约会，在漫漫记忆里去确定那些转瞬即逝的地点，与曾经出现过的叙述约会，或者说与自己的过去约会。本篇序言也不例外，于是它首先成为了时间的约会，是 1998 年与 1991 年的约会；然后，也是本书作者与书中人物的约会。我们看到，在语言里现实和虚构难以分辨，而时间的距离则像目光一样简短，七年之间就如隔桌而坐。

就这样，我和一个家庭再次相遇，和他们的所见所闻再次相遇，也和他们的欢乐痛苦再次相遇。我感到自己正在逐渐地加入到他们的生活之中，有时候我幸运地听到了他们内心的声音，他们的叹息喊叫，他们的哭泣之声和他们的微笑。接下来，我就会获得应有的权利，去重新理解他们的命运的权利，去理解柔弱的母亲如何完成了自己忍受的一生，她唯一爆发出来的愤怒是在弥留之际；去理解那个名叫孙广才的父亲又是如何骄傲地将自己培养成一名彻头彻尾的无赖，他对待自己的父亲和对待自己的儿子，就像对待自己的绊脚石，他随时都准备着踢开他们，他在妻子生前就已经和另外的女人同居，可是在妻子死后，在死亡逐渐靠近他的时候，他不断地被黑夜指引到了亡妻的坟前，不断地哭泣着。孙广才的父亲孙有元，他的一生过于漫长，漫长到自己都难以忍受，可是他的幽默总是大于悲伤。还有孙光平、孙光林和孙光明，三兄弟的道路只是短暂地有过重叠，随即就岔向了各自的方向。孙光平以最平庸的方式长大成人，他让父亲孙广才胆战心惊；而孙光林，作为故事叙述的出发和回归者，他拥有了更多的经历，因此他的眼睛也记录了更多的命运；孙光明第一个走向了死亡，这个家庭中最小的成员最先完成了人世间的使命，被河水淹没，当他最后一次挣扎着露出水面时，他睁大眼睛直视了耀眼的太阳。七年前我写下了这一笔，当初我坚信他可以直视太阳，因为这是他最后的目光；现在我仍然这样坚信，因为他付出的代价是死亡。

七年前我写下了他们，七年来他们不断在我眼前出现，我回忆他们，就像回忆自己生活中的朋友，随着时间的流逝，他们的容颜并没有消褪，反而在日积月累里更加清晰，同时也更加真实可信。现在我不仅可以在回忆中看见他们，我还时常会听到他们现实的脚步声，他们向我走来，走上了楼梯，敲响了我的屋门。这逐渐成为了我不安的开始，当我虚构的人物越来越真实时，我忍不住会去怀疑自己真正的现实是否正在被虚构？

北京，1998 年 10 月 11 日

前　言

　　完成于七年前的这本书，使我的记忆恢复了往日的激情。我再次去阅读自己的语言，比现在年轻得多的语言，那些充满了勇气和自信的语言，那些貌似叙述统治者的语言，那些试图以一个句子终结一个事物的语言，感染了今天的我，其节奏就像是竹子在燃烧时发出的噼啪声。本书译者尼科莱塔·佩萨罗（Nicoletta Pesaro）告诉我：这语言里还充满了思考和哲学。

　　我想，这应该是一本关于记忆的书。它的结构来自于对时间的感受，确切地说是对已知时间的感受，也就是记忆中的时间。这本书试图表达人们在面对过去时，比面对未来更有信心。因为未来充满了冒险，充满了不可战胜的神秘，只有当这些结束以后，惊奇和恐惧也就转化成了幽默和甜蜜。这就是人们为什么如此热爱回忆的理由，如同流动的河水，在不同民族的不同语言里永久和宽广地荡漾着，支撑着我们的生活和阅读。

　　因为当人们无法选择自己的未来时，就会珍惜自己选择过去的权利。回忆的动人之处就在于可以重新选择，可以将那些毫无关联的往事重新组合起来，从而获得了全新的过去，而且还可以不断地更换自己的组合，以求获得不一样的经历。当一个人独自坐在公园的长椅上，在日落时让嘴角露出一丝微笑，他孤独的形象似乎值得同情，然而谁又能体会到他此刻的美妙旅程？他正坐在回忆的马车里，他的生活重新开始了，而且这一次的生活是他自己精心挑选的。

七年前的写作出于同样的理由。"记忆的逻辑",我当时这样认为自己的结构,时间成为了碎片,并且以光的速度来回闪现,因为在全部的叙述里,始终贯穿着"今天的立场",也就是重新排列记忆的统治者。我曾经赋予自己左右过去的特权,我的写作就像是不断地拿起电话,然后不断地拨出一个个没有顺序的日期,去倾听电话另一端往事的发言。

北京,1998 年 8 月 9 日

[《在细雨中呼喊》韩文版(2003 年)序]

前　言

饱尝了人生绵延不绝的祸福、恩怨和悲喜之后,风烛残年的陆游写下了这样的诗句:"老去已忘天下事,梦中犹见牡丹花。"生活在公元前的贺拉斯说:"我们的财产,一件件被流逝的岁月抢走。"

人们通常的见解是,在人生的旅途上走得越是长久,得到的财富也将越多。陆游和贺拉斯却暗示了我们反向的存在,那就是岁月抢走了我们一件件的财产,最后是两手空空,已忘天下事,只能是"犹见"牡丹花,还不是"已见",而且是在虚无的梦中。

古希腊人认为每个人的体内都有一种维持生机的气质,这种气质名叫"和谐"。当陆游沦陷在悲凉和无可奈何的晚年之中,时隐时现的牡丹花让我们读到了脱颖而出的喜悦,这似乎就是维持生机的"和谐"。

我想这应该就是记忆。当漫漫的人生长途走向尾声的时候，财富荣耀也成身外之物，记忆却显得极为珍贵。一个偶然被唤醒的记忆，就像是小小的牡丹花一样，可以覆盖浩浩荡荡的天下事。

　　于是这个世界上出现了众多表达记忆或者用记忆来表达的书籍。我虽然才力上捉襟见肘，也写下过一本被记忆贯穿起来的书——《在细雨中呼喊》。我要说明的是，这虽然不是一部自传，里面却是云集了我童年和少年时期的感受和理解，当然这样的感受和理解是以记忆的方式得到了重温。

　　马塞尔·普鲁斯特在他那部像人生一样漫长的《追忆似水年华》里，有一段精美的描述。当他深夜在床上躺下来的时候，他的脸放到了枕头上，枕套的绸缎可能是穿越了丝绸之路，从中国运抵法国的。光滑的绸缎让普鲁斯特产生了清新和娇嫩的感受，然后唤醒了他对自己童年脸庞的记忆。他说他睡在枕头上时，仿佛是睡在自己童年的脸庞上。这样的记忆就是古希腊人所说的"和谐"，当普鲁斯特的呼吸因为肺病困扰变得断断续续时，对过去生活的记忆成为了维持他体内生机的气质，让他的生活在叙述里变得流畅和奇妙无比。

　　我现在努力回想，十二年前写作这部《在细雨中呼喊》的时候，我是不是时常枕在自己童年和少年的脸庞上？遗憾的是我已经想不起来了，我倒是在记忆深处唤醒了很多幸福的感受，也唤醒了很多辛酸的感受。

2003 年 5 月 26 日

前　言

　　这里收集了我的四个故事，在十年前，在潮湿的阴雨绵绵的南方，我写下了它们，我记得那时的稿纸受潮之后就像布一样的柔软，我将暴力、恐惧、死亡，还有血迹写在了这一张张柔软之上。

　　这似乎就是我的生活，在一间临河的小屋子里，我孤独地写作，写作使我的生命活跃起来，就像波涛一样，充满了激情。那时候我没有意识到自己的作品里的暴力和死亡，是别人告诉了我，他们不厌其烦地说着，要我明白这些作品给他们带去了难受和恐怖，我半信半疑了一段时间后，开始相信他们的话了。那段时间，他们经常问我：为什么要写出这样的作品？他们用奇怪的目光注视着我，问我：为什么要写这么多的死亡和暴力？

　　我不知道该怎样回答，在这个问题上，我知道的并不比他们多，这是作家的难言之隐。我曾经请他们去询问生活：为什么在生活中会有这么多的死亡和暴力？我相信生活的回答将是缄口不言。

　　现在，当伊诺第（Einaudi）出版社希望我为这四个故事写一篇前言时，我觉得可以谈谈自己的某些遥远的记忆，这些像树叶一样早已飘落却始终没有枯萎的记忆，也许可以暗示出我的某些写作。我的朋友米塔·马斯奇（Mita Masci），这位出色的翻译家希望我谈谈来自生命的一些印象，她的提醒很重要，往往是这些隐秘的、零碎的印象决定了作家后来的写作。

　　我现在要谈的记忆属于我的童年。我已经忘记了我的恐惧是从什么时候开始的，让我铭心刻骨的是树梢在月光里闪烁的情景，我觉得这就是我童年的恐惧。在夜深人静之时，我躺在床上，透过窗户看到树梢在月光里的抖动和闪烁，夜空又是那么的深远和广阔，仿佛是无边无际的寒冷。我想，这就是我最初的、也是最为持久的恐惧。直到今天，这样的恐惧仍然伴随着我。

对于死亡和血，我却是心情平静。这和我童年生活的环境有关，我是在医院里长大，我经常坐在医院手术室的门口，等待着那位当外科医生的父亲从里面走出来。我的父亲每次出来时，身上总是血迹斑斑，就是口罩和手术帽上也都沾满了鲜血。有时候还会有一位护士跟在我父亲的身后，她手提一桶血肉模糊的东西。

当时我们全家就住在医院里，我窗户的对面就是医院的太平间，那些因病身亡的人，在他们的身体被火化消失之前，经常在我窗户对面的那间小屋子里躺到黎明，他们亲人的哭声也从漫漫黑夜里响彻过来，在黎明时和日出一起升起。

在我年幼时，在无数个夜晚里，我都会从睡梦里醒来，聆听失去亲人以后的悲哀之声，我觉得那已经不是哭泣了，它们是那么的漫长持久，那么的感动人心，哭声里充满了亲切，那种疼痛无比的亲切。后来的很多时候，当我回忆起这些时，不知为何我总觉得这是世上最为动人的歌谣。

那时候我发现了一个事实，很多人都是在黑夜里死去的。于是在白天，我经常站在门口，端详着对面那间神秘的小屋，在几棵茂盛的大树下面，它显得孤单和寂寞，没有门，有几次我走到近旁向里张望，看到里面只有一张水泥床，别的什么都没有看到。有一次我终于走了进去，我记得那是一个夏日的中午，我走了进去，我发现这间属于死者中途的旅舍十分干净，没有丝毫的垃圾。我在那张水泥床旁站了一会儿，然后小心翼翼地伸手摸到了它，我感受到了无比的清凉，在那个炎热的中午，它对于我不是死亡，而是生活。

于是在后来的最为炎热的时候，我会来到这间小屋，在凉爽的水泥床上，在很多死者躺过的地方，我会躺下来，完成一个美好的午睡。那时候我年幼无知，我不害怕死亡，也不害怕鲜血，我只害怕夜晚在月光里闪烁的树梢。当然我也不知道很多年以后会从事写作，写下很多死亡和鲜血，而且是写在受潮以后的纸上，那些极其柔软的稿纸上。

北京，1997 年 6 月 11 日

[《99'余华小说新展示》（6 卷）自序]

前　言

两位从事出版的朋友提出建议：希望我将自己所有的中短篇小说编辑成册。于是我们坐到了一起，经过几个小时的讨论之后，就有了现在的方案，以每册十万字左右的篇幅编辑完成了共六册的选集。里面收录了过去已经出版，可是发行只有一千多册的旧作；也有近几年所写，还未出版的新作。我没有以作品完成日期的顺序来编辑，我的方案是希望每一册都拥有相对独立的风格，当然这六册有着统一的风格。我的意思是这六册选集就像是脸上的五官一样，以各自独立的方式来组成完整的脸的形象。

可以这么说：《鲜血梅花》是我文学经历中异想天开的旅程，或者说我的叙述在想象的催眠里前行，奇花和异草历历在目，霞光和云彩转瞬即逝。于是这里收录的五篇作品仿佛梦游一样，所见所闻飘忽不定，人物命运也是来去无踪；《世事如烟》所收的八篇作品是潮湿和阴沉的，也是宿命和难以捉摸的。因此人物和景物的关系，以及他们各自的关系都是若即若离。这是我在八十年代的努力，当时我努力去寻找他们之间的某些内部的联系方式，而不是那种显而易见的外在的逻辑；《现实一种》里的三篇作品记录了我曾经有过的疯狂，暴力和血腥在字里行间如波涛般涌动着，这是从噩梦出发抵达梦魇的叙述。为此，当时有人认为我的血管里流淌的不是血，而是冰碴子；《我胆小如鼠》里的三篇作品，讲述的都是少年内心的成长，那是恐惧、不安和想入非非的历史；《战栗》也是三篇作品，这里更多地表达了对命运的关心；《黄昏里的男孩》收录了十二篇作品，这是上述六册选集中与现实最为接近的一册，也可能是最令人亲切的，不过它也是令人不安的。

　　这是我从 1986 年到 1998 年的写作旅程，十多年的漫漫长夜和那些晴朗或者阴沉的白昼过去之后，岁月留下了什么？我感到自己的记忆只能点点滴滴地出现，而且转瞬即逝。回首往事有时就像是翻阅陈旧的日历，昔日曾经出现过的欢乐和痛苦的时光成为了同样的颜色，在泛黄的纸上字迹都是一样的暗淡，使人难以区分。这似乎就是人生之路，经历总是比回忆鲜明有力。回忆在岁月消失后出现，如同一根稻草漂浮到溺水者眼前，自我的拯救仅仅只是象征。同样的道理，回忆无法还原过去的生活，它只是偶然提醒我们：过去曾经拥有过什么？而且这样的提醒时常以篡改为荣，不过人们也需要偷梁换柱的回忆来满足内心的虚荣，使过去的人生变得丰富和饱满。我的经验是写作可以不断地去唤醒记忆，我相信这样的记忆不仅仅属于我个人，这可能是一个时代的形象，或者说是一个世界在某一个人心灵深处的烙印，那是无法愈合的疤痕。我的写作唤醒了我记忆中无数的欲望，这样的欲望在我过去生活里曾经有过或者根本没有，曾经实现过或者根本无法实现。我的写作使它们聚集到了一起，在虚构的现实里成为合法。十多年之后，我发现自己的写作已经建立了现实经历之外的一条人生道路，它和我现实的人生之路同时出发，并肩而行，有时交叉到了一起，有时又天各一方。因此，我现在越来越相信这样的话——写作有益于身心健康，因为我感到自己的人生正在完整起来。写作使我拥有了两个人生，现实的和虚构的，它们的关系就像是健康和疾病，当一个强大起来时，另一个必然会衰落下去。于是，当我现实的人生越来越平乏之时，我虚构的人生已经异常丰富了。

这六册中短篇小说选集所记录下来的，就是我的另一条人生之路。与现实的人生之路不同的是，它有着还原的可能，而且准确无误。虽然岁月的流逝会使它纸张泛黄字迹不清，然而每一次的重新出版都让它焕然一新，重获鲜明的形象。这就是我为什么如此热爱写作的理由。

1999 年 4 月 7 日

[《河边的错误》中文版（1993 年）跋]

后 记

三四年前，我写过一篇题为《虚伪的作品》的文章，发表在 1989 年的《上海文论》上。这是一篇具有宣言倾向的写作理论，与我前几年的写作行为紧密相关。

文章中的诸多观点显示了我当初自信与叛逆的欢乐，当初我感到自己已经洞察到艺术永恒之所在，我在表达思考时毫不犹豫。现在重读时，我依然感到没有理由去反对这个更为年轻的我，《虚伪的作品》对我的写作依然有效。

这篇文章始终没有脱离这样一个前提，那就是所有的理论都只针对我自己的写作，不涉及另外任何人。

几年后的今天，我开始相信一个作家的不稳定性，比他任何尖锐的理论更为重要。一成不变的作家只会快速奔向坟墓，我们面对的是一个捉摸不定与喜新厌旧的时代，事实让我们看到一个严格遵循自己理论写作的作家是多么可怕，而作家源源不断的生命力在于经常的朝三暮四。为什么几年前我们热衷的话题，现在已经无人顾及。是时代在变，还是我们在变？这是一个难以解答的问题，却说明了固定与封闭的事物是不存在的。作家的不稳定性取决于他的智慧与敏锐的程度。作家是否能够使自己始终置身于发现之中，这是最重要的。

怀疑主义者告诉我们：任何一个命题的对立面，都存在着另一个命题。这句话可以解释那些优秀的作家为何经常自己反对自己。作家不是神父，单一的解释与理论只会窒息他们，作家的信仰是没有仪式的，他们的职责不是布道，而是发现，去发现一切可以使语言生辉的事物。无论是健康美丽的肌肤，还是溃烂的伤口，在作家那里都应当引起同样的激动。

所以我现在宁愿相信自己是无知的，事实也是如此。任何知识说穿了都只是强调，只是某一立场和某一角度的强调。事物总是存在着两个以上的说法，不同的说法都标榜自己掌握了世界的真实，而真实永远都是一位处女，所有的理论到头来都只是自鸣得意的手淫。

对创作而言，不存在绝对的真理，存在的只是事实。比如艺术家与匠人的区别。匠人是为利益和大众的需求而创作，艺术家是为虚无而创作。艺术家在任何一个时代都只能是少数派，而且往往是那个时代的笑柄，虽然在下一个时代里，他们或许会成为前一时代的唯一代表，但他们仍然不是为未来而创作的。对于匠人而言，他们同样拥有未来。所以我说艺术家是为虚无而创作的，因为他们是这个世界上仅存的无知者，他们唯一可以真实感受的是来自精神的力量，就像是来自夜空和死亡的力量。在他们的肉体腐烂之前，是没有人会去告诉他们，他们的创作给世界带来了什么。匠人就完全不一样了，他们每一分钟都知道自己从实际中获得什么，他们在临死之前可以准确地计算出自己有多少成果。而艺术家只能来自于无知，又回到无知之中。

嘉兴，1992 年 8 月 6 日

[《许三观卖血记》中文版（1996 年）跋]

后　记

在一部作品写作之初，作家的理想往往是模糊不清的，作家并不知道这部作品会给自己带来什么。我的意思是，一如既往的写作是在叙述上不断地压制自己？还是终于解放了自己？当一位作家反复强调如何喜欢自己的某一部作品时，一定有着某些隐秘的理由。因为一部作品的历史总是和作家个人的历史紧密相连，在作家众多的作品中，总会有那么几部是作为解放者出现的，它们让作家恍然大悟，让作家感到自己已经进入了理想中的写作。

叙述上的训练有素，可以让作家水到渠成般地写作，然而同时也常常掩盖了一个致命的困境。当作家拥有了能够信赖的叙述方式，知道如何去应付在写作过程中出现的一系列问题时，信赖会使作家越来越熟练，熟练则会慢慢地把作家造就成一个职业的写作者，而不再是艺术的创造者了。这样的写作会使作家丧失理想，他每天面临的不再是追求什么，而是表达什么。所以说当作家越来越得心应手的时候，他也开始遭受到来自叙述的欺压了。

我个人的写作历史告诉我：没有一部作品的叙述方式是可以事先设计的，写作就像生活那样让我感到未知，感到困难重重。因此叙述的方式，或者说是风格，那些令人心醉神迷的风格不会属于任何人，它不是大街上的出租车招手即来，它在某种意义上是一名拳击手，它总是想方设法先把你打倒在地，让你心灰意冷，让你远离那些优美感人的叙述景色，所以你必须将它击倒。写作的过程有时候就是这样，很像是斗殴的过程。因此，当某些美妙的叙述方式得到确立的时候，所表达出来的不仅仅是作家的才华和洞察力，同时也表达了作家的勇气。

北京，1996 年 2 月 8 日

写作的乐趣

我一直认为写作是一种乐趣，一种创造的乐趣。最初写作时的主要乐趣是对词语和句子的寻找，那时候最大的困难是如何让自己坐下来，让屁股和椅子建立友谊，我刚开始写作时才二十岁出头，这是一个坐不住的年龄。想想当时我的同龄人在到处游荡，而我却枯坐在桌前，这是需要极大的耐心来维持的，必须坚持往下写，然后突然有一句美妙的语言出现了，让我感受到喜悦和激动，我觉得自己艰难的劳动得到了酬谢，我再没有什么可抱怨了，我枯坐桌前也同样有无穷乐趣。

随着写作的继续和深入，仅仅是词语和句式的刺激显然不够了。写作的篇幅也是越来越长，从短篇小说到长篇小说，这时候人物的命运和叙述的起伏是否和谐，是否激动人心，就显得更加突出。对一个长期从事写作的人来说，有时候写作已经不单纯是在写作，更像是一种人生经历，尤其是长篇小说的写作，长达一年或者几年几十年的时间，写作者的情感往往和作品中人物的情感同舟共济，共同去承受苦难，也共同去迎接欢乐。这时候得到的乐趣会让我们相信，虚构的世界比现实的世界更加引人入胜。

　　最后我要谈的是一个非常重要的经验，我要说的是任何一个写作者同时也是读者，写作者必须重视自己读者的身份。正是在阅读很多经典作品时带来的感受，才会不断纠正自己在写作过程中的错误。

1999 年 11 月 12 日

长篇小说的写作

　　相对于短篇小说，我觉得一个作家在写作长篇小说的时候，似乎离写作这种技术性的行为更远，更像是在经历着什么，而不是在写作着什么。换一种说法，就是短篇小说表达时所接近的是结构、语言和某种程度上的理想。短篇小说更为形式的理由是它可以严格控制在作家完整的意图里。长篇小说就不一样了，人的命运，背景的交换，时代的更替在作家这里会突出起来，对结构和语言的把握往往成为了另外一种标准，也就是人们衡量一个作家是否训练有素的标准。

　　这是有道理的。由于长篇小说写作时间上的拉长，从几个月到几年，或者几十年，这中间小说的叙述者将会有很多小说之外的经历，当小说中人物的命运往前推进时，作家自身的生活也在变化着，这样的变化会使作家不停地质问自己：正在进行中的叙述是否值得？

　　因此长篇小说的写作同时又是对作家信念的考验，当然也是对叙述过程的不断证明，证明正在进行中的叙述是否光彩照人，而接下去的叙述，也就是在远处等待着作家的那些意象，那些只言片语的对话，那些微妙的动作和目光，还有人物命运出现的突变，这一切是否能够在很长时间里，保持住对作家的冲击。

　　让作家始终不渝，就像对待爱一样对待正在写作中的长篇小说，这就要求作家在对自己的作品充满信心的同时，还一定要有体力上的保证，只有足够的体力，才可以使作家真正激动起来，使作家泪流满面，浑身发抖。

　　问题是在长篇小说的写作过程里，作家经常会遇上令人沮丧的事。比如说疾病，一次小小的感冒都会葬送一部辉煌的作品。因为在长篇小说的写作中，任何一个章节都是至关重要的，如果有一个章节在叙述中趋向平庸，带来的结果很可能是后面章节更多的平庸。平庸的细胞在长篇小说里一旦扩散，其速度就会像人口增长一样迅速。这时候作家往往会自暴自弃，对自己写作开始不满，而且是越来越不满，接下去开始愤怒了，开始恨自己，并且对自己破口大骂，挥手抽自己的嘴巴，最后是凄凉的怀疑，怀疑自己的才华，怀疑正在写作中的小说是否有价值。这时作家的信心完全失去了，他觉得自己被抛弃了，被语言、被结构、被人物甚至被景色，被一切所抛弃。他觉得自己正在进行的工作只是往垃圾上倒垃圾，因为他失去了一切为他而来的爱，同时也背叛了自己的爱。到头来他只好无可奈何地发出一声声苦笑，心想这一部长篇小说算是完蛋了，这一次只能这样了，只能凑合着写完了。然后他将全部的希望寄托到下一部长篇小说之中，可是谁能够保证他在下一部长篇小说的写作中不再感冒？可能他不会再感冒了，但是他的胃病出现了，或者就是难以克服的失眠……

　　作家在写作长篇小说的时候，需要去战斗的事实在是太多了，并且在每一次战斗中都必须是胜利者，任何一次微不足道的失败，都有可能使他的写作前功尽弃。作家要克服失眠，要战胜疾病，同时又要抵挡来自生活中的世俗的诱惑，这时候的作家应该清心寡欲，应该使自己宁静，只有这样，作家写作的激情才有希望始终饱满，才能够在写作中刺激着叙述的兴奋。

我注意到苏童在接受一次访问时，解释他为何喜欢短篇小说，其中之一的理由就是——他这样说：我始终觉得短篇小说使人在写的时候还没有出现困顿、疲乏阶段时它就完成了。

苏童所说的疲乏，正是长篇小说写作中最普遍的困难，是一种身心俱有的疲乏。作家一方面要和自己的身体战斗，另一方面又要和灵感战斗，因为灵感不是出租汽车，不是站在大街上等待就可以得到的东西，作家必须付出内心全部的焦虑、不安、痛苦和呼吸困难之后，也就是在写字桌前坐上几个小时，或者几天以后，才能够看到灵感之光穿过层层叙述的黑暗，照亮自己。

这时候作家有点像是来到了足球场上，只有努力地奔跑，长时间地无球奔跑之后，才有可能获得一次起脚射门。

对于作家来说，一部长篇小说的开始是重要的，但是不会疲乏。只有在获得巨大的冲动以后，作家才会坐到写字桌前，正式写作起他的长篇小说。这时候作家对自己将要写的作品即便不是深谋远虑，也已经在内心里激动不安。所以长篇小说开始的部分，往往是在灵感已经来到以后才会落笔，这时候对于作家的写作行为来说是不困难的，真正的困难是在"继续"上面，也就是每天坐到桌子前，将前一天写成的如何往下继续时的困难。

这是最难受的时候，作家首先要花去很多时间来调整自己的呼吸和自己的情绪，因为在一分钟之前作家还在打电话，或者正蹲在卫生间里干着排泄的事情。就是说作家一分钟以前还在三心二意地生活着，他干的事与正要写的作品毫无关系，一分钟以后他就必须使自己成为另外一个人，一个叙述者，一个不再散漫的人，他开始责任重大，因为写出来的每一个字和每一个标点符号，都是他重新生活的开始，这重新开始的生活与他的现实生活截然不同，是欲望的、想象的、记忆的生活，也是井然有序的生活，而且绝不允许他犯错误，一个小小的错误都会使他的叙述走上邪路，在长篇小说的写作过程里，叙述不会给作家提供很多悔过自新或者重新做人的机会。叙述一旦走上了邪路，叙述不仅不会站出来挽救叙述者，相反还会和叙述者一起自暴自弃。这就像是请求别人原谅自己是容易的，可是要请求自己原谅自己就十分艰难了，因为这时候他往往不知道该怎么办。

因此，作家必须保持始终如一的诚实，必须在写作过程里集中他所有的美德，必须和他现实生活中的所有恶习分开。在现实中，作家可以谎话连篇，可以满不在乎，可以自私、无聊和沾沾自喜；可是在写作中，作家必须是真诚的，是认真严肃的，同时又是通情达理和满怀同情和怜悯之心；只有这样，作家的智慧和警觉才能够在漫长的长篇小说写作中，不受到任何伤害。

所以，当作家坐到写字桌前时，首先要做的，就是问一问自己，是否具备了高尚的品质？

然后，才是将前一天的叙述如何继续下去，这时候作家面临的就是如何工作了，这是艰难的工作，通过叙述来和现实设立起紧密的关系。与其说是设立，还不如说是维持和发展下去。因为在作品的开始部分，作家已经设立了与现实的关系，虽然这时候仅仅是最初的关系，然而已经是决定性的关系了。优秀的作家都知道这个道理，与现实签订什么样的合约，决定了一部作品完成之后是什么样的品格。因为在一开始，作家就必须将作品的语感、叙述方式和故事的位置确立下来。也就是说，作家在一开始就应该让自己明白，正在叙述中的作品是一个传说，还是真实的生活？是荒诞的，还是现实的？或者两者都有？

当卡夫卡在其《审判》的开始，让约瑟夫·K莫名其妙地在一天早晨被警察逮捕，接着警察又莫名其妙地让他继续自由地去工作时，卡夫卡在逮捕与自由这自相矛盾之中，签订了《审判》与现实的合约。这是一份幽默的合约，从一开始，卡夫卡就不准备讲述一个合乎逻辑的故事，他虽然一直在冷静地叙述着现实的逻辑，可是在故事发展的关键时刻，他又完全破坏了逻辑。这就是《审判》从一开始就建立的叙述，这样的叙述一直贯穿到作品的结尾。卡夫卡用人们熟悉的方式讲述所有的细节，然后又令人吃惊地用人们很不习惯的方式创造了所有的情节。

另一位作家纳撒尼尔·霍桑，在《红字》的开始就把海丝特推到了一个忍辱负重的位置上，这往往是一部作品结束时的场景。让一个女人从监狱里走出来，可是迫使她进入监狱的耻辱并没有离她而去，而是作为了一个标记（红A字）挂在了她的胸前……霍桑就是这样开始了他的叙述，他从一开始就建立起内心与现实的冲突，内心的高尚和生活的耻辱重叠到了一起，同时又泾渭分明。

还有一位作家福克纳，在其《喧哗与骚动》的第一页这样写道：

透过栅栏，穿过攀绕的花枝的空当，我看见他们在打球。他们朝插着小旗的地方走过来，我顺着栅栏朝前走。勒斯特在那棵开花的树旁草地里找东西。他们把小旗拔出来，打球了。接着他们又把小旗插回去，来到高地上，这人打了一下，另外那人也打了一下……

显然，作品中的"我"不知道他们是在打高尔夫球，他只知道：

"这人打了一下，另外那人也打了一下。"他也不知道勒斯特身旁的是什么树，只知道是一棵开花的树。于是我们明白了这是一个十分简单的头脑，世界给它的图像只是"这人打了一下，那人也打了一下"。

在这里，福克纳开门见山地告诉了自己，他接下去要描述的是一个空白的灵魂，在这灵魂上面没有任何杂质，只有几道深浅不一的皱纹，有时候会像湖水一样波动起来。于是在很多年以后，也就是福克纳离开人世之后，我有幸读到了这部伟大作品的中译本，认识了一个伟大的白痴——班吉明。

卡夫卡、霍桑、福克纳，在他们各自的长篇小说里，都是一开始就确立了叙述与现实的关系，而且都是简洁明了，没有丝毫含糊其词的地方。他们在心里都很清楚这样的事实：如果在作品的第一页没有表达出作家叙述的倾向，那么很可能在第一百页仍然不知道自己正在写些什么。

真正的问题是在合约签订以后，如何来完成，作家接下去的写作在很大程度上成为了对合约的理解。作家在写作之前，有关这部长篇小说的构想很可能只有几千字，而作品完成之后将会在十多万字以上。因此真正的工作就是一日接着一日地坐到桌前，将没有完成的作品向着完成的方向发展，只有在写作的最后时刻，作家才有可能看到完成的方向。这样的时刻往往只会出现一次，等到作家试图重新体会这样的感受时，他只能去下一部长篇小说寻找机会了。

因此，长篇小说的写作过程，是作家重新开始的一段经历，写作是否成功，也就是作家证明自己的经历是否值得。当几个陌生的名字出现在作品的叙述中时，作家对他们的了解可以说是和他们的名字一样陌生，只有通过叙述的不断前进和深入，作家才慢慢明白过来，这几个人是来干什么的。他们在作家的叙述里出生，又在作家的叙述里完整起来。他们每一次的言行举止，都会让作家反复询问自己：是这样吗？是他的语气吗？是他的行为吗？或者在这样的时候，他为什么要这样做和这样说？

一部长篇小说就是这样完成的，长途跋涉似的写作，不断的自信和不断的怀疑。最困难的还是前面多次说到过的"继续"，今天的写作是为了继续昨天的，明天的写作又是为了继续今天的，无数的中断和重新开始。就在这些中断和开始之间，隐藏着无数的危险，从作家的体质到叙述上的失误，任何一个弱点都会改变作品的方向。所以，作家在这种时候只有情绪饱满和小心翼翼地叙述。有时候作家难免会忘乎所以，因为作品中的人物突然说出了一句让他意料不到的话，或者情节的发展使他大吃一惊，这种时候往往是十分美好的，作家感到自己获得了灵感的宠爱，同时也暗示了作家对自己作品的了解已经深入到了命运的实质。这时候作家在写作时可以左右逢源了。

几乎所有的作家都面临这样的困难，就是将前面的叙述如何继续下去。当然也有例外，比如海明威，他说他总是在知道下面该怎么写的时候停笔，所以第二天他继续写作时就不会遇上麻烦了。另一位作家加西亚·马尔克斯站出来证明了海明威的话，他说他自从使用海明威的写作经验后，再也不怕坐到桌前继续前一天的写作了。海明威和马尔克斯说这样的话时，都显得轻松愉快，因为那个时候他们都没有在写作，他们正和记者坐在一起信口开河，而且他们谈论的都是已经完成了的长篇小说，他们已经克服了那几部长篇小说写作中的所有困难，于是他们也就好了伤疤忘了疼痛。

1996 年 4 月 5 日

270

网络与文学

在中国，在二十世纪最后的两年里，一些作家开始考虑这样的问题：在下一个世纪里是否会失业？这样的忧虑并非出于对自己才华和能力的怀疑，而是对自己所从事职业的怀疑。在今天，在二十一世纪，人们已经相信网络和生命科学正在重新结构我们的世界。一个是外部的改变，网络在迅速提高交流的速度的同时，又在迅速地降低交流的成本，使人们在与世界打交道时获得了最直接和最根本的权利；另一个是内部的改变，生命科学对基因的认识使我们走上了一条捷径，让我们感到了走向生命本质时不再是路途遥远。这两者差不多同时出现，又差不多同时成长，于是我们对生命和对世界的看法也在同时改变。

我知道作家的不安是害怕图书会消失，这个不安是来自两方面的，首先他们害怕会失去手触摸纸张时的亲切之感，这样的感受是我们的祖先遗传给我们的，祖先们就像留下了房屋和街道一样，留下了手和纸难以分离的亲密之感，这样的感受在我们还是婴儿时就已经开始了成长，很多人都难以抹去这样的记忆——坐在母亲的怀中，孩子的手和母亲的手同时翻动着一本书。现在，人们似乎意识到某一天不再需要作为物品的报纸和图书了，而且这样的意识在人群中迅速地弥漫，越来越多的人相信无纸化出版即将来临，人们可以在因特网上随意读到想读的一切文学作品。于是作家们接下来就会关心另一个问题：去何处支取版税？我在这方面不是一个悲观主义者，虽然传统的法律在面对今天高速前进的网络时有些无所适从，虽然在中国有很多作家的作品都在网上被免费阅读，但是我相信这一切都是暂时的。当网上虚拟出版的时代真正来临，那么传统出版累积下来的一切问题，比如印刷成本不断提高、仓库不断积压和应收款数额不断增长等等都会烟消云散。虚拟出版几乎是零成本的现实，将会使读者用很少的钱去得到很多的书籍，对作者来说，其收益也将是有增无减。而且虚拟出版不会再去消耗我们已经不多了的自然资源，还将降低造纸和印刷带来的对环境的污染。

对我来说，重要的不是图书是否会消失，而是阅读是否会消失。只要阅读仍然存在，那么用什么方式去读并不重要。我想阅读是不会消失的，因为人类的生存是不会消失的，我相信谁也无法将阅读和生存分隔开来。我有一个天真的想法，在这个世界上越是古老的职业，就越是具有生存的勇气和能力，因此任何职业都不会消失，只是得到形式的改变，而这样的改变或者说网络带来的改变，不会使这些古老的职业变得更老，恰恰是要它们返老还童。当然，预言家会消失，在这个日新月异的时代里，我想人们唯一不需要的就是预言。

在今天的中国，网上的文学受到了空前的欢迎，我所说的网上文学并不是指那些已经在传统出版中获得成功的作品，这些作品在未经授权的情况下已经上网，我指的是那些在传统的图书出版中还没有得到机会的作者。我阅读了一些他们的作品，坦率地说这些作品并不成熟，让我想起以前读到过的中国的大学生们自己编辑的文学杂志，可是这些并不成熟的文学作品在网上轰轰烈烈，这使我意识到了网络的意义和价值。因为人们在网上阅读这些作品时，文学自身的价值已经被网络互动的价值所取代，网络打破了传统出版那种固定和封闭的模式，或者说取消了作者和读者之间的界线，网络开放的姿态使所有的人都成为了参与者，人人都是作家，或者说人人都将作者和读者集于一身，我相信这就是网上文学的意义，它提供了无限的空间和无限的自由，它应有尽有，而且它永远只是提供，源源不断地提供，它不会剥夺什么，如果它一定要剥夺的话，我想它可能会剥夺人们旁观者的身份。

事实上，这是文学由来已久的责任，一个写作者和一个阅读者的关系，或者说一本书和一个世界的关系，这样的关系似乎一直在困扰着文学，同时也一直在支撑着文学。想想巴尔扎克和狄更斯他们的作品，这些作品都是在报纸上以每天连载的方式完成的；再想想二十世纪两部著名的小说《追忆似水年华》和《尤利西斯》，普鲁斯特和乔伊斯的这两部作品在今天看来似乎布满了阅读的障碍，然而在它们自己的时代里都曾经热销一时。有时候文学的看法和时代的看法总是背道而驰，这是因为文学有着超越时代的持久不变的原则，而喜新厌旧则差不多是每一个时代的原则。然而巴尔扎克和狄更斯，还有普鲁斯特和乔伊斯的例子说明了这样一个事实：这些经久不衰的作家一方面和文学心心相印，另一方面又和所处的时代紧密相连，他们都具备了上述两种原则，文学的原则使他们成为了经典作家，成为了一代又一代的读者们内心深处的朋友，而他们所处的那个时代的原则使他们的名字变得响亮和显赫。一句话，无论是巴尔扎克和狄更斯，还是普鲁斯特和乔伊斯，他们都通过了所处时代最便捷的途径来到读者们中间。对于今天的作家，通向读者的道路似乎要改变了，或者说一条新的道路已经展现在眼前，就像是在一条传统的道路旁边，增加了一条更为快捷的高速公路，这有什么不好？

在今天的中国，网上传播的文学和传统出版的文学已经并肩而行了，我现在要谈的不是网络文学和传统出版的文学的比较，这个话题没有什么意义，对于文学来说，无论是网上传播还是平面出版传播，只是传播的方式不同，而不会是文学本质的不同。我要谈的是网络和文学，谈它们之间的一个最为重要的共同之处。

我们都知道文学给予我们的是一个虚构的世界，我相信这是因为人们无法忍受现实的狭窄，人们希望知道更多的事物，于是想象力就要飞翔，情感就会膨胀，人们需要一个虚构的世界来扩展自己的现实，虽然这样的世界是建立在别人的经历和情感之上，然而对照和共鸣会使自己感同身受。我想，这可能就是人们常说的精神的力量，现实太小了，而每个人的内心都像是一座火山一样，喷发是为了寻找更加宽广的空间。那么多年来，文学一直承受着来自现实世界的所有欲望，所有情感和所有的想象，如果不能说它是独自承受，那它也承受着最重的部分。

现在，网络给我们带来一个虚拟的世界，与文学一样，是一个没有边境的世界，它的空间取决于人们的想象力，有多少想象在出发，它就会有多少空间在出生；与文学不同的是，人们不需要在别人的故事里去寻找自己的眼泪和欢乐，网络使人人都可以成为虚拟世界的主人，点动鼠标就可以建造一座梦想中的宫殿，加密之后就像有了门锁和电网。如果说安娜·卡列尼娜的房间人人都可以进入，只要你买下或者读过托尔斯泰的书，那么网上的宫殿则永远是自己的领地，虽然有时候黑客会大驾光临，可是现实中的宫殿也会遭遇小偷和强盗，而且类似的经历只会使这一切变得更加真实，当然也会更加激动人心。

我承认自己迷上了网络的世界，一方面是它如同文学一样使我们的空间变得无法计算，另一方面是它正在迅速地瓦解着我们固有的现实，这是文学无法做到的。有时候我觉得网络的世界很像是文学和信用卡的结合，我的意思是说它具有天空和大地的完整性，它建立了一个虚幻的世界，像文学那样去接受人们多余的想象和多余的情感，与此同时它又在改变我们的现实，就像信用卡虚拟了钱币一样，它正在虚拟我们的现实。如果说文学虚构的世界仅仅是天空的话，那么网络虚拟的世界完成了天空和大地的组合。不过有一点它们永远是一致的，那就是人们需要画饼充饥，因为这样有助于人们的身心健康。

1999 年 5 月 9 日

文学和民族

　　我十分感谢民族文学作家会议主席李文求先生的邀请，使我有机会来到韩国，有机会在这里表达我的一些想法。

　　在北京的时候，我收到的演讲题目是《打开二十一世纪东亚文学的未来》，这个题目让我感到不安和惭愧，在涉及到东亚文学的时候，我发现自己只是对日本的文学有所了解，对韩国的文学我可以说是一无所知。诚然，我可以找到一些理由来解释自己这方面的无知，比如由于朝鲜的原因，中国和韩国很晚才建交的事实影响了两国间文学的交流；另一个原因来自于中国的图书市场，我很难找到已经翻译成汉语的韩国文学作品。我的朋友白元淡教授告诉我，韩国在出版外国文学作品时，热衷于对西方文学的介绍，对中国文学的介绍十分冷淡。中国的情况更加糟糕，这些年来中国几乎是没有出版韩国的文学作品。

　　关心西方发达国家远远超过关心自己的邻居，这似乎是亚洲国家共同的特点，但是这几年情况开始改变。在中国，一些清醒的知识分子已经将目光和研究的课题转向自己的邻国。日本作家大江健三郎在

1994年荣获诺贝尔文学奖的演说中，明确地表明了他是一位亚洲作家的身份。1998年，主编《创作与批评》的白乐晴教授和崔元植教授来到北京，与中国的学者和作家进行了广泛的交流。

从相互关心到开始真正的交流，我相信这会获得很大的收益。两年前由中国文学出版社出版的《全球化时代的文学与人》一书中，白乐晴教授在第一章就澄清了韩国的民族文学与政府投入大量预算所标榜的"韩国式"民主主义不是一回事，白乐晴写道："政府所倡导的民族文学与我们基于民族良心、文学的良心所指的民族文学有距离的话，谈论'民族文学'不得不更为小心。如果只将民族传统的一部分随便阉割下来保存与展示，并将鼓吹国民生活现在与将来的暧昧乐观论当作民族文学的话，那么它就不是正经文学，对民族大多数成员也无益。"

这是我在那次会议上的第一个收获，因为白乐晴教授在书中写到的有关民族文学的段落，总是让我忍不住想起中国的文学现实，有时候我会觉得白乐晴教授所写的仿佛是中国的事，"将民族传统的一部分随便阉割下来保存和展示"，这也是中国的各级政府官员所热衷的，而且"将鼓吹国民生活现在与将来的暧昧乐观论当作民族文学"，也是不少中国作家的所谓追求。

第二个收获是在中国的《读书》杂志举办的讨论会上，当一位中国的学者问崔元植教授关于南北韩分裂的问题时，崔元植教授的回答使我吃惊，他说南北韩分裂并不是朝鲜民族最重要的问题，他认为最重要的是朝鲜民族是在中国、日本、俄罗斯和太平洋对岸的美国这四个大国的包围中生存。崔元植教授的回答使我对韩国的学者和作家所倡导的民族文学有了进一步的理解，也就是白乐晴教授所指出的民族的良心和文学的良心。

同时，也让我想起了一位伟大的匈牙利作曲家巴托克，这位写下丰富的旋律和迷人的节奏的音乐家，一生中的很多时间都是在农村采集民间音乐，于是人们就会知道他那些达到形式对称和题材统一的作品来自何处：与农民们在一起的生活经历，使巴托克获得了成千首典型的马扎尔、斯洛伐克、特兰西瓦尼亚和罗马尼亚等地的民间音乐主题。然而中东欧地区的民间音乐与巴托克的音乐有着更为复杂的关系，当很多人认为为民间旋律配和声是一件容易的事，他们认为无论如何也比创作一个"独特"的主题容易得多（这样的看法其实就是白乐晴教授所指责的"随便地阉割下来"的做法），巴托克不这么认为，他在《农民音乐的重要性》一文中写道：

　　　　处理民间旋律是极端困难的。我可以大胆断言，处理民间曲调和创作一首大规模的作品一样困难。只要想到这一点就可以明白：民间曲调不是作曲家自己的作品，而是早已存在的作品，这便是最大的困难之一。另一个困难在于民间旋律的特别性格。我们开始必须认识这种性格，还要深入了解它，最后，在改编的时候要把它突出而不是掩盖住。

　　我相信文学也是一样，一个优秀的作家必须了解自己民族传统中特别的性格，然后在自己的写作中伸张这样的特别性格。在中国，许多人都十分简单地将现代性的写作与其文学的传统对立起来，事实上这两者之间的关系是互相推进的关系，因为一个民族的文学传统并不是固定的和一成不变的，它是开放的，它是永远无法完成和永远有待于完成的。因此，文学的现代性是文学传统的继续，或者说是文学传统在其自身变革时的困难活动。正是这样的困难活动不断出现，才使民族的传统或者说是文学的传统保持着健康的成长。

我感到，促使巴托克将其一生中最美好的时光安排在贫穷的农村，音乐只是原因之一，另一个原因更为深远。虽然巴托克自己的解释十分简单，他说："作为一个匈牙利人，我很自然地从匈牙利民歌开始我的工作，但是不久就扩展到邻区——斯洛伐克、罗马尼亚……"可是只要从地理和历史方面去了解一下这几个在夹缝中的中东欧国家，就会对他们民族传统中的特别性格有了更为清晰的了解。

从地理上看，这些把德国和意大利两国同俄国分隔开的国家缺少天然疆界，不多的几条山脉都被河流切断，一方面不能阻绝游牧部落，另一方面更无法抵挡一支所向披靡的军队。从历史上看，这些国家的命运时常没有掌握在自己的手中，1815年的维也纳会议就是一个例证，遭受侵略、兼并和凌辱似乎构成了这些国家的历史。

我在想，当年巴托克从民间旋律中去寻找民族传统中的特别性格，是否也是今天韩国的作家们所从事的工作？我在白乐晴教授的书中和崔元植教授的谈话中听到了这样的声音。从地理和历史这两方面，匈牙利和韩国有着近似之处，让我感到在韩国和匈牙利这样的国家里民族文学的声音异常强烈。我有这样的感受，在大多数国家里文学的兴旺时常会伴随着民族感情的复兴，可是在韩国，在此基础上，文学的创作又创造了这样的感情。

虽然从地理上中国与韩国不同，可是中国的近代史同样是遭受侵略和凌辱的历史。奇怪的是在中国，有关民族的文学似乎只有一种声音，来自政府的声音，也就是白乐晴教授所说的"随便阉割下来"的民族传统。中国今天存在的问题令我不安，去年意大利一家周刊的记者来北京采访我，这位记者告诉我，她来北京还有一个采访的任务，就是了解一下今天中国二十岁左右的年轻人都在关心些什么，她采访了二十位中国的年轻人，结果她吃惊地发现没有一个人知道中国的"文化大革命"，而对 1989 年 6 月 4 日的事件，也只有三个人知道，可是这些年轻人对美国的情况了如指掌。

这促使我对现在席卷世界的全球化浪潮有了一些警惕，我并不是反对了解美国，美国的文学对我产生过很大的冲击和影响；我也不反对全球化带来的进步，我只是想弄清楚构成全球化的基础是什么，是同一性还是差异性？我的选择是后者，我相信正是各国家各民族的差异才能够构成全球化的和谐，就像构成森林的和谐一样，如果森林中有几个鸟的种类消失，即便它们在森林中是微不足道的，也会引起森林的逐渐流失。因此在今天，寻找和发扬各自民族传统中的特别性格显得尤为重要和紧迫，而且这样的特别性格应该是开放的和互相交流的，用巴托克的话来说就是"杂交和再杂交"，他在中东欧地区采集民间音乐时，发现这样的交流给各民族的音乐都带来了丰富和完善，他说："斯洛伐克人吸收了一条匈牙利旋律并加以'斯洛伐克化'，这种斯洛伐克化的形式然后可以被匈牙利人再吸收，加以'再马扎尔化'。我要说'幸运地'这个词，因为这种再马扎尔化的形式将不同于原来的匈牙利旋律。"

（此文是在韩国民族文学作家会议上的演讲。）

1999 年 6 月 5 日

第四辑　音乐

音乐影响了我的写作

　　二十多年前，有那么一两个星期的时间，我突然迷上了作曲。那时候我还是一名初中的学生，正在经历着一生中最快乐的时光，我记得自己当时怎么也分不清上课和下课的铃声，经常是在下课铃响时去教室上课了，与蜂拥而出的同学们迎面相撞，我才知道又弄错了。那时候我喜欢将课本卷起来，插满身上所有的口袋，时间一久，我所有的课本都失去了课本的形象，像茶叶罐似的，一旦掉到地上就会滚动起来。我的另一个杰作是，我把我所有的鞋都当成了拖鞋，我从不将鞋的后帮拉出来，而是踩着它走路，让它发出那种只有拖鞋才会有的漫不经心的声响。接下去，我欣喜地发现我的恶习在男同学中间蔚然成风，他们的课本也变圆了，他们的鞋后帮也被踩了下去。

　　这大概是1974年，或者1975年的事，"文革"进入了后期，生活在越来越深的压抑和平庸里，一成不变地继续着。我在上数学课的时候去打篮球，上化学或者物理课时在操场上游荡，无拘无束。然而课堂让我感到厌倦之后，我又开始厌倦自己的自由了，我感到了无聊，我愁眉苦脸，不知道如何打发日子。这时候我发现了音乐，准确的说法是我发现了简谱，于是在像数学课一样无聊的音乐课里，我获得了生活的乐趣，激情回来了，我开始作曲了。

应该说，我并不是被音乐迷住了，我在音乐课上学唱的都是我已经听了十来年的歌，从《东方红》到革命现代京剧，我熟悉了那些旋律里的每一个角落，我甚至都能够看见里面的灰尘和阳光照耀着的情景，它们不会吸引我，只会让我感到头疼。可是有一天，我突然被简谱控制住了，仿佛里面伸出来了一只手，紧紧抓住了我的目光。

当然，这是在上音乐课的时候，音乐老师在黑板前弹奏着风琴，这是一位儒雅的男子，有着圆润的嗓音，不过他的嗓音从来不敢涉足高音区，每到那时候他就会将风琴的高音弹奏得非常响亮，以此蒙混过关。其实没有几个学生会去注意他，音乐课也和其他的课一样，整个教室就像是庙会似的，有学生在进进出出，另外一些学生不是坐在桌子上，就是背对着黑板与后排的同学聊天。就是在这样的情景里面，我被简谱迷住了，而不是被音乐迷住。

我不知道是出于什么原因，可能是我对它们一无所知。不像我翻开那些语文、数学的课本，我有能力去读懂里面正在说些什么。可是那些简谱，我根本不知道它们在干什么，我只知道我所熟悉的那些歌一旦印刷下来就是这副模样，稀奇古怪地躺在纸上，暗暗讲述着声音的故事。无知构成了神秘，然后成了召唤，我确实被深深地吸引了，而且勾引出了我创作的欲望。

我丝毫没有去学习这些简谱的想法，直接就是利用它们的形状开始了我的音乐写作，这肯定是我一生里唯一的一次音乐写作。我记得我曾经将鲁迅的《狂人日记》谱写成音乐，我的做法是先将鲁迅的作品抄写在一本新的作业簿上，然后将简谱里的各种音符胡乱写在上面，我差不多写下了这个世界上最长的一首歌，而且是一首无人能够演奏，也无人有幸聆听的歌。这项工程消耗了我几天的热情，接下去我又将语文课本里其他的一些内容也打发进了音乐的简谱，我在那个时期的巅峰之作是将数学方程式和化学反应式也都谱写成了歌曲。然后，那本作业簿写满了，我也写累了。这时候我对音乐的简谱仍然是一无所知，虽然我已经暗暗拥有了整整一本作业簿的音乐作品，而且为此自豪，可是我朝着音乐的方向没有跨出半步，我不知道自己胡乱写上去的乐谱会出现什么样的声音，只是觉得看上去很像是一首歌，我就完全心意满足了。不久之后，那位嗓音圆润的音乐老师因为和一个女学生有了性的交往，离开学校去了监狱，于是音乐课没有了。

此后，差不多有十八年的时间，我不再关心音乐，只是偶尔在街头站立一会儿，听上一段正在流行的歌曲，或者是经过某个舞厅时，顺便听听里面的舞曲。1983 年，我开始了第二次的创作，当然这一次没有使用简谱，而是语言，我像一个作家那样地写作了，然后像一个作家那样地发表和出版自己的写作，并且以此为生。

又是很多年过去了，李章要我为《音乐爱好者》写一篇文章，他要求我今天，也就是 11 月 30 日将文章传真给他，可是我今天才坐到写字桌前，现在我已经坐了有四个多小时了，前面的两个小时里打了两个电话，看了几眼电视，又到外面的篮球场上去跑了十圈，然后心想时间正在流逝，一寸光阴一寸金，必须写了。

我的写作还在继续，接下去我要写的开始和这篇文章的题目有点关系了。我经常感到生活在不断暗示我，它向我使眼色，让我走向某一个方向，我在生活中是一个没有主见的人，所以每次我都跟着它走了。在我十五岁的时候，音乐以简谱的方式迷惑了我，到我三十三岁那一年，音乐真的来到了。

我心想：是生活给了我音乐。生活首先要求我给自己买了一套音响，那是在 1993 年的冬天，有一天我发现自己缺少一套音响，随后我感到应该有。几天以后，我就将自己组合的音响搬回家。那是由美国的音箱和英国的功放以及飞利浦的 CD 机组织起来的，卡座是日本的，这套像联合国维和部队的音响就这样进驻了我的生活。

接着，CD 唱片源源不断地来到了，在短短半年的时间里，我买进了差不多有四百张的 CD。我的朋友朱伟是我购买 CD 的指导老师，那时候他刚离开《人民文学》，去三联书店主编的《爱乐》杂志，他几乎熟悉北京所有的唱片商店，而且精通唱片的品质。我最早买下的二十来张 CD 就是他的作为，那是在北新桥的一家唱片店，他沿着柜台走过去，察看着版本不同的 CD，我跟在他的身后，他不断地从柜子上抽出 CD 递给我，走了一圈后，他回头看看我手里捧着的一堆 CD，问我："今天差不多了吧？"我说："差不多了。"然后，我就去付了钱。

我没有想到自己会如此迅猛地热爱上了音乐，本来我只是想附庸风雅，让音响出现在我的生活中，然后在朋友们谈论马勒的时候，我也可以凑上去议论一下肖邦，或者用那些模棱两可的词语说上几句卡拉扬。然而音乐一下子就让我感受到了爱的力量，像炽热的阳光和凉爽的月光，或者像暴风雨似的来到了我的内心，我再一次发现人的内心其实总是敞开着的，如同敞开的土地，愿意接受阳光和月光的照耀，愿意接受风雪的降临，接受一切所能抵达的事物，让它们都渗透进来，而且消化它们。

我那维和部队式的音响最先接待的客人，是由古尔德演奏的巴赫的《英国组曲》，然后是鲁宾斯坦演奏的肖邦的《夜曲》，接下来是交响乐了，我听了贝多芬、莫扎特、勃拉姆斯、柴可夫斯基、海顿和马勒之后，我突然发现了一个我以前不知道的人——布鲁克纳，这是卡拉扬指挥柏林爱乐乐团演奏的《第七交响曲》，我后来想起来是那天朱伟在北新桥的唱片店拿给我的，当时我手里拿了一堆的CD，我根本不知道有这么一张，结果布鲁克纳突然出现了，史诗般叙述中巨大的弦乐深深感动了我，尤其是第二乐章，使用了瓦格纳大号乐句的那个乐章，我听到了庄严缓慢的内心的力量，听到了一个时代倒下去的声音。布鲁克纳在写作这一乐章的时候，瓦格纳去世了。我可以想象当时的布鲁克纳正在经历着什么，就像那个时代的音乐正在经历的一样，为失去了瓦格纳而百感交集。

然后我发现了巴托克，发现了还有旋律如此丰富、节奏如此迷人的弦乐四重奏，匈牙利美妙的民歌在他的弦乐四重奏里跳跃地出现，又跳跃地消失，时常以半个乐句的方式完成其使命，民歌在最现代的旋律里欲言又止，激动人心。巴托克之后，我认识了梅西安，那是在西单的一家小小的唱片店里，是一个年纪比我大，我们都叫他小魏的人拿给了我，他给了我《图伦加利拉交响曲》，他是从里面拿出来的，告诉我这个叫梅西安的法国人有多棒，我怀疑地看着他，没有买下。过了一些日子我再去小魏的唱片店时，他再次从里面拿出了梅西安。就这样，我聆听并且拥有了《图伦加利拉交响曲》，这部将破坏和创造，死亡和生命，还有爱情熔于一炉的作品让我浑身发抖，直到现在我只要想起来这部作品，仍然会有激动的感觉。不久之后，波兰人希曼诺夫斯基给我带来了《圣母悼歌》，我的激动再次被拉长了。有时候，我仿佛会看到1905年的柏林，希曼诺夫斯基与另外三个波兰人组建了"波兰青年音乐协会"，这可能是世界上最小的协会，在贫穷和伤心的异国他乡，音乐成为了壁炉里的火焰，温暖着他们。

音乐的历史深不可测，如同无边无际的深渊，只有去聆听，才能知道它的丰厚，才会意识到它的边界是不存在的。在那些已经家喻户晓的作者和作品的后面，存在着星空一样浩瀚的旋律和节奏，等待着我们去和它们相遇，让我们意识到在那些最响亮的名字的后面，还有一些害羞的和伤感的名字，这些名字所代表的音乐同样经久不衰。

然后，音乐开始影响我的写作了，确切的说法是我注意到了音乐的叙述，我开始思考巴托克的方法和梅西安的方法，在他们的作品里，我可以更为直接地去理解艺术的民间性和现代性，接着一路向前，抵达时间的深处，路过贝多芬和莫扎特，路过亨德尔和蒙特威尔第，来到了巴赫的门口。从巴赫开始，我的理解又走了回来。然后就会意识到巴托克和梅西安独特品质的历史来源，事实上从巴赫就已经开始了，这位巴洛克时代的管风琴大师其实就是一位游吟诗人，他来往于宫廷、教堂和乡间，于是他的内心逐渐地和生活一样宽广，他的写作指向了音乐深处，其实也就指向了过去、现在和未来。如何区分一位艺术家身上兼而有之的民间性和现代性，在巴赫的时候就已经不可能，两百年之后在巴托克和梅西安那里，区分的不可能得到了继承，并且传递下去。尽管后来的知识分子虚构了这样的区分，他们像心脏外科医生一样的实在，需要区分左心室和右心室，区分肺动脉和主动脉，区分肌肉纵横间的分布，从而使他们在手术台上不会迷失方向。可是音乐是内心创造的，不是心脏创造的，内心的宽广是无法解释的，它由来已久的使命就是创造，不断地创造，让一个事物拥有无数的品质，只要一种品质流失，所有的品质都会消亡，因为所有的品质其实只有一种。

这是巴赫给予我的教诲。我要感谢门德尔松，1829 年他在柏林那次伟大的指挥，使《马太受难曲》终于得到了它应得的荣耀。多少年过去了，巴赫仍然生机勃勃，他成为了巴洛克时代的骄傲，也成为了所有时代的骄傲。我无幸聆听门德尔松的诠释，我相信那是最好的。

我第一次听到的《马太受难曲》，是加德纳的诠释，加德纳与蒙特威尔第合唱团演绎的巴赫也足以将我震撼。我明白了叙述的丰富在走向极致以后其实无比单纯，就像这首伟大的受难曲，将近三个小时的长度，却只有一两首歌曲的旋律，宁静、辉煌、痛苦和欢乐重复着这几行单纯的旋律，仿佛只用了一个短篇小说的结构和篇幅表达了文学中最绵延不绝的主题。1843年，柏辽兹在柏林听到了它，后来他这样写道：

"每个人都在用眼睛跟踪歌本上的词句，大厅里鸦雀无声，没有一点声音，既没有表示赞赏，也没有指责的声音，更没有鼓掌喝彩，人们仿佛是在教堂里倾听福音歌，不是在默默地听音乐，而是在参加一次礼拜仪式。人们崇拜巴赫，信仰他，毫不怀疑他的神圣性。"

我的不幸是我无法用眼睛去跟踪歌本上的词句，我不明白蒙特威尔第合唱团正在唱些什么，我只能去倾听旋律和节奏的延伸，这样反而让我更为仔细地去关注音乐的叙述，然后我相信自己听到了我们这个世界上最为美妙的叙述。在此之前，我曾经在《圣经》里读到过这样的叙述，此后是巴赫的《平均律》和这一首《马太受难曲》。我明白了柏辽兹为什么会这样说："巴赫就像巴赫，正像上帝就像上帝一样。"

此后不久，我又在肖斯塔科维奇的《第七交响曲》第一乐章里听到了叙述中"轻"的力量，那个著名的侵略插部，侵略者的脚步在小鼓中以一百七十五次的重复压迫着我的内心，音乐在恐怖和反抗、绝望和战争、压抑和释放中越来越深重，也越来越巨大和慑人感官。我第一次聆听的时候，不断地问自己：怎么结束？怎么来结束这个力量无穷的音乐插部？最后的时候我被震撼了，肖斯塔科维奇让一个尖锐的抒情小调结束了这个巨大可怕的插部。那一小段抒情的弦乐轻轻地飘向了空旷之中，这是我听到过的最有力量的叙述。后来，我注意到在柴可夫斯基，在布鲁克纳，在勃拉姆斯的交响乐中，也在其他更多的交响乐中"轻"的力量，也就是小段的抒情有能力覆盖任何巨大的旋律和激昂的节奏。其实文学的叙述也同样如此，在跌宕恢宏的篇章后面，短暂和安详的叙述将会出现更加有力的震撼。

　　有时候，我会突然怀念起自己十五岁时的作品，那些写满了一本作业簿的混乱的简谱，我不知道什么时候丢掉了它，它的消失会让我偶尔唤起一些伤感。我在过去的生活中失去了很多，是因为我不知道失去的重要，我心想在今后的生活里仍会如此。如果那本作业簿还存在的话，我希望有一天能够获得演奏，那将是什么样的声音？胡乱的节拍，随心所欲的音符，最高音和最低音就在一起，而且不会有过渡，就像山峰没有坡度就直接进入峡谷一样。我可能将这个世界上最没有理由在一起的音节安排到了一起，如果演奏出来，我相信那将是最令人不安的声音。

1998 年 12 月 2 日

午门广场之夜

这确实是一个令人难忘的夜晚，多明戈、卡雷拉斯和帕瓦罗蒂三大男高音的音乐会有着感人至深的魅力。

在此之前，已经在报纸上和网上读到无数有关这次音乐会的报道和评述，随着时间的临近，批评的声音也是越来越多，主要集中在票价的昂贵上。我不知道 2000 美金的座位能否看清三位男高音的脸，《北京青年报》给我的票是 1080 美金价格，在我的座位上看三位男高音时就像是三只麻雀，我用望远镜看也不过是三只企鹅而已。所以当我走进午门广场时，一个强烈的感受涌上心头，我觉得这似乎不是一场音乐会，而是世界杯足球赛的决赛，几万人聚集到了一起。好在今天晚上凉风阵阵，还有六个巨大的屏幕，我没有出汗，也通过屏幕看清了他们的脸。

应该说，三位男高音的演唱就像炉火一样，刚开始仅仅是火苗，然后逐渐燃烧，最后是熊熊大火。演唱会越到后面越是激动人心，尤其是三人齐唱时，他们的歌声飞了，而且像彩虹般的灿烂。

一直以来，我最喜欢的是多明戈，我认为他才是真正的歌剧之王。今天晚上，他演唱的每一首歌都是那么的令人激动，他的声音有着山峦似的宽广和壮丽的起伏，他的表情在屏幕上也是浪涛一样波动着。卡雷拉斯最为出色的是他唱起了那些经典民歌，尤其是好莱坞的歌曲，他在把握通俗的情感时，有着让人欲哭无泪的力量。而帕瓦罗蒂，三人中他年龄最大，体积也是最大，我在望远镜里看到他唱完一首咏叹调走回去的背影时，突然发现他是用游泳的姿态在走路。当他走出来时，他的左手总是挥动着一块厨娘们喜欢的白色餐巾，他的表情在演唱之前十分丰富，可是一旦唱起来他就没有什么表情了。他的声音在表达咏叹调变幻的情感时，根本无法和多明戈相比。可是上帝把天使的嗓音给了他，那是怎样的声音？只要你听到它，你就会疯狂地爱上它。要知道你爱上的是声音，是那种消失得比风还要快的东西。我们可以批评帕瓦罗蒂，可是我们无法阻止上帝的旨意，上帝最喜爱的就是帕瓦罗蒂。

2001 年 6 月 23 日

音乐的叙述

这是罗斯特罗波维奇的大提琴和塞尔金的钢琴。旋律里流淌着夕阳的光芒，不是炽热，而是温暖。在叙述的明暗之间，作者的思考正在细水长流，悠远而沉重。即便是变奏也显得小心翼翼，犹如一个不敢走远的孩子，时刻回首眺望着自己的屋门。音乐呈现了难以言传的安详，与作者的其他室内乐作品一样，内省的精神在抒情里时隐时现，仿佛是流动之水的跳跃，沉而不亮。在这里，作者是那样的严肃、一丝不苟，他似乎正在指责自己，他在挥之不去的遗憾、内疚和感伤里，让思想独自前行，苦行僧般地行走在荒漠之中，或者伫立在一片无边无际的水之间，自嘲地凝视着自己的倒影。重要的是，无论是指责还是自嘲，作者都表达了对自己深深的爱意。这不是自暴自弃的作品，而是一个无限热爱自己的人，对自己不满和失望之后所发出的叹息。这样的叹息似乎比欣赏和赞美更加充满了爱的声音，低沉有力，缓慢地构成了他作品里最动人的品质。

1862 年，勃拉姆斯开始为大提琴和钢琴写作第一首奏鸣曲，

1865 年完成了这首 E 小调的杰作；二十一年以后，1886 年，他

写下了 F 大调的第二首大提琴和钢琴奏鸣曲。这一年，李斯特去世了，而瓦格纳去世已近三年。岁月缩短了，勃拉姆斯步入了五十三岁，剩下的光阴屈指可数。当音乐上的两位宿敌李斯特和瓦格纳相继离世之后，勃拉姆斯终于摆脱了别人为他们制造出来的纷争，他获得了愉快的生活，同时也获得了孤独的荣誉。他成为了人人尊敬的大师，一个又一个的勃拉姆斯音乐节在欧洲的城市里开幕，在那些金碧辉煌的音乐大厦里，他的画像和莫扎特、贝多芬、舒伯特的画像挂在了一起。虽然瓦格纳的信徒们立刻推举出了新的领袖布鲁克纳，虽然新德国乐派已经孕育出了理查·施特劳斯和古斯塔夫·马勒；可是对勃拉姆斯来说，布鲁克纳不过是一个"拘谨的教士"，他的庞大的交响曲不过是"蟒蛇一条"，而施特劳斯和马勒仅仅是年轻有为刚刚出道而已，新德国乐派已经无法对他构成真正的威胁。这期间他经常旅行，出席自己作品的音乐会和访问朋友，这位老单身汉喜欢将糖果塞满自己的口袋，所以他每到一处都会有一群孩子追逐着他。他几次南下来到意大利，当火车经过罗西尼的故乡时，他站起来在火车上高声唱起《塞尔维亚理发师》中的咏叹调，以示对罗西尼的尊敬。他和朋友们一路来到了那不勒斯近旁的美丽小城苏莲托，坐在他毕生的支持者汉斯立克的橘子园里，喝着香槟酒，看着海豚在悬崖下的那不勒斯湾中戏水。这期间他很可能回忆起了年轻的时光和克拉拉的美丽，回忆起马克森的教诲和舒曼的热情，回忆起和约阿希姆到处游荡的演奏生涯，回忆起巴洛克时期的巴赫和亨德尔，回忆起贝多芬的浪漫之旅，回忆起父母生前的关怀，回忆起一生都在头疼的姐姐和倒霉的弟弟。他的弟弟和他同时学习音乐，也和他一样都是一生从事音乐，可是他平庸的弟弟只能在他辉煌的阴影里黯然失色，所有的人都称他弟弟为"错误的勃拉姆斯"。他的回忆绵延不绝，就像是盘旋在他头顶的鹰一样，向他张开着有力的爪子，让他在剩下的岁月里，学会如何铭记自己的一生。

应该说，是约阿希姆最早发现了他音乐中"梦想不到的原创性和力量"，于是这位伟大的小提琴家就将勃拉姆斯推到了李斯特的身边。当时的李斯特四十一岁，已经从他充满传奇色彩的钢琴演奏会舞台退休，他住在魏玛的艺术别墅里领导着一支前卫的德国音乐流派，与门德尔松的信徒们所遵循的古典理想截然不同，李斯特以及后来的瓦格纳，正在以松散的结构形式表达内心的情感。同时李斯特为所有认同他理想的音乐家敞开大门，阿尔腾堡别墅差不多聚集了当时欧洲最优秀的年轻人。勃拉姆斯怀着胆怯之心也来到这里，因为有约阿希姆的美言，李斯特为之着迷，请这位年轻的作曲家坐到琴前，当着济济一堂的才子佳人，演奏他自己的作品，可是过于紧张的勃拉姆斯一个音符也弹不出来，李斯特不动声色地从他手中抽走手稿，精确和沉稳地演奏了他的作品。

在阿尔腾堡别墅的日子，勃拉姆斯并不愉快，这位来自汉堡贫民窟的孩子显然不能习惯那里狂欢辩论的生活，而且所有的对话都用法语进行，这是当时欧洲宫廷的用语。虽然勃拉姆斯并不知道自己音乐的风格是什么，但是他已经意识到在这个集团里很难找到共鸣。虽然他喜欢李斯特这个人，并且仰慕他的钢琴造诣，但是对他描绘情感时夸张的音乐开始感到厌倦。当李斯特有一次演奏自己作品时，勃拉姆斯坐在椅子里睡着了。

仍然是约阿希姆帮助了他，使他年方二十，走向了舒曼。当他看到舒曼和克拉拉还有他们六个孩子住在一栋朴素的房子里，没有任何其他人，没有知识分子组成的小团体等着要吓唬他时，他终于知道了自己一直在寻找的是什么。他寻找的就是像森林和河流那样自然和真诚的音乐，就是音乐中像森林和河流一样完美的逻辑和结构。同时他也知道了自己为什么会拒绝加入李斯特和瓦格纳的新德国乐派，他接近的是音乐中的古典理想，他从门德尔松、肖邦和舒曼延伸过来的道路上，看到属于自己的道路，而他的道路又通向了贝多芬和巴赫。舒曼和克拉拉热情地款待了他，为了回报他们的诚挚之情，勃拉姆斯弹奏了自己的作品，这一次他没有丝毫的紧张之感。随后舒曼写道："他开始发掘出真正神奇的领域。"克拉拉也在日记里表白："他弹奏的音乐如此完美，好像是上帝差遣他进入那完美的世界一般。"

勃拉姆斯在舒曼这里领取了足以维持一生的自信；又在克拉拉这里发现了长达一生的爱情，后来他将这爱情悄悄地转换成了依恋。有支取就有付出，在勃拉姆斯以后的写作里，舒曼生前和死后的目光始终贯穿其间，它通过克拉拉永不变质的理解和支持，来温和地注视着他，看着他在众多的作品里如何分配自己的天赋。

还有贝多芬和巴赫，也在注视着他一生的创作。尤其是贝多芬，勃拉姆斯似乎是自愿地在贝多芬的阴影里出发，虽然他在《第一交响曲》里完成了自我对贝多芬的跳跃，然而贝多芬集中和凝聚起来的音乐架构仍然牢牢控制住了他，庆幸的是他没有贝多芬那种对战争和胜利的狂热，他是一个冷静和严肃的人，是一个内向的人，这样的品性使的音乐里流淌着正常的情绪，而且时常模棱两可。与贝多芬完全不同的是，勃拉姆斯叙述的力量时常是通过他的抒情性渗透出来，这也是舒曼所喜爱的方式。

《第一交响曲》让维也纳欣喜若狂，这是勃拉姆斯最为热爱的城市。维也纳人将他的《第一交响曲》称作贝多芬的《第十交响曲》，连汉斯立克都说："没有任何其他作曲家，曾如此接近贝多芬伟大的作品。"随后不久，勃拉姆斯又写下了充满溪流、蓝天、阳光和凉爽绿荫的《第二交响曲》，维也纳再一次为他欢呼，欢呼这一首勃拉姆斯的《田园》。维也纳人想贝多芬想疯了，于是勃拉姆斯在他们眼中就是转世的贝多芬，对他们之间的比较超过了音乐上的类比：两人都是单身汉，都身材矮小，都不修边幅，都爱喝酒，而且都以坏脾气对待围攻他们的人。这使勃拉姆斯怒气冲冲，有一次提到贝多芬时他说："你不知道这个家伙怎么阻止了我的前进。"为此，勃拉姆斯为他的《第一交响曲》犹豫不决了整整二十年。如果说勃拉姆斯对贝多芬是爱恨交加的话，那么对待巴赫他可以说是一往情深。当时的巴赫很少为人所知，勃拉姆斯一生中的很多时间都在宣传和颂扬他，而且随着岁月的流逝，巴赫作品中超凡脱俗的品质也出现在勃拉姆斯的作品中。

在那个时代，勃拉姆斯是一个热爱旧音乐的人，他像一个真诚的追星族那样，珍藏着莫扎特《G小调交响乐》、海顿作品20号《弦乐四重奏》和贝多芬的《海默克拉维》等名曲的素描簿，并且为出版社编辑了第一本完整的莫扎特作品集和舒伯特的部分交响乐。他对古典主义的迷恋使他获得了无懈可击的作曲技巧，同时也使他得到了严格的自我批评的勇气。他个人的品格决定了他的音乐叙述，反过来他的音乐又影响了他的品格，两者互相搀扶着，他就让自己越走越远，几乎成为了一个时代的绊脚石。

勃拉姆斯怀旧的态度和固执的性格，使他为自己描绘出了保守的形象，使他在那个时代里成为了激进主义的敌人，从而将自己卷入了一场没完没了的纷争之中，无论是赞扬他的人还是攻击他的人，都指出了他的保守，不同的是赞扬者是为了维护他的保守，而攻击者是要求他激进起来。有时候，事实就是这样令人不安，同样的品质既受人热爱也被人仇恨。于是他成为了德国音乐反现代派的领袖，在一些人眼中他还成为了音乐末日的象征。

激进主义的李斯特和瓦格纳是那个时代的代表，他们也确实是那个时代当之无愧的代表。尤其是瓦格纳，这位半个无政府主义和半个革命者的瓦格纳，这位集天才和疯子于一身的瓦格纳，几乎是十九世纪的音乐里最富于戏剧性的人物。毫无疑问，他是一位剧场圣手，他将舞台和音乐视为口袋里的钱币，像个花花公子似的尽情挥霍，却又从不失去分寸。《尼贝龙根的指环》所改变的不仅仅是音乐戏剧的长度，同时也改变了音乐史的进程，这部掠夺了瓦格纳二十五年天赋和二十五年疯狂的四部曲巨作，将十九世纪的大歌剧推上了悬崖，让所有的后来者望而生畏，谁若再向前一步，谁就将粉身碎骨。在这里，也在他另外的作品里，瓦格纳一步步发展了慑人感官的音乐语言，他对和声的使用，将使和声之父巴赫在九泉之下都会感到心惊肉跳。因此，比他年长十一岁的罗西尼只能这样告诉人们："瓦格纳有他美丽的一刻，但他大部分时间里都非常恐怖。"

李斯特没有恐怖，他的主题总是和谐的，而且是主动的和大规模的，同时又像舒曼所说的"魔鬼附在了他的身上"。应该说，他主题部分的叙述出现在十九世纪的音乐中时是激进和现代的。他的大规模的组织结构直接影响了他的学生瓦格纳，给予了瓦格纳一条变本加厉的道路，怂恿他将大规模的主题概念推入了令人不安的叙述之中。而李斯特自己的音乐则是那么的和谐，犹如山坡般宽阔地起伏着，而不是山路的狭窄的起伏。他的和谐不是巴洛克似的工整，他激动之后也会近似于疯狂，可他从不像贝多芬那样放纵自己。在内心深处，他其实是一位诗人，一位行走在死亡和生命、现实和未来、失去和爱的边界的诗人，他在《前奏曲》的序言里这样写道："我们的生活就是一连串对无知未来的序曲，第一个庄严的音符是死亡吗？每一天迷人的黎明都以爱为开端……"

与此同时，在人们的传说中，李斯特几乎是有史以来最伟大的钢琴演奏家，这位匈牙利人的演奏技巧如同神话一样流传着，就像人们谈论着巴赫的管风琴演奏。录音时代的姗姗来迟，使这样的神话得到了永不会破灭的保护。而且李斯特的舞台表现几乎和他的演奏技巧一样卓越，一位英国学者曾经这样描述他的演奏："我看到他脸上出现那种掺和着满面春风的痛苦表情，这种面容我只在一些古代大师绘制的救世主的画像中见到过。他的手在键盘上掠过时，我身下的地板像钢丝一样晃动起来，整个观众席都笼罩在声音之中。这时，艺术家的手和整个身躯垮了下来。他昏倒在替他翻谱的朋友的怀抱中，在他这一阵歇斯底里的发作中我们一直等在那里，一房间的人全都吓得凝神屏气地坐着，直到艺术家恢复了知觉，大家才透出一口气来。"

勃拉姆斯就是生活在这样的一个时代，一个差不多属于了瓦格纳的时代；一个李斯特这样的魔鬼附身者的时代；一个君主制正在衰落、共和制正在兴起的时代；一个被荷尔德林歌唱着指责的时代——"你看得见工匠，但是看不见人；看得见思想家，但是看不见人；看得见牧师，但是看不见人；看得见主子和奴才，成年人和未成年人，但是看不见人。"那时的荷尔德林已经身患癫疾，正在自己疲惫的生命里苟延残喘，可他仍不放过一切指责德国的机会，"我想不出来还有什么民族比德国人更加支离破碎的了"。作为一位德国诗人，他抱怨"德国人眼光短浅的家庭趣味"，他将自己的欢呼送给了法国，送给了共和主义者。那个时代的巴黎，维克多·雨果宣读了他的《克伦威尔序言》，他正在让克伦威尔口出狂言："我把议会装在我的提包里，我把国王装在我的口袋里。"

然后，《欧那尼》上演了，巴黎剧院里的战争开始了——"幕布一升起，一场暴风雨就爆发了：每当戏剧上演，剧场里就人声鼎沸，要费尽九牛二虎之力才能把戏剧演到收场。连续一百个晚上，《欧那尼》受到了嘘嘘的倒彩，而连续一百个晚上，它同时也受到了热忱的青年们暴风雨般的喝彩。"维克多·雨果的支持者们，那群年轻的画家、建筑家、诗人、雕刻家、音乐家还有印刷工人一连几个晚上游荡在里佛里街，将"维克多·雨果万岁"的口号写满了所有的拱廊。雨果的敌人们定了剧院的包厢，却让包厢空着，以便让报纸刊登空场的消息。他们即使去了剧院，也背对舞台而坐，手里拿着份报纸，假装聚精会神在读报，或者互相做着鬼脸，轻蔑地哈哈大笑，有时候尖声怪叫和乱吹口哨。维克多·雨果安排了三百个座位由自己来支配，于是三百个雨果的支持者铜墙铁壁似的保护着舞台，这里面几乎容纳了整个十九世纪法国艺术的精华，有巴尔扎克，有大仲马，有拉马丁、圣伯甫、夏尔莱、梅里美、戈蒂叶、乔治·桑、杜拉克洛瓦……波兰人肖邦和匈牙利人李斯特也来到了巴黎。后来，雨果夫人这样描述她丈夫的那群年轻的支持者："一群狂放不羁、不同凡响的人物，蓄着小胡子和长头发，穿着各种样式的服装——就是不穿当代的服装——什么羊毛紧身上衣啦，西班牙斗篷啦，罗伯斯庇尔的背心啦，亨利第三的帽子啦——身穿上下各个时代、纵横各个国家的奇装异服，在光天化日之下出现在剧院的门口。"

这就是那个伟大时代的开始。差不多是身在德国的荷尔德林看到了满街的工匠、思想家、牧师，主子和奴才，成年人和未成年人，可是看不到一个"人"的时候，年轻一代的艺术家开始了他们各自光怪陆离的叛逆，他们的叛逆不约而同地首先将自己打扮成了另一种人，那种让品行端正、衣着完美、缠着围巾、戴着高领、正襟危坐的资产阶级深感不安的人，就像李斯特的手在键盘上掠过似的，这一小撮人使整个十九世纪像钢丝一样晃动了起来。他们举止粗鲁，性格放荡，随心所欲，装疯卖傻；他们让原有的规范和制度都见鬼去。这群无政府主义者加上革命者再加上酒色之徒的青年艺术家，似乎就是荷尔德林希望看到的"人"。他们生机勃勃地，或者说是丧心病狂地将人的天赋、人的欲望、人的恶习尽情发挥，然后天才一个一个出现了。

可是勃拉姆斯的作品保持着一如既往的严谨，他生活在那个越来越疯狂，而且疯狂正在成为艺术时尚的时代，而他却是那样的小心翼翼，讲究克制，懂得适可而止，避免奇谈怪论，并且一成不变。他似乎表达了一个真正德国人的性格——内向和深沉，可是他的同胞瓦格纳也是一个真正的德国人，还有荷尔德林式的对德国心怀不满的德国人，瓦格纳建立了与勃拉姆斯完全相反的形象，一种可以和巴黎遥相呼应的形象，一种和那个时代不谋而合的形象。对照之下，勃拉姆斯实在不像是一个艺术家。那个时代里不多的那些天才几乎都以叛逆自居，而勃拉姆斯却心甘情愿地从古典的理想里开始自己的写作；那些天才尽管互相赞美着对方，可是他们每个人都深信自己是孤独的，自己作品里的精神倾向与同时代其他人的作品截然不同，也和过去时代的作品截然不同，勃拉姆斯也同样深信自己是孤独的，可是孤独的方式和他们不一样。其实他只要像瓦格纳那样去尝试几次让人胆战心惊的音响效果，或者像李斯特那样为了艺术，不管是真是假在众人面前昏倒在地一次，歇斯底里地发作一次，他就有希望很像那个时代的艺术家了。可是勃拉姆斯一如既往地严肃着，而且一步步走向了更为抽象的严肃。可怜的勃拉姆斯生活在这样的一个时代，就像是巴赫的和声进入了瓦格纳大号的旋律，他成为了一个很多人都想删除的音符。就是远在俄罗斯的柴可夫斯基，也在日记中这样写道："我刚刚弹奏了无聊的勃拉姆斯作品，真是一个毫无天分的笨蛋。"

勃拉姆斯坚持己见，他将二十岁第一次见到舒曼时就已经显露的保守的个性、内向和沉思的品质保持了终生。1885年，他在夏天的奥地利写完了自己最后一部交响曲。《第四交响曲》中过于严谨的最后乐章，使他最亲密的几个朋友都深感意外，他们批评这个乐章清醒却没有生气，建议勃拉姆斯删除这个乐章，另外再重写一个新的乐章。一生固执的勃拉姆斯当然拒绝了，他比任何人都了解自己作品中特殊的严肃气质，一个厚重的结尾乐章是不能替代的。第二年，他开始写作那首F大调的大提琴和钢琴奏鸣曲了。

　　这时候，十九世纪所剩无几了，那个疯狂的时代也已经烟消云散。瓦格纳、李斯特相继去世，荷尔德林和肖邦去世已经快有半个世纪了。在法国，那群团结一致互相协作的青年艺术家早就分道扬镳了。维克多·雨果早已经流亡泽西岛，大仲马也早已经将文学变成生财之道，圣伯甫和戈蒂叶在社交圈里流连忘返，梅里美在欧也妮皇后爱情的宫廷里权势显赫，缪塞沉醉在苦酒之中，乔治·桑隐退诺昂，还有一些人进入了坟墓。

　　勃拉姆斯完成了他的第二首，也是最后一首大提琴和钢琴奏鸣曲，与第一首E小调的奏鸣曲相隔了二十一年。往事如烟，不堪回首。勃拉姆斯老了，身体不断地发胖使他越来越感到行动不便。幸运的是，他仍然活着，他仍然在自己的音乐里表达着与生俱有的沉思品质。他还是那么的严肃，而且他的严肃越来越深，在内心的深渊里不断下沉，永不见底地下沉着。他是一个一生都行走在同一条道路上的人，从不怀疑自己是否走错了方向，别人的指责和瓦格纳式的榜样从没有让他动心，而且习惯了围绕着他的纷争，在纷争里叙述着自己的音乐。他是一个一生都清醒的人，他知道音乐上的纷争是什么；他知道还在遥远的巴洛克时代就已经喋喋不休了，而且时常会父债子还。

他应该读过卡尔·巴赫的书信，也应该知道这位忠诚的学生和儿子在晚年是如何热情地捍卫父亲约翰·巴赫的。当一位英格兰人伯尔尼认为亨德尔在管风琴演奏方面已经超过约翰·巴赫时，卡尔·巴赫愤怒了，他指责英格兰人根本不懂管风琴，因为他们的管风琴是没有踏板的，所以英格兰人不会了解构成杰出的管风琴演奏的条件是什么。卡尔·巴赫在给埃森伯格教授的信中这样写道："脚在解决最红火、最辉煌以及许多伯尔尼一无所知的事情中起着关键的作用。"

勃拉姆斯沉默着，他知道巴赫、莫扎特、贝多芬、舒伯特，还有他的导师舒曼的音乐已经世代相传了，同时音乐上的纷争也在世代相传着，曾经来到过他的身旁，现在经过了他，去寻找更加年轻的一代。如今，瓦格纳和李斯特都已经去世，关于激进的音乐和保守的音乐的纷争也已经远离他们。如同一辆马车从驿站经过，对勃拉姆斯而言，这是最后的一辆马车，车轮在泥泞里响了过去，留下了荒凉的驿站和荒凉的他，纷争的马车已经不愿意在这荒凉之地停留了，它要驶向年轻人热血沸腾的城市。勃拉姆斯茕茕孤立，黄昏正在来临。他完成了这第二首大提琴和钢琴奏鸣曲，这首 F 大调的奏鸣曲也是他第九十九部音乐作品。与第一首大提琴和钢琴奏鸣曲相比，似乎不是另外一部作品，似乎是第一首奏鸣曲的第三个乐章结束后，又增加了四个乐章。

中间相隔的二十一年发生了什么？勃拉姆斯又是如何度过的？疑问无法得到解答，谁也无法从他的作品里去感受他的经历，他的作品和作品之间似乎只有一夜之隔，漫长的二十一年被取消了。这是一个内心永远大于现实的人，而且他的内心一成不变。他在二十岁的时候已经具有了五十三岁的沧桑，在五十三岁的时候他仍然像二十岁那样年轻。

第二首大提琴和钢琴奏鸣曲保持了勃拉姆斯内省的激情，而漫长的回忆经过了切割之后，成为了叹息一样的段落，在旋律里闪现。于是这一首奏鸣曲更加沉重和阴暗，不过它有着自始至终的、饱满的温暖。罗斯特罗波维奇和塞尔金的演奏仿佛是黄昏的降临，万物开始沉浸到安宁之中，人生来到了梦的边境，如歌如诉，即便是死亡也是温暖的。这时候的大提琴和钢琴就像是两位和谐的老人，坐在夕阳西下的草坡上，面带微笑地欣赏着对方的发言。

很多年过去了，勃拉姆斯的生命消失了，他的音乐没有消失，他的音乐没有在他生命终止的地方停留下来，他的音乐叙述着继续向前，与瓦格纳的音乐走到了一起，与李斯特和肖邦的音乐走到了一起，又和巴赫、贝多芬和舒曼的音乐走到了一起，他们的音乐无怨无恨地走在了一起，在没有止境的道路上进行着没有止境的行走。

然而，年轻一代成长起来了，勋伯格成长起来了，这位二十世纪最伟大的音乐革命者，这位瓦格纳的信徒，同时也是勃拉姆斯的信徒，在他著名的《升华之夜》里，将瓦格纳的半音和弦和勃拉姆斯室内乐作品中精致结构以及淋漓尽致的动机合二为一了。勋伯格当然知道有关瓦格纳和勃拉姆斯的纷争，而且他自己也正在经历着类似的纷争。对于他来说，也对于其他年轻的作曲家来说，勃拉姆斯是一位音乐语言的伟大创新者，他在那个时代被视为保守的音乐写作在后来者眼中，开始显示其前瞻的伟大特性；至于瓦格纳，他在那个时代就已经是公认的激进主义者，公认的音乐语言的创新者，后来时代的人也就不会再去枉费心机了。随着瓦格纳和勃拉姆斯的去世，随着那个时代的结束，有关保守和激进的纷争也自然熄灭了。这两位生前水火不相容的作曲家，在他们死后，在勋伯格这一代人眼中，也在勋伯格之后的那一代人眼中，他们似乎亲如兄弟，他们的智慧相遇在《升华之

夜》，而且他们共同去经历那些被演奏的神圣时刻，共同给予后来者
有效的忠告和宝贵的启示。

事实上，是保守还是激进，不过是一个时代的看法，它从来都不
是音乐的看法。任何一个时代都会结束，与那些时代有关的看法也同
样在劫难逃。对于音乐而言，从来就不存在什么保守的音乐和激进的
音乐，音乐是那些不同时代和不同国家民族的人，那些不同经历和不
同性格的人，出于不同的理由和不同的认识，以不同的立场和不同的
形式，最后以同样的赤诚之心创造出来的。因此，音乐里只有叙述的
存在，没有其他的存在。

1939 年，巴勃罗·卡萨尔斯为抗议佛朗哥政府，离开了西班牙，
来到了法国的普拉德小镇居住，这位"最伟大的大提琴家，又是最高
尚的人道主义者"开始了他隐居的生活。卡萨尔斯选择了紧邻西班牙
国境的普拉德小镇，使他离开了西班牙以后，仍然可以眺望西班牙。
巴勃罗·卡萨尔斯的存在，使普拉德小镇成为了召唤，召唤着游荡在
世界各地的音乐家。在每一年的某一天，这些素未谋面或者阔别已久
的音乐家就会来到安静的普拉德，来到卡萨尔斯音乐节。于是普拉德
小镇的广场成为了人类音乐的广场，这些不同肤色、不同年龄和不同
性别的音乐家坐到了一起，在白雪皑皑的阿尔卑斯山下，人们听到了
巴赫和亨德尔的声音，听到了莫扎特和贝多芬的声音，听到了勃拉姆
斯和瓦格纳的声音，听到了巴托克和梅西安的声音……只要他们乐
意，他们可以演奏音乐里所有形式的叙述，可是他们谁也无法演奏音
乐史上的纷争。

1998 年 12 月 13 日

高　潮

肖斯塔科维奇和霍桑

　　肖斯塔科维奇在 1941 年完成了作品编号 60 的《第七交响曲》。这一年，希特勒的德国以 32 个步兵师、4 个摩托化师、4 个坦克师和 1 个骑兵旅，还有 6000 门大炮、4500 门迫击炮和 1000 多架飞机猛烈进攻列宁格勒。希特勒决心在这一年秋天结束之前，将这座城市从地球上抹掉。也是这一年，肖斯塔科维奇在列宁格勒战火的背景下度过了三十五岁生日，他的一位朋友拿来了一瓶藏在地下的伏特加酒，另外的朋友带来了黑面包皮，而他自己只能拿出一些土豆。饥饿和死亡、悲伤和恐惧形成了巨大的阴影，笼罩着他的生日和生日以后的岁月。于是，他在"生活艰难，无限悲伤，无数眼泪"中，写下了第三乐章阴暗的柔板，那是"对大自然的回忆和陶醉"的柔板，凄凉的弦乐在柔板里随时升起，使回忆和陶醉时断时续，战争和苦难的现实以噩梦的方式折磨着他的内心和他的呼吸，使他优美的抒情里时常出现恐怖的节奏和奇怪的音符。

事实上，这是肖斯塔科维奇由来已久的不安，远在战争开始之前，他的噩梦已经开始了。这位来自彼得格勒音乐学院的年轻的天才，十九岁时就应有尽有了。他的毕业作品《第一交响曲》深得尼古拉·马尔科的喜爱，就是这位俄罗斯的指挥家在列宁格勒将其首演，然后立刻出现在托斯卡尼尼·斯托科夫斯基和瓦尔特等人的节目单上。音乐是世界的语言，不会因为漫长的翻译而推迟肖斯塔科维奇世界声誉的迅速来到，可是他的年龄仍然刻板和缓慢地进展着，他太年轻了，不知道世界性的声誉对于一个作曲家意味着什么，他仍然以自己年龄应有的方式生活着，生机勃勃和调皮捣蛋。直到1936年，斯大林听到了他的歌剧《姆钦斯克县的麦克白夫人》后，公开发表了一篇严厉指责的评论。斯大林的声音意味着什么，意味着整个国家都会胆战心惊，当这样的声音从那两片小胡子下面发出时，三十岁的肖斯塔科维奇还在睡梦里干着甜蜜的勾当，次日清晨当他醒来以后，已经不是用一身冷汗可以解释他的处境了。然后，肖斯塔科维奇立刻成熟了。他的命运就像盾牌一样，似乎专门是为了对付打击而来。他在对待荣誉的时候似乎没心没肺，可是对待厄运他从不松懈。在此后四十五年的岁月里，肖斯塔科维奇老谋深算，面对一次一次汹涌而来的批判，他都能够身心投入地加入到对自己的批判中去，他在批判自己的时候毫不留情，如同火上加油，他似乎比别人更乐意置自己于死地，令那些批判者无话可说，只能再给他一条悔过自新的生路。然而在心里，肖斯塔科维奇从来就没有悔过自新的时刻，一旦化险为夷他就重蹈覆辙，似乎是好了伤疤立刻就忘了疼痛，其实他根本就没有伤疤，他只是将颜料涂在自己身上，让虚构的累累伤痕惟妙惟肖，他在这方面的高超技巧比起他作曲的才华毫不逊色，从而使他躲过了一次又一次的劫难，完成了命运赋予他的一百四十七首音乐作品。

尽管从表面上看，比起布尔加科夫，比起帕斯捷尔纳克，比起同时代的其他艺术家凄惨的命运，肖斯塔科维奇似乎过着幸福的生活，起码他衣食不愁，而且住着宽敞的房子，他可以将一个室内乐团请到家中客厅来练习自己的作品，可是在心里，肖斯塔科维奇同样也在经历着艰难的一生。当穆拉文斯基认为肖斯塔科维奇试图在作品里表达出欢欣的声音时，肖斯塔科维奇说："哪里有什么欢欣可言？"肖斯塔科维奇在生命结束的前一年，在他完成的他第十五首，也是最后一首弦乐四重奏里，人们听到了什么？第一乐章漫长的和令人窒息的旋律意味着什么？将一个只有几秒的简单乐句拉长到十二分钟，已经超过作曲家技巧的长度，达到了人生的长度。

　　肖斯塔科维奇的经历是一位音乐家应该具有的经历，他的忠诚和才华都给予了音乐，而对他所处的时代和所处的政治，他并不在乎，所以他人云亦云，苟且偷生。不过人的良知始终陪伴着他，而且一次次地带着他来到那些被迫害致死的朋友墓前，他沉默地伫立着，他的伤心也在沉默，他不知道接下去的坟墓是否属于他，他对自己能否继续蒙混过关越来越没有把握，幸运的是他最终还是蒙混过去了，直到真正的死亡来临。与别人不同，这位戴着深度近视眼镜的作曲家将自己的坎坷之路留在了内心深处，而将宽厚的笑容给予了现实，将沉思的形象给予了摄影照片。

　　因此当希特勒德国的疯狂进攻开始后，已经噩梦缠身的肖斯塔科维奇又得到了新的噩梦，而且这一次的噩梦像白昼一样的明亮和实实在在，饥饿、寒冷和每时每刻都在出现的死亡如同杂乱的脚步，在他身旁周而复始地走来走去。后来，他在《见证》里这样说：战争的来到使苏联人意外地获得了一种悲伤的权利。这句话一箭双雕，在表达了一个民族痛苦的后面，肖斯塔科维奇暗示了某一种自由的来到，或者说"意外地获得了一种权利"。显然，专制已经剥夺了人们悲伤的权利，人们活着只能笑逐颜开，即使是哭泣也必须是笑出了眼泪。对此，身为作曲家的肖斯塔科维奇有着更为隐晦的不安，然而战争改变了一切，在饥饿和寒冷的摧残里，在死亡威胁的脚步声里，肖斯塔科维奇意外地得到了悲伤的借口，他终于可以安全地在自己的作品中表达悲伤，表达来自战争的悲伤，同时也是和平的悲伤；表达个人的悲伤，也是人们共有的悲伤；表达人们由来已久的悲伤，也是人们将要世代相传的悲伤。而且，无人可以指责他。

这可能是肖斯塔科维奇写作《第七交响曲》的根本理由，写作的灵感似乎来自《圣经·诗篇》里悲喜之间的不断转换，这样的转换有时是在瞬间完成，有时则是漫长和遥远的旅程。肖斯塔科维奇在战前已经开始了这样的构想，并且写完了第一乐章，接着战争开始了，肖斯塔科维奇继续自己的写作，并且在血腥和残酷的列宁格勒战役中完成了这一首《第七交响曲》。然后，他发现一个时代找上门来了，1942年3月5日，《第七交响曲》在后方城市古比雪夫首演后，立刻成为了这个正在遭受耻辱的民族的抗击之声，另外一个标题"列宁格勒交响曲"也立刻覆盖了原有的标题"第七交响曲"。

这几乎是一切叙述作品的命运，它们需要获得某一个时代的青睐，才能使自己得到成功的位置，然后一劳永逸地坐下去。尽管它们被创造出来的理由可以与任何时代无关，有时候仅仅是书呆子们一时的冲动，或者由一个转瞬即逝的事件引发出来，然而叙述作品自身开放的品质又可以使任何一个时代与之相关，就像叙述作品需要某个时代的帮助才能获得成功，一个时代也同样需要在叙述作品中找到使其合法化的位置。肖斯塔科维奇知道自己写下了什么，他写下的仅仅是个人的感情和个人的关怀，写下了某些来自《圣经·诗篇》的灵感，写下了压抑的内心和田园般的回忆，写下了激昂悲壮、苦难和忍受，当然也写下了战争……于是，1942年的苏联人民认为自己听到浴血抗战的声音，《第七交响曲》成为了反法西斯之歌。而完成于战前的第一乐章中的插部，那个巨大的令人不安的插部成为了侵略者脚步的诠释。尽管肖斯塔科维奇知道这个插部来源于更为久远的不安，不过现实的诠释也同样有力。肖斯塔科维奇顺水推舟，认为自己确实写下了抗战的《列宁格勒交响曲》，以此献给"我们的反法西斯战斗，献给我们未来的胜利，献给我出生的城市"。他明智的态度是因为他精通音乐作品的价值所在，那就是能够迎合不同时代的诠释，随着时代的改变而不断变奏下去。在古比雪夫的首演之后，《第七交响曲》来到了命运的凯旋门，乐曲的总谱被拍摄成微型胶卷，由军用飞机穿越层层炮火运往了美国。同年的7月19日，托斯卡尼尼在纽约指挥了《第七交响曲》，作为世界人民反法西斯的大合唱，广播电台向全世界做了实况转播。很多年过去后，那些仍然活着的二战老兵，仍然会为它的第一乐章激动不已。肖斯塔科维奇死于1975年，生于1906年。

时光倒转一个世纪，在一个世纪的痛苦和欢乐之前，是另一个世纪的记忆和沉默。1804年，一位名叫纳撒尼尔·霍桑的移民的后代，通过萨勒姆镇来到了人间。位于美国东部新英格兰地区的萨勒姆是一座港口城市，于是纳撒尼尔·霍桑的父亲作为一位船长也就十分自然，他的一位祖辈约翰·霍桑曾经是名噪一时的法官，在十七世纪末将十九位妇女送上了绞刑架。显然，纳撒尼尔·霍桑出生时家族已经衰落，老纳撒尼尔已经没有了约翰法官掌握别人命运的威严，他只能开始并且继续自己的漂泊生涯，将自己的命运交给了大海和风暴。1808年，也就是小纳撒尼尔出生的第四年，老纳撒尼尔因患黄热病死于东印度群岛的苏里南。这是那个时代里屡见不鲜的悲剧，当出海数月的帆船归来时，在岸边望穿秋水的女人和孩子们，时常会在天真的喜悦之后，去承受失去亲人的震惊以及此后漫长的悲伤。后来成为一位作家的纳撒尼尔·霍桑，在那个悲伤变了质的家庭里度过了三十多年沉闷和孤独的岁月。

这是一个在生活里迷失了方向的家庭，茫然若失的情绪犹如每天的日出一样照耀着他们，家庭中的每一个成员都不由自主地助长着自己的孤僻性格，岁月的流逝使他们在可怜的自我里越陷越深，到头来母子和兄妹之间视同陌路。博尔赫斯在《纳撒尼尔·霍桑》一文中这样告诉我们："霍桑船长死后，他的遗孀，纳撒尼尔的母亲，在二楼自己的卧室里闭门不出。两姐妹，路易莎和伊丽莎白的卧室也在二楼；最后一个房间是纳撒尼尔的。那几个人不在一起吃饭，相互之间几乎不说话；他们的饭搁在一个托盘上，放在走廊里。纳撒尼尔整天在屋里写鬼故事，傍晚时分才出来散散步。"

身材瘦长、眉目清秀的霍桑显然没有过肖斯塔科维奇那样生机勃勃的年轻时光，他在童年的时候就已经开始了未老先衰的生活，直到三十八岁遇到他的妻子索菲亚，此后的霍桑总算是品尝了一些生活的真正乐趣。在此之前，他的主要乐趣就是给他在波多因大学时的同学朗费罗写信，他在信中告诉朗费罗："我足不出户，主观上一点不想这么做，也从未料到自己会出现这种情况。我成了囚徒，自己关在牢房里，现在找不到钥匙，尽管门开着，我几乎怕出去。"这两位十九世纪美国浪漫主义文学的杰出代表出自同一个校园，不过他们过着截然不同的生活，朗费罗比霍桑聪明得多，他知道如何去接受著名诗人所能带来的种种好处。阴郁和孤僻的霍桑对此一无所知，他热爱写作，却又无力以此为生，只能以更多的时间和精力去应付税关职员的工作，然后将压抑和厌世的情绪通过书信传达给朗费罗，试图将他的朋友也拉下水。朗费罗从不上当，他只在书信中给予霍桑某些安慰，而不会为他不安和失眠。真正给予霍桑无私的关心和爱护的只有索菲亚，她像霍桑一样热爱着他的写作，同时她精通如何用最少的钱将一个家庭的生活维持下去，当霍桑丢掉了税关的职务沮丧地回到家中时，索菲亚却喜悦无比地欢迎他，她的高兴是那么的真诚，她对丈夫说："现在你可以写你的书了。"

纳撒尼尔·霍桑作品中所弥漫出来的古怪和阴沉的气氛，用博尔赫斯的话说是"鬼故事"，显然来源于他古怪和阴沉的家庭。按照人们惯常的逻辑，人的记忆似乎是从五岁时才真正开始，如果霍桑的记忆不例外的话，自四岁的时候失去父亲，霍桑的记忆也就失去了童年，我所指的是大多数人所经历过的那种童年，也就是肖斯塔科维奇和朗费罗他们所经历过的童年，那种属于田野和街道、属于争吵和斗殴、属于无知和无忧的童年。这样的童年是贫穷、疾病和死亡都无法改变的。霍桑的童年犹如笼中之鸟，在阴暗的屋子里成长，和一个丧失了一切愿望的母亲，还有两个极力模仿着母亲并且最终比母亲还要阴沉的姐妹生活在一起。

这就是纳撒尼尔·霍桑的童年，墙壁阻断了他与欢乐之间的呼应和对视，他能够听到外面其他孩子的喧哗，可是他只能待在死一般沉寂的屋子里。门开着，他不是不能出去，而是——用他自己的话说是"我几乎怕出去"。在这样的环境里成长起来的霍桑，自然会理解威克菲尔德的离奇想法，在他写下的近两千页的故事和小品里，威克菲尔德式的人物会在页码的翻动中不断涌现，古怪、有趣和令人沉思。博尔赫斯在阅读了霍桑的三部长篇和一百多部短篇小说之外，还阅读了他保存完好的笔记，霍桑写作心得的笔记显示了他还有很多与众不同的有趣想法，博尔赫斯在《纳撒尼尔·霍桑》一文中向我们展示一些霍桑没有在叙述中完成的想法——"有个人从十五岁到三十五岁让一条蛇待在他的肚子里，由他饲养，蛇使他遭到了可怕的折磨。""一个人清醒时对另一个人印象很好，对他完全放心，但梦见那个朋友却像死敌一样对待他，使他不安。最后发现梦中所见才是那人的真实面目。""一个富人立下遗嘱，把他的房子赠送给一对贫穷的夫妇。这对夫妇搬了进去，发现房子里有一个阴森的仆人，而遗嘱规定不准将他解雇。仆人使他们的日子过不下去；最后才知道仆人就是把房子送给他们的那人。"……

索菲亚进入了霍桑的生活之后，就像是一位技艺高超的工匠那样修补起了霍桑破烂的生活，如同给磨破的裤子缝上了补丁，给漏雨的屋顶更换了瓦片，索菲亚给予了霍桑正常的生活，于是霍桑的写作也逐渐显露出一些正常的情绪，那时候他开始写作《红字》了。与威克菲尔德式的故事一样，《红字》继续着霍桑因为过多的沉思后变得越来越压抑的情绪。这样的情绪源远流长，从老纳撒尼尔死后就开始了，这是索菲亚所无法改变的。事实上，索菲亚并没有改变霍桑什么，她只是唤醒了霍桑内心深处另外一部分的情感。这样的情感在霍桑的心里已经沉睡了三十多年，现在醒来了，然后人们在《红字》里读到了一段段优美宁静的篇章，读到了在《圣经》之前就已经存在的同情和怜悯，读到了忠诚和眼泪……这是《威克菲尔德》这样的故事所没有的。

1850年，也就是穷困潦倒的爱伦·坡去世后不久，《红字》出版了。《红字》的出版使纳撒尼尔·霍桑彻底摆脱了与爱伦·坡类似的命运，使他声名远扬，次年就有了德译本，第三年有了法译本。霍桑家族自从约翰法官死后，终于再一次迎来了显赫的名望，而且这一次将会长存下去。此后的霍桑度过了一生里最为平静的十四年，虽然那时候的写作还无法致富，然而生活已经不成问题，霍桑与妻子索菲亚还有子女过起了心安理得的生活。当他接近六十岁的时候，四岁时遭受过的命运再一次找上门来，这一次是让他的女儿夭折。与肖斯塔科维奇不断遭受外部打击的盾牌似的一生不同，霍桑一生如同箭靶一样，把每一支利箭都留在了自己的心脏上。他默默地承受着，牙齿打碎了往肚里咽，就是他的妻子索菲亚也无法了解他内心的痛苦究竟有多少，这也是索菲亚为什么从来都无法认清他的原因所在。对索菲亚来说，霍桑身上总是笼罩着一层"永恒的微光"。女儿死后不到一年，1864年的某一天，不堪重负的霍桑以平静的方式结束了自己的一生，他在睡梦里去世了。霍桑的死，就像是《红字》的叙述那样宁静和优美。

纳撒尼尔·霍桑和肖斯塔科维奇，一位是1804年至1864年之间出现过的美国人，另一位是1906年至1975年之间出现过的俄国人；一位写下了文学的作品，另一位写下了音乐的作品。他们置身于两个截然不同的时代，完成了两个截然不同的命运，他们之间的距离比他们相隔的一个世纪还要遥远。然而，他们对内心的坚持却是一样的固执和一样的密不透风，心灵的相似会使两个截然不同的人有时候成为了一个人，纳撒尼尔·霍桑和肖斯塔科维奇，他们的某些神秘的一致性，使他们获得了类似的方式，在岁月一样漫长的叙述里去经历共同的高潮。

《第七交响曲》和《红字》

肖斯塔科维奇《第七交响曲》中第一乐章的叙述，确切地说是第一乐章中著名的侵略插部与《红字》的叙述迎合到了一起，仿佛是两面互相凝视中的镜子，使一部音乐作品和一部文学作品都在对方的叙述里看到了自己的形象。肖斯塔科维奇让那个插部进展到了十分钟以上的长度，同时让里面没有音乐，或者说由没有音乐的管弦乐成分组成，一个单一曲调在鼓声里不断出现和不断消失，如同霍桑《红字》中单一的情绪主题的不断变奏。就像肖斯塔科维奇有时候会在叙述中放弃音乐一样，纳撒尼尔·霍桑同样也会放弃长篇小说中必要的故事的起伏，在这部似乎是一个短篇小说结构的长篇小说里，霍桑甚至放弃了叙述中惯用的对比，肖斯塔科维奇也在这个侵略插部中放弃了对比。接下来他们只能赤裸裸地去迎接一切叙述作品中最为有力的挑战，用渐强的方式将叙述进行下去。这两个人都做到了，他们从容不迫和举重若轻地使叙述在软弱中越来越强大。毫无疑问，这种渐强的方式是最为天真的方式，就像孩子的眼睛那样单纯，同时它又是最为有力的叙述，它所显示的不只是叙述者的技巧是否炉火纯青，当最后的高潮在叙述的渐强里逐步接近并且终于来到时，它就会显示出人生的重量和命运的空旷。

这样的方式使叙述之弦随时都会断裂似的绷紧了，在接近高潮的时候仿佛又在推开高潮，如此周而复始，不断培育着将要来到的高潮，使其越来越庞大和越来越沉重，因此当它最终来到时，就会像是末日的来临一样令人不知所措了。

肖斯塔科维奇给予了我们这样的经历，在那个几乎使人窒息的侵略插部里，他让鼓声反复敲响了一百七十五次，让主题在十一次的变奏里艰难前行。没有音乐的管弦乐和小鼓重复着来到和离去，并且让来到和离去的间隔越来越短暂，逐渐成为了瞬间的转换，最终肖斯塔科维奇取消了离去，使每一次的离去同时成为了来到。巨大的令人不安的音响犹如天空那样笼罩着我们，而且这样的声音还在源源不断地来到，天空似乎以压迫的方式正在迅速地缩小。高潮的来临常常意味着叙述的穷途末路，如何在高潮之上结束它，并且使它的叙述更高地扬起，而不是垂落下来，这样的考验显然是叙述作品的关键。

肖斯塔科维奇的叙述是让主部主题突然出现，这是一个尖锐的抒情段落，在那巨大可怕的音响之上生长起来。顷刻之间奇迹来到了，人们看到"轻"比"沉重"更加有力，仿佛是在黑云压城欲摧之际，一道纤细的阳光瓦解了灾难那样。当那段抒情的弦乐尖锐地升起，轻轻地飘向空旷之中时，人们也就获得了高潮之上的高潮。肖斯塔科维奇证明了小段的抒情有能力覆盖任何巨大的旋律和任何激昂的节奏。下面要讨论的是霍桑的证明，在跌宕恢宏的篇章后面，短暂和安详的叙述将会出现什么，纳撒尼尔·霍桑证明了文学的叙述也同样如此。

几乎没有人不认为纳撒尼尔·霍桑在《红字》里创造了一段罗曼史，事实上也正是因为《红字》的出版，使纳撒尼尔摇身一变成为了浪漫主义作家，也让他找到了与爱伦·坡分道扬镳的机会，在此之前这两个人都在阴暗的屋子里编写着灵魂崩溃的故事。当然，《红字》不是一部甜蜜的和充满了幻想的罗曼史，而是忍受和忠诚的历史。用D.H.劳伦斯的话说，这是"一个实实在在的人间故事，却内含着地狱般的意义"。

海丝特·白兰和年轻的牧师丁梅斯代尔，他们的故事就像是亚当和夏娃的故事，在勾引和上钩之后，或者说是在瞬间的相爱之后，就有了人类起源的神话，同时也有了罪恶的神话。出于同样的理由，《红字》的故事里有了珠儿，一个精灵般的女孩，她成为了两个人短暂的幸福和长时期痛苦的根源。故事开始时已经是木已成舟，在清教盛行的新英格兰地区，海丝特·白兰没有丈夫存在的怀孕，使她进入了监狱，她在狱中生下了珠儿。这一天早晨——霍桑的叙述开始了——监狱外的市场上挤满了人，等待着海丝特·白兰——这个教区的败类和荡妇如何从监狱里走出来，人们议论纷纷，海丝特·白兰从此将在胸口戴上一个红色的 A 字，这是英文里"通奸"的第一个字母，她将在耻辱和罪恶中度过一生。然后，"身材修长，容姿完整优美到堂皇程度"的海丝特，怀抱着只有三个月的珠儿光彩照人地走出了监狱，全然不是"会在灾难的云雾里黯然失色的人"，而胸口的红字是"精美的红布制成的，四周有金线织成的细工刺绣和奇巧花样"。手握警棍的狱吏将海丝特带到了市场西侧的绞刑台，他要海丝特站在上面展览她的红字，直到午后一点钟为止。人们辱骂她，逼她说出谁是孩子的父亲，甚至让孩子真正的父亲——受人爱戴的丁梅斯代尔牧师上前劝说她说出真话来，她仍然回答："我不愿意说。"然后她面色变成死灰，因为她看着自己深爱的人，她说："我的孩子必要寻求一个天上的父亲；她永远也不会认识一个世上的父亲！"

这只是忍受的开始，在此后两百多页叙述的岁月里，海丝特经历着越来越残忍的自我折磨，而海丝特耻辱的同谋丁梅斯代尔，这位深怀宗教热情又极善辞令的年轻牧师也同样如此。在两个人的中间，纳撒尼尔·霍桑将罗格·齐灵渥斯插了进去，这位精通炼金术和医术的老人是海丝特真正的丈夫，他在失踪之后又突然回来了。霍桑的叙述使罗格·齐灵渥斯精通的似乎是心术，而不是炼金术。罗格·齐灵渥斯十分轻松地制服了海丝特，让海丝特发誓绝不泄露出他的真实身份。然后罗格·齐灵渥斯不断地去刺探丁梅斯代尔越来越脆弱的内心，折磨他，使他奄奄一息。从海丝特怀抱珠儿第一次走上绞刑台以后，霍桑的叙述开始了奇妙的内心历程，他让海丝特忍受的折磨和丁梅斯代尔忍受的折磨逐渐接近，最后重叠到了一起。霍桑的叙述和肖斯塔科维奇那个侵略插部的叙述，或者和拉威尔的《波莱罗》不谋而合，它们都是一个很长的、没有对比的、逐渐增强的叙述。这是纳撒尼尔才华横溢的美好时光，他的叙述就像沉思中的形象，宁静和温柔，然而在这形象内部的动脉里，鲜血正在不断地冲击着心脏。如同肖斯塔科维奇的侵略插部和拉威尔的《波莱罗》都只有一个高潮，霍桑长达二百多页的《红字》也只有一个高潮，这似乎是所有渐强方式完成的叙述作品的命运，逐步增强的叙述就像是向上的山坡，一寸一寸的连接使它抵达顶峰。

《红字》的顶峰是在第二十三章，这一章的标题是"红字的显露"。事实上，叙述的高潮在第二十一章"新英格兰的节日"就开始了。在这里，纳撒尼尔·霍桑开始显示他驾驭大场面时从容不迫的才能。这一天，新来的州长将要上任，盛大的仪式成为了新英格兰地区的节日，霍桑让海丝特带着珠儿来到了市场，然后他的笔开始了不断的延伸，将市场上欢乐的气氛和杂乱的人群交叉起来，人们的服装显示了他们来自不同的地方，使市场的欢乐显得色彩斑驳。在此背景下，霍桑让海丝特的内心洋溢着隐秘的欢乐，她看到了自己胸前的红字，她的神情里流露出了高傲，她在心里对所有的人说："你们最后再看一次这个红字和佩戴红字的人吧！"因为她悄悄地在明天起航的路上预订了铺位，给自己和珠儿，也给年轻的牧师丁梅斯代尔。这位内心纯洁的人已经被阴暗的罗格·齐灵渥斯折磨得"又憔悴又孱弱"，海丝特感到他的生命似乎所剩无几了，于是她违背了自己的诺言，告诉他和他同住一个屋檐下的老医生是什么人。然后，害怕和绝望的牧师在海丝特爱的力量感召下，终于有了逃离这个殖民地和彻底摆脱罗格·齐灵渥斯的勇气，他们想到了"海上广大的途径"，他们就是这样而来，明天他们也将这样离去，回到他们的故乡英格兰，或者去法国和德国，还有"令人愉快的意大利"，去开始他们真正的生活。

在市场上人群盲目的欢乐里，海丝特的欢乐才是真正的欢乐，纳撒尼尔·霍桑的叙述让其脱颖而出，犹如一个胜利的钢琴主题凌驾于众多的协奏之上。可是一个不和谐的音符出现了，海丝特看到那位衣服上佩戴着各色丝带的船长正和罗格·齐灵渥斯亲密地交谈，交谈结束之后船长走到海丝特面前，告诉她罗格·齐灵渥斯也在船上预订了铺位。"海丝特虽然心里非常惊慌，却露出一种镇静的态度"，随后她看到她的丈夫站在远处向她微笑，这位阴险的医生"越过了那广大嘈杂的广场，透过人群的谈笑、各种思想、心情和兴致——把一种秘密的、可怕的用意传送过来。"

这时候，霍桑的叙述进入了第二十二章——"游行"。协奏曲轰然奏响，淹没了属于海丝特的钢琴主题。市场上欢声四起，在邻近的街道上，走来了军乐队和知事们与市民们的队伍，丁梅斯代尔牧师走在护卫队的后面，走在最为显赫的人中间，这一天他神采飞扬，"从来没有见过他步伐态度像现在随着队伍行进时那么有精神"，他们走向会议厅，年轻的牧师将要宣读一篇选举说教。海丝特看着他从自己前面走过。

霍桑的叙述出现了不安，不安的主题缠绕着海丝特，另一个阴暗的人物西宾斯夫人，这个丑陋的老妇人开始了对海丝特精神的压迫，她虽然不是罗格·齐灵渥斯的同谋，可是她一样给予了海丝特惊慌的折磨。在西宾斯夫人尖锐的大笑里，不安的叙述消散了。

欢乐又开始了，显赫的人已经走进了教堂，市民们也挤满了大堂，神圣的丁梅斯代尔牧师演讲的声音响了起来，"一种不可抵抗的情感"使海丝特靠近过去，可是到处站满了人，她只能在绞刑台旁得到自己的位置。牧师的声音"像音乐一般，传达出热情和激动，传达出激昂或温柔的情绪"，海丝特"那么热烈地倾听着"，"她捉到了那低低的音调，宛若向下沉落准备静息的风声一样；接着，当那声调逐渐增加甜蜜和力量上升起来的时候，她也随着上升，一直到那音量用一种严肃宏伟的氛围将她全身包裹住。"

霍桑将叙述的欢乐变成了叙述的神圣，一切都寂静了下来，只有丁梅斯代尔的声音雄辩地回响着，使所有的倾听者都感到"灵魂像浮在汹涌的海浪上一般升腾着"。这位遭受了七年的内心折磨，正在奄奄一息的年轻牧师，此刻仿佛将毕生的精力凝聚了起来，他开始经历起回光返照的短暂时光。而在他对面不远处的绞刑台旁，在这寂静的时刻，在牧师神圣的说教笼罩下的市场上，海丝特再次听到那个不和谐的音符，使叙述的神圣被迫中断。那位一无所知的船长，再一次成为罗格·齐灵渥斯阴谋的传达者，而且他是通过另一位无知者珠儿完成了传达。海丝特"心里发生一种可怕的苦恼"，七年的痛苦、折磨和煎熬所换来的唯一希望，那个属于明天"海上广大的途径"的希望，正在可怕地消失，罗格·齐灵渥斯的罪恶将会永久占有他们。此刻沉浸在自己神圣声音中的丁梅斯代尔，对此一无所知。

然后，叙述中高潮的章节"红字的显露"来到了。丁梅斯代尔的声音终于停止了，叙述恢复了欢乐的协奏，"街道和市场上，四面八方都有人在赞美牧师。他的听众，每一个人都要把自己认为强过于旁人的见解尽情吐露之后，才得安静。他们一致保证，从来没有过一个演讲的人像他今天这样，有过如此明智、如此崇高、如此神圣的精神。"接下去，在音乐的鸣响和护卫队整齐的步伐里，丁梅斯代尔和州长、知事，还有一切有地位有名望的人，从教堂里走了出来，走向市政厅盛大的晚宴。霍桑此刻的叙述成为了华彩的段落，他似乎忘记了叙述中原有的节拍，开始了尽情的渲染，让"狂风的呼啸，霹雳的雷鸣，海洋的怒吼"这些奢侈的比喻接踵而来，随后又让"新英格兰的土地上"这样的句式排比着出现，于是欢乐的气氛在市场上茁壮成长和生生不息。

随即一个不安的乐句轻轻出现了，人们看到牧师的脸上有"一种死灰颜色，几乎不像是一个活人的面孔"，牧师踉跄地走着，随时都会倒地似的。尽管如此，这位"智力和情感退潮后"的牧师，仍然颤抖着断然推开老牧师威尔逊的搀扶，他脸上流露出的神色使新任的州长深感不安，使他不敢上前去扶持。这个"肉体衰弱"的不安乐句缓慢地前行着，来到了绞刑台前，海丝特和珠儿的出现使它立刻激昂了起来。丁梅斯代尔向她们伸出了双臂，轻声叫出她们的名字，他的脸上出现了"温柔和奇异的胜利表情"，他刚才推开老牧师威尔逊的颤抖的手，此刻向海丝特发出了救援的呼叫。海丝特"像被不可避免的命运推动着"走向了年轻的牧师，"伸出胳膊来搀扶他，走近刑台，踏上阶梯"。

就在这高高的刑台上，霍桑的叙述走到了高潮。在死一般的寂静里，属于丁梅斯代尔的乐句尖锐地刺向了空中。他说："感谢领我到此地来的上帝！"然后他悄悄对海丝特说，"这不是更好吗。"纳撒尼尔·霍桑的叙述让丁梅斯代尔做出了勇敢的选择，不是通过"海上广大的途径"逃走，而是站到了七年前海丝特怀抱珠儿最初忍受耻辱的刑台之上，七年来他在自己的内心里遭受着同样的耻辱，现在他要释放它们，于是火山爆发了。他让市场上目瞪口呆的人们明白，七年前他们在这里逼迫海丝特说出的那个人就是他。此刻，丁梅斯代尔的乐句已经没有了不安，它变得异常的强大和尖锐，将属于市场上人群的协奏彻底驱赶，以王者的姿态孤独地回旋着。丁梅斯代尔用他生命里最后的声音告诉人们：海丝特胸前的红字只是他自己胸口红字的一个影子。接着，"他痉挛地用着力，扯开了他胸前的牧师的饰带"。让人们看清楚了，在他胸口的皮肉上烙着一个红色的 A 字。随后他倒了下去。叙述的高潮来到了顶峰，一切事物都被推到了极端，一切情感也都开始走投无路。

这时候，纳撒尼尔·霍桑显示出了和肖斯塔科维奇同样的体验，如同"侵略插部"中小段的抒情覆盖了巨大的旋律，建立了高潮之上的高潮那样，霍桑在此后的叙述突然显得极其安详。他让海丝特俯下面孔，靠近丁梅斯代尔的脸，在年轻的牧师告别人世之际，完成了他们最后的语言。海丝特和丁梅斯代尔最后的对话是如此感人，里面没有痛苦，没有悲伤，也没有怨恨，只有短暂的琴声如诉般的安详。因为就在刚才的高潮段落叙述里，《红字》中所有的痛苦、悲伤和怨恨都得到了凝聚，已经成为了强大的压迫，压迫着霍桑全部的叙述。可是纳撒尼尔让叙述继续前进，因为还有着难以言传的温柔没有表达，这样的温柔紧接着刚才的激昂，同时也覆盖了刚才的激昂。在这安详和温柔的小小段落里，霍桑让前面二百多页逐渐聚集起来的情感，那些使叙述已经不堪重负的巨大情感，在瞬间获得了释放。这就是纳撒尼尔·霍桑，也是肖斯塔科维奇为什么要用一个短暂的抒情段落来结束强大的高潮段落，因为他们需要获得拯救，需要在越来越沉重或者越来越激烈的叙述里得到解脱。同时，这高潮之上的高潮，也是对整个叙述的酬谢，就像死对生的酬谢。

1999 年 1 月 26 日

否　定

　　在欧内斯特·纽曼编辑出版的《回忆录》里，柏辽兹显示了其作家的身份，他在处理语言的节奏和变化时，就像处理音乐一样才华非凡，而且辛辣幽默。正如他认为自己的音乐"变幻莫测"，《回忆录》中的故事也同样如此，他在回忆自己一生的同时，情感的浪漫和想象的夸张，以及对语言叙述的迷恋，使他忍不住重新虚构了自己的一生。在浪漫主义时期音乐家的语言作品中，柏辽兹的《回忆录》可能是最缺少史料价值的一部。这正是他的风格，就是在那部有关管弦乐配器的著作《乐器法》里，柏辽兹仍然尽情地炫耀他华丽的散文风格。

　　《回忆录》中有关莫扎特歌剧的章节，柏辽兹这样写道："我对莫扎特的钦佩并不强烈……"那时候柏辽兹的兴趣在格鲁克和斯蓬蒂尼身上，他承认这是他对《唐璜》和《费加罗的婚礼》的作曲者态度冷淡的原因所在，"此外，还有另外一个更为充足的理由。那就是，莫扎特为唐纳·安娜写的一段很差的音乐使我很吃惊……它出现在第二幕抒情的女高音唱段上，这是一首令人悲痛欲绝的歌曲，其中爱情的诗句是用悲伤和泪水表现的。但是这段歌唱却是用可笑的、不合适的乐句来结束。人们不禁要问，同一个人怎能同时写出两种互不相容的东西呢？唐纳·安娜好像突然把眼泪擦干，变成了一个粗俗滑稽的角色"。接下去柏辽兹言辞激烈地说："我认为要人们去原谅莫扎特这种不可容忍的错误是困难的。我愿流血捐躯，如果这样做可以撕掉那可耻的一页，能够抹洗他作品中其他类似的污点的话。"

这是年轻的柏辽兹在参加巴黎音乐学院入学考试时的想法，当时的柏辽兹"完全被这所知名学院的戏剧音乐吸引了。我应该说这种戏剧是抒情悲剧"。与此同时，在巴黎的意大利歌剧院里，意大利人正用意大利语不断演出着《唐璜》和《费加罗的婚礼》。柏辽兹对意大利人和对位法一向心存偏见，于是祸及莫扎特，"我那时不相信他的戏剧原则，我对他的热情降到零上一度"。这样的情况持续了很多年，直到柏辽兹将音乐学院图书馆里的原谱与歌剧院里意大利人的演出相对照后，柏辽兹才从睡梦里醒来，他发现歌剧院的演出其实是法国式的杂曲，真正的莫扎特躺在图书馆里泛黄的乐谱上，"首先，是那极其优美的四重奏、五重奏以及几部奏鸣曲使我开始崇拜他那天使般的天才。"莫扎特的声誉在柏辽兹这里立刻峰回路转了。有趣的是，柏辽兹对莫扎特的崇拜并没有改变他对那段女高音的看法，他的态度反而更加尖刻，"我甚至用'丢脸的'这个形容词去抨击那段音乐，这也并不过分。"柏辽兹毫不留情地说："莫扎特在此犯了一个艺术史上最醒目的错误，它背离了人的感情、情绪、风雅和良知。"

其实，莫扎特歌剧中乐曲和歌词融合无间的友情在那时已经广获赞扬，虽然这样的友情都是半途建立的，又在半途分道扬镳。这是因为戏剧和音乐都在强调着各自的独立性，音乐完美的原则和戏剧准确的原则在歌剧中经常互相抵触，就像汉斯立克所说的"音乐与歌词永远在侵占对方的权利或做出让步"，汉斯立克有一个很好的比喻，他说："歌剧好比一个立宪政体，永远有两个对等的势力在竞争着。在这个竞争中，艺术家不能不有时让这一个原则获胜，有时让那一个原则获胜。"莫扎特似乎从来就不给另一个原则，也就是戏剧原则获胜的机会，他相信好的音乐可以使人们忘掉最坏的歌词，而相反的情况不会出现。因此莫扎特的音乐在歌剧中经常独立自主地发展着，就是在最复杂的部分，那些终曲部分，取消歌词单听音乐时，音乐仍然是清晰和美丽的。

与莫扎特认为诗应该是音乐顺从的女儿完全不同，格鲁克使音乐隶属到了诗的麾下。这位"一到法国，就与意大利歌剧展开长期斗争"的德国人——这里所说的意大利歌剧是指蒙特威尔第之后一百五十年来变得越来越华而不实和故弄玄虚的歌剧，单凭这一点格鲁克就深得法国人柏辽兹的好感。格鲁克从那个时代虚张声势的歌唱者那里接管了歌剧的主权，就像他的后继者瓦格纳所说的："格鲁克自觉地、信心坚定地表示：表情应和歌词相符，这才是合情合理、合乎需要，咏叹调和宣叙调都是如此……他彻底改变了歌剧中诸因素彼此之间一度所处的位置……歌唱者成为了作曲者目的的代理人。"不过格鲁克没有改变诗人与作曲家的关系，与其他越来越独裁的作曲家不同，格鲁克在诗歌面前总是彬彬有礼，这似乎也是柏辽兹喜爱格鲁克的原因之一。在格鲁克的歌剧里，柏辽兹不会发现莫扎特式的错误，那些乐曲和歌词背道而驰的错误。

这时，有一个疑问出现了，那就是莫扎特的错误是否真实存在。当柏辽兹认为莫扎特为唐纳·安娜所写的那一段音乐是"丢脸"的时候，柏辽兹是否掩盖了音乐叙述中某些否定的原则？或者说他指出了这样的原则，只是他不赞成将这样的原则用在乐曲和歌词关系的处理上，简单地说就是他不赞成作曲家在诗歌面前过于独断专行。事实上，天使般的莫扎特不会看不见那段抒情女高音里的歌词已被泪水浸湿了，然而在歌剧中乐曲时常会得到自己的方向，如同开始泛滥的洪水那样顾不上堤坝的约束了。当莫扎特的音乐骑上了没有缰绳的自由之马时，还有谁能够为他指出方向？只有音乐史上最为纯真的品质和独一无二的天才，也就是莫扎特自己，才有可能去设计那些在马蹄下伸展出去的道路。

于是，莫扎特的乐曲否定了唐纳·安娜唱段中歌词的含意。柏辽兹注意到了，认为是一个错误，而且还是一个"丢脸"的错误。柏辽兹同时代的其他一些人也会注意到，他们没有说什么，也许他们并不认为它是一个错误。那个差不多和勃拉姆斯一样严谨的汉斯立克，似乎更愿意去赞扬莫扎特歌剧中乐曲和歌词的融合无间。这似乎是如何对待叙述作品——音乐作品和语言作品时屡见不鲜的例证，人们常常各执一词，并且互不相让。下面让我们来读一段门德尔松的书信，这是门德尔松聆听了柏辽兹那首变幻莫测、情感泛滥的《幻想交响曲》以后，在罗马写给母亲的信，他在信中写道："您一定听人说起柏辽兹和他的作品。他使我沮丧。他是一位有教养、有文化、可亲的君子，可是乐曲却写得很糟。"

门德尔松对这首标题音乐和里面所暗示的那个阴森的故事没有好感，或者说他不喜欢柏辽兹在交响乐里卖弄文学。虽然如纽曼所说的："所有现代的标题音乐作曲家都以他为基础。"然而当时的门德尔松无法接受他这些"讲故事的音乐"，因为柏辽兹有着拉拢文学打击音乐的嫌疑。而且，"演奏前，他散发了两千份乐曲解说"，这似乎激怒了门德尔松，使他语气更加激烈："我对上述这一切是多么厌恶。看到人们极为珍视的思想被漫画式的手法处理而受到歪曲，遭到贬低，实在令人激愤。"这就是门德尔松对柏辽兹音乐革命的态度。那个反复出现的主题，也就是后来影响了李斯特和瓦格纳的"固定乐思"，在门德尔松眼中，只是"被篡改过的'最后审判日'中的固定低音"而已；当柏辽兹让乐器不再仅仅发出自己的声音，而是将乐器的音和色彩加以混合发出新的声音时，门德尔松这样写道："运用一切可能的管弦乐夸张手段来表现虚假的情感。四面定音鼓、两架钢琴——四手联弹，以此模仿铃声，两架竖琴、许多面大鼓、小提琴分为八个声部，两个声部由低音提琴演奏，这些手段（如果运用得当，我并不反对）用来表现的只是平淡冷漠的胡言乱语，无非是呻吟、呐喊和反复的尖叫而已。"

门德尔松在信的最后这样告诉母亲："当您看到他是怎样敏锐、恰切地评价和认识事物，而对自己本身却茫然不知时，您会感到他是十分可悲的。"就像柏辽兹愿流血捐躯，如果可以撕掉莫扎特音乐中那"可耻的一页"，门德尔松的反应是："我无法用语言表达见到他时我是多么沮丧。我一连两天都未能工作。"

优美精致和旋律悠扬的门德尔松，他所赞成的显然是莫扎特的信念。莫扎特说："音乐……绝不能刺耳，它应该怡情悦性；换句话说，音乐应该永远不失之为音乐。"这位从来不会将旋律写得过长或者过短的门德尔松，站立在与柏辽兹截然相反的方向里，当柏辽兹在暴烈的激情里显示自己的天才时，门德尔松的天才是因为叙述的克制得到展现。就像门德尔松不能忍受柏辽兹作品中的喧哗那样，很多人因为他从来没有在音乐里真正放任过自己而感到沮丧，与他对柏辽兹的沮丧极为相似。这就是音乐，或者说这就是叙述作品开放的品质，赞扬和指责常常同出一处，因此赞扬什么和指责什么不再成为目的，它们仅仅是经过，就像道路的存在并不是为了住下来而是为了经过那样，门德尔松对巴赫的赞美和对柏辽兹的沮丧，其实只是为了表明自己的立场，或者说是对自己音乐的理解和使其合法化的辩护。叙述作品完成后所存在的未完成性和它永远有待于完成的姿态，一方面展现了叙述作品可以不断延伸的丰富性，另一方面也为众说纷纭提供了便利。

事实上，柏辽兹对莫扎特的指责和门德尔松对柏辽兹的沮丧，或多或少地表达出了音乐中某些否定原则的存在。这里所要讨论的否定并不是音乐叙述里的风格和观念之争，虽然这方面的表现显得更为直接和醒目，叙述史的编写——音乐史和文学几乎就是这样构成的。只要回顾一下巴洛克时期、古典主义时期和浪漫主义时期，一直到现代主义时期，那些各个时期显赫的人物和平庸的人物是如何捍卫自己和否定别人的，就会看到音乐史上有关风格和观念的争执其实是没完没了的混战，就像一片树林着火以后祸及了其他的树林，十八世纪的战火也同样会蔓延到二十世纪。如果以此来完成一部音乐作品的话，这部作品所表达出来的"喧哗与骚动"，将使柏辽兹《幻想交响曲》里的"喧哗与骚动"黯淡无光。

因此，这里所说的否定是指叙述进程中某些突然来到的行为，这些貌似偶然其实很可能是蓄谋已久的行为，或者说是叙述自身的任性和放荡，以及那些让叙述者受宠若惊的突如其来的灵感，使叙述顷刻之间改变了方向。就像一个正在微笑的人突然翻脸似的，莫扎特让乐曲否定了唐纳·安娜的唱词，柏辽兹让传统的交响乐出现了非交响乐的欲望。

穆索尔斯基在给斯塔索夫的信中列举了他所认为的四个巨匠——荷马、莎士比亚、贝多芬和柏辽兹，其他的人都是这四个人的将领和副官，以及无数的追随者，穆索尔斯基在最后写道："他们只能沿着巨匠们划出的狭路蹦蹦跳跳，但是，你如敢于'跑到前面'的话，那将是令人恐惧的！"在这句用惊叹号结束的话里，穆索尔斯基几乎使自己成为了艺术的宿命论者，不过他也确实指出了音乐创作中最大的难题，这样的难题是胆大包天的人和小心谨慎的人都必须面对的，无论是离经叛道的柏辽兹还是循规蹈矩的门德尔松都无法回避。

与此同时，正是这样的难题不断地压迫着叙述者，才使叙述中的否定可以不断地合法出现，让叙述者"跑到前面"，穆索尔斯基指出的"恐惧"同时也成为了诱惑，成为了摆脱叙述压制时的有力武器。尤其是那些才华横溢的年轻人，创作之路的陌生和漫长很容易使他们深陷于叙述的平庸之中，他们需要在下一个经过句里获得崭新的力量，就像阳光拨开了云雾，让正在进行中的叙述不断去经受震动。于是他们就会经常去借助叙述里的否定之手，随便一挥就让前面的叙述像白痴似的失去了方向，叙述被颠倒过来，方向也被重新确立。瓦格纳十七岁时就已经精通此道，在那一年的圣诞之夜，这个标新立异的年轻人以一首《降 B 大调序曲》参加了莱比锡宫廷剧院的演出，他在每隔四小节的乐曲里安插了一阵否定式的最强音鼓声，使圣诞之夜的听众们饱受惊吓。然而在每一次惊吓之后，剧院里出现的都是哄堂大笑。

1924 年，埃尔加在《大英帝国展览》的文章里这样写道："一万七千个敲着槌的人，扩音机、扬声器等——有四架飞机在上空盘旋着等等，全都是令人讨厌的机械东西。没有电视，没有浪漫，欠缺想象……但是，在我脚下我看见了一堆真正的雏菊，我的眼睛不禁为之湿润。"

在这里，埃尔加表达了一个在内心深处展开的叙述，一堆小小的雏菊，它们很不起眼，而且似乎是软弱无援，然而它们突然之间产生了力量，可以将一万七千个槌声，还有扩音机、扬声器和飞机等等全部否定。同时，埃尔加也为存在于叙述中的否定的原则提供了心电图，这是至关重要的，正是那些隐藏在艺术家内心深处的情感和思想，它们像岛屿和礁石散落在大海里那样，散落在内心各处，而且深藏不露，它们等待着叙述之船的经过，让其靠岸，也让其触礁。这几乎是所有伟大的叙述者都要面对的命运，当巴赫为两个合唱队和两个管弦乐队写下《马太受难曲》时，他不断地要让宣叙调的独唱去打断合唱队的对唱。随时插入到原有叙述中的新的叙述，成为了改变方向的否定式叙述，而且时常是它刚刚否定了前面段落的叙述后，紧接着就会轮到自己被新的段落所否定。乐曲在叙述的轮回里死去和再生，作曲家的内心也在经历着一次次如同闪电般短促的人生，或者说他的乐曲成为了他内心经历的录音。几乎是出于同样的理由，纽曼认为柏辽兹的音乐在心理探索这一领域取得了某些奇妙的成就，同时纽曼也指出了这些来源于内心的音乐并不是胡思乱想之作，而是"都具有一种有分寸的客观性……这是按事物的面貌来观察事物，而不是像人们自以为的用推测和空想来补充肉眼的证据"。

在苏菲派教徒充满智慧的言论里，有一段讲述了一个有着博大精深学问的人死后来到了天国的门口，吉祥天使迎了上去，对他说："喂，凡夫俗子，别往前走了，你得先向我证明你有进天堂的资格！"吉祥天使否定了那人前行的脚步，那人的回答是以同样的否定来完成，他说："我要先问问你，你能不能证明这里是真正的天国，而不是我死后昏瞽心灵的急切的幻想？"就像音乐叙述中的否定不是为了叙述的倒退恰恰是为了前进一样，语言叙述中突然来到的否定也同样如此，当那个有着博大精深学问的人对眼前的天国深表怀疑时，天国里传出了一个比吉祥天使更加权威的声音："放他进来！他是我们中间的人。"

这段寓意丰富的言论可以不断延伸，或者说在此刻能够成为一个比喻，以此来暗示存在于叙述作品中的否定的命运。就像那位博大精深的学者来到了天国之门，叙述中的否定其实就是为了能够进入叙述的天国。一首《慷慨的敌人》的诗歌，展示了来自一个敌人的祝福。已经完成了对爱尔兰王国全面统治的马格努斯·巴福德，在十二世纪的某一夜，也就是他去世的前一夜，弥留之际受到了他的仇敌都柏林王穆尔谢尔达赫的阴险的祝福。这位都柏林王在祝词里使用了最为辉煌的词语，以此来堆积他仇恨的金字塔。这首出自 H. 杰林之手的诗作，短短十来行的叙述里出现了两个截然不同的方向。

都柏林王首先是："愿黄金和风暴与你的军队并肩作战。愿你的战斗在明天，在我王国的疆场上获得好运。愿你的帝王之手编织起可怕的万刃之网。愿那些向你的剑做出反抗的人成为红色天鹅的食物。愿你的众神满足你的光荣，愿他们满足你嗜血的欲望。愿你在黎明获胜，蹂躏爱尔兰的王啊。"随后，这位慷慨的敌人让叙述中真正的方向出现了——

愿所有的日子都比不上明天的光辉。

因为这一天将是末日。我向你发誓，马格努斯王。

因为在它的黎明消逝之前，我要击败你和抹去你，马格努斯·巴福德。

就像马格努斯王蹂躏了爱尔兰一样，H. 杰林也让"因为这一天将是末日"的诗句蹂躏了"愿黄金和风暴与你的军队并肩作战……"。突然来到的否定似乎是叙述里最为残忍的时刻，它时常是在原有的叙述逐渐强大起来时，伸出它的暴君之脚将其践踏。H. 杰林的诗作使人想起海顿著名的玩笑之作《惊愕交响曲》，这首传说是为了惊醒那些附庸风雅的欣赏音乐的瞌睡者的作品，其实有着叙述自身的理由。在最温暖的行板进行之中，海顿突然以投弹之势，爆炸出十六小节石破天惊的最强的击鼓音，令数目可观的听众在顷刻之间承受了差不多是一生的惊吓。尽管如此，人们仍然难以忘记这首作品中令人愉悦的音乐——缓慢的序曲，第一乐章中带着笑意的主题，华尔兹般的小步舞曲和精神抖擞的旋律。可以这么说，海顿的《惊愕》和 H. 杰林的诗作共同指出了叙述中日出的景象和生命的诞生。当十六小节极强的击鼓音在瞬间否定了温暖的行板之后，当"我要击败你和抹去你"在瞬间否定了"愿你的战斗在明天，在我王国的疆场上获得好运"之后，叙述也在瞬间获得了起飞。

1999 年 3 月 23 日

灵 感

什么是灵感？亚里士多德在《修辞学》里曾经引用了柏里克利的比喻，这位希腊政治家在谈到那些为祖国而在战争中死去的年轻人时，这样说："就像从我们的一年中夺走了春天。"是什么原因让伯里克利将被夺走的春天和死去的年轻人重叠到一起？古典主义的答案很单纯，他们认为这是神的意旨。这个推脱责任的答案似乎是有关灵感的最好解释，因为它无法被证明，同时也很难被驳倒。

柏拉图所作《伊安篇》可能是上述答案的来源，即便不能说是最早的，也可以说它是最完整的来源。能说会道的苏格拉底在家中接待了远道而来的吟诵诗人伊安，然后就有了关于灵感的传说。受人宠爱的伊安是荷马史诗最好的吟诵者，他带着两个固执的想法来见苏格拉底，他认为自己能够完美地吟诵荷马的作品，而不能很好地吟诵赫西尔德和阿岂罗库斯的作品，其原因首先是荷马的作品远远高于另两位诗人的作品，其次就是他自己吟诵的技艺。苏格拉底和伊安的对话是一次逻辑学上著名的战役，前者不断设置陷阱，后者不断掉入陷阱。最后苏格拉底让伊安相信了他之所以能够完美地吟诵荷马的作品，不是出于技艺，也不是荷马高于其他诗人，而是因为灵感的作用，也就是有一种神力在驱使着他。可怜的伊安说："我现在好像明白了大诗人们都是灵感的神的代言人。"苏格拉底进一步说："而你们吟诵诗人又是诗人的代言人。"于是，伊安没有了自己的想法，他带着苏格拉底的想法回家了。

理查·施特劳斯的父亲经常对他说："莫扎特活到三十六岁为止所创作的作品，即使在今天请最好的抄写员来抄，也难以在同样的时间里把这些作品抄完。"是什么原因让那位乐师的儿子在短短一生中写出了如此大量的作品？理查·施特劳斯心想："他一定被天使手中的飞笔提示和促成的——正像费兹纳的歌剧《帕列斯特里那》第一幕最后一景中所描绘的那样。"在其他作曲家草稿本中所看到的修改的习惯，在莫扎特那里是找不到的。于是，理查·施特劳斯只能去求助古典主义的现成答案，他说："莫扎特所写的作品几乎全部来自灵感。"

莫扎特是令人羡慕的，当灵感来到他心中时似乎已经是完美的作品，而不是点点滴滴的启示，仿佛他手中握有天使之笔，只要墨水还在流淌，灵感就会仍然飞翔。理查·施特劳斯一直惊讶于古典主义作曲家源源不断的创作灵感，在海顿、贝多芬和舒伯特身上，同样显示出了惊人的写作速度和数量。"他们的旋律是如此的众多，旋律本身是这样的新颖，这样的富有独创性，同时又各具特点而不同。"而且，在他们那里"要判断初次出现灵感和它的继续部分以及它发展成为完整的、扩展的歌唱性乐句之间的关系是困难的。"也就是说，理查·施特劳斯无法从他们的作品中分析出灵感与写作的持续部分是如何连接的。一句话，理查·施特劳斯没有自己的答案，他就像一个不会言说的孩子那样只能打着手势。

对歌德来说，"我在内心得到的感受，比我主动的想象力所提供的，在千百个方面都要更富于美感，更为有力，更加美好，更为绚丽。"内心的感受从何而来？歌德暗示了那是神给予他的力量。不仅仅是歌德，几乎所有的艺术家在面对灵感时，都不约而同地将自己下降到奴仆的位置，他们的谦卑令人感到他们的成就似乎来自某种幸运，灵感对他们宠爱的幸运。而一个艺术家的修养、技巧和洞察力，对他们意味着——用歌德的话说："只不过使我内心的观察和感受艺术性地成熟起来，并给它复制出生动的作品。"然后，歌德说出了那句著名的话："我把我的一切努力和成就都看作是象征性的。"是灵感或者是神的意旨的象征。

当灵感来到理查·施特劳斯身上时，是这样的："我感到一个动机或 2 到 4 小节的旋律乐句是突然进入我的脑海的，我把它记在纸上，并立即把它发展成 8 小节、16 小节或 32 小节的乐句。它当然不是一成不变，而是经过或长或短的'陈放'之后，通过逐步的修改，成为经得起自己对它的最严厉审核的最终形式。"而且"作品进展的速度主要取决于想象力何时能对我做进一步的启示"。对理查·施特劳斯来说，灵感来到时的精神活动不仅仅和天生的才能有关，也和自我要求和自我成长有关。

这里显示了灵感来到时两种不同的命运。在莫扎特和索福克勒斯那里，灵感仿佛是夜空的星辰一样繁多，并且以源源不断的方式降临，就像那些不知疲倦的潮汐，永无休止地拍打着礁石之岸和沙滩之岸。而在理查·施特劳斯这些后来的艺术家那里，灵感似乎是沙漠里偶然出现的绿洲，来到之后还要经历一个"陈放"的岁月，而且在这或长或短的"陈放"结束以后，灵感是否已经成熟还需要想象力进一步的启示。

理查·施特劳斯问自己："究竟什么是灵感？"他的回答是："一

次音乐的灵感被视为一个动机，一支旋律；我突然受到'激发'，不受理性指使地把它表达出来。"理查·施特劳斯在对灵感进行"陈放"和在等待想象力进一步启示时，其实已经隐含了来自理性的判断和感悟。事实上，在柏辽兹和理查·施特劳斯这些热衷于标题音乐的作曲家那里，理性或明或暗地成为了他们叙述时对方向的选择。只有在古典主义的艺术家那里，尤其是在莫扎特那里，理性才是难以捉摸的。这就是为什么人们总喜欢认为莫扎特是天使的理由，因为他和灵感之间的亲密关系是独一无二的。尽管在接受灵感来到的方式上有着不同的经历，理查·施特劳斯在面对灵感本身时和古典主义没有分歧，他否定了理性的指使，而强调了突然受到的"激发"。

柴可夫斯基在给梅克夫人的信中，指责了有些人认为音乐创作是一项冷漠和理性的工作，他告诉梅克夫人"您别相信他们的话"，他说："只有从艺术家受灵感所激发的精神深处流露出来的音乐才能感动、震动和触动人。"柴可夫斯基同样强调了灵感来到时的唯一方式——激发。在信中，柴可夫斯基仔细地描述了灵感来到时的美妙情景，他说："忘掉了一切，像疯狂似的，内心在战栗，匆忙地写下草稿，一个乐思紧追着另一个乐思。"

这时候的柴可夫斯基"我满心的无比愉快是难以用语言向您形容的"，可是接下去倒霉的事发生了，"有时在这种神奇的过程中，突然出现了外来的冲击，使人从这种梦游的意境中觉醒。有人按门铃，仆人进来了，钟响了，想起应该办什么事了。"柴可夫斯基认为这样的中断是令人难受的，因为中断使灵感离去了，当艺术家的工作在中断后继续时，就需要重新寻找灵感，这时候往往是无法唤回飞走的灵感。为什么在那些最伟大的作曲家的作品中常常可以看到缺乏有机的联系之处？为什么他们写下了出现漏洞、整体中的局部勉强黏合在一起的作品？柴可夫斯基的看法是：在灵感离去之后这些作曲家凭借着技巧还在工作，"一种十分冷漠的、理性的、技术的工作过程来提供支持了"。柴可夫斯基让梅克夫人相信，对艺术家来说，灵感必须在他们的精神状态中不断持续，否则艺术家一天也活不下去。如果没有灵感，那么"弦将绷断，乐器将成为碎片"。

柴可夫斯基将灵感来到后的状态比喻为梦游，理查·施特劳斯认为很多灵感是在梦中产生的，为此他引用了《名歌手》中沙赫斯的话——"人的最真实的幻想是在梦中对我们揭示的。"他问自己："我的想象是否在夜晚独自地、不自觉地、不受'回忆'束缚地活动着？"与此同时，理查·施特劳斯相信生理的因素有时候也起到了某些决定性的作用，他说："我在晚间如遇到创作上的难题，并且百思不得其解时，我就关上我的钢琴和草稿本，上床入睡。当我醒来时，难题解决了，进展顺利。"

理查·施特劳斯将灵感视为"新的、动人的、激发兴趣的、深入灵魂深处的、前所未有的东西"，因此必须要有一副好身体才能承受它们源源不断的降临。他的朋友马勒在谈到自己创作《第二交响曲》的体会时，补充了一个重要的环节，那就是某些具有了特定气氛的场景帮助促成了艺术家和灵感的美妙约会。当时的马勒雄心勃勃，他一直盘算着将合唱用在《第二交响曲》的最后一个乐章，可是他又顾虑重重，他担心别人会认为他是在对贝多芬的表面模仿，"所以我一次又一次地裹足不前"，这时他的朋友布罗去世了，他出席了布罗的追悼会。当他坐在肃然和沉静的追悼会中时，他发现自己的心情正好是那部已经深思熟虑的作品所要表达的精神。这仅仅是开始，命运里隐藏的巧合正在将马勒推向激情之岸，如同箭在弦上一样，然后最重要的时刻出现了——合唱队从风琴楼厢中唱出克洛普斯托克的圣咏曲

《复活》，马勒仿佛受到闪电一击似的，灵感来到了。"顿时，我心中的一切显得清晰、明确！创造者等待的就是这种闪现，这就是'神圣的构思'。"

马勒在给他的朋友安东·西德尔的信中，解释了灵感对于艺术家的重要性。在他看来，要让艺术家说清自己的性格是什么，自己的目标是什么是十分困难的。"他像个梦游者似的向他的目标蹒跚地走去——他不知道他走的是哪条路（也许是一条绕过使人目眩的深渊的路），但是他向远处的光亮走去，不论它是不朽的星光，还是诱人的鬼火。"马勒说出了一个重要的事实，那就是艺术家永远都无法知道自己走的是哪条路，如果他们有勇气一直往前走的话，他们必将是灵感的信徒。就像远处的光亮一样，指引着他们前行的灵感是星光还是鬼火其实不重要，重要的是这灵感之光会使艺术家"心中的一切显得清晰、明确"。与此同时，灵感也带来了自信，使那些在别人的阴影里顾虑重重和裹足不前的人看到了自己的阳光。这样的阳光帮助马勒驱散了贝多芬的阴影，然后，他的叙述之路开始明亮和宽广了。

与理查·施特劳斯一样，马勒认为对一个构思进行"陈放"是必要的。他告诉安东·西德尔，正是在构思已经深思熟虑之后，布罗追悼会上突然出现的灵感才会如此迅猛地冲击他。"如果我那时心中尚未出现这部作品的话，我怎么会有那种感受？所以这部作品一定是一直伴随着我。只有当我有这种感受时我才创作；我创作时，我才有这样的感受。"

在加西亚·马尔克斯这里，"陈放"就是"丢弃"。他在和门多萨的对话《番石榴飘香》中这样说："如果一个题材经不起多年的丢弃，我是绝不会有兴趣的。"他声称《百年孤独》想了十五年，《家长的没落》想了十六年，而那部只有一百页的《一桩事先张扬的凶杀案》想了三十年。马尔克斯认为自己之所以能够瓜熟蒂落地将这些作品写出来，唯一的理由就是那些想法经受住了岁月的考验。

对待一个叙述构想就像是对待婚姻一样需要深思熟虑。在这方面，马尔克斯和马勒不谋而合。海明威和他们有所不同，虽然海明威也同意对一个题材进行"陈放"是必要的，他反对仓促动笔，可是他认为不能搁置太久。过久的搁置会丧失叙述者的激情，最终会使美妙的构思沦落为遗忘之物。然而，马尔克斯和马勒似乎从不为此操心，就像他们从不担心自己的妻子是否会与人私奔，他们相信自己的构想会和自己的妻子一样忠实可靠。在对一个构想进行长期的"陈放"或者丢弃之时，马尔克斯和马勒并没有袖手旁观，他们一直在等待，确切地说是在寻找理查·施特劳斯所说的"激发"，也就是灵感突出的出现。如同马勒在布罗追悼会上的遭遇，在对《百年孤独》的构想丢弃了十五年以后，有一天，当马尔克斯带着妻子和儿子开车去阿卡普尔科旅行时，他脑中突然出现了一段叙述——"多年之后，面对枪决行刑队，雷奥良诺·布恩地亚上校将会想起，他父亲带他去见识冰块的那个遥远的下午。"

于是，旅行在中途结束了，《百年孤独》的写作开始了。这情景有点像奥克塔维奥·帕斯所说的，灵感来到时"词语不待我们呼唤就自我呈现出来"。帕斯将这样的时刻称为"灵光一闪"，然后他从另一个角度解释了什么是灵感，他说："灵感就是文学经验本身。"与歌德不同的是，帕斯强调了艺术家自身的修养、技巧和洞察力的重要性，同时他也为"陈放"或者"丢弃"的必要性提供了支持。在帕斯看来，正是这些因素首先构成了河床，然后灵感之水才得以永不间断地流淌和荡漾；而且"文学经验本身"也创造了艺术家的个性，帕斯认为艺术家与众不同的独特品质来源于灵感，正是因为"经验"的不同，所获得的灵感也不相同。他说："什么叫灵感？我不知道。但我知道，正是那种东西使鲁文·达里奥的一行十一音节诗有别于贡戈拉，也有别于克维多。"

加西亚·马尔克斯对灵感的解释走向了写作的现实，或者说他走向了苏格拉底的反面，他对门多萨说："灵感这个词已经给浪漫主义作家搞得声名狼藉了。我认为，灵感既不是一种才能，也不是一种天赋，而是作家坚韧不拔的精神和精湛的技巧为他们所努力要表达的主题做出的一种和解。"马尔克斯想说的似乎是歌德那句著名的格言——天才即勤奋，但是他并不认为自己的成就是象征性的，他将灵感解释为令他着迷的工作。"当一个人想写点东西的时候，那么这个人和他要表达的主题之间就会产生一种互相制约的紧张关系，因为写作的人要设法探究主题，而主题则力图设置种种障碍。有时候，一切障碍会一扫而光，一切矛盾会迎刃而解，会发生过去梦想不到的事情。这时候，你才会感到，写作是人生最美好的事情。"然后，写作者才会明白什么是灵感。他补充道，"这就是我所认为的灵感。"

我手头的资料表示了两个不同的事实，古典主义对灵感的解释使艺术创作显得单纯和宁静，而理查·施特劳斯之后的解释使创作活动变得令人望而生畏。然而无论哪一种解释都不是唯一的声音，当古典主义认为灵感就是神的意旨时，思想的权威蒙田表示"必须审慎看待神的意旨"，因为"谁人能知上帝的意图，谁人能想象天主的意旨"。蒙田以他一贯的幽默说："太阳愿意投射给我们多少阳光，我们就接受多少。谁要是为了让自己身上多受阳光而抬起眼睛，他的自以为是就要受到惩罚。"同样的道理，那些敢于解释灵感的后来者，在他们的解释结束之后，也会出现和帕斯相类似的担忧，帕斯在完成他的解释工作后声明："像所有的人一样，我的答案也是暂时性的。"

从苏格拉底到马尔克斯，有关灵感解释的历史，似乎只是为了表明创作越来越艰难的历史。而究竟什么是灵感，回答的声音永远在变奏着。如果有人告诉我："人们所以要解释灵感，并不是他们知道灵感，而是他们不知道。"我不会奇怪。

1999 年 7 月 18 日

色　彩

　　"我记得有一次和里姆斯基·科萨柯夫、斯克里亚宾坐在'和平咖啡馆'的一张小桌子旁讨论问题。"拉赫玛尼诺夫在《回忆录》里记录了这样一件往事——这位来自莫斯科乐派的成员与来自圣彼得堡派"五人团"的里姆斯基·科萨柯夫有着亲密的关系，尽管他们各自所处的乐派几乎永远是对立的，然而人世间的友谊和音乐上的才华时常会取消对立双方的疆界，使他们坐到了一起。虽然在拉赫玛尼诺夫情绪开朗的回忆录里无法确知他们是否经常相聚，我想聚会的次数也不会太少。这一次他们坐到一起时，斯克里亚宾也参加了进来。

　　话题就是从斯克里亚宾开始的，这位后来的俄罗斯"印象派"刚刚有了一个新发现，正试图在乐音和太阳光谱之间建立某些关系，并且已经在自己构思的一部大型交响乐里设计这一层关系了。斯克里亚宾声称自己今后的作品应该拥有鲜明的色彩，让光与色和音乐的变化配合起来，而且还要在总谱上用一种特殊的系统标上光与色的价值。

　　习惯了在阴郁和神秘的气氛里创造音符的拉赫玛尼诺夫，对斯克里亚宾的想法是否可行深表怀疑，令他吃惊的是里姆斯基·科萨柯夫居然同意这样的说法，这两个人都认为音乐调性和色彩有联系，拉赫玛尼诺夫和他们展开了激烈的争论。就像其他场合的争论，只要有三个人参与的争论，分歧就不会停留在两方。里姆斯基·科萨柯夫和斯克里亚宾在原则上取得一致后，又在音与色的对等接触点上分道扬镳。里姆斯基·科萨柯夫认为降 E 大调是蓝色的，斯克里亚宾则一口咬定是紫红色的。他们之间的分歧让拉赫玛尼诺夫十分高兴，这等于是在证明拉赫玛尼诺夫是正确的。可是好景不长，这两个人随即在其他调性上看法一致了，他们都认为 D 大调是金棕色的。里姆斯基·科萨柯夫突然转过身去，大声告诉拉赫玛尼诺夫："我要用你自己的作品来证明我们是正确的。例如，你的《吝啬的骑士》中的一段：老男爵打开他的珠宝箱，金银珠宝在火光的照耀下闪闪发光，对不对？"

拉赫玛尼诺夫不得不承认，那一段音乐确实是写在 D 大调里的。里姆斯基·科萨柯夫为拉赫玛尼诺夫寻找的理由是："你的直觉使你下意识地遵循了这些规律。"拉赫玛尼诺夫想起来里姆斯基·科萨柯夫的歌剧《萨特阔》里的一个场景：群众在萨特阔的指挥下从伊尔曼湖中拖起一大网金色的鱼时，立即爆发了欢乐的喊叫声："金子！金子！"这个喊叫声同样也是写在 D 大调里。拉赫玛尼诺夫最后写道："我不能让他们不带着胜利者的姿态离开咖啡馆，他们相信已经彻底地把我驳倒了。"

从《回忆录》来看，拉赫玛尼诺夫是一个愉快的人，可是他的音乐是阴郁的。这是很多艺术家共有的特征，人的风格与作品的风格常常对立起来。显然，艺术家不愿意对自己口袋里已经拥有的东西津津乐道，对艺术的追求其实也是对人生的追求，当然这一次是对完全陌生的人生的追求，因为艺术家需要虚构的事物来填充现实世界里过多的空白。毕加索的解释是艺术家有着天生的预感，当他们心情愉快的时候，他们就会预感到悲伤的来临，于是提前在作品中表达出来；反过来，当他们悲伤的时候，他们的作品便会预告苦尽甜来的欢乐。拉赫玛尼诺夫两者兼而有之，《回忆录》显示，拉赫玛尼诺夫愉快的人生之路是稳定和可靠的，因此他作品中阴郁的情绪也获得了同样的稳定，成为了贯穿他一生创作的基调。我们十分轻易地从他作品中感受到俄罗斯草原辽阔的气息，不过他的辽阔草原始终是灰蒙蒙的。他知道自己作品中缺少鲜明的色彩，或者说是缺少色彩的变化。为此，他尊重里姆斯基·科萨柯夫，他说："我将永远不会忘记里姆斯基·科萨柯夫对我的作品所给予的批评。"

他指的是《春天》康塔塔。里姆斯基·科萨柯夫认为他的音乐写得很好，可是乐队里没有出现"春天"的气息。拉赫玛尼诺夫感到这是一针见血的批评，很多年以后，他仍然想把《春天》康塔塔的配器全部修改。他这样赞扬他的朋友："在里姆斯基·科萨柯夫的作品里，人们对他的音乐想要表达的'气象的'情景从无丝毫怀疑。如果是一场暴风雪，雪花似乎从木管和小提琴的音孔中飞舞地飘落而出；阳光高照时，所有的乐器都发出炫目的光辉；描写流水时，浪花潺潺地在乐队中四处溅泼，而这种效果不是用廉价的竖琴刮奏制造出来的；描写天空闪烁着星光的冬夜时，音响清凉，透明如镜。"

拉赫玛尼诺夫对自己深感不满，他说："我过去写作时，完全不理解——我不知道怎么说才好……乐队音响和——气象学之间的关系。"在他看来，里姆斯基·科萨柯夫的作品世界里有一个预报准确的气象站，而在他自己的作品世界里，连一个经常出错的气象站都没有。这是令他深感不安的原因所在。问题是拉赫玛尼诺夫作品中灰蒙蒙的气候是持久不变的，那里不需要任何来自气象方面的预报。就像没有人认为有必要在自己的梦境中设立一个气象站，拉赫玛尼诺夫作品的世界其实就是梦的世界，在欢乐和痛苦的情感的背景上，拉赫玛尼诺夫的色彩都是相同的，如同在梦中无论是悲是喜，色彩总是阴郁的那样。拉赫玛尼诺夫作品里长时间不变的灰蒙蒙，确实给人以色彩单一的印象，不过同时也让人们注意到了他那稳定的灰蒙蒙的颜色其实无限深远，就像辽阔的草原和更加辽阔的天空一样向前延伸。这也是为什么人们会在拉赫玛尼诺夫的音乐中始终感受到神秘的气氛在弥漫。

另一个例子来自他们的俄罗斯同胞瓦西里·康定斯基。对康定斯基而言，几乎每一种色彩都能够在音乐中找到相对应的乐器，他认为："蓝色是典型的天堂色彩，它所唤起的最基本的感觉是宁静。当它几乎成为黑色时，它会发出一种仿佛是非人类所有的悲哀。当它趋向白色时，它对人的感染力就会变弱。"因此他断言，淡蓝色是长笛，深蓝色是大提琴，更深的蓝色是雷鸣般的双管巴松，最深的蓝色是管风琴。当蓝色和黄色均匀调和成为绿色时，康定斯基继承了印象派的成果，他感到绿色有着特有的镇定和平静，可是当它一旦在黄色或者蓝色里占优势时，就会带来相应的活力，从而改变内在的感染力，所以他把小提琴给了绿色，他说："纯粹的绿色是小提琴以平静而偏中的调子来表现的。"而红色有着无法约束的生气，虽然它没有黄色放肆的感染效果，然而它是成熟的和充满强度的。康定斯基感到淡暖红色和适中的黄色有着类似的效果，都给人以有力、热情、果断和凯旋的感觉，"在音乐里，它是喇叭的声音"。朱红是感觉锋利的红色，它是靠蓝色来冷却的，但是不能用黑色去加深，因为黑色会压制光芒。康定斯基说："朱红听起来就像大喇叭的声音，或雷鸣般的鼓声。"紫色是一个被冷化了的红色，所以它是悲哀和痛苦的，"在音乐里，它是英国号或木制乐器（如巴松）的深沉调子。"

康定斯基喜欢引用德拉克洛瓦的话，德拉克洛瓦说："每个人都知道，黄色、橙色和红色给人欢快和充裕的感觉。"歌德曾经提到一个法国人的例子，这个法国人由于夫人将室内家具的颜色从蓝色改变成深红色，他对夫人谈话的声调也改变了。还有一个例子来自马塞尔·普鲁斯特，当他下榻在旅途的某一个客栈时，由于房间是海洋的颜色，就使他在远离海洋时仍然感到空气里充满了盐味。

康定斯基相信色彩有一种直接影响心灵的力量，他说："色彩的和谐必须依赖于与人的心灵相应的振动，这是内心需要的指导原则之一。"康定斯基所说的"内心需要"，不仅仅是指内心世界的冲动和渴望，也包含了实际表达的意义。与此同时，康定斯基认为音乐对于心灵也有着同样直接的作用。为此，他借用了莎士比亚《威尼斯商人》中的诗句，断然认为那些灵魂没有音乐的人，那些听了甜蜜和谐的音乐而不动情的人，都是些为非作歹和使奸弄诈的人。在康定斯基看来，心灵就像是一个容器，绘画和音乐在这里相遇后出现了类似化学反应的活动，当它们互相包容之后就会出现新的和谐。或者说对心灵而言，色彩和音响其实没有区别，它们都是内心情感延伸时需要的道路，而且是同一条道路。在这方面，斯克里亚宾和康定斯基显然是一致的，不同的是前者从绘画出发，后者是从音乐出发。

斯克里亚宾比里姆斯基·科萨柯夫走得更远，他不是通过配器，或者说是通过管弦乐法方面的造诣来表明音乐中的色彩，他的努力是为了在精神上更进一步平衡声与色的关系。在1911年莫斯科出版的《音乐》杂志第九期上，斯克里亚宾发表了有关这方面的图表，他认为这是为他的理论提供令人信服的证据。在此之前，另一位俄罗斯人A.萨夏尔金·文科瓦斯基女士也发表了她的研究成果，也是一份图表，她的研究表明："通过大自然的色彩来描述声音，通过大自然的声音来描述色彩，使色彩能耳听，声音能目见。"俄罗斯人的好奇心使他们在此领域乐此不疲，康定斯基是一个例子，斯克里亚宾是另一个例子，这是两个对等起来的例子。康定斯基认为音乐与绘画之间存在着一种深刻的关系，为此他借助了歌德的力量，歌德曾经说过绘画必须将这种关系视为它的根本。康定斯基这样做了，所以他感到自己的作品表明了"绘画在今天所处的位置"。如果说斯克里亚宾想让他的乐队演奏绘画，那么瓦西里·康定斯基一直就是在画音乐。

长期在巴黎蒙特马特的一家酒吧里弹钢琴的萨蒂，认为自己堵住了就要淹没法国音乐思想和作品的瓦格纳洪流，他曾经对德彪西说："法国人一定不要卷入瓦格纳的音乐冒险活动中去，那不是我们民族的抱负。"虽然在别人看来，他对同时代的德彪西和拉威尔的影响被夸大了，"被萨蒂自己夸大了"，不过他确实是印象派音乐的前驱。他认为他的道路，也是印象派音乐的道路开始于印象派绘画。萨蒂说："我们为什么不能用已由莫奈、塞尚、土鲁斯·劳特累克和其他画家所创造出的，并为人们熟知的方法？我们为什么不能把这些方法移用在音乐上？没有比这更容易的了。"

萨蒂自己这么做了，拉威尔和德彪西也这么做了，做得最复杂的是拉威尔，做得最有名的可能是德彪西。法国人优雅的品质使他们在处理和声时比俄罗斯人细腻，于是德彪西音响中的色彩也比斯克里亚宾更加丰富与柔美，就像大西洋黄昏的景色，天空色彩的层次如同海上一层层的波涛。勋伯格在《用十二音作曲》中这样写道："他（德彪西）的和声没有结构意义，往往只用作色彩目的，来表达情绪和画面。情绪和画面虽然是非音乐的，但也成为结构要素，并入到音乐功能中去。"将莫奈和塞尚的方法移用到音乐上，其手段就是勋伯格所说的，将非音乐的画面作为结构要素并入到音乐功能之中。

有一个问题是，萨蒂他们是否真的堵住了瓦格纳洪流？虽然他们都是浪漫主义的反对者和印象主义的拥护者，然而他们都是聪明人，他们都感受到了瓦格纳音乐的力量，这也是他们深感不安的原因所在。萨蒂说："我完全不反对瓦格纳，但我们应该有我们自己的音乐——如果可能的话，不要任何'酸菜'。"萨蒂所说的酸菜，是一种德国人喜欢吃的菜。由此可见，印象主义者的抵抗运动首先是出于民族自尊，然后才是为了音乐。事实上瓦格纳的影响力是无敌的，这一点谁都知道，萨蒂、拉威尔和德彪西他们也是心里明白的。这就是艺术的有趣之处，强大的影响力不一定来自学习和模仿，有时候恰恰产生在激烈的反对和抵抗之中。因此，勋伯格作为局外人，他的话也就更加可信，他说："理查·瓦格纳的和声，在和声逻辑和结构力量方面促进了变化。变化的后果之一就是所谓和声的印象主义用法，特别是德彪西在这方面的实践。"

　　热衷于创作优美的杂耍剧场的民谣的萨蒂，如何能够真正理解宽广激昂的瓦格纳？对萨蒂而言，瓦格纳差不多是音乐里的梅菲斯特，是疯狂和恐怖的象征，当他的音乐越过边境来到巴黎的时候，也就是洪水猛兽来了。凡·高能够真正理解瓦格纳，他在写给姐姐耶米娜的信中说道："加强所有的色彩能够再次获得宁静与和谐。"显然，这是萨蒂这样的人所无法想象的，对他们来说，宁静与和谐往往意味着低调子的优美，当所有的色彩加强到近似于疯狂的对比时，他们的眼睛就会被色盲困扰，看不见和谐，更看不见宁静。然而，这却是瓦格纳和凡·高他们的乐园。凡·高为此向他的姐姐解释道："大自然中存在着类似瓦格纳的音乐的东西。"他继续说，"尽管这种音乐是用庞大的交响乐器来演奏的，但它依然使人感到亲切。"在凡·高看来，瓦格纳音乐中的色彩比阳光更加热烈和丰富，同时它们又是真正的宁静与和谐，而且是印象主义音乐难以达到的宁静与和谐。在这里，凡·高表达了与康定斯基类似的想法，那就是"色彩的和谐必须依赖于与人的心灵相应的振动"。于是可以这么说，当色彩来到艺术作品中时，无论是音乐还是绘画，都会成为内心的表达，而不是色彩自身的还原，也就是说它们所表达的是河床的颜色，不是河水的颜色，不过河床的颜色直接影响了河水的颜色。

康定斯基认为每一个颜色都可以是既暖又冷的，但是哪一个颜色的冷暖对立都比不上红色这样强烈。而且，不管其能量和强度有多大，红色"只把自身烧红，达到一种雄壮的成熟程度，并不向外放射许多活力"。康定斯基说，它是"一种冷酷地燃烧着的激情，存在于自身中的一种结实的力量"。在此之前，歌德已经在纯红中看到了一种高度的庄严和肃穆，而且他认为红色把所有其他的颜色都统一在自身之中。

尤瑟纳尔在她有关东方的一组故事里，有一篇充满了法国情调的中国故事《王佛脱险记》。王佛是一位奇妙的画师，他和弟子林浪游在汉代的道路上，他们行囊轻便，尤瑟纳尔的解释是"因为王佛爱的是物体的形象而不是物体本身"。林出身豪门，娇生惯养的生活使他成为了一个胆小的人，他的父母为他找到了一个"娇弱似芦苇、稚嫩如乳汁、甜得像口水、咸得似眼泪"的妻子，然后谨慎知趣的父母双双弃世了。林与妻子恩爱地生活在朱红色的庭院里，直到有一天林和王佛在一家小酒店相遇后，林感到王佛"送给了他一颗全新的灵魂和一种全新的感觉"，林将王佛带到家中，从此迷恋于画中的景色，而对人间的景色逐渐视而不见。他的妻子"自从林爱王佛为她作的画像胜过爱她本人以来，她的形容就日渐枯槁"，于是她自缢身亡，尤瑟纳尔此刻的描述十分精美："一天早晨，人们发现她吊死在正开着粉红色花朵的梅树枝上，用来自缢的带子的结尾和她的长发交织在一起在空中飘荡，她显得比平常更为苗条。"林为了替他的老师购买从西域运来的一罐又一罐紫色颜料，耗尽了家产，然后师徒两人开始了漂泊流浪的生涯。林沿门乞食来供奉师父，他"背着一个装满了画稿的口袋，弓腰曲背，毕恭毕敬，好像他背上负着的就是整个苍穹，因为在他看来，这只口袋里装满了白雪皑皑的山峰、春水滔滔的江河和月光皎皎的夏夜"。后来，他们被天子的士兵抓到了宫殿之上，尤瑟纳尔的故事继续着不可思议的旅程，这位汉王朝的天子从小被幽闭在庭院之中，在挂满王佛画作的屋子里长大，然后他发现人世间的景色远远不如王佛画中的景色，他愤怒地对王佛说："汉王国并不是所有王国中最美的国家，孤也并非至高无上的皇帝。最值得统治的帝国只有一个，那就是你王老头通过成千的曲线和上万的颜色所进入的王国。只有你悠然自得地统治着那些覆盖着皑皑白雪终年不化的高山和那些遍地盛开着永不凋谢的水仙花的田野。"为此，天子说："寡人决定让人烧瞎你的眼睛，既然你王佛的眼睛是让你进入你的王国的两扇神奇的大门。寡人还决定让人砍掉你的双手，既然你王佛的两只手是领你到达你那王国的心脏的，有着十条岔路的两条大道。"王佛的弟子林一听完皇帝的判决，就从腰间拔出一把缺了口的刀子扑向皇帝，于是林命运的结局是被士兵砍下了脑袋。接下去，皇帝命令王佛将他过去的一幅半成品画完，当两个太监把王佛勾有大海和蓝天形象、尚未画完的画稿拿出来后，王佛微笑了，"因为这小小的画稿使他想起了自己的青春"，里面清新的意境是他后来再也无法企及的。王佛在那未画完的大海上抹上了大片大片代表海水的蓝颜色，又在海面补上一些小小的波纹，加深了大海的宁静感。这时候奇怪的事出现了，宫廷玉石的地面潮湿了起来，然后海水涌上来了，"朝臣们在深齐肩头的大水中慑于礼仪不敢动弹……最后大水终于涨到了皇帝的心口。"一叶扁舟在王佛的笔下逐渐变大，接着远处传来了有节奏的荡桨声，来到近前，王佛看到弟子林站在船上，林将师父扶上了船，对师父说："大海真美，海风和煦，海鸟正在筑巢。师父，我们动身吧，到大海彼岸的那个地方去！"于是王佛掌舵，林俯身划桨。桨声响彻大殿，小船渐渐远去。殿堂上的潮水也退走了，大臣们的朝服全都干了，只有皇帝大衣的流苏上还留着几朵浪花。王佛完成的那幅画靠着帷幔放在那里，一只小船占去了整个近景，逐渐远去后，消失在画中的大海深处。

　　尤瑟纳尔在这篇令人想入非非的故事里，有关血，也就是红色的描述说得上是出神入化。当弟子林不想让自己被杀时流出的血弄脏王佛的袍子，纵身一跳后，一个卫兵举起了大刀，林的脑袋从他的脖子上掉了下来，这时尤瑟纳尔写道："就好像一朵断了枝的鲜花。"王佛虽然悲痛欲绝，尤瑟纳尔却让他情不自禁地欣赏起留在玉石地面上的"美丽的猩红的血迹来了"。尤瑟纳尔的描述如同康定斯基对红色所下的断言，"一种冷酷燃烧着的激情"。此刻，有关血的描述并没有结束。当王佛站在大殿之上，完成他年轻时的杰作时，林站在了王佛逐渐画出的船上，林在王佛的画中起死回生是尤瑟纳尔的神来之笔，最重要的是尤瑟纳尔在林的脖子和脑袋分离后重新组合时增加的道具，她这样写："他的脖子上却围着一条奇怪的红色围巾。"这令人赞叹的一笔使林的复活惊心动魄，也使林的生前和死后复生之间出现了差异，于是叙述更加有力和合理。同时，这也是尤瑟纳尔叙述中红色的变奏，而且是进入高潮段落之后的变奏。如同美丽的音符正在飘逝，当王佛和林的小船在画中的海面上远去，当人们已经不能辨认这师徒两人的面目时，人们却仍然可以看清林脖子上的红色围巾，变奏最后一次出现时成为了优美无比的抒情。这一次，尤瑟纳尔让那象征着血迹的红色围巾与王佛的胡须飘拂到了一起。

　　或许是赞同歌德所说的"红色把所有其他的颜色都统一在自身之中"，红色成为很多作家叙述时乐意表达的色彩。我们来看看马拉美是如何恭维女士的，他在给女友梅丽的一首诗中写道："冷艳玫瑰生机盎然／千枝一色芳姿翩翩。"千枝一色的女性的形象是多么灿烂，而马拉美又给了她冷艳的基调，使她成为"冷酷燃烧着的激情"。他的另一首诗更为彻底，当然他献给了另一位女士，他写道："每朵花梦想着雅丽丝夫人／会嗅到它们花盅的幽芳。"没有比这样的恭维更能打动女性的芳心了，这是"千枝一色"都无法相比的。将女性比喻成鲜花已经是殷勤之词，而让每一朵鲜花都去梦想着某一位女性，这样的叙述还不令人陶醉？马拉美似乎证实了一个道理，一个男人一旦精通了色彩，那么无论是写作还是调情，都将会所向披靡。

1999 年 5 月 12 日

字与音

博尔赫斯在但丁的诗句里听到了声音,他举例《地狱篇》第五唱中的最后一句——"倒下了,就像死去的躯体倒下。"博尔赫斯说:"为什么令人难忘?就因为它有'倒下'的回响。"他感到但丁写出了自己的想象。出于类似的原因,博尔赫斯认为自己发现了但丁的力度和但丁的精美。关于精美他补充道:"我们总是只关注佛罗伦萨诗人的阴冷与严谨,却忘了作品所赋予的美感、愉悦和温柔。"

"就像死去的躯体倒下",在但丁这个比喻中,倒下的声音是从叙述中传达出来的。如果换成这样的句式——"倒下了,扑通一声。"显然,这里的声音是从词语里发出的。上述例子表明了博尔赫斯所关注的是叙述的特征,而不是词语的含义。为此他敏感地意识到诗人阴冷和严谨的风格与叙述里不断波动的美感、愉悦和温柔其实是相对称的。

如果想在阅读中获得更多的声响,那么荷马史诗比《神曲》更容易使我们满足。当"人丁之多就像春天的树叶和鲜花"的阿开亚人铺开他们的军队时,又像"不同部族的苍蝇,成群结队地飞旋在羊圈周围"。在《伊利亚特》里，仅仅为了表明统率船队的首领和海船的数目，荷马就动用了三百多行诗句。犹如一场席卷而来的风暴，荷马史诗铺天盖地般的风格几乎容纳了世上所能发出的所有声响，然而在众声喧哗的场景后面，叙述却是在宁静地展开。当这些渴望流血牺牲的希腊人的祖先来到道路上时，荷马的诗句如同巴赫的旋律一样优美、清晰和通俗。

> 兵勇们急速行进，穿越平原，脚下掀卷起一股股浓密的
> 泥尘，密得就像南风刮来弥罩峰峦的浓雾——

与但丁著名的诗句几乎一致，这里面发出的声响不是来自词语，而是来自叙述。荷马的叙述让我们在想象中听到这些阿开亚兵勇的脚步。这些像沙子铺满了海滩一样铺满了道路的兵勇，我可以保证他们的脚会将大地踩得轰然作响，因为卷起的泥尘像浓雾似的遮住了峰峦。关于浓雾，荷马还不失时机地加上了幽默的一笔："它不是牧人的朋友，但对小偷，却比黑夜还要宝贵。"

在《歌德谈话录》里，也出现过类似的例子。歌德在回忆他的前辈诗人克洛普斯托克时，对爱克曼说："我想起他的一首颂体诗描写德国女诗神和英国女诗神赛跑。两位姑娘赛跑时，甩开双腿，踢得尘土飞扬。"在歌德眼中，克洛普斯托克是属于那种"出现时是走在时代前面的，他们仿佛不得不拖着时代走，但是现在时代把他们抛到后面去了"。我无缘读到克洛普斯托克那首描写女诗神赛跑的诗。从歌德的评价来看，这可能是一首滑稽可笑的诗作。歌德认为克洛普斯托克的错误是"眼睛并没有盯住活的事物"。

同样的情景在荷马和克洛普斯托克那里会出现不同的命运，我

想这样的不同并不是出自词语，而是荷马的叙述和克洛普斯托克的叙述截然不同。因为词语是人们共有的体验和想象，而叙述才是个人的体验和想象。莱辛说："假如上帝把真理交给我，我会谢绝这份礼物，我宁愿自己费力去把它寻找到。"我的理解是上帝乐意给予莱辛的真理不过是词语，而莱辛自己费力找到的真理才是他能够产生力量的叙述。

在了解到诗人如何通过叙述表达出语言的声音后，我想谈一谈音乐家又是如何通过语言来表达他们对声音的感受。我没有迟疑就选择了李斯特，一方面是因为他的文字作品精美和丰富，另一方面是因为他的博学多识。在《以色列人》一文中，李斯特描述了他和几个朋友去参加维也纳犹太教堂的礼拜仪式，他们聆听了由苏尔泽领唱的歌咏班的演唱，事后李斯特写道：

> 那天晚上，教堂里点燃了上千支蜡烛，宛若寥廓天空中的点点繁星。在烛光下，压抑、沉重的歌声组成的奇特合唱在四周回响。他们每个人的胸膛就像一座地牢，从它的深处，一个不可思议的生灵奋力挣脱出来，在悲伤苦痛中去赞美圣约之神，在坚定的信仰中向他呼唤。总有一天，圣约之神会把他们从这无期的监禁中，把他们从这个令人厌恶的地方，把他们从这个奇特的地方，把他们从这新的巴比伦——最龌龊的地方解救出来；从而把他们在无可比拟的荣誉中重新结合在自己的国土上，令其他民族在它面前吓得发抖。

由语言完成的这一段叙述应该视为音乐叙述的延伸，而不是单纯的解释。李斯特精确的描写和令人吃惊的比喻显示了他精通语言叙述的才华，而他真正的身份，一个音乐家的身份又为他把握了声音的出发和方向。从"他们每个人的胸膛就像一座地牢"开始，一直伸展到"在无可比拟的荣誉中重新结合在自己的国土上"，李斯特将苏尔泽他们的演唱视为一个民族历史的叙述，过去和正在经历中的沉重和苦难，还有未来有可能获得的荣誉。李斯特听出了那些由音符和旋律组成的丰富情感和压抑激情，还有五彩缤纷的梦幻。"揭示出一团燃烧着的火焰正放射着光辉，而他们通常将这团炽热的火焰用灰烬小心谨慎地遮掩着，使我们看来它似乎是冷冰冰的。"可以这么说，犹太人的音乐艺术给予李斯特的仅仅是方向，而他的语言叙述正是为了给这样的方向铺出一条清晰可见的道路。

也许是因为像李斯特这样的音乐家有着奇异的驾驭语言的能力，使我有过这样的想法：从莫扎特以来的很多歌剧作曲家为什么要不断剥夺诗人的权利？有一段时间我怀疑他们可能是出于权力的欲望，当然现在不这样想了。我曾经有过的怀疑是从他们的书信和文字作品里产生的，他们留下的语言作品中有一点十分明显，那就是他们很关注谁是歌剧的主宰。诗人曾经是，而且歌唱演员也一度主宰过歌剧。为此，才有了莫扎特那个著名的论断，他说诗应该是音乐顺从的女儿。他引证这样的事实：好的音乐可以使人们忘掉最坏的歌词，而相反的例证一个都找不到。

《莫扎特传》的作者奥·扬恩解释了莫扎特的话，他认为与其他艺术相比，音乐能够更直接和更强烈地侵袭和完全占领人们的感官，这时候诗句中由语言产生的印象只能为之让路，而且音乐是通过听觉来到，是以一种看来不能解释的途径直接影响人们的幻想和情感，这种感动的力量在顷刻间超过了诗的语言的感动。奥地利诗人格里尔帕策进一步说："如果音乐在歌剧中的作用，只是把诗人已表达的东西再表达一遍，那我就不需要音乐……旋律啊！你不需要词句概念的解释，你直接来自天上，通过人的心灵，又回到了天上。"

有趣的是奥·扬恩和格里尔帕策都不是作曲家，他们的世界是语言艺术的世界，可是他们和那些歌剧作曲家一个鼻孔出气。下面我要引用两位音乐家的话，第一位是德国小提琴家和作曲家摩·霍普特曼，他在给奥·扬恩的信中批评了格鲁克。众所周知，格鲁克树立了与莫扎特截然不同的歌剧风格，当有人责备莫扎特不尊重歌词时，格鲁克就会受到赞扬。因此，在摩·霍普特曼眼中，格鲁克一直有着要求忠实的意图，但不是音乐的忠实，只是词句的忠实；对词句的忠实常常会带来对音乐的不忠实。摩·霍普特曼在信上说："词句可以简要地说完，而音乐却是绕梁不绝。音乐永远是元音，词句只是辅音，重点只能永远放在元音上，放在正音，而不是放在辅音上。"另一位是英国作曲家亨利·普赛尔，普赛尔是都铎王朝时期将英国音乐推到显赫地位的最后一位作曲家，他死后英国的音乐差不多沉寂了二百年。普赛尔留下了一段漂亮的排比句，在这一段句子里，他首先让诗踩在了散文的肩膀上，然后再让音乐踩到了诗的肩上。他说："像诗是词汇的和声一样，音乐是音符的和声；像诗是散文和演说的升华一样，音乐是诗的升华。"

促使我有了现在的想法的是门德尔松，有一天我读到了他写给马克·安德烈·索凯的信，他在信上说："人们常常抱怨说，音乐太含混模糊，耳边听着音乐脑子却不清楚该想些什么；反之，语言是人人都能理解的。但对于我，情况却恰恰相反，不仅就一段完整的谈话而言，即使是只言片语也是这样。语言，在我看来，是含混的、模糊的、容易误解的；而真正的音乐却能将千百种美好的事物灌注心田，胜过语言。那些我所喜爱的音乐向我表述的思想，不是因为太含糊而

357

不能诉诸语言，相反，是因为太明确而不能化为语言。并且，我发现，试图以文字表述这些思想，会有正确的地方，但同时在所有的文字中，它们又不可能加以正确的表达……"

门德尔松向我们展示了一个音乐家的思维是如何起飞和降落的，他明确告诉我们：在语言的跑道上他既不能起飞，也无法降落。为此，他进一步说："如果你问我，我落笔的时候，脑海里在想些什么。我会说，就是歌曲本身。如果我脑海里偶然出现了某些词句，可以作为这些歌曲中某一首的歌词，我也绝不想告诉任何人。因为同样的词语对于不同的人来说意义是不同的。只有歌曲才能说出同样的东西，才能在这个人或另一个人心中唤起同样的情感，而这一情感，对于不同的人，是不能用同样的语言文字来表述的。"

虽然那些歌剧作曲家权力欲望的嫌疑仍然存在——我指的就是他们对诗人作用的贬低，但是这已经不重要了。以我多年来和语言文字打交道的经验，我可以证实门德尔松的"同样的词语对于不同的人来说意义是不同的"这句话，这是因为同样的词语在不同的人那里所构成的叙述也不同。同时我也认为同样的情感对于不同的人，"是不能用同样的语言文字来表述的"。至于如何对待音乐明确的特性，我告诉自己应该相信门德尔松的话。人们之所以相信权威是因为他们觉得自己是外行，我也不会例外。

我真正要说的是，门德尔松的信件清楚地表达了一个音乐家在落笔的时候在寻找什么，他要寻找的是完全属于个人的体验和想象，而不是人们共有的体验和想象。即便是使音乐隶属到诗歌麾下的格鲁克，他说歌剧只不过是提高了的朗诵，可是当他沉浸到音乐创作的实践中时，他的音乐天性也是时常突破诗句的限制。事实上，门德尔松的寻找，也是荷马和但丁落笔的时候要寻找的。也就是说，他们要寻找的不是音符，也不是词语，而是由音符或者词语组成的叙述，然后就像普赛尔所说的和声那样，让不同高度的乐音同时发声，或者让不同意义的词语同时出场。门德尔松之所以会感到语言是含混、模糊和容易误解的，那是因为构成他叙述的不是词语，而是音符。因此，对门德尔松的围困在荷马和但丁这里恰恰成为了解放。

字与音，或者说诗与音乐，虽然像汉斯立克所说的好比一个立宪政体"永远有两个对等势力在竞争着"；然而它们也像西塞罗赞美中的猎人和拳斗士，有着完全不同的然而却是十分相似的强大。西塞罗说："猎人能在雪地里过夜，能忍受山上的烈日。拳斗士被铁皮手套击中时，连哼都不哼一声。"

1999 年 9 月 5 日

重读柴可夫斯基

——与《爱乐》杂志记者的谈话

时间：1994 年 11 月 9 日　　　　**地点：**北京

记者：请问余先生哪一年开始听西洋古典音乐？

余华：我开始听古典音乐的时间比较晚，今年 3 月刚刚买音响。以前，也用 Walkman 听过一些磁带，但从严格意义上说，应该是今年刚刚开始。

记者：您是一位作家，您认为音乐比小说还重要吗？

余华：没有任何艺术形式能和音乐相比。应该说，音乐和小说都是叙述类的作品，与小说的叙述相比，音乐的叙述需要更多的神秘体验，也就是音乐的听众应该比小说的读者更多一点天赋。

记者：听说您从买音响到现在，半年多时间，就买了三百多张 CD？

余华：确实是如饥似渴，再加上刚入门时的狂热。实在是有一种买不过来的感觉。

记者：那么，您现在一天大约听多长时间的音乐？

余华：我早上起得比较晚，从起床一直到深夜我都听，只要是可以坐下来静心听的时候。到了深夜，我就用耳机听。

记者：写作的时候听不听？

余华：不听。

记者：听说您对柴可夫斯基的作品有很高的评价？

余华：我喜欢为内心而创作的艺术家。在我看来，柴可夫斯基的音乐是为内心的需要而创作的，他一生都在解决自我和现实的紧张关系，所以我尊敬他。如果拿贝多芬和马勒作为柴可夫斯基的两个参照系，我个人的感受和体验可能更接近柴可夫斯基。贝多芬的交响曲中所表达的痛苦，是一种古典的痛苦。在贝多芬的交响曲中我们经常会听到痛苦的声音，可在那些痛苦中我们找不到自我的分裂，所以贝多芬的痛苦在我看来很像是激动，或者说在他那里痛苦和激动水乳交融了。贝多芬的交响曲中，我最喜欢的是《田园》，《田园》表达了至高无上的单纯。

记者：您的意思是说，贝多芬代表了十八世纪？

余华：贝多芬创造的是一个英雄时代的音乐，因为他不复杂，所以我更喜欢听他的单纯，马勒音乐中的复杂成分，你在贝多芬那里很难找到，但在柴可夫斯基那里可以找到。马勒和柴可夫斯基其实生活在同一个时代，但我总觉得柴可夫斯基是马勒的前辈。

记者：有一种说法，认为柴可夫斯基的音乐里表达的只是他个人的痛苦，而马勒音乐里表达的是整个犹太民族及世纪末的痛苦，马勒能在音乐中超越痛苦，而柴可夫斯基却永远跳不出来。

余华：一个人和他所处的民族、时代背景都是联系在一起的。只要完整地表达好一个人的真实内心，就什么都有了。我听柴可夫斯基的音乐，不用去了解，一听就是十九世纪下半叶俄罗斯的产物。我觉得柴可夫斯基是马勒的前辈，就是因为在柴可夫基的音乐中没有超越。干吗非要超越呢？在柴可夫斯基的音乐中充满了一种深不见底的绝望。

记者：您认为绝望和超越绝望，这两者有没有高低之分？

余华：深陷在绝望之中，或者说能够超越绝望，这应该是同等的两种不同的生存状况。就我个人而言，我更容易被绝望吸引，也更容易被它感动。因为绝望比超越更痛苦，也就是说绝望是一种彻底的情感，而超越是一种变化的情感。柴可夫斯基是把痛苦赤裸裸地撕给人们看，所以我以为柴可夫斯基比马勒更能代表十九世纪的世纪末。

记者：您不喜欢马勒？

余华：应该说，每一个作家的创作情况不一样，每一个音乐家的创作情况也是各有千秋。杯子和水瓶并没有好坏之分，说它们有好坏，就过于简单。马勒的交响曲中，我最喜欢的就是《第九交响曲》。当他要伤感地向这个世界告别，当他要表达非常具体的一个活着的个人与死亡的关系时，显得非常有力量，表达得无与伦比。

记者：您认为马勒的《第九交响曲》是他个人与死亡的对话？

余华：或者说是一种关系，一个活着的人和死亡的交往过程。起先是要抵制，后来才发现，死亡已经给了他一切。这部交响曲由卡拉扬指挥的那个版本，非常感人。相比之下，马勒的《第二交响曲》，我觉得缺少情感上的力度。在马勒这里，《复活》好像是一种思考或者说是一种理想，一种观点；而《第九交响曲》表达的是一个十分具体的问题。他老了，心脏脆弱，他要死了，他不可能回避，也不可能超越，只能面对它。

记者：有人认为，柴可夫斯基就好比十九世纪俄国文学中的屠格涅夫。您的观点呢？

余华：柴可夫斯基一点也不像屠格涅夫，鲍罗丁有点像屠格涅夫。我觉得柴可夫斯基倒是和陀思妥耶夫斯基很相近，因为他们都表达了十九世纪末的绝望，那种深不见底的绝望，而且他们的民族性都是通过强烈的个人性来表达的。在柴可夫斯基的音乐中，充满了他自己生命的声音。感伤的怀旧，纤弱的内心情感，强烈的与外在世界的冲突，病态的内心分裂，这些都表现得非常真诚。柴可夫斯基是一层一层地把自己穿的衣服全部脱光。他剥光自己的衣服，不是要你们看到他的裸体，而是要你们看到他的灵魂。在柴可夫斯基的音乐中，我们经常会听到突然出现的不和谐：一会儿还是优美的旋律，一会儿就好像突然有一块玻璃被敲碎。有人认为这是作曲技法上的问题。但我觉得绝不是他在技巧上出现了问题。他的《洛可可主题变奏曲》，变奏非常漂亮；他的交响曲的配器，层次也非常丰富，我认为他的交响曲是他作品中最好的。他音乐中的不和谐因素，是他的自我和现实的紧张关系的表现，充分表达了他与现实之间的敌对，他的个体生命中的这一部分和另一部分的敌对。柴可夫斯基是一位内心扭曲，或者说是内心分裂的作曲家。他身上其实没有什么浪漫，在他同时代的作曲家中，我们很难听到他音乐中那种尖厉的声音。它突然出现，打断甜蜜的场景，然后就变成主要的旋律。在第六交响曲《悲怆》的第一乐章中，主要主题就被这种不和谐打断过好几次。中间有一次，已经发展得非常辉煌，突然又被打断。这主题最后一次出现的时候，已经是伤痕累累了，非常感人。这种不断被打断，恰恰是现代人灵魂的声音。一个正常的人，在与现实和自身的关系中屡屡受挫，遭受各种各样的打击，最后是伤痕累累、破衣烂衫地站在地平线上，挥挥手就要告别世界了。听到这里，我都想掉眼泪。有人说柴可夫斯基没有深度，我不明白他们所指的深度是什么。

记者：您认为恰恰是这种和谐中的不和谐、不和谐再回到和谐，构成了柴可夫斯基音乐中的深刻性？

余华：柴可夫斯基的深刻在于他真实地了解自己。一个人真实地了解了自己，也就会真实地了解世界，又因为真实地了解了世界，也就无法忍受太多的真实。就是这种分裂式的不和谐，柴可夫斯基的音乐才那样感人。要是没有这种不和谐，他很可能成为莫扎特的翻版。

记者：您认为柴可夫斯基与莫扎特之间，有什么联系？

余华：莫扎特是天使，而柴可夫斯基是下地狱的罪人。我的意思是说，莫扎特的音乐是建立在充分和谐的基础上的音乐，他的旋律优美感人，而柴可夫斯基的音乐在旋律上来说，也同样是优美感人的。因为柴可夫斯基有罪，所以他的音乐常常是建立在不和谐的基础上。有人说莫扎特是超越人世，其实他是不懂人世，天使会懂人世吗？而柴可夫斯基是因为对它知道的太多了，所以他必须下地狱。

记者：您认为柴可夫斯基是马勒的前辈，指的是他的情感状态吗？

余华：我觉得柴可夫斯基比马勒更像自己，或者说对自己的了解更彻底。柴可夫斯基是从他自身出发，也就是从人的角度进入社会，而不是从社会出发来进入人。有人认为柴可夫斯基浅薄，是不是因为他的痛苦太多了？其实马勒音乐中痛苦的呻吟不比柴可夫斯基少，奇怪的是没有人说马勒浅薄，是不是因为马勒在音乐中思考了？是不是还有他向着宗教的超越？马勒音乐中的宗教显然又和布鲁克纳音乐中的宗教不一样。马勒的音乐其实有着世俗的力量，宗教似乎是他的世俗中的一把梯子，可以上天的梯子。所以马勒音乐中的宗教很像是思考中的或者说是精神上的宗教，我觉得布鲁克纳音乐中的宗教是血液中的宗教。

记者：要是柴可夫斯基与勃拉姆斯相比呢？勃拉姆斯的交响曲，公认为是充满了理性思考深度的，您怎么认为？

余华：勃拉姆斯让我想起法国新小说派的代表人物罗伯－格里耶，这样的比较可能贬低了勃拉姆斯。勃拉姆斯的交响曲给我的感觉是结构非常严谨，技巧的组合非常非常高超，他差不多将海顿以来的交响曲形式推向了无与伦比的完美，虽然伟大的作曲家和伟大的作家一样，对结构的把握体现了对情感和思想的把握，可是勃拉姆斯高高在上，和我们的距离不像与柴可夫斯基那样近。

记者：勃拉姆斯相比之下，是不是比较掩饰或者压抑自己的情感，去追求结构和德国式的理性思考？

余华：勃拉姆斯的交响曲，总要使我很费劲地去捕捉他生命本身的激情，他的叙述像是文学中的但丁，而不是荷马，其实他的音乐天性里是充满激情的，但他克制着。相比之下，我更喜欢他的小提琴协奏曲。我觉得在所有的小提琴协奏曲中，勃拉姆斯的是最好的。与勃拉姆斯的交响曲相比，我更喜欢感性。勃拉姆斯的情感倾注在小提琴上时，就有一种情感的自由流淌，非常辉煌，让我们听到了勃拉姆斯的生命在血管里很响亮地哗哗流淌。我喜欢他的所有室内乐作品，那都是登峰造极的作品，比如那两首大提琴和钢琴奏鸣曲，在那里我可以认识真正的勃拉姆斯，激情在温柔里，痛苦在宁静中。

记者：请问您买的第一张 CD，是不是柴可夫斯基的作品？

余华：不是。

记者：那么，您是不是因为比较早地听过柴可夫斯基的作品，而至今对他保持着一种偏爱呢？

余华：恰恰相反。正因为我听古典音乐的时间比较晚，所以我是在接受了柴可夫斯基是浅薄的观点之后，在先听了作为深刻的马勒、肖斯塔可维奇、贝多芬、布鲁克纳，甚至巴赫以后，再回头来听柴可夫斯基的。正是因为先听了马勒，才使我回过头来体会到了柴可夫斯基的彻底。有些人批评柴可夫斯基的音乐是非民族性的，但他的音乐中，恰恰比"五人团"成员更体现出俄罗斯的性格。一个完整的人才

365

是一个民族的最好缩影，也只有通过这样完整的个人，民族性才能得以健全。在柴可夫斯基的《悲怆》中，既是个人的绝望，也是对整个世界人类的绝望。在艺术里面，情感的力量是最重要的，它就像是海底的暗流一样，而技巧、思想和信仰等等，都是海面的波涛，波涛汹涌的程度是由暗流来决定的。柴可夫斯基在作曲家中，从一个人的角度看，我的意思是对自我的深入方面，也许是最完善的。他既有非常丰富的交响曲，也有《洛可可主题变奏曲》这样写得很漂亮的变奏曲，他的四重奏充满了俄罗斯土地的气息，和巴尔托克的四重奏有很相近之处。

记者：柴可夫斯基与巴尔托克，您认为形态上很接近吗？

余华：我所指的是，他们都很好地从个人的角度表达了一个民族的情感，在柴可夫斯基和巴尔托克的四重奏里，你都能找到一种旷野的感觉。当然就四重奏来说，我更喜欢巴尔托克的。柴可夫斯基最为感人的是《纪念一位伟大的艺术家》，他是从一个人出发来悼念另一个人，而布鲁克纳的《第七交响曲》虽然是给瓦格纳的，但他不是为了悼念一个人，而是一个时代，他是从自己的时代出发，去悼念那个刚刚倒下去的瓦格纳时代。柴可夫斯基在失去了尼古拉·鲁宾斯坦时的情感，让我想起罗兰·巴特在母亲去世后写道："我失去的不是一个形象，而是一个活生生的人。"柴可夫斯基将内心的痛苦转换成了伟大的忧伤。就是他那些很精细、动听的钢琴小品，内心的声音也极其清晰。

记者：有人认为，他的小品就好比甜点、薄饼，您怎么认为？

余华：这里有一个如何理解一位艺术家在面对不同作品时，他怎么处理的问题。柴可夫斯基的小品，比如说《四季》，表现的是他对童年岁月的回忆。因为岁月的流逝，这种童年回忆像是蒙上了一层感伤的色彩。其实，柴可夫斯基展示的不是很多人自以为感受到的感

366

伤，他展示的是一段回忆中的现实，或者说是隐私。我听到的就是这些，这些过去岁月中的景色，以及因此而引起的一些隐秘的想法和情感的变化，它们和道德无关，和社会和民族无关，当然和生命紧密相关。柴可夫斯基的这些作品，使我想到许多著名哲学家比如伽达默尔晚年所写的随笔，其力量不是愤怒和激动，不是为了解构世界，而是深入人心的亲切。

记者：对柴可夫斯基的评价，我们感受到现在有两种截然不同的态度。对于五十岁以上的中国知识分子来说，柴可夫斯基的音乐似乎是他们音乐文化的源泉，他们一直沉浸在柴可夫斯基音乐的熏陶之中，柴可夫斯基的音乐似乎已成为了他们精神文化的一部分，他们和柴可夫斯基是无法分割的关系。而对四十岁以下，粉碎"四人帮"之后接触古典音乐的较年轻的音乐爱好者，因为他们同时面对整个欧洲的音乐，他们中相当多的人就把柴可夫斯基的音乐摆在比较次要的地位。有人甚至把柴可夫斯基的音乐称为"轻音乐"。

余华：那么，他们没有认为莫扎特的音乐是"轻音乐"？因为相比之下，莫扎特更有这方面的嫌疑。事实上，每一位艺术家都要在轻和重之间把握自己的创作，因为轻和重总是同时出现在对某一个旋律或者某一句子的处理上，很多伟大的艺术家选择了举重若轻的方式，莫扎特是这方面的典范。我想问一下，他们认为什么样的作品是重要的？

记者：对于他们来说，比如说贝多芬的晚期作品，比如马勒，比如西贝柳斯，比如肖斯塔可维奇。

余华：自然，任何一个人都有权利去选择自己所喜欢的音乐，当一个人说他不喜欢马勒，而喜欢邓丽君时，他本人并没有错。对艺术的欣赏一方面来自自身的修养，另一方面还有一个观念问题，比如受到社会意识形态的影响。许多人喜欢肖斯塔可维奇，认为他的音乐是对斯大林时代对知识分子精神压抑与摧残的真实控诉，其实这样的评价对肖斯塔可维奇很不友好，他们把他作品力量的前提放在社会和知识分子问题上，如果这个前提一旦消失，也就是说斯大林时代一旦被人遗忘，知识分子的问题一旦不存在了，肖斯塔可维奇是否也就没有价值了？因为，音乐的力量只会来自音乐自身，即人的内心力量。这种力量随着作曲家自身的变化，以及他们所处时代的变化，就会变化出与那个时代最贴近的手段，这仅仅是手段。肖斯塔可维奇作品中那种焦虑、不安和精神上的破碎，很大程度上来自时代的压力，但是更重要的是他内心的力量。那个时代里受到压抑的艺术家不只是肖斯塔可维奇，为什么他最有力？

柴可夫斯基在这方面，就是他在表达内心时不仅有力，而且纯洁，我所说的纯洁是他的作品中几乎没有任何来自内心之外的东西，正是这种纯洁，才使他的力量如此令人感动。所以我说那种认为柴可夫斯基是民族作曲家的看法不是很确切，他就是作曲家，任何放在作曲家这三个字前面的话都是多余的。现在还有一种很荒谬的观点，好像真实地倾诉自己情感的作品，让人听了流泪的作品，反而是浅薄的，艺术为什么不应该使人流泪？难道艺术中不应该有情感的力量？当然情感有很多表达的方式，使人身心为之感动的、使人流下伤感或者喜悦的眼泪的方式在我看来是最有力量的。我们要的是情感的深度，而不是空洞的理念的深刻。总之，随便否定一个大师，好像一挥手就把托尔斯泰、巴尔扎克、柴可夫斯基、贝多芬否定了，这都是二十世纪的毛病。我明白，为什么会有那么多人不喜欢柴可夫斯基，就好像这个时代要否定那个时代，是一个时代对另一个时代的报复心理。现在，当一个新的时代即将来临，我们这个时代也将被另一个时代取代时，恰恰是对过去时代大师们重新理解的开始，对柴可夫斯基，对托尔斯泰都有重读的必要，通过重读，我们有可能获得新的精神财富。

第五辑　杂感

关于时间的感受

　　我是 1960 年出生的，这使我对 2000 年始终有着完整的数字概念，刚好四十年。我记得小时候曾经想到过这一天，那时候我也就是十来岁，或者再大上两三岁，那时候 2000 年对我来说非常遥远，就像让我行走着去美国似的漫长和不可思议。现在再想到这一天，我感到它已经来到了，近在咫尺，似乎睡一觉醒来拉开窗帘就可以看到 2000 年 1 月 1 日的明亮的天空。这一天来到的速度如此之快，并且越来越快，让我不安。而当我回首过去，回想我十岁的情景时，却没有丝毫的遥远之感，仿佛就在昨天。我十岁展望 2000 年时，我显然是奢侈了；而现在回忆十岁的情景时，我充满了伤感。这是时间对我们的迫害，同样的距离，展望时是那么漫长，回忆时却如此短暂。

1998 年 12 月 24 日

美国的时差

　　我不是一个热爱旅行的人，因此我在每一次长途跋涉前都不做准备，常常是在临行的前夜放下手上的工作，收拾一些衣物，第二天糊里糊涂地出发了。以前我每一次去欧洲，感觉上就像是下楼取报纸一样，遥远的欧洲大陆在我这里没有什么遥远的感觉，而且十多年来我养成了生活没有规律的习惯，欧洲与中国六个小时的时差对我没有作用，因为以前去欧洲都是直飞，也就没有什么旅途的疲惫。这一次去美国就不一样了，我坐联航的班机，先到东京，再转机去旧金山，然后还要转机去华盛顿，整个旅途有二十多小时，这一次我深深地感到了疲惫，而且是疲惫不堪。

　　我在东京转机的时候，差一点误了飞机。我心里只想着美国的时差，忘记了东京和北京还有一个小时的时差，当我找到登机口时，看到机票上的时间还有两个小时，就在东京机场里闲逛起来，一个小时以后才慢慢地走回登机口，这时看到一位日本的联航职员站在那里一遍遍叫着"圣弗朗西斯科"，我才想起来日本的时差，我是最后一个上飞机的。

九个小时的飞行之后，我来到了旧金山，为了防止转机去华盛顿时再发生时差方面的错误，我在飞机上就将时差调整到了美国时间。当时我想起来很久以前读过王安忆的文章，她说从中国飞到美国，美国会倒贴给中国一个小时。我在手表上让美国倒贴了，指针往回拨了一小时。在旧金山经过了漫长的入境手续之后，又走了漫长的一段路程，顺利地找到了联航国内航班的登机口，我的经验是将登机牌握在手中，沿途见到一个联航的职员就向他们出示，他们就会给我明确的方向。

　　然后我坐在去华盛顿的飞机上，这时我感到疲惫了，当我看了一下机票上的时间后，一种痛苦在我心中升起，机票的时间显示我还要坐八个多小时的飞机，而且我的身旁还坐着一个美国大胖子，我三分之一的座位属于他了。我心想这一次的旅途真他妈的要命；我心想这美国大得有些过分了，从西海岸飞到东海岸还要八个多小时，差不多是北京飞到巴黎了；我心想就是从哈尔滨飞到三亚也不需要这么长的时间。我在飞机上焦躁不安，并且悲观难受，有时候还怒气冲冲。四个多小时过去后，飞机驾驶员粗壮的英语通过广播一遍遍说出了华盛顿的地名，随后是空姐走过来要旅客摇起座椅靠背。我万分惊喜，同时又疑虑重重，心想难道机票上的时间写错了？这时候飞机下降了，确实来到了华盛顿。

　　在去饭店的车里，我问了前来接我的朋友吴正康后，才知道华盛顿和旧金山有三个小时的时差。在美国生活了十多年的吴正康告诉我：美国内陆就有四个时区。第二天我们在华盛顿游玩，到国会山后，我说我要上一下厕所，结果我看到厕所墙上钟的时间和我的手表不一样，我吓了一跳，心想难道美国国会也有自己的时区？这一次是墙上的钟出了问题。美国的时差让我成为了惊弓之鸟。

五天以后，我将十二张飞机票放进口袋，开始在美国国内的旅行。此后每到一个城市，我都要问一下吴正康："有没有时差？"

1999 年 6 月 30 日

一年到头

再过几天，1994 年最后的一个月就要来了，然后是再过一个月，1995 年要来到了。

这日子过得真是快，似乎刚刚习惯了 1994 年的书写，1994 年就没有了，接下去在 1995 年的好几个月里，给朋友写信，或者写文章，日期落款时总要不自觉地写上：1994 年……写完后发现错了，就涂改过来。有时接到朋友的来信，也常发现他们在日期上的涂涂改改。

一年到头，这到头的时候越来越不是滋味，首先来自于"日子过得真快"这样的感受，这快似乎是意料之外和猝不及防的，像是一把榔头突然砸在身边的桌子上。很多人都觉得自己还没怎么过日子，这日子就过去了，他们的感受有点像是刚刚睡着就被叫醒似的，睁着迷迷糊糊的眼睛，莫名其妙地看着新年的元旦，而新年元旦就是那一声把他们惊醒的、突然来到的响亮喊叫。

同时，这快的感受还是对自己过去行为的来不及做出的反应，换句话说，就是对自己经历过的生活突然产生了怀疑，"这一年我是怎么过来的？"自然，这个问题会很快弄清楚，弄清楚以后，人们就会寻找某种方式，试图来证明自己刚刚过去的生活是否值得。

于是，一年到头，这到头就成为了多愁善感的怀旧。想一想，一年里自己干了些什么？拿一支笔，再拿一张纸，认认真真想着，记在纸上，大事小事，只要想得起来的都记上去，最后一看，发现自己这一年里做了不少的事，比如重要的有：从一居室迁到了二居室；或者出版了第十三部作品；或者购买了一台摄像机；还有别的很多的或者……

如果这个时候继续往下想，问题就会出来了，他会发现记在纸上的全是事，作为人，他这一年里又是怎么过来的？他的内心得到了什么？

他开始发现生活的周而复始，他发现自己作为人的生活从来就没有过除旧迎新，他发现自己的生活其实早就一成不变了，他活着的意义就是在不断地复习，今年的生活在复习去年的，而去年的在复习前年的……他越往下想，情绪就越加低落，到最后，一个本来对生活充满信心的人，变成了一个厌世者。这就是一年到头时，一个成年人的不安。

1994 年 11 月 23 日

国庆节忆旧

意大利《晚邮报》请我写一篇关于中华人民共和国五十周年的文章，我就想起前几天和几位朋友在长安街旁的饭店吃晚饭，吃完饭准备回家时，发现长安街已经封锁了，说是国庆游行的队伍正在排练，我只能让出租车绕很远的路回家。出租车司机告诉我，这些日子差不多每天晚上十点钟以后，长安街都会被封锁，就是为了参加国庆的队伍进行游行排练。我在报纸上读到：到了国庆节的那一天，参加游行庆祝的人有五十万。这只是参加表演的人数，如果算上前去观看的人，我想肯定会有一百多万。我还在报纸上读到：国庆时，在天安门广场东侧，北京最大的公共厕所将会建成开放，报纸上说这个厕所有四百七十平方米，而且还用文学的语言描述它——"洁白的地板砖，精致的壁墙，舒缓的轻音乐，宽敞舒适的大厅，空调……"

我定居北京已经有十年了，我从来没有在国庆节这天去过长安街上的天安门广场。可是想想过去，天安门广场对我来说是令人神往的地方。我是在中国的南方出生和长大，应该说，我是在一个压抑人性和令人恐惧的时代里成长起来的，我在读小学的时候，一位女同学仅仅是将毛泽东的画像折叠了一下，便被当成了反革命分子，十来岁的小小年纪就被揪到台上批斗。那时候因为将毛泽东比喻成太阳，因此在傍晚的时候我们谁都不敢说太阳落山了，更不敢说太阳掉下去了，只能说天黑了。就是在这样的环境里，我们天天唱着这样的歌："我爱北京天安门，天安门上太阳升，伟大领袖毛主席，指引我们向前进。"

我想起来曾经有过一张照片，照片中的我大约十五岁左右，站在广场中央，背景就是天安门城楼，而且毛泽东的巨幅画像也在照片里隐约可见。有趣的是这张照片并不是摄于北京的天安门广场，而是摄于千里之外的一个小镇的照相馆里。当时我站着的地方不过十五平方米，天安门广场其实是画在墙上的布景。可是从照片上看，我像是真的站在天安门广场上，唯一的破绽就是我身后的广场上空无一人。我非常珍爱这一张照片，因为它凝聚了我少年时代全部的梦想，或者说也是很多居住在北京之外的人的梦想。在那个时代的中国，差不多所有的城市和小镇的照相馆里，都有一幅天安门广场的布景，满足人们画饼充饥的愿望。因为在很长一段时间里，天安门广场差不多就是共和国的象征。可惜的是这张令我难忘的照片后来遗失了。

在我印象里，每一年的国庆都有一部纪录片，不过当这一年的纪录片发行到我居住的小镇放映时，往往已经是冬天了。我还记得自己穿着臃肿的棉衣，顶着夜晚的寒风向电影院走去的情景，然后坐在没有暖气的电影院里，看着银幕上初秋的天安门广场，毛泽东站在城楼上向着游行的队伍挥手，只有他一个人有挥手的权力，其他的人只能以鼓掌的方式向游行队伍致意。我印象最深的还是夜色降临后，毛泽东他们坐在天安门城楼上，桌上摆着令我垂涎三尺的水果和糕点，广场的上空被礼花照得一片通明，这是少年时期最让我心旷神怡的情景。当时我们过年过节最多是放几个鞭炮，如此多的礼花在空中长时间地开放，虽然是在银幕上，也足以让我目瞪口呆。在后来有关国庆的纪录片里，出现了西哈努克，一个被废除了王位的柬埔寨国王，还有他的首相宾努亲王。西哈努克笑容可掬，宾努亲王歪着脑袋像钟摆似的不停地点着头。这时候我已经进入了想入非非的少年时期，西哈努克和宾努的两位年轻美貌的夫人吸引了我，她们在以后的国庆纪录片中每一次出现，都让我感到是找到了纪录片的主题。而白天的游行和夜晚的礼花对我来说已经不重要了，甚至连毛泽东都不重要了。在那个时期，西哈努克和宾努是这个世界上最让我羡慕的两个男人。尤其是那个宾努亲王，我心想他都老成那样了，而且连头都抬不直，可是他的夫人却是如花似玉。

有关国庆节最为漫长的记忆，我想可能是来自我房间的房顶。自从我有记忆开始，我的父亲每年都要更换一次房顶上的旧报纸，一方面是为了防止灰尘掉下来，另一方面也是为了美化我们的房顶，当时我们住的房间可以一目了然地看到上面的瓦片，所以我父亲就在房顶上糊上一层旧报纸，让我们感到上面的瓦片被隔开了。我的童年和少年时期差不多就是在旧报纸下度过的，只要我躺到床上，我就会看到旧报纸上所有的标题，里面的文字因为高高在上就无法看清。几乎是每一年国庆节出刊的报纸上，第一版都是毛泽东的巨幅照片。在我的记忆里，毛泽东最早出现在我的房顶上时，他身边站着的是刘少奇；没过多久，刘少奇就消失了，林彪站到了毛泽东的身边；还是没过了多久，林彪也消失了。毛泽东身边的人不断地变化着，而每年国庆节报纸第一版的巨幅照片里唯一没有变化的人就是毛泽东自己。随着我房顶旧报纸的更换，我看着毛泽东的形象逐渐衰老，后来因为国庆节报纸的第一版不再刊登实地拍摄的毛泽东照片，改用当时统一的挂满全国的毛泽东像，毛泽东在我房顶上的衰老才被制止住。

我想这就是我的国庆节忆旧，点点滴滴，应该还有更多的记忆没有被唤醒，不过对《晚邮报》的读者来说，这样的篇幅可能已经是太长了。最后我要说的是，我很喜爱古罗马时期一位诗人的话，这位诗人名叫马提亚尔，他说："回忆过去的生活，无异于再活一次。"

1999 年 9 月 19 日

消失的意义

  台北出版的《摄影家》杂志，第十七期以全部的篇幅介绍了一个叫方大曾的陌生的名字。里面选登的五十八幅作品和不多的介绍文字吸引了我，使我迅速地熟悉了这个名字。我想，一方面是因为这个名字里隐藏着一位摄影家令人吃惊的才华，另一方面这个名字也隐藏了一个英俊健康的年轻人短暂和神秘的一生。马塞尔·普鲁斯特说："我们把不可知给了名字。"我的理解是一个人名或者是一个地名都在暗示着广阔和丰富的经历，他们就像《一千零一夜》中四十大盗的宝库之门，一旦能够走入这个名字所代表的经历，那么就如打开了宝库之门一样，所要的一切就会近在眼前。

  1912年出生的方大曾，在北平市立第一中学毕业后，1930年考入北平中法大学经济系。他的妹妹方澄敏后来写道："他喜欢旅行、写稿和照相。"九一八"以后从事抗战救亡活动。绥远抗战时他到前线采访，活跃于长城内外。1937年"卢沟桥事变"后为"中外新闻学社"及"全民通讯社"摄影记者及《大公报》战地特派员到前方采访。三十年代的热血青年都有着或多或少的左翼倾向，方大曾也同样如此，他的革命道路"从不满现实、阅读进步书刊到参加党的外围组织的一些秘密活动"。他的父亲当时供职于外交部，不错的家境和父母开明的态度使他保持了摄影的爱好，这在那个时代是十分奢侈的爱好。他与一台折叠式相机相依为命，走过了很多硝烟弥漫的战场，也走过了很多城市或者乡村的生活场景，走过了蒙古草原和青藏高原。这使他拥有了很多同龄青年所没有的人生经历。抗战爆发后，他的行走路线就被长城内外一个接着一个的战场确定了下来，这期间他发表了很多摄影作品，同时他也写下了很多有关战争的通讯。当时他已经是一个专门报道爱国救亡事迹的著名记者了。然而随着他很快地失踪，再加上刊登他作品的报刊又很快地消失，他的才华和他的经历都成了如烟的往事。在半个世纪以后出版的《中国摄影史》里，有关他的篇幅只有一百多字。不过这一百多字的篇幅，成为了今天对那个遥远时代的藕断丝连的记忆。方大曾为世人所知的最后的行走路线，是1937年7月在保定。7月28日，他和两位同行出发到卢沟桥前线，30日他们返回保定，当天下午保定遭受敌机轰炸，孙连仲部队开赴前线，接替29军防线，他的同行当天晚上离开保定搭车向南方，方大曾独自一人留了下来。他留在保定是为了活着，为了继续摄影和写稿，可是得到的却是消失的命运。

在方澄敏长达半个多世纪的记忆里，方大曾的形象几乎是纯洁无瑕，他二十五岁时的突然消失，使他天真、热情和正直的个性没有去经受岁月更多更残忍的考验。而经历了将近一个世纪动荡的方澄敏，年届八十再度回忆自己的哥哥时不由百感交集。这里面蕴含着持久不变的一个妹妹的崇敬和自豪，以及一种少女般的对一个英俊和才华横溢的青年男子的憧憬，还有一个老人对一个单纯的年轻人的挚爱之情，方澄敏的记忆将这三者融为一体。

方大曾在失踪前的两年时间里，拍摄了大量的作品，过多的野外工作使他没有时间待在暗房里，于是暗房的工作就落到了妹妹方澄敏的手上。正是因为方澄敏介入了方大曾的工作，于是在方大曾消失之后，他的大量作品完好无损地活了下来。方澄敏如同珍藏着对哥哥的记忆一样，珍藏着方大曾失踪前留下的全部底片。在经历了抗日战争、国内战争、全国解放、"大跃进"和"文化大革命"的种种动荡和磨难之后，方澄敏从一位端庄美丽的少女变成了一位白发苍苍的老人，而方大曾的作品在妹妹的保护下仍然年轻和生机勃勃。与时代健忘的记忆截然不同的是，方澄敏有关哥哥的个人记忆经久不衰，它不会因为方大曾的消失和刊登过他作品的报刊的消失而衰落。方大曾在方澄敏的心中深深地扎下了根，而且像树根一样随着时间的推移会越扎越深。对方澄敏来说，这已经不再是一个哥哥的形象，差不多是一个凝聚了所有男性魅力的形象。

《摄影家》杂志所刊登的方大曾的五十八幅作品，只是方澄敏保存的约一千张 120 底片中的有限选择。就像露出海面的一角可以使人领略海水中隐藏的冰山那样，这五十八幅才华横溢的作品栩栩如生地展示了一个遥远时代的风格。激战前宁静的前线，一个士兵背着上了刺刀的长枪站在掩体里；运送补给品的民夫散漫地走在高山之下；车站前移防的士兵，脸上匆忙的神色显示了他们没有时间去思考自己的命运；寒冷的冬天里，一个死者的断臂如同折断后枯干的树枝，另一个活着的人正在剥去他身上的棉衣；戴着防毒面罩的化学战；行走的军人和站在墙边的百姓；战争中的走私；示威的人群；樵夫；农夫；船夫；码头工人；日本妓女；军乐队；坐在长城上的孩子；海水中嬉笑的孩子；井底的矿工；烈日下赤身裸体的纤夫；城市里的搬运工；集市；赶集的人和马车；一个父亲和他的五个儿子；一个母亲和她没有穿裤子的女儿；纺织女工；蒙古女子；王爷女儿的婚礼；兴高采烈的西藏小喇嘛。从画面上看，方大曾的这些作品几乎都是以抓拍的方式来完成，可是来自镜框的感觉又使人觉得这些作品的构图是精心设计的。将快门按下时的瞬间感觉和构图时的胸有成竹合二为一，这就是方大曾留给我们的不朽经历。

方大曾的作品像是三十年代留下的一份遗嘱，一份留给以后所有时代的遗嘱。这些精美的画面给今天的我们带来了旧式的火车，早已消失了的码头和工厂，布满缆绳的帆船，荒凉的土地，旧时代的战场和兵器，还有旧时代的生活和风尚。然而那些在一瞬间被固定到画面中的身影、面容和眼神，却有着持之以恒的生机勃勃。他们神色中的欢乐、麻木、安详和激动，他们身影中的艰辛、疲惫、匆忙和悠然自得，都像他们的面容一样为我们所熟悉，都像今天人们的神色和身影。这些三十年代的形象和今天的形象有着奇妙的一致，仿佛他们已经从半个多世纪前的 120 底片里脱颖而出，从他们陈旧的服装和陈旧的城市里脱颖而出，成为了今天的人们。这些在那个已经消失的时代里留下自己瞬间形象的人，在今天可能大多已经辞世而去，就像那些已经消失了的街道和房屋，那些消失了的车站和码头。当一切消失之后，方大曾的作品告诉我们，有一点始终不会消失，这就是人的神色和身影，它们正在世代相传。

直到现在，方澄敏仍然不能完全接受哥哥已经死去的事实，她内心深处始终隐藏着一个幻想：有一天她的哥哥就像当年突然消失那样，会突然地出现在她的面前。《摄影家》杂志所编辑的方大曾专辑里，第一幅照片就是白发苍苍的方澄敏手里拿着一幅方大曾的自拍像——年轻的方大曾坐在马上，既像是出发也像是归来。照片中的方澄敏站在门口，她期待着方大曾归来的眼神，与其说是一个妹妹的眼神，不如说是一个祖母的眼神了。两幅画面重叠到一起，使遥远的过去和活生生的现在有了可靠的连接，或者说使消失的过去逐渐地成为了今天的存在。这似乎是人们的记忆存在的理由，过去时代的人和事为什么总是阴魂不散？我想这是因为他们一直影响着后来者的思维和生活。这样的经历不只是存在于方大曾和方澄敏兄妹之间。我的意思是说，无论是遭受了命运背叛的人，还是深得命运青睐的人，他们都会时刻感受着那些消失了的过去所带来的冲击。

汤姆·福特是另一个例子，这是一位来自美国得克萨斯州的时装设计师，他是一个迅速成功者的典型，他在短短的几年时间里，使一个已经衰落了的服装品牌——古奇，重获辉煌。汤姆·福特显然是另外一种形象，与方大曾将自己的才华和三十年代一起消失的命运截然不同，汤姆·福特代表了九十年代的时尚、财富、荣耀和任性，他属于那类向自己所处时代支取了一切的幸运儿，他年纪轻轻就应有尽有，于是对他来说幸福反而微不足道，他认为只要躺在家中的床上，让爱犬陪着看看电视就是真正的幸福。而历经磨难来到了生命尾声的方澄敏，真正的幸福就是能够看到哥哥的作品获得出版的机会。只有这样，方澄敏才会感受到半个多世纪前消失的方大曾归来了。

汤姆·福特也用同样的方式去获得过去的归来，虽然他的情感和方澄敏的情感犹如天壤之别，不过他确实也这样做了。他在接受《ELLE》杂志记者访问时，说美国妇女很性感，可是很少有令人心动的姿色，他认为原因是她们的穿着总是过于规矩和正式。汤姆·福特接着说："而在巴黎、罗马或马德里，只需看一个面容一般的妇女在颈部系一条简简单单的丝巾，就能从中看出她的祖先曾穿着花边袖口和曳地长裙。"

让一个在今天大街上行走的妇女，以脖子上的一条简单的丝巾描绘出她们已经消失了的祖先，以及那个充满了花边袖口和曳地长裙的时代。汤姆·福特表达了他职业的才华，他将自己对服装的理解，轻松地融入到了对人的理解和对历史的理解之中。与此同时，他令人信服地指出了记忆出发时的方式，如何从某一点走向不可预测的广阔，就像一叶知秋那样。汤姆·福特的方式也是马塞尔·普鲁斯特的方式。《追忆似水年华》里德·盖尔芒特夫人的名字就像是一片可以预测秋天的树叶。这个名字给普鲁斯特带来了七八个迥然不同的形象，这些形象又勾起了无边的往事。于是，一位女士的经历和一个家族的经历，在这个名字里层层叠叠和色彩斑斓地生长出来。那个著名的有关小玛德兰点心的篇章也是同样如此，对一块点心的品尝，会勾起很多散漫的记忆。普鲁斯特在他那部漫长的小说里留下了很多有趣的段落，这些段落足以说明他是如何从此刻抵达以往的经历，其实这也是人们共同的习惯。在其中的一个段落里，普鲁斯特写道："只有通过钟声才能意识到中午的康勃雷，通过供暖装置发出的哼声才能意识到清早的堂西埃尔。"

马勒为女低音和乐队所作的声乐套曲《追悼亡儿之歌》，其追寻消失往事时的目光，显然不是汤姆·福特和马塞尔·普鲁斯特的目光，也不是他自己在《大地之歌》中寻找过去时代和遥远国度时的目光，马勒在这里的目光更像是伫立在门口的方澄敏的目光，一个失去了孩子的父亲和一个失去了哥哥的妹妹时常会神色一致。这是因为失去亲人的感受和寻找往事的感受截然不同，前者失去的是一个活生生的人，而后者想得到的只是一个形象。事实上，这一组哀婉动人的声乐套曲，来自一个德国诗人和一个奥地利作曲家的完美结合。首先是德国诗人吕克特的不幸经历，他接连失去了两个孩子，悲伤和痛苦使他写下了一百多首哀歌。然后是马勒的不幸，他在吕克特的诗作里读到了自己的旋律，于是他就将其中的五首谱写成曲，可是作品完成后不久，他的幼女就夭折了。悲哀的马勒将其不幸视为自己的责任，因为事先他写下了《孩子之死》的歌曲。吕克特的哀悼成为了马勒的预悼，不同的写作使诗歌和音乐结合成声乐，同样的不幸使两个不同的人在这部声乐套曲完成之后，成为了同一个人。

只要读一下这组套曲的五首歌名，就不难感受到里面挣扎着哀婉的力量。《太阳再次升起在东方》《现在我看清了火焰为什么这样黯淡》《当你亲爱的母亲进门来时》《我总以为他们出远门去了》《风雨飘摇的时候，我不该送孩子出门去》。是不是因为悲伤蒙住了眼睛，才能够看清火焰的黯淡？而当太阳再次升起在东方的时候，当亲爱的母亲进来的时候，亡儿又在何处？尤其是《风雨飘摇的时候，我不该送孩子出门去》，孩子生前的一次十分平常的风雨中出门，都会成为父亲一生的愧疚。曾经存在过的人和事一旦消失之后，总是这样使人倍感珍贵。马勒和吕克特的哀歌与其说是在抒发自己的悲伤，不如说是为了与死去的孩子继续相遇。有时候艺术作品和记忆一样，它们都可以使消失了的往事重新成为切实可信的存在。

我想，这也许就是人们为什么如此迷恋往事的原因，因为消失的一切都会获得归来的权利。在文学和音乐的叙述里，在绘画和摄影的镜框里，在生活的回忆和梦境的闪现里，它们随时都会突然回来。于是艺术家们，尤其是诗人热衷于到消失的世界里去寻找题材，然后在吟唱中让它们归来。贺拉斯写道：

> 阿伽门农之前的英雄何止百千，
> 谁曾得到你们一掬同情之泪，
> 他们已深深埋进历史的长夜。

再来读一读《亚美利加洲的爱》，聂鲁达写下了这样的诗句：

> 在礼服和假发来到这里之前，
>
> 只有大河，滔滔滚滚的大河；
>
> 只有山岭，其突兀的起伏之中，
>
> 飞鹰或积雪仿佛一动不动；
>
> 只有湿气和密林，尚未有名字的
>
> 雷鸣，以及星空下的邦巴斯草原。

从古老的欧洲到不久前的美洲，贺拉斯和聂鲁达表达了人们源远流长的习惯——对传说和记忆的留恋。贺拉斯寻找的是消失在传说中的英雄，这比从现实中的消失更加令人不安，因为他们连一掬同情之泪都无法得到，只能埋进历史深深的长夜。聂鲁达寻找的是记忆，是关于美洲大陆的原始的记忆。在身穿礼服和头戴假发的欧洲人来到美洲之前，美洲大陆曾经是那样的生机勃勃，是自然和野性的生机勃勃。聂鲁达说人就是大地，人就是颤动的泥浆和奇布却的石头，人就是加勒比的歌和阿劳加的硅土。而且，就是在武器的把柄上，都铭刻着大地的缩影。

人们追忆失去的亲友，回想着他们的音容笑貌，或者回首自己的往事，寻找消失了的过去，还有沉浸到历史和传说之中，去发现今天的存在和今天的意义。我感到不幸的理由总是多于欢乐的理由，就像眼泪比笑声更容易刻骨铭心，流血比流汗更令人难忘。于是历史和人生为我们总结出了两种态度，在如何对待消失的过去时，自古以来就是两种态度。一种是历史的态度，像荷马所说："神祇编织不幸，是为了让后代不缺少吟唱的题材。"另一种是个人的人生态度,像马提亚尔所说:"回忆过去的生活,无异于再活一次。"荷马的态度和马提亚尔的态度有一点是一致的,那就是人们之所以要找回消失了的过去,并不是为了再一次去承受,而是为了品尝。

1999 年 11 月 11 日

结　束

　　有一天，我和陈虹在北京的王府井大街上行走时，一幕突然而至的情形令我们惊愕。在人流如潮噪声四起的街道上，一位衣着整洁的老人泪流满面地迎面走来。他如此坦率地表达自己的不幸，并将自己的不幸置于拥有盲目激情的人流之中，显得怵目惊心。

　　一直以来，陈虹一回想起这一幕，就会神情激动。她总是一次次地提醒我注意这些，不要轻易忘记。确实，这样的情形所揭示的悲哀总是震动着我们。我们相对而坐，欲说无语。在沉默的深处，反复回想那个神情凄楚的老人，在他生命最后的旅程里，他终于直露地表达了我们共同的尴尬。在他身旁那些若无其事获得暂时满足的人，他们难道没有在风中哭泣过？悲哀也会像日出一样常常来袭击他们。于是在我们回想中所看到的人流，已经丧失了鲜艳的色彩，他们犹如一堆堆暗淡的杂草，在空虚的天空下不知所措。他们当初的笑容，是因为他们受到了遗忘的保护，忘记自己的不幸，就意味着没有遭受不幸。终于有一天，一劳永逸的遗忘就会来到，这是自然赐予我们唯一的礼物。一切的结束，就是一切的遗忘。

我在阅读有关卡夫卡生平的书中，曾经看到过这样的描述。卡夫卡居住的房屋下面是一条宽阔笔直的街道，街道的一端是河流，有不少人走上那条街道，缓慢或者迅速地来到河边，然后一头扎进河水之中结束自己。在当时的欧洲，投水自尽风行一时，起先是属于女人所喜爱的自杀方式，此后也逐渐得到了男子的青睐。卡夫卡称那条街道是自杀的助跑道。

面容消瘦的卡夫卡在被他称为自杀的助跑道上长时间行走时，他忧郁的思想可能会时常触及结束这个问题。虽然从形式上看，卡夫卡最终死于肺部疾病。不过他的日记充溢着死亡的声息，他那蜂拥而来的古怪感受令人感到他时刻处于危险之中。卡夫卡只是不点明结束自己的手段而已，他是一位羞怯的男子，对自己生命的结束，他不采用自杀这种强权行为，而是温文尔雅地等待着，就如等待着一位面容不详的情人，或者说是等待黑夜的来到。

当生命表示了开端之后，结束也就无法避免。自杀就成为了掌握自己命运的工具，一切由自己决定，不用看别人脸色，是自我完善的最终途径。

希特勒的宣传部长戈培尔，在第三帝国行将崩溃、希特勒面临众叛亲离之时，他带着玛戈达和六个孩子（三岁到十一岁），来到希特勒的地下室，使逃跑成为不可能。希特勒死后，戈培尔与玛戈达毒死了他们的六个孩子，戈培尔与希特勒一样枪杀了自己，而玛戈达则和爱娃一样喝下了毒药。

事实上戈培尔完全可以为妻儿找到一个安全的避难所，哪怕是暂时的，但他不可能这样做。他是第三帝国里为数不多的几个能够感受到希特勒人性的可怕程度的人，因为他有着同样可怕的人性。他在日记中写道："到处都是肮脏的诡计，人类真是一个恶棍。"当注定的失败席卷而来时，自杀是他逃脱失败的最好方式，自己结束自己，这是他可以找到的唯一体面的退路。他的同伴里宾特洛甫死得很不体面，这位第三帝国的外交部长像一条死狗似的吊挂在绞刑架上。

哈特·克莱恩曾经被称为金发神童，诗坛上的弥赛亚，他拥有另外一种疯狂，他深深地沉溺于同性恋之中，并且到处炫耀自己的这一经历，过着放浪形骸、酗酒无度的生活。他生命的最后时刻是和帕琪·拜德在船上度过的，他的自杀富于表演性。轮船逗留在哈瓦那期间，他上岸拜访了所有的咖啡馆，然后醉醺醺地回到船上，胳膊里还夹着一瓶朗姆酒。他闯进情人帕琪·拜德的船舱，久久不肯离去，对她手臂上的一块烫伤关怀备至，拜德忍受不了他的醉态，请求他离开。他离开后有过几次投海的尝试，可能他的动作过于夸张，都被船员阻止。于是他一次比一次更醉地回到拜德的船舱，继续向她表达自己的柔情。

克莱恩真正决定死去时倒是要冷静得多，他和拜德用过早餐后，向她道别，爬上甲板，走到船尾，任凭大衣从肩上滑落，一头栽进了大海。

出生于亚美尼亚，在美国成为了一名画家的阿什·高尔基，年近五十的时候，开始为自己生命的结束做准备工作，他在山坡上，或者河谷里，选择了七八个地点挂起了绳索，一旦准备就绪，他就可以立刻死去。可是后来他选择在木料间上吊，可能是内心的羞怯，他没有在野外有着不错景色的地方结束，他可能担心有人经过会打断他的自杀。有关他自杀时的情景，有这样的描述——他战战兢兢地爬过房子的墙壁——战战兢兢，这是他赴死时的神态。

1992 年 5 月 18 日

人类的正当研究便是人

　　一位姓名不详的古罗马人，留下了一段出处不详的拉丁语，意思是：“他们著书，不像是出自一个深刻的信念，而像是找个难题锻炼思维。”另一位名叫欧里庇德斯的人说：“上帝的著作各不相同，令我们无所适从。”而古罗马时期最为著名的政客西塞罗不无心酸地说道：“我们的感觉是有限的，我们的智力是弱的，我们的人生又太短了。”

　　这其实是我们源远流长的悲哀。很多为了锻炼思维而不是出于信念生长起来的思想影响着我们，再让我们世代相传；让我们心甘情愿地去接受那些显而易见的逻辑的引诱，为了去寻找隐藏中的、扑朔迷离和时隐时现的逻辑；在动机的后面去探索原因的位置，反过来又在原因的后面去了解动机的形式，周而复始，没有止境。然后我们陷入了无所适从之中，因为上帝的著作各不相同。接着我们开始怀疑，最终怀疑还是落到了自己头上，于是西塞罗的心酸流传至今。

　　两千多年之后，有一位名叫墨里·施瓦兹的美国人继承了西塞罗的心酸。他大约在1917年的时候来到了人间，然后在1995年告别而去。这位俄裔犹太人在这个充满了战争和冷战、革命和动乱、经济萧

393

条和经济繁荣的世界上逗留了七十八年，他差不多经历了整整一个世纪。他所经历的世纪是西塞罗他们望尘莫及的世纪，这已经不是在元老会议上夸夸其谈就可以搞掉政敌的世纪。这是一个什么样的世纪？在依塞亚·柏林眼中，这是"西方史上最可怕的一个世纪"；写下了《蝇王》的戈尔丁和法国的生态学家迪蒙继续了依塞亚·柏林的话语，前者认为"这真是人类史上最血腥动荡的一个世纪"，后者把它看作"一个屠杀、战乱不停的时代"；梅纽因的语气倒是十分温和，不过他更加绝望，他说："它为人类兴起了所能想象的最大希望，但是同时却也摧毁了所有的幻想与理想。"

这就是墨里·施瓦兹的时代，也是很多人的时代，他们在喧嚣的工业革命里度过了童年的岁月，然后在高科技的信息社会里闭上了生命的眼睛。对墨里·施瓦兹来说，也对其他人来说，尤其是对美国人来说，他们的经历就像人类学家巴诺哈所说的："在一个人的个人经历——安安静静地生、幼、老、死，走过一生没有任何重大冒险患难——与二十世纪的真实事迹……人类经历的种种恐怖事件之间，有着极为强烈显著的矛盾对比。"墨里·施瓦兹的一生证实了巴诺哈的话，他确实以安安静静的人生走过了这个动荡不安的世纪。他以美国的方式长大成人，然后认识了成为他妻子的夏洛特，经历了一生中唯一的一次婚姻，他有两个儿子。他开始时的职业是心理和精神分析医生，不久后就成为了一名社会学教授，并且以此结束。

这似乎是风平浪静的人生之路，墨里·施瓦兹走过了儿子、丈夫和父亲的历程，他在人生的每一个环节上都是尽力而为，就像他长期以来所从事的教授工作那样，认真对待来到的每一天。因此这是一个优秀的人，同时也是一个十分普通的人，或者说他的优秀之处正是在于他以普通人的普遍方式生活着，兢兢业业地去承担命运赋予自己的全部责任，并且以同样的态度去品尝那些绵延不绝的欢乐和苦恼。他可能具备某些特殊的才华，他的工作确实也为这样的才华提供了一些机会。不过在更多的时候，他的才华会在日常生活中找到更加肥沃的土壤，结出丰硕之果，从而让自己时常心领神会地去体验世俗的乐趣，这是一个真正的人、同时也是所有的人应该得到的体验。而且，他还是一个天生的观察者，他对自己职业的选择更像是命运的安排，他的选择确实正确。他喜欢观察别人，因为这同时也在观察自己。他学会了如何让别人的苦恼和喜悦来唤醒自己的苦恼和喜悦，反过来又以自己的感受去辨认出别人的内心。他在这方面才华横溢，他能够在严肃的职业里获得生活的轻松，让它们不分彼此。可以这么说，墨里·施瓦兹的人生之旅硕果累累，他的努力和执着并不是为了让自己作为一名教授如何出色，而是为了成为一个更加地道的人。

因此，当这样一个人在晚年身患绝症之时，来日有限的现实会使残留的生命更加明亮。于是，墨里·施瓦兹人生的价值在绝症的摧残里闪闪发光，如同暴雨冲淋以后的树林一样焕然一新。在这最后的时刻，这位老人对时间的每一分钟的仔细品味，使原本短暂的生命一次次地被拉长了，仿佛他一次次地推开了死亡急躁不安的手，仿佛他对生命的体验才刚刚开始。他时常哭泣，也时常微笑，这是一个临终老人的哭泣和微笑，有时候又像是一个初生婴儿的哭泣和微笑。墨里·施瓦兹宽容为怀，而且热爱交流，这样的品质在他生命的终点更加突出。他谈论心理建设的必要性，因为它可以降低绝望来到时的影响力；他谈论了挫折感，谈论了感伤，谈论了命运，谈论了回忆的方式。然后他强调了生活的积极，强调了交流的重要，强调了要善待自己，强调了要学会控制自己的内心。最后他谈到了死亡，事实上他一开始就谈到了死亡，所有的话题都因此而起，就像在镜中才能见到自己的形象，墨里·施瓦兹在死亡里见到的生命似乎更加清晰，也更加生机勃勃。这是一位博学的老人，而且他奔向死亡的步伐谁也赶不上，因此他临终的遗言百感交集，他留下的已经不是个人的生命旅程，仿佛是所有人的人生道路汇聚起来后出现的人生广场。

墨里·施瓦兹一直在对抗死亡，可是他从来没有强大的时候，他最令人感动的也是他对抗中的软弱，他的软弱其实是我们由来已久的品质，是我们面对死亡时不约而同的态度。他的身心全部投入到了对自己，同时也是对别人的研究之中，然后盛开了思想之花。他继承了西塞罗的心酸，当然他思想里最后的光芒不是为了找个难题锻炼思维，确实是出于深刻的信念，这样的信念其实隐藏在每一个人的心中，墨里·施瓦兹说了出来，不过他没有说完，因为在有关人生的话题上没有权威的声音，也没有最后的声音，就像欧里庇德斯所说的"上帝的著作各不相同"。于是在结束的时候，墨里·施瓦兹只能无可奈何地说："谁知道呢？"

然而，墨里·施瓦兹的人生之路至少提醒了我们，让我们注意到在巴诺哈所指出的两条道路，也就是个人的道路和历史的道路存在着平等的可能。在巴诺哈所谓的时代的"真实事迹"的对面，"安安静静"的个人经历同样有着不可忽视的重要性，而且这样的经历因为更为广泛地被人们所拥有，也就会更为持久地被人们所铭记。墨里·施瓦兹的存在，以及他生命消失以后继续存在的事实，也说明了人们对个人经历的热爱和关注。这其实是一个最为古老的课题，它的起源几乎就是人类的起源；同时它也是最新鲜的课题，每一个新生的婴儿都会不断地去学会面对它。因为当墨里·施瓦兹的个人经历唤醒了人们自己经历的时候，也就逐渐地成为了他们共同的经历，当然这样的经历是"安安静静"的。与此同时，墨里·施瓦兹也证实了波普的话，这位启蒙主义时期的诗人这样说："人类的正当研究便是人。"

墨里·施瓦兹年轻的时候曾经为到底是攻读心理学还是社会学而犹豫不决，"其实我一直对心理学很有兴趣，不过最后因为心理学必须用白老鼠做实验，而使我打了退堂鼓。"内心的脆弱使他进入了芝加哥大学攻读社会学，并且取得了博士学位。在一家心理医院从事研究是他的第一份工作，他明白了心理学并不仅仅针对个人，社会学也并不仅仅针对社会。他的第二份工作使他和阿弗列德·H.施丹顿一起写下了《心理医院》。此书被认为是社会心理学方面的经典之作。这是他和他的朋友在一家非传统的精神分析医院的工作成果，也是他年轻时对心理学热爱的延伸。《心理医院》的出版使他获得了布兰代斯大学的教职，一干就是三十多年。他是一个勤奋和成功的教授，虽然他没有依塞亚·柏林那样的显赫名声，可是与其他更多的教授相比，他的成就已经是令人羡慕了。对生存处境的关心和对内心之谜的好奇，使墨里·施瓦兹在六十年代与朋友一起创建了"温室"，这是一个平价的心理治疗机构，用他的学生保罗·索尔曼的话来说——"他认为那里是他疗伤止痛的地方，开始是哀悼母亲之死，最后则是为了身染恶疾的自己。"墨里·施瓦兹似乎证实了因果报应的存在，他最初在一家心理医院开始自己的研究，随后又在一家精神分析医院与阿弗列德·H.施丹顿共事，又到"温室"的设立，最后建立了"死亡和心灵归属"的团体，墨里·施瓦兹毕生的事业都是在研究人，或者说他对别人的研究最终成为了对自己的研究，同时正是对自己的不断发现使他能够更多地去发现别人。因此当他帮助别人的内心在迷途中寻找方向的时候，他也是在为自己寻找出路，于是他知道了心灵的宽广，他知道了自己的内心并不仅仅属于自己，就如殊途同归那样，经历不同的人和性格不同的人时常会为了一个相似的问题走到一起，这时候一个人的内心就可以将所有人的内心凝聚起来，然后像天空一样笼罩着自己，也笼罩着所有的人。晚年的墨里·施瓦兹拥有了约翰·堂恩在《祈祷文集》里所流露的情感，约翰·堂恩说："任何人的死亡都使我受到损失，因为我包孕在人类之中。"

墨里·施瓦兹当然遭受过很多挫折，他的母亲在他八岁时就离开了人世，他的童年"表面上嘻嘻哈哈，其实心里充满了悲伤"，而且童年时就已经来到的挫折在他成年以后仍然会不断出现，就如变奏曲似的贯穿了他的一生。然而这些挫折算不了什么，几乎所有的人都承受过类似的挫折，与巴诺哈所指出的二十世纪的真实事迹相比，墨里·施瓦兹的挫折只是生命旅程里接连出现的小段插曲，或者说是在一首流畅的钢琴曲里不小心弹出的错音。这位退休的教授像其他老人一样，在经历了爱情和生儿育女之后，在经历了事业的奋斗和生活的磨难之后，他可以喘一口气了，然后步履缓慢和悠闲地走向生命的尽头。当然他必须去承受身体衰老带来的种种不便，这样的衰老里还时刻包含着疾病的袭击，可是几乎所有的老人都不能去习惯这一切，墨里·施瓦兹也同样如此。就像他后来在亚历山大·罗文的著作《身体的背叛》里所读到的那样，"罗文医生在书中指出，我们总以为我们的身体随时都应该处于最佳状态，至少也应该一直保持良好的状态，仿佛我们奉命必须永远健康无恙，身体必须永远反应灵活。一旦它不符合我们的期待时，我们就觉得被身体背叛了。"墨里·施瓦兹心想："这或许是让我们相信自己是不朽的一种方式。"可是"我们终究会死，我们其实很脆弱，而且随时都可能一命呜呼"。

大概是在 1992 年，这位七十五岁的老人开始迎接那致命疾病的最初征兆："那时我正在街上走着，看到一辆车对着我冲过来，我想跳到路边去……但是我跌倒了。"衰老欺骗了墨里·施瓦兹，他以为这是自己老了的原因。此后的两年时间里，他一直睡不安稳，他感到困惑，同时也感到好奇，他不断地询问自己："是因为我老了吗？"后来在一次宴会上，当他开始跳舞的时候，他的步子"一个趔趄"。再后来就是诊断的结果，他知道了问题并不是出在肌肉方面，而是神经性的。肌萎缩性脊髓侧索硬化——这就是来到墨里·施瓦兹体内的疾病的名字。这是一个令人恐怖的名字，它将一个人的生命一下子就推到了路的尽头，当时的墨里·施瓦兹是"我哑口无言"，他开始遭受这致命的打击，这时候他毕生所从事的研究工作帮助了他，使他在面对自己的时候也像面对别人一样，他成为了一个观察者，成为了一个既身临其境又置之度外的人，于是他说："但是从另一个角度来看，至少我知道了那些失眠是为什么了。"接下去的日子里，这神经系统的疾病开始在墨里·施瓦兹体内泛滥起来。对疾病明确了解的那一刻，往往像洪水决堤那样，此后就是一泻千里了。"从那时开始，我亲眼目睹身体机能因为肌肉神经失去知觉而日益衰败……现在，我的吞咽动作也越来越困难了……其次是我说话的能力，当我想要发出'O'的声音时，声音却卡在了喉咙里……"

　　墨里·施瓦兹来到了生命的尾声，"所以我的对策是哭……哭完了，我就擦干眼泪，并且准备好面对这一天。"在接下去为数不多的日子里，这位老人选择了独特的活着的方式。一位名叫杰克·汤玛士的记者这样写道："在布兰代斯大学当了三十多年教授后，墨里·施瓦兹教授现在正在传授他最后的一门课。这门课没有教学计划，没有黑板，甚至连教室也没有，有的只是他在西纽顿家中的小房间，或者是他家厨房的餐桌，这里是他定期和学生、同事讨论的场所，他们讨论的课题非同寻常——墨里本人即将来临的死亡。"墨里·施瓦兹显示了与众不同的勇气，就像他的同事所说的："大多数得了重病的人都会朽木自腐，他却开出了灼灼之花。"事实上，墨里·施瓦兹的勇气得益于他对现实的尊重，这也是他长期以来所从事的研究训练出来的结果，这位在心理医院和精神分析医院工作过的老人，早就学会了如何客观地去面对一切，包括客观地面对自己。因此可以这么说，他的勇气同时也是因为他的脆弱，他不想可能也不敢"默默地走进黑夜"，他选择了公开的死亡方式，为此写下了七十五则关于死亡的警句，并且为自己举行了预支的告别仪式，"我要现在就听到，当我还在的时候。"因为"我不想等到我两腿一伸以后再听到大家聚在一起追悼"。这样的追悼对墨里·施瓦兹来说无济于事，他要的是能够亲耳听到的追悼，因为"死亡并不是最后的一刻，最后的一刻是为了哀悼用的"。当然，这位老人临死前最重要的工作就是杰克·汤玛士所说的"最后的一门课"，在每一个来到的星期二，在墨里·施瓦兹身体不断的衰落里，关于人生和关于死亡的话题却在不断地深入和丰富起来。他失去了吞咽的能力，又失去了发音的能力，可是他的心脏还在跳动，这"最后的一门课"就会继续下去。墨里·施瓦兹在身体迅速的背叛里，或者说当他逐渐失去自己的身体时，他一生的智慧和洞察力、一生的感受和真诚却在这最后的一刻汇聚了起来。然后奇迹出现了，这位瘦小和虚弱不堪的老人在生命的深渊里建立了生命的高潮。而且，他在临终之前用口述录音的方式，用颤抖的手逐字逐句写下了从深渊到高潮的全部距离。于是，就有了我们现在读到的这一本书，一本题为"万事随缘"的书，一本在死亡来临时讲述生存的书。

我想，墨里·施瓦兹的最后一课是一首安魂曲，是追思自己一生时的弥撒。这是隆重的仪式，也是安息的理由。就像勃拉姆斯的《德意志安魂曲》。若诸位不嫌，我愿意在此抄录《德意志安魂曲》的歌词，这些精美的和安抚心灵的诗句来自马丁·路德新教的《圣经》：

哀恸的人有福了，因为他们必得安慰，流泪撒下的种子，必欢呼收割。那带着种子，流着泪出去的，必定欢喜地带着禾捆回来。

温和的歌唱是《安魂曲》的第一乐章，这是对生者的祝福，也是在恳求死者永远地安息。接着第二乐章的合唱升了起来：

因为凡有血气的，都如衰草，所有他的枯荣，都如草上之花。草会凋残，花会谢落。弟兄们哪，你们要忍耐，直到主来。看哪，农夫耐心地等待着地里宝贵的萌芽，直到它沐到春雨和秋雨。

第二乐章是一段《葬礼进行曲》，阴沉和晦暗的乐句似乎正将全曲带向坟墓，可是它的结束却是狂欢：

永恒的欢乐必定回到他们身上，使他们得到欢喜快乐，忧愁叹息尽都逃避。

第三乐章是男低音与合唱的对话：

主啊，求你让我知道生命何等短促。你使我的一生窄如手掌，我一生的时日，在你面前如同虚无。世人奔忙，如同幻影。他们劳役，真是枉然。积蓄财宝，不知将来有谁收取。主啊，如今我更何待！我的指望在于你。我们的灵魂都在上帝的手上，再没有痛苦忧患能接近他们。

第四乐章回到了温和的田园般的合唱：

> 耶和华啊，您的居所令人神往！我的灵魂仰慕您；我的心灵，我的肉体向永生的神展开。

第五乐章是女高音与合唱之间的叙事诗一样的并肩前行。女高音反复吟唱"我要见到你们"，而合唱部唱出"我会安抚你们"：

> 你们现在也有忧愁，但我现在要见到你们，你们的心就会充满欢乐，这欢乐再也没有人能够夺去。你们看我，我也曾劳碌愁苦，而最终却得到安抚。我会安抚你们，就如母亲安抚她的孩子。世上没有永久存在的城市，然而我们仍在寻找这将要到来的城市。

第六乐章男低音与合唱的对话再次出现：

> 我如今把一件奥秘告诉你们：我们不是都要睡觉，而是一切都要改变。就在一瞬间，在末日的号角响起的时候。因为号角要吹响，死人要复活，成为不朽，我们都要改变。那时《圣经》上的一切就要应验："死亡一定被得胜吞灭。"死亡啊，你得胜的权势在哪里？死亡啊，你的毒刺在哪里？我们的主，我们的神，你就是荣耀、尊贵和权柄，因为你创造了万物，万物因你的旨意而创造、而生息。

第七乐章是最后的合唱，是摆脱了死亡的苦恼之后的宁静：

从今以后，在主的恩泽中死亡的人有福了。圣灵说："是的，他们平息了自己的劳苦，他们的业绩永远伴随他们。"

1999 年 4 月 17 日

韩国的眼睛

在刚刚过去的那个世纪，在很多年以前，一个不为人们所知的普通人，确切地说是一个工人，在汉城的繁华之地引火自焚。他在临死之时表达了感人肺腑的遗憾，他为自己没有获得更多的教育而遗憾，他说他多么希望有一个大学生的朋友，一个学习法律的大学生，来帮助他们工人用法律保护自己的权利。

这个朴实无华的人点燃的自焚之火，此后再也没有熄灭。韩国的知识分子和大学生们，他们在政府提供的较好待遇下平静地生活了很多年，因为这个普通工人的死，他们开始扪心自问：什么才是人民的权利？什么才是民族的前途？这个工人焚烧自己生命的烈火，蔓延到了无数韩国人的心里，点燃了他们的自尊和他们的愤怒。于是这个热爱歌舞的民族开始展示其刚烈的性格，从光州起义到席卷整个八十年代的学生运动，人民一点一点地从政治家的手中要回了自己的命运。

这时候我正在中国度过自己的青年时期，从报纸上和黑白的电视里，我点点滴滴地了解到了这些。当一个又一个与我年龄相仿的韩国青年，或者引火自焚或者坠楼而死，以自己血肉之躯的毁灭来抗议独裁政治。我一次又一次地感受着什么叫震惊，想想自己此刻的年龄；想想自己刚刚走上人生的道路，此后漫长的经历正在期待着自己；想想自己每天都在生长出来的幻想，这样的幻想正在为自己描述着美丽的未来。我知道那些奔赴死亡的韩国同龄人也是同样如此，可是他们毅然决然地终止了自己的生命，终止了更为宝贵的人生体验和无数绚烂的愿望。他们以激烈的方式死去，表达了他们对现实深深的绝望，同时他们的死也成为了经久不衰的喊叫，他们的声音回荡在他们同胞的耳边，要他们的同胞永远醒着，不要睡着。

当我步入三十岁以后，韩国开始以另外一种形象来到中国，一个亚洲四小龙之一的形象，一个在经济上高速发展的富有的形象，虽然中间渗入了百货大楼和汉江大桥倒塌的阴影，可是这样的阴影仅仅停留在韩国人自己的内心深处，对中国人来说就像是一张漂亮的脸上留下的几颗雀斑，并不影响韩国美好的形象。此刻的中国历经政治的磨难之后，人们开始厌倦政治，开始表达出对经济发展的空前热情，这个时候的中国已经不想看到光州起义的韩国和学生运动的韩国，时代的眼光往往就是购物者的眼光，需要什么才会看见什么，这个时候的中国想看到一个经济上出现奇迹的韩国，想在韩国的发展里看到有益于自身的经验，中国的很多企业家迷上了韩国大集团的运营模式，他们以为扩张就是发展，他们急急忙忙地登上了飞机，飞向韩国一边旅游一边考察。

接下去的韩国的形象，是一个在亚洲金融风暴中脆弱的形象。此前对韩国经济模式一片盛赞的中国媒体，出现了一片否定和批评的声音，在报纸上和电视里有关韩国的报道，都是公司的倒闭和银行的坏账，还有经济的负增长和失业率的持续上升。当韩元一路暴跌的时候，中国人不由暗自庆幸自己的货币还没有和美元直接挂钩。这个时候在中国，一个名叫"泡沫"的词语风行起来，而在这个词语的后面时常会紧跟着另外一个词语——韩国。而在此刻的韩国，我的韩国朋友告诉我，当人们互相见面时出现了幽默的寒暄："你还活着？"然后是："恭喜，恭喜。"

在拥有许多有关韩国的记忆和传闻之后，去年的6月我第一次来到了韩国，这个伸向海洋的半岛，这个几乎被山林覆盖的国家。当我走出汉城的机场，第一个印象就是亚洲国家城市的那种特有的印象——杂乱的繁荣。行人和车辆川流不息，喧哗声不绝于耳。我猜想这是城市没有节制地发展所带来的景象，当我了解到汉城有一千多万人口，釜山有八百多万，而光州这样的城市也都在四百万以上，我心想韩国的四千多万人口究竟还有多少人住在城市以外的地方？这让我联想到了亚洲金融风暴中韩国的命运，城市的扩张似乎表达了韩国经济的扩张，而城市的命运也似乎决定了韩国的命运。

我来到韩国，我想寻找光州起义的韩国和学生运动的韩国，这是韩国留给我最初的印象，也是我青年时期成长的记忆。在汉城，也在釜山和光州，我看到了繁荣的面纱，它遮住了过去的血迹和今天的泪水。到处都是光亮的高楼和繁华的商场，人们衣着入时笑容满面；在夜晚霓虹灯闪烁的街道上，都是人满为患的饭店和酒吧，还有快乐的醉鬼迎面走来。我无法辨认出八十年代革命的韩国，就是金融风暴中脆弱的韩国也没有了踪影。我意识到繁荣会改变人的灵魂，这是可怕的改变，它就像是一个美梦，诱惑着人们的思想和情感，它让人们相信了虚假，并且去怀疑真实。就像是充斥在韩国电视里的肥皂剧和大街上的流行歌曲一样，告诉你的都是别人的美好生活，而不是你自己的生活。那些贴上了大众文化标签的商品——它们是商品而不是艺术，其实从一开始就远离了大众，它们就像商店里出售的墨镜一样，让大众看不清现实的容貌。

可是韩国又让我看到了金敏基的音乐剧和全仁权的歌唱，这是难以忘怀的体验。在汉城的一个像纽约百老汇一样的地方，一个有着很多剧场的充满了商业气息的地方，那里的街道上贴满了各种演出的广告招贴，这些招贴都是蛮不讲理地贴在另外的招贴上面，这让我想起来中国"文化大革命"时期贴满街道的大字报。就是在那里我看到了金敏基的《地铁一号线》，我深深地感动了，这部由一支摇滚乐队伴奏出来的音乐剧，表达的是真正意义上的大众的命运。然后我又在延世大学的露天广场上看到了全仁权的演唱，这是一场历时两天的摇滚音乐的演出，或者说是韩国摇滚音乐的展览会，几乎所有的摇滚歌手都登台亮相，而最后出场的就是全仁权的野菊花乐队，我听不懂他的歌词，但是我听懂了他的音乐，他的演唱让我听到了韩国的激情和韩国的温柔。我感到欣喜的是，这些激动人心的作品在韩国有着深入人心的力量。当我看到《地铁一号线》的时候，它的演出已经超过一千场，可是剧院里仍然坐满了观众，而且每一位观众都被台上的演出感染着，他们不时发出会心的欢笑，另外的时候又在寂静无声中品尝着什么是感动。而全仁权的演出则让我看到了近似疯狂的景象，当这个像搬运工人似的歌手出现在舞台上时，年轻的观众立刻拥向了我座位前面的空地，我只能站到椅子上看完演出，当时全场的观众都已经站立起来，跟随着舞台上全仁权笨拙的身体一起摇摆，一起歌唱。这是我在汉城的美好经历，它们不是自诩大众文化，其实是在制造假象的肥皂剧，也有别于宣称与大众为敌，沉醉在孤芳自赏中的所谓现代主义，这是真正意义上的大众的艺术，因为它来自大众，又归还给大众，这样的艺术终于让我看清了韩国真实的容貌。

我曾经看到过光州起义死难烈士的图片，在那些留下斑斑血迹的脸上，在那些生命已经消失的脸上，我看到了他们微微睁开着的眼睛，这是瞳孔放大目光散失以后的眼睛，他们的眼睛仿佛是燃烧的烈火突然熄灭的那一瞬间，宁静的后面有着不可思议的忧郁，迷茫的后面有着难以言传的坚定。在我所看到的图片里，光州起义死难者的眼睛没有一个是闭上的，他们淡然地看着我，让我感到战栗，然后我把他们的眼睛理解成是韩国的眼睛。

在韩国短暂的日子里，我的感受仿佛被一把锋利的刀切成了两半。一方面是来自韩国城市繁华的白昼和灯红酒绿的夜晚，如同海水一样淹没了我的感受，这一切就像是虚假的爱情。另一方面又让我感受到在平静的海面下有着汹涌的激流。在汉城的圣公会大学，我看到了一个光州起义和学生运动的纪念室，这是我的朋友白元淡和她的同事们布置的。当西装革履的青林出版社总编辑金学元和他贤惠的太太站在我面前时，我很难设想他们当初都是反对独裁政治的革命者，他们都经受了坐牢的折磨和被拷打的痛苦。在光州起义的烈士陵墓，在一位死去的学生的墓前，我看到在一个玻璃罩里放着还没有完成的作业，还有他的同学现在写给他的信。也是在光州，金学元介绍我认识了金玄装，这个在韩国很多人心目中的民族英雄，当年焚烧了美国在釜山的文化院，金玄装点燃的这一把火，使很多韩国人突然明白过来——美国不是他们的朋友。金玄装此后在监狱里度过了数不清的黑夜和白天，他几次差一点就被处死，他能够活到今天只能说是命运的奇迹。那天晚上，我们坐在金玄装家中的地板上，我听着他和金学元滔滔不绝地说着什么，我听不懂他们的话，但我知道他们是在回忆过去，我看到他们两个人的脸上神采飞扬。

我很喜欢韩国的诗人金正焕，虽然我们之间有着语言的障碍，可我时常觉得他是我童年的伙伴，我们仿佛一起长大。他写下了大量优秀的诗篇，还有两册厚厚的关于音乐的书籍，了不起的是他的作品都是在睡眠不足的情况下完成的。他脸上时常挂着宽厚的微笑，他的眼睛永远是红肿着，他谈吐幽默，只要他一出现，他周围的人就会不时地爆发出笑声。现在他仍然保持着当初革命时期的习惯，当他实在太累的时候，他就会走进地铁，找一个空座位斜躺下来，在地铁飞速的前进和不断的刹车里睡上一两个小时。

在汉城的很多个晚上，我跟随着金正焕到处游荡。我们在黎明来到的汉城街头挥手告别，可是当夜幕再度降临汉城后，我们的游荡又开始了。金正焕经常带我去一家小酒吧，我没有记住这家酒吧的名字，但是我难忘酒吧的格局和气氛，就像是一个家庭似的朴素和拥挤。我的朋友崔容晚告诉我，在八十年代这里是文化界革命者聚集的地方。里面整整一墙都是古典音乐的CD，这是金正焕欠债的标志，他无力偿还这里的酒钱后，就将家中的CD搬到这里付账。可是他又时常取下这里的CD送给他的朋友，在我们分别的时候，金正焕找出了两张唱片送给了我。

这家酒吧的老板娘给我留下了深刻的印象，她时常安静地坐在一旁，手中夹着一支香烟，任凭她的顾客自己去打开冰箱取酒，或者寻找其他的什么。她的眼睛出奇的安详，仿佛她对什么都是无动于衷，可是又让人觉得里面深不可测。当她坐到我们中间，当她微笑着开口说话时，我注意到她的眼睛仍然是那么的平静。我可以想象在八十年代的时候，当那些一半是革命者一半是疯子的诗人和艺术家在街头和警察冲突完了之后，来到这里打开酒瓶豪饮到黎明，然后欠下一屁股的酒债醉醺醺地离去时，她也是这样安静地看着他们。我心想这就是韩国的眼睛。

去年的10月，我第二次来到了韩国，这一次飞机是在夜色中降落在釜山机场。飞机下降的时候，我看到了釜山的夜景，这座建立在山坡上的城市使它的灯火像波浪一样起伏，釜山的灯火有着各不相同的颜色，黄色、白色和蓝色还有红色交错在一起，仿佛万花齐放似的组成了人间的美景。这样的美景似乎是吸食了大麻以后看到的美景，就像是繁荣以后带来的美景一样，它们的美都是因为掩盖了更多的现实才得以浮现出来。无论是韩国，还是中国，人们有时候需要虚假的美景，只要人们昏睡不醒，那么美梦就永远不会破灭。当韩国的肥皂剧在中国的电视上广受欢迎的时候，当安在旭在北京工人体育场的演唱会大获成功的时候，韩国的大麻已经和中国的大麻汇合了。与此同时，那个用歌声让人们清醒的全仁权，因为吸食了大麻第三次从监狱里走出来，我想他很可能会第四次步入监狱的大门。因为歌声的大麻是合法的，而吸食大麻是违法的，我知道这是韩国的现实，但我相信这不是韩国的眼睛。

2001 年 1 月 12 日

灵魂饭

在一本关于巴托洛海·德·拉斯卡萨斯神父的小册子里，讲述了这位西班牙教士神秘的业绩。

1492 年 10 月 1 日，一位带着西班牙国旗的意大利人在被海水打湿的甲板上，看到了绵延不绝的被森林覆盖的土地浮现在茫茫的海水之上。这个名叫哥伦布的人后来毁誉参半，一方面他是功勋卓越的美洲大陆的发现者，另一方面他又是臭名昭著的殖民掠夺者。然而他并不知道自己发现的是一片新大陆，他简单地认为这只是通往东印度的捷径。当哥伦布第一次登上美洲大陆时，土著的印第安人欢迎了他们，他们在沙滩上进行了最初的交易，欧洲人用他们廉价的玻璃制品换取印第安人昂贵的宝石。这时候的哥伦布和他的追随者显然满足于类似的欺诈行为，他们和印第安人相处得不错。当哥伦布第二次来到时，他的身份不再是一个发现者，而是一个征服者。按照他和西班牙王室的协议，他成为了西印度群岛的总督，以及他所发现海域的海军上将。哥伦布开始了他的血腥统治，他的继任者更加残暴，最终的结果是一百多万印第安人分别被打死、累死、饿死、冻死和病死，印第安人在西印度群岛悲惨地接受了灭绝的命运。

消息传到欧洲，西班牙人和葡萄牙人、法国人和英国人、荷兰人和其他欧洲人纷纷漂洋过海，像蚊子似的一团团地拥向了神秘的美洲大陆，开始了无情的征服狂潮。聂鲁达在诗中把他们称作一群戴着假牙和假发的人，这群殖民掠夺者在此后的 300 年里，使 4000 万人口的印第安人下降到了 900 万人口，将田园诗般的印第安世界变成了恐怖的人间地狱。与此同时，西班牙从美洲运回了 250 万公斤的黄金和 100 万公斤的白银，英国和法国以及其他欧洲国家，也同样掠走了大量的金银财宝。

巴托洛海·德·拉斯卡萨斯神父就是在这个时候登上美洲大陆，资料显示他是最早来到美洲的神父之一。与前往亚洲和非洲的传教士有着不同的命运，来到美洲的传教士没有被赶走，这是因为美洲大陆被欧洲殖民者彻底征服了，而亚洲和非洲最终没有被征服。沦落为奴隶的印第安人在白人的猎杀下，只能放弃他们的原始宗教，这样的宗教曾经与印第安人的生命和生活紧密相连，印第安人坚信万物都有灵魂，然后产生了印第安的巫术，进而就是图腾崇拜，他们的图腾和生灵有关，狼、熊、龟、鹰、鹿、鳗、海狸等等都是图腾的对象。这些曾经与自然界亲密无间的印第安人，在失去家园和妻离子散以后，在意识到自己已经被彻底征服以后，纷纷成为了基督的信徒。拉斯卡萨斯和他的精神同事们事实上成为了另一种征服者，心灵的征服者。

拉斯卡萨斯神父在美洲大陆的传教经历，使他亲眼目睹了残忍的现实——殖民者对印第安人残酷的武力剿杀，沉重的劳役折磨，还有不堪忍受的苛捐杂税，以及疾病和瘟疫。在人口稠密的太平洋一边，殖民者将成千上万的印第安人赶入大海，让滔滔的海浪淹没印第安人悲伤的眼睛和绝望的哭泣。

这一切使拉斯卡萨斯神父放弃了欧洲白人的立场，站到了印第安人中间。他曾经十二次渡海回国，为印第安人请命，希望减轻印第安人沉重的劳役负担，这是他一生中最为人称道的经历。这位神父请求西班牙国王将印第安人作为"人"来对待，这个现在看来是合情合理的请求，在当时的殖民者眼中却是荒唐可笑的。

这本有关拉斯卡萨斯神父的小册子没有继续写下去，因为接下去的故事对这位神父极为不利。虽然和冷酷的征服者哥伦布截然不同，充满同情和怜悯之心的巴托洛海·德·拉斯卡萨斯却同样引起了争议。如果免除了印第安人沉重的劳役，那么谁来替代他们？拉斯卡萨斯建议用非洲的黑人来替代。神父的同情和怜悯并没有挽救印第安人的命运，倒是带来了另外一场灾难，非洲的黑人开始源源不断地进入美洲大陆。

1999年5月，我带着两个问题来到美国。在华盛顿特区的霍华德大学，这是一所历史悠久的黑人大学，我见到了米勒教授，我问他是否知道巴托洛海·德·拉斯卡萨斯神父的故事。米勒教授听到这个西班牙教士的名字时，脸上出现了一丝奇怪的微笑，他告诉我他知道这个故事。于是我的第一个问题提了出来，这位神父是不是后来疯狂的奴隶贸易的罪魁祸首？作为一位黑人，米勒不会轻易放过或者原谅所有和奴隶贸易有关的人，他认为拉斯卡萨斯神父有着不可推脱的责任。事实上从哥伦布登上西印度群岛开始，此后的三百多年里所有登上美洲大陆的欧洲白人都难逃罪责。

让拉斯卡萨斯神父一个人来承担奴隶贸易起因的责任，显然是不公正的。事实是在哥伦布发现美洲大陆的半个世纪以前，在拉斯卡萨斯神父出生以前，非洲的奴隶贸易已经开始，不同的是奴隶们那个时候所去的地方是欧洲。而且在更为久远的年代，阿拉伯人已经在非洲悄悄地从事这样的勾当了。所以拉斯卡萨斯神父在美国的黑人中间并不知名，当我向其他几个非洲裔的美国人提起这位教士时，这些不是从事专门研究工作的美国黑人都茫然地摇起了头，他们表示不知道有这么一个人。如果一定要为后来大规模的奴隶贸易寻找一个罪魁祸首，那么这个人毫无疑问就是哥伦布。

正是哥伦布对美洲大陆的发现，那些原来驶向欧洲的奴隶船开始横渡大西洋前往美洲，一个长达四百多年的人间悲剧拉开了序幕。当沾满印第安人鲜血的宝石和贵金属源源不断地流入欧洲的时候，当东方国家盛产的香料和黄金被掠夺到欧洲的时候，对欧洲的殖民者来说，非洲使他们获得暴利的就是奴隶的买卖。这是非洲历史上最为黑暗的一页，随着美洲大陆丰富的矿产资源不断被发现，随着甘蔗、烟草、棉花、蓝靛和水稻等种植园的迅速发展，奴隶船就像是城市里的马车一样，繁忙地穿梭于欧洲—非洲—美洲之间。这就是奴隶贸易中臭名昭著的三角航程，一艘艘满载着廉价货物的商船从欧洲启程，到非洲换成黑奴以后经大西洋来到美洲，用奴隶换取美洲殖民地的蔗糖、棉花和烟草等物，回到欧洲出售这些货物，然后用很少的钱买进廉价的货物，再次启程前往非洲。一次航程可以做三次暴利的买卖，在美洲殖民地卖出奴隶价格是在非洲买进价格的三十倍到五十倍之间。

欧洲的奴隶贩子雇有专职的医生，这些游手好闲的人遍布非洲的许多地方，他们像兽医检查牲口一样检查着奴隶的身体，凡是年龄在三十五岁以上，嘴唇、眼睛有缺陷，四肢残缺，牙齿脱落甚至头发灰白的均不收购。在四百多年的奴隶贸易中，那些年龄在十岁到三十五岁之间的男子和二十五岁的女子几乎都难逃此劫，殖民者掠夺了非洲整整四个多世纪的健康和强壮，只有老弱病残留在了自己的家园，于是非洲病入膏肓。许多地区的收成、畜群和手工业都遭受了悲惨的破坏和无情的摧毁,蔓延的饥荒和猎奴引起的部落间的战争此起彼伏,已往热闹的商路开始杂草丛生,昔日繁荣的城市变成了荒凉的村落。

这期间运往美洲的奴隶总数在一千五百万以上,而在猎奴战争中的大屠杀里死去的,从内地到沿海的长途跋涉中倒下的,大西洋航程里船上的大批死亡以及反抗中牺牲的奴隶总数,远远超过到达美洲的奴隶总数。奴隶贸易使非洲损失了一亿人口,也就是说得到一个奴隶就意味着会牺牲五到十个奴隶。就是最后终于登上了美洲大陆的幸存者,由于过重的劳动和恶劣的生活待遇,在到达后的第一年又会死去三分之一。

海上的航行就像是通往地狱的道路一样,航程漫长,风浪险恶,死亡率极高,曾经有五百人的奴隶船一夜之间就死去一百二十人。奴隶船几乎都超过负载限度,在黑暗的船舱里,那些身上烙下了标记的奴隶两个两个锁在一起,每人只有一席容身之地,饮食恶劣,连足够的水和空气也没有。天花、痢疾和眼炎是流行在奴隶船上的传染病,它们就像是大西洋凶恶的风浪一样,一次次袭击着船上手足无措的奴隶。眼炎的传染曾经使整整一船奴隶双目失明,在被日出照亮的甲板上,这些先是失去了自由,接着又失去了光明的奴隶,现在要失去生命了。他们无声无息地摸索着从船舱里走出来,在甲板上排成一队,奴隶贩子将他们一个一个地抛入大海。

在美洲印第安人悲惨的命运和非洲奴隶悲惨的命运之间,是欧洲殖民者的光荣与梦想。奴隶贸易刚开始的时候,荷兰因为其海上运输业的发达,被殖民者称为"海上马车夫",在大西洋一边的美洲所有的港口,飘扬着荷兰国旗的贩奴船四处活动。英国人后来居上,虽然他们贩奴的历史比其他国家都要晚和短,可是他们凭借着海上的优势，使其业绩超过其他国家四倍。当奴隶贸易给非洲带来无休止的战争、蹂躏、抢劫和暴力，使非洲逐渐丧失其生产力和原有的物质文化之后；当美洲的印第安人被剿灭、被驱赶和被奴役之后，欧洲和已经成为白人家园的美洲迅速地繁荣起来了。这就是马克思所说的"资本主义时代的曙光"。在马克思眼中，"资本来到世间，从头到脚，每一个毛孔都滴着血和肮脏的东西"。

今天当人们热情地谈论着经济全球化和贸易自由化的时候，这个风靡世界各地的全球化浪潮，在我看来并不是第一次。第一次的全球化浪潮应该是五百年以前开始的，对美洲的征服、对亚洲的掠夺和对非洲的奴隶贸易。连接非洲、美洲和欧洲的奴隶贸易以及矿产和种植物的贸易，养育了以欧洲为中心的资本主义，随着东印度沦为英国的殖民地和后来鸦片战争在中国的爆发，亚洲也逐步加入到这样的浪潮之中。第一次全球化浪潮伴随着奴隶贸易经历了四百多年，进入二十世纪以后，两次世界大战和此后漫长的冷战时期，以及这中间席卷世界各地的革命浪潮，还有从不间断的种族冲突和利益冲突引起的局部战争，似乎告诉人们世界已经分化，然而正是在这样的分化时期，垄断资本和跨国资本迅猛地成长起来，当冷战结束和高科技时代来临，当人们再次迎接全球化浪潮的时候，虽然与第一次血淋淋的全球化浪潮截然不同，然而其掠夺的本质并没有改变，第二次全球化浪潮仍然是以欧洲人或者说是绝大多数欧洲人的美国为中心。

我并不是反对全球化，我反对的是美国化的全球化和跨国资本化的全球化。五百年前一船欧洲的廉价物品可以换取一船非洲的奴隶，现在一个波音的飞机翅膀可以在中国换取难以计算的棉花和粮食。全球化的经济不会带来全球平等的繁荣，贸易的自由化也不会带来公平的交易。这是因为少数人拥有了出价的权利，而绝大多数人连还价的权利都没有。当美国和欧洲的跨国资本进入第三世界的时候，并没有向这些国家和地区提供其核心的技术，他们只是为了掠夺那里的劳动力，这一点与当初的殖民者掠夺美洲和非洲的伎俩惊人地相似。就像当初的欧洲人把火器、铁器和酒带到美洲的印第安人中间，把欧洲的物资带到非洲一样，他们教会印第安人改穿纺织品制成的服装，教会非洲人如何使用他们的物品，当印第安人和非洲人沾染上这些新的嗜好的时候，却并没有学到满足这些嗜好的技术。于是非洲原有的生产力和物质文化被不同程度地摧毁，非洲可以用来与欧洲交换这些物资的只有他们的人口了，同胞互相残杀，部落战争不断，不仅没有保卫自己的非洲，反而促进了殖民者的奴隶贸易。在美洲的印第安人，只有森林里的皮毛财富可以换取这些自己不能制造的物品，于是印第安人的狩猎不再是单纯地为了获取食物，而且还要为换得白人的物品而打猎。印第安人的需求日益增加，他们的资源却不断减少，当欧洲的白人疯狂地拥入美洲定居以后，又导致森林里大量野兽的逃跑，使印第安人生活的手段几乎完全丧失，他们只能离开自己出生和埋葬着自己祖先的地区，因为继续生活在那里只能饿死，他们跟踪着大角鹿、野牛和海狸逃跑的足迹走去，这些野兽指引着他们去寻找新的家园。

在华盛顿的霍华德大学，我询问米勒教授的第二个问题是关于灵魂饭，这是黑人特有的料理，仅仅在词语上就深深地吸引了我。就像印第安人相信万物都有灵魂，非洲的黑人同样热情地讨论着灵魂，他们甚至能够分辨出灵魂的颜色，他们相信是和他们的皮肤一样的黑色。这是苦难和悲伤带来的信念，在华盛顿的一个黑人社区，阿娜卡斯蒂亚社区，我看到了一幅耶稣受难的画像，这个被绑在十字架上睁大了怜悯的眼睛的耶稣，并不是一个白人，他有着黑色的皮肤。

米勒告诉我，这样的料理具有浓郁的文化特征，是黑人在悲惨的奴隶贸易中自我意识的发展。灵魂饭的料理方式来自非洲以及美国南方黑奴的文化根源，同时又是他们被奴役时缺乏营养的现实。米勒反复告诉我，一定要品尝两种灵魂饭，一种是红薯，另一种叫绿。当我们分手的时候，他再一次嘱咐我，别忘了红薯和绿。

我在阿娜卡斯蒂亚社区的一家著名的灵魂饭餐馆，第一次品尝了黑人的灵魂饭。可能是饮食习惯的问题，我觉得自己很难接受灵魂饭的料理方式，可是米勒教授推荐的红薯和绿，却让我终生难忘。那一道红薯是我吃到的红薯里最为香甜的，确切地说应该是红薯泥，热气蒸腾，将叉子伸进去搅拌的时候可以感受到红薯的细腻，尤其是它的甜，那种一下子就占满了口腔的甜，令人惊奇。另一道绿显然是腌制的蔬菜，剁碎之后的腌制，可是它却有着新鲜蔬菜的鲜美，而且它的颜色十分的翠绿，仿佛刚刚生长出来似的。

后来我在几个黑人家中做客时，都吃到了红薯和绿。在过去贫穷和被奴役的时代，黑人在新年和圣诞节时才可以吃到灵魂饭，现在它已经出现在黑人平时的餐桌上。然而灵魂饭自身的经历恰恰是黑人作为奴隶的历史，它的存在意味着历史的存在。欧洲人的压迫，事实上剥夺了非洲人后裔的人类权益，美国的绝大多数黑人现在连自己原来的祖国都不知道，他们不再讲自己祖先的语言，他们放弃了原来的宗教，忘记了非洲故乡的民情。于是这时候的灵魂饭，就像谢姆宾·乌斯曼的声音——

今天，奴隶船这种令人望而生畏和生离死别的幽灵已不再来缠磨我们非洲。

戴上镣铐的兄弟们的痛苦哀鸣也不会再来打破海岸炎热的寂静。

但是，往日苦难时代的号哭与呻吟却永远回响在我们的心中。

这是漫长的痛苦，从非洲的大陆来到非洲的海岸，从大西洋的这一边来到了大西洋的那一边，从美国的东海岸又来到了美国的西海岸，黑人没有自由没有财产，他们只有奴隶的身份。《解放宣言》之后，又是漫长的种族隔离和歧视，黑人不能和白人去同样的医院；黑人不能和白人去同样的学校；黑人不能和白人坐在同样的位置上。他们的厕所和他们的候车室都与白人的隔离，在汽车上和船上，黑人只能站在最后面；只有在火车上，黑人才可以坐在最前面的车厢里，这是因为前面的车厢里飘满了火车的煤烟。一位黑人朋友告诉我："我们的痛苦是我们生活的一部分。"

一位黑人学者在谈到奴隶贸易的时候，向我强调了印第安人的命运，他认为正是印第安人部落的不断消失，了解地理状况的印第安人知道如何逃跑，使欧洲的殖民者源源不断地运来非洲的奴隶，非洲的奴隶不熟悉美洲的地理，他们很难逃跑，只能接受悲惨的命运。

在美洲大陆的深渊里，黑人被奴役到了不能再奴役的地步，而印第安人被驱赶之后又被放任自由到极限。放任自由对印第安人造成的伤害，其实和奴役对黑人造成的伤害一样惨重。当成群结队的印第安人被迫离开家园，沿着野兽的足迹找到新的家园时，早已有其他的部落安扎在那里了，资源的缺乏使他们对新来者只能怀有敌意，背井离乡的印第安人前面是战争后面是饥荒，他们只能化整为零，每一个人都单独去寻找生活的手段，本来就已经削弱了的社会纽带，这时候完全断裂了。夏尔·阿列克西·德·托克维尔在他著名的《论美国的民主》一书中，有一段这样的描述：

1831年，我来到密西西比河左岸一个欧洲人称为孟菲斯的地方。我在这里停留期间，来了一大群巧克陶部人。路易斯安那的法裔美国人称他们为夏克塔部。这些野蛮人离开自己的故土，想到密西西比河右岸去。自以为在那里可以找到一处美国政府能够准许他们栖身的地方。当时正值隆冬，而且这一年奇寒得反常。雪在地面上凝成一层硬壳，河里漂浮着巨冰。印第安人的首领带领着他们的家属，后面跟着一批老弱病残，其中有刚刚出生的婴儿，又有行将就木的老人。他们既没有帐篷，又没有车辆，而只有一点口粮和简陋的武器。我看见了他们上船渡过这条大河的情景，而且永远不会忘记那个严肃的场面。在那密密麻麻的人群中，既没有人哭喊，也没有人抽泣，人人都是一声不语。他们的苦难由来已久，他们感到无法摆脱苦难。他们已经登上运载他们的那条大船，而他们的狗仍留在岸上。当这些动物发现它们的主人将永远离开它们的时候，便一起狂吠起来，随即跳进浮着冰块的密西西比河里，跟着主人的船泅水过河。

　　托克维尔提到的孟菲斯，是美国田纳西州的孟菲斯。我最早是在威廉·福克纳的书中知道孟菲斯，我还知道这是离福克纳家乡奥克斯福最近的城市。威廉·福克纳生前的很多个夜晚都是在孟菲斯的酒馆里度过的。这个叼着烟斗的南方人喜欢在傍晚来临的时候，开上他的老爷车走上一条寂静的道路，一条被树木遮盖了密西西比和田纳西广阔的风景的道路，在孟菲斯的酒馆里一醉方休。接着我又知道了一个名叫埃尔维斯·普雷斯利的卡车司机，在孟菲斯开始了他辉煌的演唱生涯。这个叫猫王的白人歌手让黑人的布鲁斯音乐响遍世界的各个角落，而他又神秘地在孟菲斯结束了自己的一生。最后我知道的孟菲斯是 1968 年 4 月 4 日的一个罪恶的黄昏，在一家名叫洛兰的汽车旅馆里，一个黑人用过晚餐之后走到阳台上，一颗白人的子弹永远地击倒了他。这个黑人名叫马丁·路德·金。

出于对威廉·福克纳的喜爱，我在美国的一个月的行程里，有三天安排在奥克斯福。这三天的每一个晚上，我和一位叫吴正康的朋友都要驱车前往孟菲斯，在那里吃晚餐，这是对福克纳生前嗜好的蹩脚的模仿。

孟菲斯有着一条属于猫王的街道，街道上的每一家商店和酒吧都挂满了猫王的照片，那些猫王在孟菲斯开始演唱生涯的照片，年轻的猫王在照片里与孟菲斯昔日的崇拜者勾肩搭背，喜笑颜开。一辆辆旅行车将世界各地的游客拉到了这里，使猫王的街道人流不息，到了晚上这里立刻灯红酒绿，不同的语言在同一家酒吧里高谈阔论。人们来到这里，不是因为威廉·福克纳曾经在这里醉话连篇，也不是因为马丁·路德·金在这里遇害身亡，他们是要来看看猫王生前的足迹，或者购买一些猫王的纪念品，他们排着队与猫王的雕像合影。

离开了猫王的街道，孟菲斯让我看到了另外的景象，一个仿佛被遗忘了似的冷清的城市。在其他的那些街道上，当我们迷路的时候，发现没有行人可以询问。我们开着车在孟菲斯到处乱转，在黄昏时候的一个街角，我看到一个上了年纪的黑人坐在门廊的椅子里，他身体前倾，双手放在自己的膝盖上，当我们的汽车经过时，他看到了我们，他的脸上毫无表情。因为迷路，我们在孟菲斯转了一圈后，又一次从这个黑人的眼前驶过，我注意到他还是那样坐着。直到第三次迷路来到他的跟前时，我看到一个黑人姑娘开着车迎面而来，她在车里就开始招手，我看到那个上了年纪的黑人站了起来，仿佛春天来到了他的脸上，他欢笑了。

在来到密西西比的奥克斯福之前，我和很多人谈论过威廉·福克纳，我的感受是每一个人的立场都决定了他阅读文学作品的方向。被我问到的黑人，几乎是用同一种语气指责威廉·福克纳——他是一个种族主义者。另外一些白人学者则是完全不同的态度，他们希望我注意到威廉·福克纳生活的时代，那是一个种族主义的时代。白人学者告诉我，如果用今天的标准来评判威廉·福克纳，他可能是一个种族主义者；可是用他生活的那个时代的标准，那么他就不是种族主义者。在新墨西哥州，一位印第安作家更是用激烈的语气告诉我，威廉·福克纳在作品中对印第安人的描写，是在辱骂印第安人。霍华德大学的米勒教授，是我遇到的黑人里对威廉·福克纳态度最温和的一位。他说尽管威廉·福克纳有问题，可他仍然是最重要的作家。米勒告诉我，作为一名黑人学者，他必须关心艺术和政治的问题，他说一个故事可以很好，但是因为政治的原因他会不喜欢这个故事的内容。米勒提醒我，别忘了威廉·福克纳生活在三十年代的南方，他本质上就是一个南方的白人。米勒也像那些白人学者一样提到了威廉·福克纳的生活背景，可是他的用意和白人学者恰好相反。米勒最后说："喜欢讨论他，不喜欢阅读他。"

这样的思想和情感源远流长，奴隶贸易来到美国的黑人和在美国失去家园的印第安人，他们有着完全自己的、其他民族无法进入的思维和内心。虽然威廉·福克纳在作品中表达了对黑人和印第安人的同情与怜悯，可是对苦难由来已久的人来说，同情和怜悯仅仅是装饰品，他们需要的是和自己一起经历了苦难的思想和感受，而不是旁观者同情的叹息。

虽然在今天的美国，种族主义仍然是一个严重的社会问题，可是它毕竟已经是臭名昭著了，这是奴役之后的反抗带来的，我的意思是说，这是黑人不懈的流血牺牲的斗争换来的，而不是白人的施舍。而当初被欧洲殖民者放任自流的印第安人，他们的命运从一开始就和黑人的命运分道而行，最后他们仍然和黑人拥有不同的命运。这是一个悲惨的现实，对黑人残酷的奴役必然带来黑人激烈的抗争；可是当印第安人被放任自流的时候，其实已经被剥夺了抗争的机会和权利。

我在新墨西哥州的印第安人的营地，访问过一个家庭，在极其简陋的屋子里，主人和他的两个孩子迎接了我。这位印第安人从冰箱里拿出两根冰棍，递给他的两个孩子后，开始和我交谈起来。他指着冰箱和洗衣机对我说，电来了以后这些东西就来了，可是账单也来了。他神情凄凉，他说他负担这些账单很困难。他说他的妻子丢下他和两个孩子走了，因为这里太贫穷。尽管这样，他仍然不愿意责备自己的妻子，他说她是一个非常好的女人，因为她还年轻，所以她应该去山下的城市生活。

在圣塔菲，一位印第安艺术家悲哀地告诉我：美国是一个黑和白的国家。她说美国的问题就是黑人和白人的问题，美国已经没有印第安人的问题了，因为美国已经忘记印第安人了。这就是这块土地上最古老的居民的今天。1963 年，黑人民权领袖马丁·路德·金在华盛顿发表了感人肺腑的演说——我有一个梦想。其中的一个梦想是"昔日奴隶的子孙和昔日奴隶主的子孙同席而坐，亲如手足"。可是在马丁·路德·金梦想中的友善的桌前，印第安人应该坐在哪一端？

2001 年 2 月 10 日

奢侈的厕所

在最近的十来年里，厕所的奢侈之风悄然兴起，我说的悄然，不是指遮人耳目的隐蔽的行为，恰恰相反，厕所变得越来越体面的过程是公开的和显而易见的，与建造一家豪华的饭店一样，厕所的改造和兴建也必须依赖于建筑工人，只不过工人的人数被减少，使用的工具简单而已，问题是很多人对厕所的日新月异视而不见，我想，这里面涉及到了厕所的地位，涉及到了人们对它的态度。在中国大陆，厕所的地位一直以来都是卑下的，人们需要它可又瞧不起它，因为那是屙屎撒尿的地方，换句话说那是排泄的场所，排泄可能是人身上最不值得炫耀的事了，人们经常赞美头发、眼睛、洁白的牙齿，赞美胃口好，赞美肺活量大，还有心跳坚强有力，可是说到排泄，人们就一声不吭了，正是这约定俗成的沉默和回避，使人们疏忽了厕所的变化，看不见它奢侈起来的外表，就像是一位丑陋的女人那样，穿上再漂亮的衣服走到街上，也不会引人注目。

然而最终人们还是发现了，自然这发现是取消了过程的发现，人们在某一时刻意识到厕所原有的形象突然没有了，它不再是设置在路边或者胡同深处的简陋低矮的建筑，不再是墙壁斑驳和瓦片残缺，还有门窗变形的建筑，厕所一下子变成了西洋式的别墅、中国式的庙宇，还有其他形形色色的。在短短十来年时间里，中国大陆的厕所显示出了强烈的欲望，只要这个世界上存在的建筑形式，它们都在极力地表达出来。于是在最初的时候，在人们没有反应过来的时候，人们站在大街上愁眉不展，他们突然感到厕所一下子变得很难找到了，其实那时候厕所就在他们身后，因为厕所的建筑显得豪华和气派，使他们就是看到了也不会认为这就是厕所。还有当人们来到公园，来到某一个游览胜地，常常会看到一座十分漂亮的房屋，房屋前面还有一大块草坪，对于那些住在狭窄的胡同、低矮拥挤的房屋里的大多数中国人来说，自然会有照相留影的欲望，他们站在草坪上，整座房屋是背景，草坪也要照进去，这一时刻人们表达了对美好生活的向往，在照相机快门按下的一瞬间，他们幸福地成为了身后漂亮的房屋以及草坪的主人，然后他们才发现身后的房屋其实是厕所。

奢侈起来的厕所意味着什么？首先它向人们提供了就业和消费的机会。厕所简陋的形象得到改变，是因为厕所不再像过去那样无偿地为人们服务，它不再是路边的或者胡同深处无人照管的破烂建筑，它变得十分体面了，同时它开始收费了。人们发现厕所内部的格局有了变化，在"男士"和"女士"之间出现了一扇窗户，窗户里坐着一位这类最新职业的受益者，他或者她，像是出卖戏票似的出卖着一张一张裁剪过的卫生纸，准备方便自己的人们手持着卫生纸在窗户的两侧鱼贯而入。

在南方一些城市里，人们发现一个改造过的厕所里存在着一个家庭，在那些十分有限的空间里，床、柜子什么的应有尽有，一对夫妻在里面轮流着收费，他们的孩子到了上学的年龄后也和别人家的孩子一样背上了书包。

应该说，厕所奢侈之后迅速形成的这一新的职业，以及这一职业在一些地方开始趋向家庭化，是社会重新分配的结果，从事这一新职业的，基本上是城市的无业者和放弃了田地的农民，他们愿意从事这样的职业，一方面可能是生活所迫，另一方面也证明了这一职业自身的吸引力以及不错的前景。

毕竟，在中国人的观念里，这一职业实在不够体面，从而至今还没有一个准确的名称，说他们是环卫工人显然没有理由，那么厕所管理员？可是有多少人愿意在自己职业的名称前面加上厕所两个字呢？他们从事的职业可以说是所有的人都不愿意从事的，他们是不是社会福利工作者？遗憾的是他们工作的性质恰恰是取消了福利，厕所作为国家与社会的财产，一直以来都是无偿地向人们提供服务，现在他们成为了就业者，他们向走来的人伸出了手，他们不仅养活了自己，还养活了一个家庭，并且在银行里拥有了自己的存款。

厕所奢侈之后造就出来的这一新的职业，这一新的职业又迅速覆盖过去，人们注意到不仅奢侈了的厕所开始收费，就是那些仍然陈旧的厕所也收费了，这个事实的来到意味着无偿时代终结了，社会原有的一些福利事业转换成有偿的商业行为，是一个时代对另一个时代的挑衅，前者正在告诉后者：在今天这个时代里，没有福利，也没有义务，只有买和卖。同时也意味着价值观念的彻底改变，自尊与高尚的含义究竟是什么？今天的人在面临饥饿与卑贱时，他们肯定会去选择卑贱，因为这才是真正的自尊，在今天，一切能够挽救饥饿的行为都是高尚的。

从事厕所收费工作的人也是国家的雇员，在中国大陆，起码是现在，公共场所的厕所没有一个是私人财产，都是国家所拥有，他们都为国家工作，同时也为自己谋取一份收入，当然他们不是注册的国家工作人员，在专管国家职员的人事部门也找不到他们的档案，他们是新体制的产物，同时又生活在旧体制的边缘上，恰恰是这些人向我们展示了今后社会的人际关系，他们将人和人的关系单纯到了一张卫生纸和两角钱的交换。

厕所提供了新的职业以后，让那些离家在外又必须上厕所的人们突然意识到一种新的消费行为，排泄也成为了消费，这是绝大多数中国人都感到陌生的事物，对于他们来说，上厕所的行为与去商场购物或者去饭店进餐是截然不同的，后者使自己增加了一些什么，而且这增加的什么又是必需的，是自己想要得到的，可是上厕所就不会得到任何必需品，更不会得到奢侈品了，上厕所的行为恰恰相反，它不是为了得到什么，而是去丢掉一些什么，丢掉那些已经毫无用处的，并且成为自己负担的东西，显然，这些东西是必须丢掉的。

因此，对于中国人来说上厕所其实就像是倒掉垃圾，起码和倒掉垃圾是等同的行为。现在，奢侈起来的厕所向人们伸出了手，告诉人们就是扔掉不想要的东西时，也应该立刻付钱。不仅得到什么时要付出，就是丢掉什么时也同样要付出。

这是新的行为准则，也是现代社会对人的自我越来越扩张后的一个小小的限制行为，对于中国人显然是有益的，因为我们至今还没有完全明白这样的道理，就是自己不想要的东西也是不可以随便扔掉的。就像随地吐痰一样，绝大多数的在大陆的中国人还保持着这样的习惯。

应该说，厕所的历史表达了人类如何自我掩盖的历史，使厕所成为建筑物，并且将"男士"与"女士"一分为二，是人类羞耻感前进时的重要步伐，人们就是从那时开始知道什么应该隐藏起来，什么时候应该转过身去。与此同时，人们也对生理的行为进行了价值判断，进食与排泄，对于生命来说是同等重要，可是在人们的观念中却成为了两个意义截然相反的事实，前者是美好的，而后者却是丑陋的，这是让生理的行为自己去承担各自在道义上的责任，其结果是人们可以接受拿着面包在街上边吃边走的事实，却无法容忍在大街上排泄着行走。

正是这样，上厕所的行为便作为了个人隐私的一部分，它是不公开的行为，是悄然进行中的行为。然而厕所一旦变得奢侈之后，也就使上厕所成为了公开化的行为，因为它进入了消费的行列，确立了自主的买卖关系。这样一来，使上厕所这个传统意义上的隐秘行为也进入了现代社会仪式化的过程，不管人们的膀胱如何胀疼，上厕所之前必须履行一道手续，就像揭幕仪式上的剪彩或者凭票入场那样，上厕所的行为不再是一气呵成了，它必须中断，必须停顿一下，履行完一道手续之后才能继续下去。

这里的中断和停顿，使上厕所的行为突然显得重要起来，人们注意到自己是在消费，是在做一件事，是在完成着什么，而不是随便吐了一口痰，丢掉一张废纸，甚至都不是在上厕所了。一句话，行为过程中的停顿恰恰是对行为的再次强调，停顿就是仪式，而进行中的仪式往往使本质的行为显得含糊不清，就像送葬的仪式或者是结婚的仪式，人们关注的是其严格的程序，是否隆重？是否奢侈？而人们是否真正在悲哀，或者真正在欢乐，就显得并不重要了。奢侈的厕所使人们在心里强调了厕所的重要以后，又让人们遗忘了自己正在厕所中的行为。当一个人从外形气派，里面也装饰得不错的厕所里出来时，他会觉得自己没有去过厕所。

因此从根本上来说，厕所逐渐奢侈起来是商业行为延伸和扩张之后的结果，也就是说这些在建筑形式上推陈出新的厕所不是为了向人们提供美感，虽然它们顺便也提供了美感，同时它们更多地提供了意外，总之它们提供的只是形式，而得到的则是实质，人们向它们提供了纸币和硬币，这正是厕所奢侈起来的唯一前提。毕竟它们不是油画中的静物，而且街道与胡同也不是画廊。就像世界公园、民族村之类的建筑，这些微缩景观真正引人注目的不是建筑本身，而是游客接踵而至时的拥挤情景。

厕所在建筑上越来越出其不意，倒是这个时代崇尚快感，追求昙花一现的表达，它和同样迅速奢侈起来的饭店以及度假村之类的建筑共同告诉人们：在这个时代里，一个行为刚开始就已经完成了，一句话刚说出就已经过时。

这些本来是最为卑贱的建筑突然变得高贵起来，而这一切似乎是在一夜之间完成的。今天，人们经常看到在一些陈旧的住宅区里，厕所显得气派和醒目。在那里，人们居住的房屋，人们行走的街道显得破旧和狭窄，从远处看去就像是一堆灰尘那样，倒是厕所以明亮的色彩和体面的姿态站在中间，仿佛是一览众山小。起码是在建筑上，厕所有足够的理由傲视着这些灰暗的风尘仆仆的住宅。

这里面出现了一个完全颠倒了的事实，那就是应该体面和气派起来的住宅仍然摆脱不了破旧的命运，而本来就是破旧的厕所却是迅速地奢侈起来了。住宅对于所有的人来说意味着一个家的存在，是温暖和生活的象征，是人们对幸福的追求和对隐私品尝时的安全之地，一句话，是人们赞美时的对象和歌颂时的题材。而厕所对于人们又是什么呢？厕所只是人们匆匆去完成的一个生理上的排泄过程，没有人愿意在里面延长这个过程，哪怕是几分钟，而且谁也不会对这个过程去夸夸其谈。相反，人们更愿意去掩饰它，越来越文明的人在上厕所的时候不再提及"厕所"这个词汇了，而是说去卫生间，或者说去盥洗室。当一个人在垃圾里排泄什么时，不会有多少人去指责，人们只是觉得他不过是在垃圾之上再增加一些垃圾而已，如果他将这种排泄行为移到豪华饭店的大堂上，那么他就会遇到使他倒霉的麻烦。这里面似乎说明了厕所自身的悲剧，虽然它在建筑上越来越奢侈，可是在人们的日常生活里，在人们的思维方式中，它始终是卑贱的，厕所永远是厕所，就像人们常说的：狗改不了吃屎。

然而厕所迅速变化的事实，起码是在和人们的住宅比较时呈现的事实，会让人们想到 1949 年时的土地改革，穷人翻身成为了主人，而富人却开始越来越穷困。此外它还引出了另外一个事实，那就是在这最近的十多年时间里，社会最底层的人，比如无业者，比如刑满释放者，和其他很多失去了工作机会的人，他们迅速暴发起来，这些人曾经被社会拒绝、被人们鄙视，可是在今天成为了人们羡慕的对象，他们不再被认为是二流子了，他们在社会上获得了体面的身份。奢侈起来的厕所似乎也同样如此，它们和那些暴发户一起，共同证明了毛泽东说过的一句话，毛泽东说：卑贱者最聪明，高贵者最愚蠢。

奢侈起来的厕所，以及那些还没有奢侈起来也开始收费的厕所，逐渐地终结了一段历史，那就是在过去几十年里，在公共厕所里集合起来的色情描写正在消失，一方面是建筑上的新陈代谢，另一方面是这个时代对性事物的热衷开始公开化。

而在过去，其实也就是昨天，那些破烂的厕所也是隐蔽之处，人们在那里进行排泄的同时，就用空闲下来的手在墙上书写色情的文字和图案。

那时候厕所就像是白纸一样引诱着人们书写的欲望，那些低矮简陋的建筑里涂满了文字，这些文字是用粉笔、钢笔、铅笔、圆珠笔写出来的，还有石灰、砖瓦，甚至刀子什么的，一切能在墙上留下字迹的手段都用上了，不同的字体交叉重叠在一起，然后指向一个共同的含义，就是性。除了文字以外，还有图案，在过去的几十年里，男女生殖器变形以后潦草的图案，可以说覆盖了所有公共场合的厕所。

书写在厕所墙壁上的有关性与交媾的文字，极大多数与那些图案一样直截了当，它们都是赤裸裸地表达着对性的激动和对交媾的渴望，这些文字在叙述上使用的都是同一种方式，开门见山和直奔主题，而且用词简练有力，如同早泄似的寥寥数语就完成了全部过程。这里面所表现出来的急迫，不仅仅只是欲望的焦躁不安，更多是暴力，在长时间的性的压抑以后，对交媾的渴望里便出现了暴力的倾向，不管用的是铅笔还是刀子，厕所里的书写者在进行书写时其实是在进行着不被认可的、单方面的暴力行为，就像是正在施行一次强奸。

如此众多的人所参与的有关性的文字书写，又被同样众多的厕所表达出来，应该说这是任何时代都望尘莫及的，在这里，性被公开了，性不再是个人隐私，性成为了集体的行为，而且是整齐的、单纯的、训练有素的集体行为。这种大规模的性的书写，其实是对一个时代的抗议之声。在那个刚刚过去的时代里，人们经受着空前的压抑，异性之间的交往基本上是在胆战心惊中进行，唯一的保障就是婚姻，而婚姻又被推迟了，严厉的晚婚制度使绝大多数男女青年必须长时间地克制自己，在接近三十岁时才有可能获得结婚的权利，除此以外发生的任何性的行为，也就是说婚姻之外和婚姻之前的性的行为都被认为是罪恶，监狱的大门为此而打开。

这是来自一个时代的禁欲，它和政治的禁欲遥相呼应，或者说性的压抑正是政治上压抑时的生理反应，而涂满了厕所墙壁的色情，是正常生活丧失之后的本能的挣扎。在当时，所有的人穿着同样颜色的衣服，说着同样的话，看不到裙子，听不到有关相爱的话，更不用说谈论性了，那个时候"性"作为一个字已经不存在了，它只有和别的字组成词汇时才会出现，只能混在"性格""性别"和"阶级性"这样的词汇之中。

因此书写在厕所里那些有关性的文字和性的图案，在当时是作为解放者来到的，它的来到使人们越来越困难的呼吸多少获得了一些平静，它使人们得到了放松的机会，无论是生理上的，还是来自精神上的，总之它使一个窒息的时代出现了发泄之孔。与此同时，这些以性的身份来到的解放者又是极端的功利，它没有抚摸，没有亲吻，它去掉一切可以使性成为美好的事物，直接就是交媾。

1995 年 1 月 2 日